記憶の虜囚

ダヴィド・ラーゲルクランツ 著
岡本由香子 訳

MEMORIA
David Lagercrantz

記憶の虜囚

主要登場人物

ハンス・レッケ　心理学者
ガボール・モロヴィア　ハンガリーの投資家
ブラント博士　数学教師
ミカエラ・バルガス　ソルナ署少年課の巡査
カイ・リンドルース　クレア失踪事件担当の警部補
ロヴィーサ　ハンスの元妻
ユーリア・レッケ　ハンスとロヴィーサの娘
マグヌス・レッケ　ハンスの兄
エリーサベト・レッケ　ハンスの母
クレア・リドマン　ノルド銀行チーフアナリスト
サミュエル・リドマン　クレアの夫
リンダ・ウィルソン　クレアの姉
ヴィリアム・フォシュ　ノルド銀行頭取
ラーシュ・ヘルネル　経済犯罪課所属の警視
アントニオ・リベラ　スペイン警察刑事部長
レベッカ・ヴァリーン　クレアの同僚
ルーカス・バルガス　ミカエラの一番上の兄
シモン・バルガス　ミカエラの二番目の兄

ナタリー　　ルーカスの恋人
ウーゴ・ペレス　　ルーカスの手下
マッツ・クレーベリエル　　外務大臣
シグリッド・ハンソン夫人　　ハンスの世話人
イダ・アミノフ　　ハンスの初恋の相手
ヨイエ・モレノ　　ミカエラの同級生
アクセル・ラーション　　資産家
アリシア・コヴァッチ　　カルタフィルスの顧問弁護士
ヨーナス・ベイエル　　ソルナ署の警部補、ミカエラの先輩
ヘルマン・カンパオズン　　ハンスの幼馴染
ソフィア・ロドリゲス　　クレアの友人

カルタフィルス　　ハンガリーの資産運用会社
アハシュエロス　　猫

プロローグ

二〇〇四年六月一日、人並み外れた洞察力を持つハンガリー人実業家は、執務室で電話を受けた。電話の内容は定例の情勢分析だったので、そこに決定的な事項が含まれているとは誰も予想していなかった。しかし電話をかけてきたアナリストは（イラク情勢をのぞいて）おおむね楽観的な世界観を有していたため、さして重要でもない事柄を延々としゃべりつづけ、そのなかでたまたまハンス・レッケの名前を出した。

「レッケ教授がクレア・リドマンの死に興味を持ったようです」

たったそれだけのことだったが、実業家は世界の色が変わるのを感じた。

無論、物語の始まりはだいぶ前までさかのぼる。

1

ハンス・レッケが十二歳だったころのこと。

例年にない大雪の日、ウィーンにあるレッケ邸の呼び鈴が鳴った。訪ねてきたのはハンスの数学教師を務めるブラント博士だ。どう見ても大きすぎる毛皮の帽子をかぶったブラント博士の隣には、ハンスと同年代の、暗く鋭いまなざしをした黒い巻き毛の少年が立っていた。ブラント博士は少年をガボールと紹介した。

握手しようと差しだしたハンスの右手は、何もつかめないまま宙に留《とど》まった。ガボールがネコ科の動物のようにしなやかな足どりでハンスの脇をすり抜ける。敵意のある態度に、そもそもどうしてブラント博士がその少年を連れてきたのかわからないハンスは困惑した。ガボールは緑色の目をぎらつかせ、きっかけさえあれば直ちに牙《きば》をむきそうな気配をにじませていた。

ふたりは勉強用の大きな机が置かれた部屋に移動した。本棚から、ベートーヴェンの胸像が少年たちを見おろしている。席についてようやく、ハンスにも状況がのみこめてきた。

博士は、なんらかの才能を持つガボールをハンスの競争相手として最適と見なしたようだった。ブラント博士が無限に関するカントールの定理について問題を出すと、たちまち部屋の空気が張りつめる。ガボールは興奮に身震いし、すぐさま証明にとりかかった。一方のハンスは硬直したまま、服の上からでもわかるガボールのいかついい肩を眺めていた。

「どうして始めないのかね？」ブラント博士が尋ねる。

「今からやります」

ハンスはペンを手にとったが、頭を占めていたのは数学よりもずっと興味深い謎だった。電光石火の勢いで問題を解くガボールの手つきはともすれば名演奏家を連想させる。そんなに勝ちたいなら勝たせてやればいい、とハンスは思った。勝ち負けなんてどうでもいいと。しかしその一方で、ガボールに対して自分の力を示したいという気持ちもあった。ゆっくり証明にとりかかる。解き終わってみると、出だしこそ遅れたものの悪くない出来だった。天才的とはいえないが、充分な回答だ。しかし顔をあげたハンスが見たのは、勝利に目を輝かせるガボールの姿だった。

「よくできたね、ふたりとも。二十分の休憩にしよう。お互いに自己紹介でもするといい」ブラント博士がいかにもうれしそうな顔で言った。

ハンスとガボールは上着を着て庭へ出た。足の下で雪がきしむ。

空から大粒の雪片が落ちてくる。冷えた大気のなか、ハンスの耳はかすかな音を察知した。三、四回に一度、ガボールが息を吐くタイミングで、四オクターブ上のGの音が聞こえる。気性の激しい少年には不釣り合いな、貧弱な音だった。

「それって何かの呼吸法？」

ハンスの質問に、ガボールが考えるようなしぐさをした。

「護身術」

あまりにも漠然とした答えだったので、ハンスは重ねて質問した。

「護身術ってどんな？」

「見せてやろう」

ガボールが全身を緊張させる。呼吸に混じるGの音が半音さがってFシャープになり、ハンスはそこに気をとられた。音は、むかしからハンスに呪いのような影響を及ぼしてきた。音の風景が変わると脳が反射的に分析を始める。だからガボールに服をつかまれたとき、ハンスはまったくの無防備だった。

罠《わな》にかかった獲物のようなものだ。猛烈な勢いで世界が回転し、地面にたたきつけられた。強い衝撃のなか、しばらく目の前が真っ暗だった。視界が明るくなって最初に認識したのは、満足げにこちらを見おろすガボールの目だった。獲物をしとめた獣の目だ。

ガボールはなんの言葉もなく姿を消した。ハンスは後頭部に焼けるような痛みを感じながら、しばらく雪の上に横たわっていた。起きあがろうとして何度か失敗し、ようやく立ちあがって足をひきずりながら室内に戻る。後頭部の髪がぬれて、べとついていた。血だ。ハンスは一階のバスルームへ行き、バスタブの前に立って長いこと血をとめようと試みた。ようやく図書室に戻ったのは十五分後だったか、それとも二十分後だったろうか。

ブラント博士は休憩前と同じように机の前にいて、大げさな手ぶりとともにガボールが帰ってしまったと残念がった。ハンスが傷を負い、青白い顔をしていることにはまったく気づかないようだった。ちなみにハンスの母親も息子のけがに気づかなかった。彼女はその夜、忽然《こつぜん》と消えた宝飾品をさがしまわっていたのだった。

2

ヒュスビー地区で育ったミカエラ・バルガス巡査は、しばらく前からストックホルムでもっとも瀟洒《しょうしゃ》な住宅街といわれるグレーヴ通りの、ハンス・レッケ教授のアパートメントに滞在している。それによって職場や地元の人々から色眼鏡で見られ、心ない噂を立てられた。ミカエラは今、できるだけ早くレッケの家を出たいと思っていた。

　レッケはうつ状態で回復の見込みもなく、ほぼ寝室にこもりきりだ。ミカエラとしてはレッケの調子が上向きしだい、荷造りをして出ていくつもりだった。ただその前にレッケの元に持ちこまれた相談を解決したかった。相談というのは失踪《しっそう》後に死亡宣告された女性が、春先にヴェネツィアで観光客が撮影した写真に写りこんでいたというもので、ミカエラは半信半疑ではあるものの写真の謎に好奇心を刺激されていた。

　だからその日、ベリィ通りにある警察署までわざわざ出かけていったのだ。およそ十四年前にくだんの女性の失踪事件を捜査したカイ・リンドルース警部補と会うために。リンドルースは時間どおりに現れなかったが、ミカエラはとくに驚かなかった。電話の対応からして、いかにも気が乗らない様子だったからだ。警察署の受付でリンドルースを待ちながら、ぼんやりと外に目をやる。高校を卒業した若者たちを乗せたピックアップトラックが表の通りをにぎやかに通りすぎていく。二〇〇四年六月五日、気持ちのよい夏日だ。いつまで待ってもリンドルースが現れないので、いよいよばからしくなって帰ろうとしたとき、背後から声をかけられた。

「失踪事件のことで電話してきた人だろう？」

　ミカエラはふり返り、リンドルースと握手した。リンドルースは電話の声から思い描いていたよりも若く、せいぜい五十歳くらいで、茶色の目は大きく、オールバックにした髪はブロンドだった。だが全体にくたびれた印象で、まるで明け方三時に起こされたような目つきをしている。ミカエラはデニムジャケットの前を合わせた。

「お忙しいところすみません」

「クレア・リドマンは死んだ」リンドルースが言った。

「そうかもしれません。でも興味深いものが手に入ったんです」ミカエラは内ポケットに手を入れた。「長くはかかりませんので」

リンドルースがミカエラの身体をじろじろと眺める。

「時間をかけてもらっても構わないが、どっちにしろおれは信じない」

この男の口に何かつっこんでやりたい、とミカエラはひそかに思った。

「信じるかどうかは写真を見てから決めてもいいんじゃないですか」リンドルースのあとに続いて、ミカエラはエレベーターに乗った。

無論、リンドルースは写真を見るつもりだった。われながらしょうもないと思いつつ、捜査のことで訪ねてきたのが若い女で、しかも移民というのが気に入らなかったのだ。偏見をなくすのは口で言うほど簡単ではない。なによりクレア・リドマンの件を蒸し返されると過敏に反応してしまう。リドマンの事件はリンドルースのキャリアにおける汚点で、今でも納得していないところがあった。十四年前、高学歴の美しい女性が、それも仕事でビジネス界の大物と渡り合っていた女性が、忽然と姿を消した。そして失踪から数カ月後に、スペインで起こったタンクローリーの炎上事故に巻きこまれ、人相もわからないほど焼け焦げた遺体となって発見された。あの事件のことはこれまでも数えきれないほど思い返してきた。しかし……今は知ったこっちゃない。すべては遠い過去の出来事だし、今日は金曜で、終業時間まであと少しだ。さっさと家に帰って酒を飲みたい。女を口説いてみるのもいい。少なくともやってみる価値はある。

「ところであんたは少年課だろう？」

「勤務時間外にそれ以外の捜査もするんです」

「ふうん。ところでそのジャケット、よく似合ってる」ジャケットと言いつつ、リンドルースはミカエラの胸を見ていた。そこから改めて彼女の全身へ視線をはわせる。脚はもっと長くてもいいし、もう少し笑顔があるとさらにいい。まあ、注文をつけられる立場でもないが。

リンドルースはミカエラを自分の事務所に案内した。机の上に散らかった書類を適当にどかす。開いた窓から、ピックアップトラックに乗って卒業凱旋《がいせん》パレードをする若者たちの声が聞こえてきた。何か辛辣《しんらつ》なことを言ってやりたかったが、年寄りくさいと思われるのがいやで我慢した。

「楽しそうだな。こんなところにいるより、トラックに乗って騒ぐほうがよっぽどいい」

「そうかもしれません」

「あんたも卒業のときはあんなふうに騒いだのか？」

「声をふりしぼって」

「そんなにむかしのことじゃないだろう？」そう言った瞬間、リンドルースは後悔した。死者がよみがえるなどという奇抜な仮説を持ちだすのは十年早いと、遠まわしに嫌味を言っているように聞こえたからだ。自分にイラつく。だが、口から出た言葉はとりかえせない。

「言いたいことがあるなら、はっきりおっしゃってください」

「いや、ないよ。おれが若いころ、ホワイトキャップ（訳注：卒業生がかぶる白い帽子）なんてかぶるやつは反体制派と思われた。ところが今じゃ、誰もがかぶりたがる」

「そうでしょうか」ミカエラは興味がなさそうに言った。

「反動的な思想は時代遅れのようだな」

「そうかもしれません」

「ウルフ・ルンデル（訳注：スウェーデンのアーティスト、反体制的として知られる）は好きか？」

「ウルフ……誰ですか？」

やはりこいつら移民はスウェーデンのことなぞ何もわかっちゃいない。

「まあいい、さっさと用件をすませよう」リンドルースはいらだちを隠せないまま言った。ミカエラがうなずく。そして内ポケットからプラスチックケースに入った写真をとりだした。

リンドルースは一瞬、恐ろしくなった。理由はわからない。いや、恐れることなど何もない。クレア・リドマンが写っているはずがないのだから。死亡証明書があるし、ＤＮＡも一致した。なによりこの目で遺体を見たではないか。クレアが高そうな赤いコートを着てこの世を歩きまわっているなど、断じてありえない。

3

グランドピアノの前に座ったハンス・レッケは『悲愴《ひそう》』の第二楽章、アダージョ・カンタービレを弾きはじめた。しかしわずか数分で手をとめる。旋律が以前ほど胸に響かない。とはいえベートーヴェンが悪いわけではない。レッケの心にはもはや何も響かなくなっていた。椅子から立ちあがって考える。右へ行くか、左へ行くか？

今のレッケにとって、日々はそうした判断の連続で成り立っている。横になるべきか、座っているべきか。表で車のアラーム音が響きわたり、室内では柱時計が時を刻んでいる。コチコチコチという音が、無為に流れていく時間を思い知らせようとしているかのようだ。

ミカエラはどこへ行ったのだろう？　もう一週間も見かけていない。自分の家に戻ったのだろうか。そうだとしても文句は言えない。同居人として自分は最低ランクに位置するはずだ。自業自得だとわかっていても落ちこんだ。くよくよしていないで、キッチンへ行ってワインでも飲もう。そんなことさえ前向きな決断に思えて、いよいよ自分が情けなくなる。おまけに結局、キッチンへ行くことはなかった。代わりにバスルームへ入り、洗面台のミラーキャビネットを開ける。閉めろ！　頭のなかで自分を叱責《しっせき》する。バスルームを出ろ、と。だが意思とは関係なく両手が動いて、フレディという地獄の医師から処方された錠剤をつかんでいた。

それはオキシコンチンと呼ばれる新しい薬で、フレディによれば中毒性はほとんどないらしい。あの悪党め！　レッケは便座に座って押し寄せる記憶に身を委《ゆだ》ねた。当然ながらいい記憶ではない。苦しみにまみれた過去の断片だ。たとえば雪が降りつづくウィーンの景色のように……。どうしてつらい記憶は歳月が経っても色あせないのだろう？　レッケは便座から立ちあがり、耳を澄ました。音？　そうだ、まちがいない。階段をあがる足音が聞こえる。聞き慣れた音だ。

娘のユーリアがいつもの軽やかな足どりで……いや……レッケはふたたび音に意識を集中した。いや、いつもどおりではなさそうだ。重い足音には若者らしい軽快さや潑溂《はつらつ》とした感じがみじんもない。そういえば最近、ユーリアは思い悩んでいるように見えた。具体的になんと言っていたか思い出そうとしたものの、古い記憶が膜のように思考をおおってうまくいかなかった。

とりあえず髪をなでつけて戸口へ向かう。ドアを開けたレッケは、ぼんやりしたまま娘の姿を観察した。ユーリアは古着屋で買ったレザージャケットに膝《ひざ》に穴の開いたジーンズを合わせ、あきれるほどヒールの高い黒い靴をはいていた。化粧も濃い。ユーリアが寒いかのようにジャケットの前を合わせる。

「よく来たね。雪でも降っているのか？」レッケは雪片をさがすかのようにユーリアの肩を見た。

「それって何かの冗談？」

「ああ」レッケは恥ずかしくなった。「もちろん冗談だよ」

両腕を広げて娘を抱きしめようとしたものの、ユーリアは抱擁をかわして奥へ進んだ。

「もう夏よ、パパ」

「わかっているさ」

「パパの頭のなかでは雪が降っているとか？」

図星だった。どうにかして現実に意識を留めておかなければならない。娘が訪ねてきてくれたのだから。レッケはさっきよりも細かくユーリアを観察した。やせたのはまちがいない。レッケはそれが気に入らなかった。もともとレッケ一族には肉体を痛めつける傾向がある。レッケの母はそれを美徳と呼ぶだろう。高貴さの証《あかし》だと。だが美徳の陰にあるのは強烈な不安だ。致命的な依存症。レッケの生きる世界では、自分を痛めつけるのは心の穴を埋める唯一の方法だった。

「さあ、一緒にランチでも食べよう」

「まさかパパが料理するわけ？」

ユーリアの声にはトゲがあった。細い肩がこわばっている。

「もちろんだとも」レッケはキッチンへ入って冷蔵庫を開けた。「パパの手際のよさはおまえもよく知っているだろう。冗談はともかく、ハンソンさんが何か用意してくれているはずだ。ほら、あった」冷蔵庫の中段にあるボウルを手にとる。「リゾットだな」レッケはそう言ってにおいをかいだ。「白ワインと野菜ストックとパルメザンチーズが入っている。や、ほかにもあるぞ」レッケは顔を輝かせた。「キノコとルッコラのソテーだ。ちょっとしたパーティーができるじゃないか」

「長居をするつもりはないの」

「そんなことを言って、今、来たばかりだろう。レンジで料理を温めるから。ワインを開けてもいい。パパの記憶がまちがっていなければ、おまえはもう十九歳なんだから（訳注：スウェーデンでは十八歳から飲酒可能）」

レッケは満面の笑みで実際よりも粗忽者のふりをしてみせたが、ユーリアはなびかなかった。

「パパに報告することがあって来ただけ」

レッケはリゾットのボウルを持ったまま立っていた。いやなニュースを聞かされる気がした。そんなふうに感じるのはあの冬の記憶が浸《し》みだしてきたせいかもしれない。鎮静剤を山ほどのんだことを隠して、レッケはおだやかで信頼できる父親役を演じきろうとした。

4

来るんじゃなかった、とミカエラは思った。そもそもこの件に深入りするべきではなかったのだ。

事の発端は正確に記憶している。五月十日の十七時過ぎに、妻に先立たれたサミュエル・リドマンがグレーヴ通りのアパートメントを訪ねてきて、一枚の写真をコーヒーテーブルに勢いよく置いた。苦悩に満ちた記憶なのだろう。サミュエルは息を切らし、額に玉の汗を浮かべていた。茶色いコーデュロイのスーツにきちんと磨かれたカウボーイブーツ。シャツの胸元が汗で濡《ぬ》れていた。首から下は彫像のようにたくましくて雄々しいのに、顔は真っ赤で、伏し目がちだ。大の男のうちひしがれた姿が同情を誘った。

「よく見てください。ほかの写真も持ってきました。ほら、耳の形が同じでしょう。鼻や唇も比べてください。驚くほどよく似ているじゃないですか」

サミュエルの主張は簡単に受け入れられるものではなかった。十二年半前に亡くなった妻が——それも失踪後にしかるべき期間を置いて死亡宣告されたわけではなく、歯科情報で本人と断定された遺体が見つかり、ソルナにあるカトリック教会の墓地に埋葬された人物が、生きているというのだ。レッケの表現を借りるなら、クレア・リドマンを墓場からよみがえらせるのは非常に野心的なプロジェクトだった。それでもサミュエルはあきらめなかった。ヴェネツィアの風景写真に写っている赤いコートを着た女性を指さして、サミュエルは言った。

「ほら、見てください。この女性です」

「そうですね。拝見します」レッケは答えた。

ミカエラは、レッケが写真を見るふりをして、やんわりと調査依頼を断るだろうと思っていた。いろいろ問題はあっても彼は紳士で、他者の心を傷つけるのが好きではない。おまけにサミュエルは、この写真に人生がかかっているような思いつめた表情をしている。

依頼人がひどい苦しみを味わってきたのはまちがいなかった。全身全霊で愛した妻が、まだ新婚だというのに、なんの前触れもなく、別れの言葉もなく、彼の元を去ったのだから。クレアが失踪したのは一九九〇年の秋で、それからかなりの時が流れた。しかしサミュエルの傷はいつまでも癒《い》えず、何度となく傷口が開いて血が流れた。たしかにクレアの失踪にはつじつまの合わない点がある。クレアは美しく、才能に恵まれ、華々しいキャリアを築いていた。スウェーデン最大手の銀行、ノルド銀行でチーフアナリストを務め、頭取のヴィリアム・フォシュと直接やりとりする立場にあった。一九九〇年、金融政策の失敗と欧州金融危機の影響により不動産バブルが崩壊し、クレアは投資家や経営状態が悪化した大企業から債権を回収していた。ストレスの多い仕事だったが、サミュエルいわく彼女は仕事が好きだった。根性があり、勝負を楽しむメンタルの強さがあった。結婚生活もうまくいっていた。それはまちがいない、とサミュエルは念を押した。

ところがある晩、クレアはロンドンに住む姉に手紙を出すと言って家を出たきり、戻ってこなかった。煙のように消えたのだ。翌日には警察の懸命な捜査が始まった。それから数週間は悪夢のような日々でした、とサミュエルは語った。一方で、あのころが懐かしいとも。当時の彼にはまだ、クレアとの幸せな記憶があった。彼女と過ごした日々は美しく、清らかだった。サミュエルはのちにそれすら奪われることになる。捜査の規模が最大になったころ、クレアから手紙が届いた。それもクレアが姉に宛てていつも書いていたような長い手紙ではなく、ガルダンヌの村をモチーフにしたセザンヌの絵葉書が一枚きり。葉書には、あなたとの生活に耐えられなくなったので出ていくと書いてあった。

クレアが死んでしまうよりもつらかったとサミュエルは言った。そのあと間もなく、彼は旅に出た。巡礼の旅だった。数週間、誰にも連絡をとらなかった。ようやくボンベイ（訳注：現在のムンバイ）から実家に電話をしたとき、クレアがサン・セバスチャンで、タンクローリーの炎上事故に巻きこまれて死んだと聞かされた。すぐに帰国すればソルナの教会で行われる葬儀に参列することもできたし、妻の遺体と対面することもできた。

だがサミュエルはそれを望まなかった。

「記憶のなかのクレアはもういませんでしたから」

クレアの遺体が判別できないほど焼け焦げていたと知らされたことも、遺体を見たくない理由のひとつだった。サミュエルはすべてを放棄し、旅を続けた。

「あれは人生最大の過ちでした。遺体を見なかったせいでクレアが死んだと思いこまされたんです」

サミュエルのロジックについていくのは容易ではなかった。クレアの姉も、母も、失踪事件を担当していたカイ・リンドルース警部補も遺体が本人だと確認したというのに、サミュエルはクレアがまだ生きているかもしれない可能性に固執していた。遺体となったクレアを見なかったことと、失踪時にクレアが国外に出たのなら誰かしらが手を貸したにちがいないことが、サミュエルの信念を支えていた。たしかに正規のルートで出国したなら記録が残っているはずだ。レッケが写真を吟味する傍らで、サミュエルは筋肉質の身体を不安そうにねじり、さらに汗をかいていた。写真のなかの女性は不鮮明で、死んだ人間が復活した証拠としてはあまりにも弱い。それでもレッケは真剣な面持ちで、かなり長いこと写真を見つめていた。サミュエルの気持ちをおもんぱかってのことだろうとミカエラは思った。サミュエルが持参したクレアのむかしの写真と、問題の写真を見くらべている。

「非常におもしろい」ついにレッケが言った。

「やっぱりそうですよね、クレアでしょう？」

「さて、それはどうでしょう」レッケは続けた。「ピントが合っていないので確かなことは言えません。だがクレアとこの女性に同じカリスマ性があるのはまちがいない。〝自分の行くところに世界がついてくる〟と考えるタイプだ。以前、そんなことを言う自信家のヴァイオリニストがいたんです。ただ疑問なのは……いや、ちょっと待てよ」

レッケは黙りこんだ。サミュエル・リドマンが写真の女性と妻の共通点をいくら並べたてても、レッケの耳には届いていないようだった。いつものトランス状態に入ったのだ。

「この女性は、何かを心配しているようですね」長い沈黙のあと、レッケが言った。「誰かをさがしているような」

「それは……そうかもしれません」

サミュエルが張りつめた表情でレッケを見つめた。

「だがなにより……」

「なんですか？」

「歩き方に特徴がある。前に進む勢いはありますが、かすかに身体が傾いでいる。クレアは右膝を負傷したことがありますか？」

サミュエル・リドマンが仰天した。

「はい、そのとおりです。どうしてわかったんですか？　スキーをしていて靭帯《じんたい》を切ったんです」

「写真の女性は右膝をかばって歩いています。左脚とヒップが、ほら、ここ……かすかに傾いて体重を支えているでしょう。もちろんバランスを崩しただけとも考えられますが、それにしては身体に不自然な力が入っていない。何かにつまずいたり、急に痛みを覚えたりしたようには見えない」

「つまり何が言いたいんです？」

「右膝をかばう動作が習慣になっていて、周囲から見てもわからないほど自然になっているということです。おそらく僕も写真だから気づけたのでしょう。脛骨《けいこつ》や大腿骨《だいたいこつ》を折っても同じような歩き方になりますが、その場合、後遺症はさほど長く残りません。この女性は過去に半月板を損傷して後遺症が残ったと考えるのが妥当でしょうね」

サミュエル・リドマンは椅子から飛びあがって居間とキッチンをうろついた。妻が生きている可能性を実感して、ますます興奮しているのが手にとるようにわかった。

サミュエルがまるで事件解決の手掛かりをつかんだかのような熱っぽい反応を示したので、ミカエラは三十分ほどかけて彼をなだめなければならなかった。気づくとレッケは黙りこんでいた。しばらくしてひとりになりたいと部屋を出ていく。ミカエラは翌日になるまで、レッケが自分の導いた結論を疑いはじめたことに気づかなかった。

それはレッケの典型的な反応だった。レッケの頭脳は細かな情報を収集して瞬間的に一枚の絵を組み立てる。彼にとって観察するとはそういうことだ。しかしあとから自分の思考プロセスを疑い、時間をかけて結論をひっくり返そうとする。今回はとりわけ不用意な発言をしたことを悔いているようだった。不幸な男の心に虚《むな》しい希望を植えつけてしまったからだ。

「僕は大ばか者だ」レッケは言った。あとになってみれば、あれが長い停滞期の始まりだったのかもしれない。レッケは闇に沈んでいった。

しかし、レッケがいくら悔いたところであとの祭りだった。サミュエル・リドマンは妻が生きていると決めこんで、レッケが考えを変えたことなど気にもかけなかった。あまりにたびたび連絡してくるので、しまいにはミカエラがきちんと調べると約束するはめになり、その流れでカイ・リンドルース警部補の元へ写真を見せにきたのだ。そして同じ理由から、ミカエラはクレアが生存説を信じきれていなかった。リンドルースの散らかったデスクに置いたヴェネツィアの写真が、価値のない、ばかばかしいものに思えた。

「これが例の写真か」カイ・リンドルースはそう言って写真を手にとった。

しかしその場でじっくり確認する気はないようだった。まるで卒業生の騒ぎ声がふたたび聞こえてこないかと期待しているかのように窓の外へ視線をやる。

「もう少しちゃんと見てもらえませんか？」

リンドルースはそわそわと写真をいじった。

「なあ、ビールでもどうだい？　海沿いの通りにいい店があるんだ。飲みながらならひとつやふたつ、いい話ができるかもしれない」

リンドルースがさっきまでとちがう目つきになり、さりげない動作でシャツのボタンをひとつ外した。デートが始まる前から服をぬごうとするかのように。

「え？　いえ、せっかくですけど帰らないと」

ミカエラは居心地が悪くなった。

「金曜だし、まだこんなに明るいのに？」

「母と会う約束をしているんです」

「そうかい、そうかい」リンドルースはそう言って、写真に対する興味をいっそう失ったことを態度で示した。

断るにしても、もう少し愛想よくしたほうがよかったかもしれないとミカエラは思った。〝次の機会があればぜひ〟とでもつけたそうか？　だが、男に媚《こ》びるような真似はしたくない。ミカエラはクレアの件に集中することにした。

「写真を見てください。とくに耳や鼻の形が驚くほどよく似ています」

「そうかな」リンドルースは鼻を鳴らし、シャツのボタンをはめなおした。「サミュエル・リドマンは隣人からこの写真を手に入れたんだろう？」

デートの誘いを断るなら、捜査に協力もしないという意図があからさまだ。ミカエラはむっとした。

「サミュエル・リドマンの友人が、隣人の家でこの写真を見つけたんです」

「どっちにしても、ちょっと話がうますぎないか？」

たしかにそうだとミカエラも思った。入念な捜査を重ねて発見されたならともかく、知人の休暇のアルバムに亡くなったはずの妻の写真が入っていたなんて都合がよすぎる。しかしそれが現実なのだ。ミカエラは早くこの場を去って、すべてを忘れてしまいたい衝動にかられた。

「大事なのはどこで見つかったかではありません。本人かどうかです」

「まあ、たしかに」リンドルースはそう言ってふたたび写真に目を落とした。

ミカエラはまぶたを閉じ、写真の女性のようになれたらと思った。生まれながらにすべてを備え、自信に満ちた姿で通りを闊歩《かっぽ》してみたかった。

5

レッケは娘を詳細に観察した。顔色が悪くてやつれているが、これまでにない、どこか挑むような幸せのオーラを放っている。

娘を案ずる気持ちが脳内の霧を吹き飛ばしたように、レッケはにわかに集中して細かく分析を始めた。最初は体重が減ったということ以外、変わった点は見つからなかった。しかし次の瞬間、右手首の赤いあざに目がとまる。薄れつつあるあざは、誰かに手首を強くつかまれた痕《あと》のようだ。

ユーリアがそうされることを許したのだろうか？　性的高揚を目的としたゲームの一部？　恋人がやったのか、それとも誰かに乱暴されたのか？　いや、乱暴されたということはないだろう。手首のあざをのぞけばユーリアはふだんどおりだ。常に最悪のシナリオをひねりだすのはレッケの悪い癖で、それこそ彼が抱える問題だった。そこまで心配することもないかもしれない。とりあえず栄養のつくものを食べさせなければ。

「遠慮しないで言ってごらん、何があったんだい？」

「クリスチャンと別れたわ」

それはむしろいいニュースだと思った。レッケはそもそもクリスチャンのことが気に入らなかったからだ。クリスチャンは自己評価が異常に高い、典型的なお坊ちゃまタイプで、よく知りもしないことを得意げにしゃべる。

「ああ、それは残念だったね」

「嘘ばっかり。パパはクリスチャンが嫌いだったでしょう」

「そんなことはないさ。いい青年だ」そう言いながら、実は本当にいい青年なのかもしれない、少なくともそう思うべきだったのかもしれないと考える。

若者というのは多かれ少なかれ迷走するものだ。クリスチャンのような青年は、自分がその他大勢とたいして変わらないという事実を受け入れるのに時間がかかる。ネスキト・オッカースム(日没を知らぬ者)なのだ。しかし人生には挫折《ざせつ》からしか学べないこともある。ただ、今、重要なのはクリスチャンではない。誰かがクリスチャンの後釜《あとがま》に入った。レッケにはそれがはっきりとわかった。

「適当なことばっかり言って」

「まあ、いいじゃないか。それで？　新しい彼氏ができたんだろう？」

「どうしてわかるの？」

そいつがおまえの手首をつかみ、あざを残したからだ。クリスチャンよりも力のある誰かが、大事な娘にふれている。以前よりも乱暴に。

「そうじゃないかと思っただけだ。で、わが娘を射とめた幸運な男は誰なんだい？」

ユーリアがあからさまにいやな顔をした。しかし批判的な目つきの裏にちらつく不安を、レッケは見逃さなかった。親の言うことなど無視したいと思いつつ、意見を聞きたがってもいる。その事実がレッケにいくばくかの希望を与えた。ユーリアはまだ子どもで、強引に自由をつかみとる方法を知らない。レッケは娘のほうへ身体を寄せ、その肩を抱こうとした。ユーリアが身を引く。線の細さが際立って感じられた。

「名前を言ったって知らないでしょう」

「もちろんそうだが、どんな人なのか教えてくれてもいいじゃないか。彼のどこが気に入ったんだ？」

「パパに話したってわからないわ」

娘が本気でそう思っているのかどうか、レッケには判断がつかなかった。

父親としては欠点だらけで、ジャンキーのように鎮静剤をのむレッケではあるが、どうしようもなく誰かに惹《ひ》かれる気持ちは知っている。そういう経験は幸せを運ぶこともあれば不幸を招くこともある。今のユーリアにそれが当てはまるのなら――娘の反応からして当てはまるのだろうが、レッケの家名にふさわしいどころか、むしろ真逆の人物に惹かれているのではないだろうか。実際にそうだとしても、さほど驚くことではなかった。レッケ自身、あらゆるセイレーンの歌声に惑わされてきたからだ。レッケには娘の気持ちが理解できるし、娘もそれを知っているはずだった。

「たしかにそうかもしれない」レッケは小声で言った。「だが、少しくらい教えてくれてもいいだろう。何をしている人なんだ？　学生か？」

「そんなことが本当に重要なの？」

「重要じゃないとはいえないな。しかしいちばん気になるのは、彼がいい人なのかどうかだ」

「いい人というのがユシュホルム（訳注：レッケが離婚前に妻と住んでいたストックホルム北部の高級住宅街）でよく見かける退屈な男たちを指すなら、彼はちがうわ」

「そうか」レッケは自分でも意外なほど動揺していた。「ともかく気をつけるんだ。何かあってからでは遅いからな。おまえに……」レッケはユーリアの手首を見た。「乱暴するやつがいたら、たとえそれがかすり傷だとしてもパパが許さない」

「乱暴なんてされるわけないでしょう」

「そうだな」レッケはうなずいた。もしも誰かがおまえを傷つけたら、地の果てまでも追いかけていって報復する。ユーリア、おまえにこの不安がちゃんと伝わっていればいいのだが。

　レッケの脳裏に、絶え間なく雪が降るウィーンの冬景色がふたたび浮かんだ。

6

　写真はヴェネツィアのサン・マルコ広場を写したものだった。だからといってサン・マルコ寺院がメインではなく、特定の人物に焦点が合っているわけでもない。前景に年配の日本人観光客グループがいるものの、彼らは撮影されていることに気づいてもいなそうだった。写真の主題は人物というよりそこらじゅうにいる鳩で、おそらく撮影者は鳩がいるからシャッターを切ったのだ。撮影したのはエリック・ルンドベリという男で、彼は〝観光客と鳩に踏み荒らされて海に没しつつあるヴェネツィア〟を切りとろうとした。

　ただルンドベリの与《あずか》り知らぬところで写真の右端に写りこんだ赤いコートの女性が、荒廃し、汚れたものを見せたいという撮影者の意図を弱めていた。女性は四十代前半で、髪は黒っぽく、人目を引く。赤色のコートを着ているからというだけではない。写真を見た人はもれなく、彼女の颯爽《さっそう》とした雰囲気に惹きつけられるだろう。ふり返るように頭をふってはいても、顔立ちが整っているのがわかる。

「クレアだと思いたいサミュエルの気持ちはわかる。おれだってこんなかみさんがいたら自慢するだろうしな」リンドルースが言った。

　ミカエラは居心地の悪さをまぎらわすように自分の手に視線を落とした。

「面立ちが似ていますし、年代も合います。失踪前の写真もあるので比べてみてください」

　リンドルースはしらけた顔をしたが、それでもジャケットの内ポケットから老眼鏡をとりだすだけの誠意を示した。ミカエラとしては眼鏡が必要なら最初からかけておけと思わないでもなかったが。

「身体の傾きや足運びから、この女性が過去に半月板を痛めたことがわかります」ミカエラは説明を続けた。

　リンドルースが冗談なのか本気なのかはかりかねるといった表情でミカエラを見る。

「なんだって？」

「ここを見てください」ミカエラは身を乗りだして、赤いコートの女性のヒップと左脚を指さした。そうしつつも詳しくは説明しない。ミカエラ自身がレッケの説を信じきれていないからだ。定まらない心は、いつしか兄のルーカスへさまよった。

最近、何かにつけてルーカスのことを思い出す。ときには、ちょうど今のように、そのせいでふいに強い恐怖に襲われる。イェルヴァフェルテット自然公園で、若い男の喉元《のど》に銃口をあてていたルーカス。あの光景があまりにも衝撃的で、ミカエラは兄と過ごした人生をまったくちがう角度から見直すようになった。麻薬捜査班にいる同僚に兄の情報を流しはじめたのもそのころからだ。ルーカスが妹の裏切りに気づいたのもわかっている。今やミカエラの生活全般が脅かされていて、ときどき自分でも意外なほどの強い恐怖を感じた。

今いる空間から急にどこかへ飛ばされるような感覚とでもいえばいいだろうか。そういう状態だったので、写真を見たリンドルースが幽霊に出くわしたように身をこわばらせたことに、ミカエラは気づかなかった。リンドルースがこちらの視線を避けるように携帯電話をとりだしたときは、デートの誘いを断ったせいで腹を立てているのだと思った。

「何か思いあたることが？」

「いや……ちょっと用を思い出したんだ」

集中したいから少し黙っていてくれというジェスチャーをして、リンドルースはメールを打ちはじめた。

「さっきも言ったとおり――」しばらくしてリンドルースが口を開いた。「サミュエルの推理は的外れだ。それと――」

「なんですか？」

リンドルースが写真を顔に近づけた。口元に、独りよがりとも見える苦い笑みが浮かぶ。

「この女性が手にしているのはなんだ？」

「本です」

「かすかに文字が見えるよな？」

「〝ラブ〟だと思います。その上にも何か書かれていますが、手で隠れていて見えません」

「タイトルが〝ラブ〟なら恋愛小説とか？」

「カバーの色からしてその可能性はあります。ただ、広く流通している本ではないようで、同じものは見つけられませんでした」

カイ・リンドルースは、肩の荷がおりたように笑った。

「クレア・リドマンは恋愛小説なんて読まない」

「そうなんですか？」

「断言できる。現実に対処すべき課題のことで頭がいっぱいで、恋愛小説はもちろんフィクションそのものに興味を示さないタイプだ」

「サミュエルから聞いた話とはちがいますが」

「そりゃあそうだろうさ」リンドルースがばかにしたように鼻を鳴らした。

「なぜです？」

「おれたちだってクレア・リドマンの人物像を理解するのに長い時間がかかったからだ。あの手の女は小説なんてものに時間を費やさない。だからこそ常に人の二歩先を歩み、アクセル・ラーションのような投資家に圧力をかけることができた。頭のなかで常に戦略を練っていた」

「人は変わることもあるでしょう」

「死んだ人間は変わらない」リンドルースはそう言って、ふたたび携帯に目を落とした。自分が打ったメールの文章にまちがいがないか確認しているようだった。

「だったらあなたはどうして、わたしに会ってくれたんですか？」

リンドルースが心外だというようにミカエラを見た。

「おれもそのへんにいる野心家のクソどもと同じだってことだろう。手柄を立てる機会を虎視《こし》眈々《たんたん》と狙っているんだ」

「クレアの遺体を見たのに?」

「遺体は黒焦げだった。それはあんたも知ってるはずだ。だいいちクレア・リドマンの失踪と死に不審な点があるのがわからないほど鈍くもない。だからといってあんたの話を信じるわけじゃないがな」

ミカエラは手をのばして写真をとりかえそうとした。リンドルースが〝待て〟というように手をあげる。

「スタンフォード大を首になった教授と組んでるって?」

「スタンフォード大学としては教授を引き留めたかったと思います」

「じゃあどうして首になった?」

CIAのせいだ、とミカエラは心のなかで答えた。

「複雑な事情があるんです。でも教授の観察力は人並み外れたものです」

「外れすぎるのも問題だと聞いているぞ」リンドルースはそう言って、机のいちばん上の引き出しを開け、ミカエラに対する当てつけのように写真をしまった。

「返してもらえませんか」

「うちで預かる」

「だめです」

「サミュエル・リドマンが持ちこんだ情報はすべてここに保管している。あの男もいつかは過去に踏ん切りをつけなきゃならない。クレアの家族が不快な思いを……」

リンドルースの言葉はノックの音に遮られた。ハイネックのシャツを着た、額のあたりが薄くなった男性が入ってくる。年配だが眼光は鋭い。男性は眉根《まゆね》を寄せ、話を中断して申し訳ないと謝った。ミカエラは写真を返せと食いさがるべきだと思いつつ、リンドルースとの実りのない会話にうんざりしていた。正直なところ、自分はクレア・リドマンが生きているという話を一度でも本気で信じたことがあるだろうか？　レッケともう一度、捜査がしたくて引き受けただけでは？　依頼があった五月の時点では、レッケはまだ細部を見る目を持っていた。

それがこのところはベッドから起きあがれたとして、バスルームへ行くにも椅子の脚や何かにつまずくというざまだ。一緒にいるとこちらまで生気を吸いとられ、闇に引きずりこまれそうになる。レッケとはできるだけ距離を置いたほうがいい。リンドルースと年配の男に向かってうなずいたミカエラは、部屋を出た。クレア・リドマンのことは忘れて、自分の生活を立て直そうと決意して。

7

ユーリアを見送ったレッケは、家で娘を待っているのはどんな男だろうと想像した。

だがそんなことを考えても意味がないと思い直す。今の自分に必要なのはベッドに横になることだ。ここのところ、何もする気になれなかった。たいていはベッドに寝そべるかソファにだらしなく座るかしていて、玄関を出て階段まで行くのも億劫《おっくう》に感じる。それでも寝室へ向かう途中、レッケはグランドピアノの横で足をとめた。久しぶりに弾いてみようか？　鍵盤《けんばん》が自分をあざ笑っている気がする。カルタフィルス、とレッケはつぶやいた。カルタフィルス。それがすべての始まりだった。

久しぶりにその言葉を耳にしたのは数週間前のことだ。失踪後にスペインで死亡宣告を受けた女性について、ミカエラが誰かに電話をしていた。事件そのものにはとくに興味を引かれなかった。失踪した女性の夫から聞いた話は希望的観測と妄想で脚色されていたからだ。夫が持ってきた写真に対して現実離れした分析をした自分を恥じる気持ちもあった。だから電話のことなど気にせず部屋を出ようとした。そのときミカエラの口から例の言葉が出た。

あとで確認したところ、クレア・リドマンはカルタフィルスと交渉した直後、煙のように消えたという。そこがレッケの不安をあおった。

カルタフィルスはハンガリーの資産運用会社で、かつてはＫＧＢとつながりがあり、ソヴィエト連邦で組織犯罪に加担していた。しかし社名を聞いてレッケが凍りついた理由は別にあった。カルタフィルスという言葉によって、雪の降るウィーンに引き戻されたのだ。居ても立ってもいられなくなり、表へ飛びだして何時間も通りをうろついた。

家に戻ったときにはミカエラの姿がなく、以来、ずっと見かけていない。彼女に電話して、自分が知っている情報を教えるべきだと思った。だが、レッケは純粋に、カルタフィルスに深入りする覚悟ができていなかった。ああ、神よ！　どうして過去はいつまでもまとわりついてくるのでしょう！

ハンス・レッケの子ども時代は憂鬱《ゆううつ》な日々の繰り返しだった。午前中は母親の指導の下、ピアノの前に座ってスケールとアルペジオを練習し、エチュードを弾いた。午後になるとブラント博士のような音楽以外の学科を教える教師が訪ねてくる。たまに才能のある教え子が一緒のこともあった。高音のＦシャープが混じる呼気とともにハンス少年を投げ飛ばしたガボールも、そのひとりだった。指先をぬらす血の感触や、翌朝、枕に残った血痕《けっこん》が今でも鮮明によみがえる。眠りから覚めたハンス少年には、世界が昨日までとはちがって見えた。くっきりした光のなかで再構築された世界では、周囲のあらゆる動きが、より恐ろしく、怒りに満ちたものに感じられた。まるでふたつの場所――今日と、雪の庭で投げ飛ばされた昨日――に同時に存在しているかのようだった。

ガボールに投げられた場面が頭のなかで繰り返し再生される。最初は、いやな記憶を繰り返すことで脳が自分を攻撃しているのだと思った。さもなければ、いつなんどき攻撃されてもいいように準備しているのだと。しかし時間が経つにつれ、投げられた場面を思い出すのには別の意味があるように思えてきた。翌日、ハンスは図書館へ行った。

「武道の本をあるだけ貸してください」司書に本をさがしてもらい、閲覧室の隅に腰掛けて、うずたかく積みあげられた本のページを熱心にめくった。

十七時をまわったころ、ついに見つけた。ガボールが披露した動きは大外刈りといい、嘉納治《かのうじ》五郎《ごろう》が編みだした柔道の基本となる四十本の投げ技のひとつだった。同じ内容を別の本でも確認できた。イラストつきの解説があったので、自分が地面に打ちつけられたプロセスをより詳細に確かめることもできた。投げられた瞬間をひとコマずつフリーズする。その一瞬にどのくらい長く留まることができるだろう。一瞬のなかに何時間でも留まることが可能だった。しかしハンスが求めていたのはどのように投げられたかを理解するだけではなかった。どうすれば身を守れたのか、どうやって対抗すればよかったのかが知りたかった。ハンスは時を忘れたように調べつづけた。そしてついに答えが見つかり、ハンスの思考をループから解放した。

大外刈りをかけようとふりあげた相手の左足を、自分の左足でうしろに刈りあげ、バランスを崩せばいい。美しい解法はダンスに似た対称性を帯びていた。ハンスは椅子に座ったまま大外返しの理論を復習し、頭のなかでガボールと対戦した。それから図書館へ来たときとはまるでちがう気構えで立ちあがり、足さばきの練習をしながら帰路についた。その日以来、ハンスの歩き方は変わった。暇さえあれば部屋で技の練習を重ね、大外返しはもちろん、ほかの技とその返し技もシミュレーションした。そうやってハンスは柔道の原理のようなものを理解していった。自分よりも身体の大きな相手を倒すことは可能だ。

柔道は相手の動きに合わせながら避けられない限界点をさぐり、その一点をつかんで相手の力を反転させ、反撃する武道だ。フォルティテュード・ホスティウム・アミークス・エスト。柔よく剛を制す。何時間もかけて柔道の理論を身につけたハンスは、やがて覚えた技を実践したくてたまらなくなった。思考の次はエネルギーを解放しなければ。

「ガボールはまた来る？」ハンスは母親に尋ねた。

「ブラント博士は、あなたたちはそりが合わないようだったとおっしゃっていたけれど？」母親が怪訝《けげん》そうな表情を浮かべる。

「彼はいい刺激をくれるんだ」この言葉は母親に対していつも魔法のような効果を発揮する。

母親は、息子に刺激を与えるものならなんであれ、すぐに与えようとするからだ。そしてある日の午後、またしても雪……少なくともハンスの記憶では雪の降る午後、ガボールがやってきた。ハンスの足元には愛猫のアハシュエロスが身をすりよせていた。数学の問題を解くあいだも猫は近くにいて、少年たちのあいだにただよう不穏な気配を察知したようにテーブルに飛びのった。休憩時間になって、ハンスとガボールは庭に出た。ハンスは前のときと同じように何もわかっていないふりをした。わざと下手《したて》に出て、ともすればへつらうように切りだした。

「あのときの技を、また見せてくれない？」

ガボールとしては、ハンスにそんなことを言われるとは思ってもいなかったようだ。また投げられたいとはどこまで間抜けなのかと思っただろう。それでもすぐに承知し、ばかにしたような笑みを浮かべて、この前と同じ呼吸を始めた。Gの音がFシャープになる。ガボールが襲いかかってきた。前回とはまるでちがう投げ技だ。ハンスは最初、またみっともなく投げられることを覚悟した。しかし練習を重ねたおかげで神経回路が素早くつながり、一歩さがって夢中でガボールの動きに合わせていた。

手術室の照明に照らされたように、相手の動きが細部までくっきりと見えた。ハンスは一瞬の隙をついて足を踏みだし、ガボールの襟と袖《そで》をつかんで前回とまったく同じ姿勢に持ちこんだ。それから上体をそらし、ガボールに自分が優位だと思わせる。それこそハンスが望んでいた幻覚だった。

相手の勢いをてこのように利用して、ガボールを地面にたたきつけた。しかし期待していた勝利の喜びは湧いてこない。ハンスは何も考えずにガボールを引っぱり起こし、同じ動きで投げた。ガボールが地面に頭をぶつけるのを見て、さすがに胸がすっとした。しかし次の瞬間、生涯忘れえぬ光景を目にすることになる。

起きあがったガボールの顔を見て、ハンスは息をのんだ。そこには絶大なる自信をはぎとられた、むきだしの、救いようのない魂があった。これを見てしまった代償を、いつか自分は払うことになるだろう。ハンスはそう直感した。ガボールのような男は恥をかかされたままではすまさない。必ず恨みを晴らし、勝利をもぎとるにちがいない。しかしそのときのハンスにはまだ、ガボールがどれほど非情な手段に出るかが想像できていなかった。

　ハンスは雪のなかに立ちつくし、遠ざかるガボールの背中を、不吉な予言のように眺めていた。

　ブラント博士がせかせかと玄関から出てきて、両手をふった。

8

　ミカエラは物思いにふけりながらロードフース公園方面へ歩いていた。クレア・リドマン生存説を完全に無視したくせに、リンドルースはなぜ写真を手元に置きたがったのだろう？　つじつまが合わない。もちろんマニュアルどおりにしただけなのかもしれないけれど……。結局、なんの成果もなかった。もはやどうでもいい気がしてくる。

　希望したわけではないが早い夏休みの最中にはちがいないし、やるべきことは山ほどある。ミカエラとしてはできれば七月にまとまった休暇をとりたかったのだが、暑い盛りに抜けてもらっては困ると言われ、六月の初めに二週間、残りは九月に休むことになったのだ。現在、ミカエラはイェルヴァフェルテット周辺の青少年犯罪を取り締まる部署に配属されている。高校を卒業してトラックの荷台で叫んだときに思い描いていた仕事ではないが、今の部署にいれば近隣地域に麻薬がどのように拡散しているかを仔細《しさい》に観察できる。それも兄のルーカスをこれまでとはちがう角度から見るきっかけとなった。

　独自の捜査で、兄が麻薬売買における中心的存在であるという事実はつかんでいる。ただし証拠集めが難しく、正直なところ、最近は捜査にのめりこみすぎて、自分を見失っているかもしれないという自覚があった。悪い噂が立ち、実家のあるヒュスビー地区を歩いていてもののしられたり、遠まわしに脅迫されたりする。さっきリンドルースと話していたときのように、ふいに強い恐怖に襲われることもある。白いバスが通りすぎた。携帯電話が鳴る。ヴァネッサからだ。ヴァネッサはミカエラにとっていちおう親友と呼べる相手だった。

「ミカエラ？　調子はどう？」

「まあまあってところ。新しい靴を買おうかなと思ってる」

「お願いだから白いスニーカー以外にしてね」

ミカエラは自分の足を見おろした。実際、はくのは白いスニーカーばかりだ。いつかはそれ以外の靴もはくかもしれないけれど……。

「それがわたしだから」

「でしょうね」

「そっちはどうなの？」

「ほとんど毛のないじいさんの髪を染めたところ。ちなみに耳毛はあったけどね。これからいい男でもさがしにいくつもり。発散しなきゃ」

「そりゃたいへんだったね」

「そういえばルーカスがさがしてたわよ」

ミカエラはむっとした。「どうして本人が電話してこないの？」

「何回も電話したって言ってたけど？」

せいぜい三回だ、と心のなかで反論する。兄と話す気分ではなかったので無視したが、ヴァネッサを使ってさぐりを入れてきたのが気に入らない。結局のところヴァネッサも、ルーカスに憧《あこが》れ、魅了されているひとりなのか。

「なんの用か言ってた？」

「ううん。それにしてもルーカスってすてきよね」

「そう？」

「なのに、あんたが彼を困らせてるってみんな言ってるよ」

「犯罪者だから」

「ルーカスひとりが悪いわけじゃないでしょ」

元凶にはちがいない、とミカエラは思った。「だとしても犯罪者であることには変わりない」

「なんだか電話のうしろで叫び声が聞こえるんだけど、大丈夫？」

「ああ、高校の卒業式で学生が騒いでるだけ。このあとビールでも飲まない？」

「マリカと約束があるの。ねえ、ルーカスを困らせるのはヨイエのことがあったから？」

ヨイエのこともあるが、それについてヴァネッサと話したい気分ではなかった。ほかの話題をさがして周囲を見まわす。なんでもいい。歩道の向こうで背中を丸めた男が煙草に火をつけた。ライターの光に、黄ばんだ肌が浮かびあがる。

「そういえばバーの店内が禁煙になるって聞いた？」

「え？　なんのこと？」

「ノルウェーで最近、そうなったんだって」

「宗教上の理由とか？」

「どっちにしてもいいことだと思わない？」

「ルーカスがヨイエと母親を脅したと思っているんでしょう？」ヴァネッサが言った。

実際のところミカエラはそう思っていたが、証拠がなかった。ただ、ルーカスが何かしたにちがいないという思いは、ここ数カ月でますます強まっていた。

「ルーカスに厳しすぎるんじゃない？」ヴァネッサが続けた。「ルーカスはあんたに幸せでいてもらいたいだけなのに」

ミカエラは目を閉じ、ふたたび別の話題をさがした。「わたし、自分の家に戻ろうかと思ってて」

ヴァネッサが沈黙する。かなり驚いたようだ。

「え？　本気で言ってる？　なんで？」

「なんとなく」

「何かあったの？」

グレーヴ通りで起きていることを事細かに話したくなった。レッケが闇に沈み、まともな会話さえ成り立たないことを。

「そういうわけじゃないけど……」

「例の教授とうまくいってないんでしょう？」

ヴァネッサの口調がひっかかる。喜んでいるとはいわないまでも、ほらみたことかというニュアンスをかすかに感じた。

「べつに」ミカエラは言い訳するように言った。「平和なひとり暮らしが恋しくなっただけ」

「ふうん。わかった。ねえ、やっぱり会おうか？　マリカは今度でもいいし。話を聞くよ」

ヴァネッサが急に気遣うような言い方をする。

「そこまでしてもらうほどじゃないし」

「そうかもしれないけど、でも、今のうちに気づいたほうがいいと思うんだよね。その……あんたが傷つく前に」

「なんでわたしが傷つくの？」

「あの教授とは縁がなかったんだよ。うちらとは住む世界がちがうし」

ヴァネッサの発言が正しいことはわかっていた。レッケとミカエラはあらゆる意味で住む世界がちがう。

それはわかっていてもミカエラはいらだちを覚えた。こんな話をするんじゃなかった。まだはっきり決めたわけでもないのに。ただ、しばらく前からそうしたほうがいいのではないかと悩んでいたのだ。

「何も知らないのに勝手なこと言わないで」ミカエラはぴしゃりと言い返した。

「ちょっとそんなに怒らなくてもいいでしょう。わたしはただ……あんたがいなくてさびしいだけ」

ミカエラも、ヴァネッサと過ごす時間や、たわいのないおしゃべりが恋しくないわけではない。しかしこの世の道理を見透かしているかのように冴《さ》えまくっていた春のレッケを恋しく思う気持ちのほうが強いのだ。

「ごめん」

「べつにいいよ」

「ルーカスに会ったら電話するって言っておいて」

「もう切るの？」

「マリカによろしく伝えてね」ミカエラはそう言って、やや唐突に電話を切った。しかしそうしておきながら孤独を感じて、リンドルースに言ったとおりヒュスビー地区にいる母を訪ねることにした。

ミーハーな気持ちからだったとしても、母は娘がグレーヴ通りに住むことをまちがいなく喜んでくれていたのだから。

カイ・リンドルースの金曜はラーシュ・ヘルネル警視で締めくくられることとなった。いまいましいラテン女をさっさと追い払うためにメールを打って部屋に来てもらったのだが、今になって後悔していた。ラテン女が出ていったことが残念なのではない。あんな女は低所得者地域に住む母親のところでもどこでも行ってしまえばいい。

ただクレアの件について——そもそも写真の女がクレアのはずもないのだから、考えることから して愚かしいことだったとしても、ひとりになって考えたかった。いや、クレアであるはずがない。亡くなった父親がマヨルカ島で豚の丸焼きをほおばっているところを目撃されたと言われたも同然だ。酒でも飲まないとやっていられない。

「ぴりぴりしているようだな」ヘルネルが言った。

「ちょっと疲れただけです」ひとりで考えるよりも、ヘルネルに写真を見せてもう一度だけ確認したほうがいいのかもしれない。

その一方で、この件を他人と共有したくないとも思った。とりわけクレアの事件を引き継いで自分を捜査から締めだしたヘルネルには教えたくない。あんな写真は破り捨てて、何もなかったことにしてしまえばいい。ヘルネルが持ってきた新しい事件に集中するべきだ。そう自分に言い聞かせても、古い記憶が浸みだしてくるのをとめることはできなかった。

サン・セバスチャンで起きた横転事故。あれは十三年半前の、夜も遅い時間だった。残業していたリンドルースの元へ、アントニオ・リベラと名乗るスペイン警察の刑事部長が電話してきて、こちらとはなんの関係もなさそうな話を並べたてた。タンクローリーが車線を逸脱したか、それともどこかの高速道路出口でスピードを落としきれずに下道に落下したかして、炎上した。運悪くそこを歩いていた聖歌隊のコンサート帰りの人々が事故に巻きこまれた。

十六人が死亡し、遺体の多くは身元の判定がつかないほど焼け焦げていた。ここから先が、リベラがわざわざ国際電話をかけてきた理由だ。事件の二日前から、イギリスとスウェーデンの二重国籍を持つ女性が市内にあるグラン・オテルに滞在していた。事故のあった夜、その女性がフロントにパスポートを預けて長い散歩に出たまま戻らないと、ホテルから通報があった。

「女性の名前はクレア・リドマンです」リベラが言った。「われわれは、彼女がタンクローリーの事故に巻きこまれたと考えています」

ようやく相手の言いたいことを理解したリンドルースは、深い失望に襲われた。クレア・リドマンが死亡したからではない。そもそもリンドルースはクレアと面識がなかった。失望の原因はリドマンの捜査に事件性がなくなったからだ。スペインの交通事故で亡くなったのがクレアなら、失踪事件そのものが事故死として処理される。どんな悪党をもってしてもタンクローリーの事故を演出し、クレア・リドマンが巻きこまれるようにすることなどできないからだ。考慮すべきパラメーターが多すぎる。

リベラから電話をもらったのが夜だったので、現地へ向かういちばん早いフライトは翌日までなかった。翌日の午後になってようやく同僚のロフェ・サンデルとサン・セバスチャンに到着したときには、すでにクレアの母と姉が現地入りしていた。遺体安置所の外で煙草を吸うふたりはくたびれて安っぽく見え、想像していた彼女の家族像とはかけ離れていた。ただ、クレアが自力でキャリアを築いたことは承知している。リンドルースはクレアの母親と姉に礼儀正しくあいさつをした。ふたりは面食らうほど冷静で、ともすると満足そうにも見え、まるでクレアが悲惨な最期を迎えることがあらかじめわかっていたかのようだった。

ひょっとするとこの家族はクレアの成功にことごとく嫉妬《しっと》していたのかもしれない。クレアが手にした贅沢《ぜいたく》な暮らしをねたんでいたのかもしれない。

「このようなことになって非常に残念です」リンドルースは言った。

姉のリンダが対応する。「遠いところをわざわざありがとうございます。クレアは家族の誇りでした。こんな結末は……悲しすぎます」

たしかそんなような当たり障りのないことを言われた。たいして心がこもっているようにも聞こえなかった。リンドルースはリンダを不適切な目で見ないように努力した。

リンダには家族を亡くしたばかりとは思えない、挑発的な雰囲気があった。きつそうなスカートをはいていることを除外しても、なんとなく場ちがいな印象を受けた。大柄で、肉づきがよく、十三歳からずっとヘビースモーカーだったかのように肌が荒れている。リンドルースは遺体安置所のドアを開けてリンダを先に通し、あとをついて部屋に入った。靴底のゴムが床にこすれてきゅっきゅと音をたてる。リンダのうしろを歩いていたリンドルースは、黒いブラウス越しに透けるブラジャーのひもを見て、思わず何カップだろうと考えた。こんなときに不謹慎なのはまちがいない。しかし人間とはそういう生き物で、死は媚薬《びやく》のような効果をもたらすといわれている。

死のにおいは遠くからでもかぎわけることができた。想像していたよりずっとひどい。濃厚で、甘ったるくて、気分が悪くなる。皮膚はもちろん脂肪も、筋肉も、血も焼け、そこに車のオイルやタイヤのゴムの焼けたにおいが重なっていた。耐えがたい臭気に吐き気を催す。こんなむごい遺体がクレアのはずがないと思った。

クレアじゃない。とても信じられない。だがあの状況ではそれが自然な反応だろう。人生においてあそこまで徹底的に損傷した肉体を目にすることになるとは、誰も予想しないからだ。それがクレアのような女性ならなおさらだった。クレアの母親と姉が取り乱しもせず、冷静でいるのが、リンドルースには理解できなかった。それほどむごい眺めだったのだ。目の前に、赤くて、じくじくとした、悪臭を放つ、傷だらけで、ところどころ黒焦げの肉塊が横たわっている。それをクレアとどう結びつけろというのか？　ほかの人たちはどうして平気な顔をしていられるのだろう？　理解の域を超えている。あとから考えると、クレアの母と姉はすでに亡骸《なきがら》と対面していて、心の準備ができていたのだろう。もしくはあまりの悲惨さに心を閉ざしていたのかもしれない。

リンドルースはリベラ刑事部長とともに遺体を確認した。焼け焦げたつま先から、毛髪のない頭部まで、遺体の横を移動しながら話を聞く。顔もほとんど原形を留めていなかった。それでも前歯の隙間から鎖骨の骨折痕まで、クレアについてリンドルースが集めた情報は、遺体の特徴とことごとく一致した。

「娘です」母親が言った。「クレアだわ」

〝娘〟だという母親の言葉を、警察官の自分がどうして疑う必要があるだろう。おまけに前歯の隙間をはじめとする特徴が一致したではないか。

それでも何かがおかしいという気持ちをぬぐえなかった。それに基づいて行動を起こしたり、事件を調べなおしたりはしなかったとしても、違和感は残り、その一端はリベラにもあった。

リベラ刑事部長は遺体安置所には似つかわしくない、非常に整った容姿をして、英語も流暢《りゅうちょう》だった。マドリード勤務で、立ち居ふるまいは軍の将校のようにきびきびとしている。リンドルースが育った地区では医者や教師は敬われたものだが、リベラには医者に対してへりくだる様子が一切なかった。むしろその場を仕切って、必要な検査はすべて実施するように指示をしていた。そして検査結果が出るのも驚くほど早かった。

検査結果によると、指紋は焼けていて確認できなかったが、歯型が一致したことから遺体はクレアだと断定された。そこに疑問の余地はなかった。それでも……。リンドルースの心にはわだかまりが残った。引き出しのなかの写真と同じく、二度と見たくない気持ちと、何度も戻って確認したい気持ちが混在している。忘れたいのに忘れられない。

「私の話をまったく聞いていないのかね？」

ヘルネルの声で、リンドルースは現実に引き戻された。ふだんから懐疑的で批判的な茶色い目が、さぐるようにこちらを見つめている。

「もちろん聞いています。おれはただ……」

「ただ……なんだ？」

「ちょっと考えごとをしていて」写真を見せて、もやもやした気持ちを共有したいという誘惑にかられたが、さらなる記憶が押し寄せてきて、それを打ち消した。

「さっきここにいた女性と関係あるのか？」ヘルネルが尋ねる。

「まあ、多少は」

「どんなふうに？」

「クレア・リドマンについてくだらない妄想を聞かされただけですよ」リンドルースは思わず口を滑らせた。

ヘルネルの顔色が変わり、リンドルースが不安を覚えるほど警戒した表情になった。

「どんな妄想だ？」

「よくあるやつです。クレアが生きていて、高いコートを着て歩きまわってるとか、そういう話です」

「それで、今度はどこを歩きまわっていたんだ？」

「さあ、どこだったか……突拍子もない話だったんでよく覚えていません」われながら下手な芝居だった。ごまかそうとして失敗したのは明らかで、ヘルネルがますます鋭い視線を注いできた。

「裏づけは何もないということか？」

「はい」

「あの女性はどこかで見たような気がするが、警官か？」

「いちおう、そうです」できればミカエラの名を出したくなかった。これ以上、誰もこの件に割りこんでほしくないという気持ちが全身をめぐる。リンドルースは思いつくかぎりの話題を並べてクレアの件から話をそらそうとした。しかしラーシュ・ヘルネルがすべてを見抜いて、リンドルースの話よりもさっきの若い女性によほど強い興味を抱いていたことを、リンドルースは知らなかった。

9

何か悪いことが起きる予感がして、レッケはピアノの椅子から立ちあがった。また古い記憶がいたずらしているだけかもしれない。ここのところはとりたてて何も起きていない。ときおりハンソン夫人がちゃんとやっているか様子を見にくるくらいで、当然のことながら、レッケがひとりでちゃんとやれるわけもなかった。

レッケは廃人も同然だった。最近やったことといえば、子どものころに飼っていた猫について考えるくらいだ。そもそも猫にアハシュエロスなどという名前をつけるなんてどうかしていた。だが当時はアハシュエロスをめぐる物語に魅了されていたのだ。単に親がアハシュエロス関連の蔵書をそろえていたから興味を持ったのかもしれない。ゲーテも、シュレーゲルも、ハーメルリングも、アンデルセンも、フレーディングも、ペール・ラーゲルクヴィストもアハシュエロスについて書いていた。

物語のなかのアハシュエロスは、とくにラーゲルクヴィストの小説においては、おおむねまともな人間だ。家族との静かな暮らしを大事にする平凡な男だったが、住んでいた場所が悪かった。十字架を背負ってゴルゴタの丘へ向かう死刑囚が家の前を通るのだ。ある日、死刑囚のひとりが家の前の階段で少し休みたいと言った。情け深いアハシュエロスとしては喜んでそうさせてやりたいところだった。だが役人に見つかったら面倒なことになる。結局、アハシュエロスは死刑囚を追い払い、結果としてこの地を永遠にさまようという呪いを受けた。この物語はハンス少年の心を強く捉《とら》えた。アハシュエロスの運命は呪いであると同時に、闇の贈りものとして綴《つづ》られていた。

ナザレのイエスの願いを拒んだあと、アハシュエロスはふつうの人々のように喜びを感じたり、他人と心を通わせたりできなくなった。アハシュエロスが目をとめるものには残らず灰が降った。その一方で何者もアハシュエロスの目をくらますことができなくなった。彼は、ほかの人が壮大さを見いだすところに虚しさを見た。ほかの人がへつらい、頭《こうべ》を垂れるところに気どりを見た。ませた少年の思いつきでアハシュエロスと名づけられた猫は、陰気な威厳のようなものをまとうようになった。ハンスは呪われた名を持つ猫をかわいがり、自分自身と重ね合わせた。だからこそガボールが二度目にやってきて間もなくこの猫の姿が見えなくなったとき、すぐに心配した。

家のどこにも見あたらない。凍えるほど寒いのに猫が外へ出ていくとも思えなかった。表は雪が降りつづき、吹雪になると予報されていた。ハンスは家の近くを歩きまわって、大声で猫の名前を呼んだ。

「アハシュエロス！　アハシュエロス！」

いくらさがしても猫は見つからず、夜遅くに考えごとをしながら家に戻った。門の近くの茂みで物音を聞いたとき、最初は猫が帰ってきたにちがいないと思った。

郵便受けの横に、ブラント博士の毛皮の帽子のようなものが落ちているのに気づいてどきりとする。博士はいつも毛皮の帽子を浅めにかぶっているので、その帽子が風に飛ばされて庭に落ちたというのはありえない話ではなかった。ところがその物体がいきなり炎に包まれた。冷えた外気のなか、毛皮がぱちぱちと音をたてる。石油のにおいと、もっと何か胸の悪くなるようなにおいがした。すると毛皮の物体が大きな叫び声とともに動いた。ハンスは毛皮の塊に突進して自分の着ていたコートをかぶせ、火を消そうとした。炎はハンスの肩と胸をも焼いた。

ハンスは瀕死《ひんし》のアハシュエロスと目を合わせた。焼け焦げて皮膚をなくした猫は命以上のものを失おうとしているように見えた。そのあとの記憶はあいまいで、亡骸をどうしたかも覚えていない。

怖くなってその場から逃げ、ハンソン夫人に猫を埋葬してもらったのかもしれない。しかしその夜、自分の部屋で過激な誓いをいくつも立てたことや、翌日から溺《おぼ》れかけた者が木切れにしがみつくように柔道の稽古《けいこ》をしたのは覚えている。一方でアハシュエロスは猫にすぎず、すべては遠い過去の出来事だ。今さら考えたところでどうしようもない。レッケはデスクにつき、ガボール・モロヴィアとカルタフィルスについて調べはじめた。インターネットの検索結果を見ながら、改めて自分がガボールについてほとんど知らないことを実感する。ガボールがネット上から自分に関連する情報をほぼ残らず削除しているのも一因ではある。しかしなにより、いつもの熱意を持って調査に没頭してこなかった自分がいた。ガボールはレッケの人生をおおう邪悪な影で、これまでなるべく近寄らないようにしてきた。しかしその対処は明らかにまちがっていた。
汝の敵を知れ《ノスケ・ホステム》。おそらく策士のマグヌスならいろいろと知っているはずだ。おまけにノルド銀行がアクセル・ラーションを破滅させたとき、マグヌスはすでに政界にいた。ノルド銀行の背後でカルタフィルスが動いていたことも承知していたにちがいない。この件についてマグヌスと話してみようか？　いや、だめだ。相手の社会的地位や自分の仕事に利用できるかどうかで、人間も株価のように価値が変動すると考えているマグヌスの話を聞くと、いつも胸が悪くなる。それでも……兄と話せば少しは状況が明らかになるかもしれない。

　レッケは首をふりながら携帯電話をとりだし、兄の番号に発信した。今、抱いている無力感や頭の回転の鈍さがそのまま声に乗るよう心がける。そのほうが兄が喜ぶだろうと思ったからだ。世界を股《また》にかけた政治の舞台で活躍できないときは、弟の落ちぶれた様子を眺めて溜飲《りゅういん》をさげる。それがマグヌスだ。

　マキャヴェッリ的な人間は、他人の弱さに慰められる。

10

ヒュスビーで地下鉄を降りたミカエラは、トロンヘイム通りにある母の家へ向かった。通りはいつもと変わらずにぎやかだった。露店の商人が声を張りあげ、手に黄色いペナントを持った卒業生たちがぞろぞろと歩いていく。十代の少年ふたりが車のクラッシュ音を真似しあってふざけていた。紫色の髪をしてフードつきのパーカーを着た少女がミカエラのほうを見る。

「マッポじゃん」

これもいつもどおりの反応だ。右手にある広場では男の子たちがサッカーをしていた。すべて見慣れた光景だというのに、何かがちがうとミカエラは思った。はっきりと指摘できないが、ちらちらと警戒するような視線を感じるし、いつもよりも笑いかけてくれる人が少ない。さらに歩いていくと、うだるような暑さにもかかわらずニット帽をかぶった男が反対側から歩いてきた。

ウーゴ・ペレスはミカエラよりも少し年上で、がたいがよく、挑発的な雰囲気をただよわせている。一方で女好きな面もあり、いつもにやにやして、世のなかを小ばかにした態度をとる。今日のウーゴは遠目にも、威嚇するように胸をそらして歩いているのがわかった。いったいどういうつもりだろう。

「久しぶり。調子はどう？」

ミカエラが声をかけても、ウーゴは無言だった。

「そのジーンズ、いいね」

ウーゴはその言葉も無視し、ミカエラなど完全に存在しないかのようにすれちがった。

「いくら腰ばきっていっても、限度ってものがあるんじゃない？」ミカエラは思ったままを口にした。ウーゴは色あせたジーンズを尻《しり》が見えそうなほどさげてはいていたのだ。おまけにこの暑さにニット帽とは……。

「ばっかじゃない」ミカエラは小さくつぶやいたが、それで気分が晴れることもなかった。無視されて傷ついたし、自分の育った地区が急になじみのない場所になったように思えた。一時的とはいえエステルマルムに住んでいるからそう感じるのかもしれない。だがウーゴの態度がレッケにもグレーヴ通りにも関係ないことはわかっていた。

すべての原因はルーカスで、そこにはある種のロジックが働いている。ルーカスに対するミカエラの見方が変わった以上、ヒュスビー地区に対する印象も変わるのは仕方のないことだった。子どものころのミカエラにとってルーカスは頼りになる兄で、あらゆる悪いものから守ってくれる存在だった。だが今は、ほぼ毎日のようにルーカスの悪行が耳に入る。兄は社会を脅かす存在に変わった。

そうなればルーカスのいるヒュスビーも以前と同じには見えない。ウーゴのような連中がミカエラを裏切り者と見なすのも予想がついたことだった。そっとしておくべきものを掘り返したのはミカエラだ。だか、ほかにどうしようもなかった。警察官になった以上、真実を確かめなくてはならない。

「ミカエラ！」

トロンヘイム通りへ入ったとき、名前を呼ばれて周囲を見渡した。母親の声にはちがいないが、姿が見えない。

「どこ？」

「ばかね、ここよ《アキ、エステユピダ》」

母親は、ぶらんこのうしろで敷物の埃《ほこり》をたたきだしていた。胸元に赤いハートマークが入った、ゆったりしたサマーセーターと格子柄のバギーパンツをはいて、足元はヒールのあるサンダルだ。長い髪は染めたばかりのようだった。

「パーティーへ行くの《ヴァサ・イ・アウナ・フィエスタ》？」

「え？　まさか」母はサマーセーターをつまんでわざとらしく引っぱってみせた。「こんなの普段着よ。それにしてもこの敷物の重いことったら！」そう言って敷物をたたく。

「外ではたかなくても、掃除機をかければいいじゃない」

「こいつらにおしおきするの。当然の報いよ」母親はにっと笑ったあと、何か大事なことを思い出したように眉根にしわを寄せた。

娘の服装を不満そうに眺めまわし、デニムジャケットをつかんで引っぱり、髪をうしろへなでつけて、最後はがっかりしたようにミカエラの目をのぞきこむ。

「例の教授が、おまえに家を出ろと言ったんだって？」

「むしろ、彼は出ていってほしくないと思ってるでしょうね」

「え？　だって、さっきドロレスから聞いたのに」ドロレスというのはヴァネッサの母親だ。「おまえが教授の家を出ることになったと言ってたよ。こんなに早くダメになるなんてどういうこと？　めったにないチャンスだったのに……」

娘の人生にはレッケの家に居候するよりもいいことがひとつもないと思っているようだ。レッケは恋人ではなく単なる仕事上のパートナーだと口を酸っぱくして言ったのに、また説明する気になれなかった。ヴァネッサと電話してから半日も経たずして噂が広まったことにも腹が立つ。

しかも尾ひれまでついて。

「まだちゃんと決めてないけど、彼にはうんざりなの。うつ状態だし、大量に薬をのむし」

「そんなのどこにでも起こることでしょ。どんなにちゃんとした家にも」

母親が何を言いたいかはわかっている。もうひとりの兄、シモンは十四歳から今まで、薬漬けでないことがほとんどない。

「そういう人と一緒に住むのは簡単じゃないのよ」

「あたしにそれがわからないとでも？　さんざん苦労してきたのに？　おまえ、どうかしちゃったの？　ともかく、教授の味方になって、助けてあげなさい。それから、もう少しまともな格好をしたら？　ワンピースとか、もっと身体のラインを見せる服を着るの。前髪で顔を隠すのもやめなさい。足元だって、少しはヒールのある靴をはいたらどう？　その白い運動靴だとチビに見えるよ」

「わたしのことは放っておいて」

「いいかい、女ってのはね――」

「ついこのあいだ、自分はフェミニストだって言ってなかった？」

「あたしはフェミニストじゃなくて社会主義者よ。だから困っている人は助けるべきだと思う。とくに教授みたいな男はね。世界的に活躍してるんだろう？　女ならそういう男の面倒をみなきゃ。ところで、あたしにはいつ紹介してくれるの？　教授はあたしを気に入ると思うよ。前々から心理学に興味があったんだ。エーリッヒ・フロムに会ったことがあるって言っただろう？」

「会えそうになったこ、こ、こ、ことがある、でしょう？」

「細かいことはどうでもいいの。フロムの本は読んだんだから。なかなか気の利いたことが言えるはず」

「でしょうね」ミカエラは母との会話を終わらせる方法をさがした。そもそもここへ来たのがまちがいだった。

「まさか、もう帰る気かい？」

「忙しいのよ」

「忙しすぎるんだよ、ルーカスの言うとおりなら」

ミカエラは母親をにらんだ。「どういう意味？」

「べつに、なんでもない。ルーカスが言ってただけさ。おまえが自分で自分の首を絞めてるって」

「そうするのが好きなの」

「まったく、お父さんみたいなことを言わないで」

「お父さんみたいなことを言って何が悪いの？」

「ルーカスはおまえのためを思っているだけ。あの子、最近、あたしにすごくやさしくしてくれるんだから。きっとナタリーのおかげだね。あのふたりは近いうちに子どもをつくるんじゃないかしら。そうしたらあたしはおばあちゃんだよ。信じられる？」母親はそう言って髪を指に巻きつけた。

「やめてよ」

「やめるって何を？　おまえはルーカスに対してフェアじゃない。それは言っておかなくちゃ。あちこちかぎまわって、みんなが困るようなことを訊《き》いてるそうじゃないか」

ミカエラは母の住む団地を見あげた。十六年前に父が落下した三階の外廊下を。

「母さんも味方してくれないのね」

母親はふとんたたきを物干しに置いて腕を広げ、娘に近づいた。

「そんなわけないだろう、愛しい子《カリーニョ》。私はいつだっておまえの味方さ。でも、おまえに苦しんでほしくない。ルーカスもあたしも、おまえのことが心配なんだ」

「心配なのは私じゃなくて自分たちの生活でしょう」ミカエラは抱擁をほどいた。自分はもう、ここにも、レッケの世界にも属していないと感じながら。

11

スウェーデン外務省の政務次官を務めるマグヌス・レッケは、ウルリーカ通りにある自宅のウオークインクローゼットにいた。ハンツマン&サンズで仕立てたブラックスーツをガーメントバッグに入れ、タキシードをはおって蝶《ちょう》ネクタイを締める。明日はフランスのアロマンシュ＝レ＝バンで催されるノルマンディー上陸作戦六十周年記念式典に参加することになっているのだが、正直なところノルマンディー上陸作戦にはたいして興味がなかった。

マグヌスにとって第二次世界大戦はすでに遠い過去であり、今さらふり返ったところで新たな学びがあるとも思えない。第二次世界大戦のほぼすべての戦いはすでに頭に入っていた。ただ式典そのものにはクリスマスの朝のようなわくわく感を覚える。世界の権力者が集合するからだ。ブッシュ大統領、ブレア首相、シラク大統領、シュレーダー首相とそのひそかな盟友であるプーチン大統領。イギリス女王も参列するだろうし、まだ敵とも味方とも区別のつかないお偉方が大勢来るだろう。マグヌスはこの貴重な機会を一秒たりとも無駄にするつもりはなかった。

タキシードはかなりきつかった。ポーラー音楽賞の授賞式に出席したときはぴったりだったのに、短期間で体重が増えたのだろうか？　どうやらまたビールを控えてワインを飲むようにしたほうがよさそうだ。禁酒でないだけマシとしなくては。携帯電話の着信音が響く。ところが音はするのに電話本体が見つからなかった。ニットやシャツの下をさがしまわって、ようやくさっき試着したグレーのスーツのポケットから携帯電話をひっぱりだしたものの、電話を手にすると同時に呼び出し音がとまった。ふつうなら面倒な電話に出なくてすんでやれやれと思うところだが……なんと電話をかけてきたのはハンスだ。わが弟はついに闇の淵《ふち》からはいあがってきたのだろうか？　光の下へ出てきたのか？　マグヌスは弟の番号に発信した。

「生き返ったか？」

「死にゆく者より敬礼を《モリトゥーリ・テ・サルータント》」ハンスが言った。

「これからアーランダ国際空港へ行くので表に車を待たせているんだ。用件は手短に頼む」

母のお気に入りで家族の誉れでもある弟がグレーヴ通りで薬漬けになってくすぶっているとき、自分が表舞台で忙しくしていることに、マグヌスは優越感を覚えた。

「じゃあ、また別の機会に電話するよ」ハンスが遠慮がちに言う。

ついにおれにまでへつらうようになったか？　弟に対する蔑《さげす》みの気持ちが湧く。

「礼儀正しくするなら五分だけやろう」

「ご親切にどうも」ハンスの口調に皮肉めいたところはみじんもなかった。「ユーリアの新しいボーイフレンドについて何か知らないか？」

なるほど、娘のことで頭を悩ませているのか。

「いわゆる貴族の出ではないらしいな。だが、それ以上のことは知らん。ロヴィーサも知らないと思う」

「そうか」

娘を本気で心配しているのだろう。力のない声だ。ところがそのあと、ハンスが急に話題を変えた。

「最近思い出したんだが、九〇年代の初め、兄さんは財務省と手を組んでアクセル・ラーションを失墜させただろう？」

「今度は過去におけるおれの蛮行を調べることにしたのか？」

「行為そのものより、むしろ蛮行に及んだ背景が知りたい」

「アクセル・ラーションは失墜して当然の男だった」

「それはどうだろう」ハンスがトゲのある口調で言う。

マグヌスはむっとした。アクセル・ラーションに肩入れするつもりか？

「八〇年代にラーションが何をしたか知らないとは言わせないぞ。クロイソス王の再来かのように不動産や美術品や株を買いまくっておいて、一九九〇年の春にノルド銀行を国有化してみたらどうだ？　やつは借金で首もまわらない状態だった。当時、流行《はや》った言いまわしを覚えているか？」

「いや」

「百万クローナの借金で困るのは本人だが、一億クローナの借金で困るのは銀行だ。それが何十億ともなれば、尻に火がつくのは政府だといわれていた。そしてまさに、おれたちの尻には火がついていた。ノルド銀行は債権を回収できず破綻《はたん》しかけていた。おまえの言うとおり、おれたちはラーションを追いつめたし、個人的にそれを楽しんだことを恥じてはいない。あいつは髪にポマードを塗りたくり、肩にパッドの入った古くさいスーツを着て、何食わぬ顔で銀行の役員室に入ってきた。すっかり調べはついていたから、おれたちはやつに最後通牒《つうちょう》をつきつけた。すべての不動産と持ち株を引き渡すか、自己破産かのどちらかだと。ラーションは真っ青になって泣き叫び、手をふりまわしたものの、最終的にはこちらの提案を受け入れた。役員室を出ていくときは背が十センチほど縮んだように見えたよ」

「さぞかし楽しかっただろうな」

「さっきも言ったとおり、楽しんだのはまちがいない。なにより国家にとっていいことをしたと思った。納税者の金をいくらかとりもどしたんだからな」

「ふむ、しかし最終的に銀行は破綻した」

「新たな形態で再出発したんだ。アクセル・ラーションのことを心配したって意味がない。最近は若いブロンド女を連れてリッシュを訪れ、ドンペリをオーダーしていると聞いたぞ。そもそもどうしてあんなやつに興味を持つ？」

「ラーションの財産を没収したのが政府だけではなかったからさ。そうだろう？　ハンガリーの資産運用会社と手を組んだんじゃなかったか？」

マグヌスはタキシードのボタンを外した。

「どういう意味だ？」

「十四年前、兄さんが僕に話すべきだった事実を、偶然に掘りあてたんだ」

「なんだと？」マグヌスは不安になった。

「兄さんがガボール・モロヴィアの会社と――カルタフィルスと手を組んだことを」

マグヌスのシャツの下に汗が噴きだした。鏡のなかの自分に向かって顔をしかめる。声に出さずに悪態をついたあと、どうにか気持ちを立て直し、軽く、あざけるような口調で言った。

「ひっかかっているのはおまえがかわいがってた猫の件か？」

「そうともいえる」

「法律に詳しいわけじゃないが……陰気な猫を燃やした罪はとっくに時効を迎えているんじゃないか？」

「ふざけるな」

「それとも心理学者であるおまえの知見では、動物に火をつけるようなガキはみんなポーランドに侵攻するような大人になるとでも？」

「そうかもしれない。だがなにより知りたいのは事実だ。ガボールはレッケ一族を敵視していた。認めたくはないがあの男にはそうするだけの理由がある。そんな相手と、どうして手を組むことになった？」

「おれたちは同じ獲物を狙う狼だった。それに正直なところ、ラーションの件でおれはやつと顔も合わせなかった。あの男はいつも陰に身を潜めていたからな」

「陰から出てきたが最後、誰かが血を流す」

「いいかげんにしろ。真に賢いサイコパスはうまく周囲にまぎれると言ったのはおまえだぞ。目障りなやつの首をとってまわるような行為は長い目で見たら損失しかもたらさないからな。ガボールは現実主義者だし抜け目のない実業家だ。それ以外の何者でもない」そう言いつつも、マグヌスはそれが必ずしも真実ではないことを知っていた。

「兄さんがそういうなら安心だ」

「そうだろう？　悪いが、もう本当に行かないといけない」

マグヌスは自分自身を納得させるように腕時計を見た。

「クレア・リドマンを覚えているか？」

「いや、記憶にない」マグヌスはふたたび嘘をついた。

「アクセル・ラーションの身ぐるみをはがすプロジェクトでノルド銀行を代表していた女性だが」

「ああ、そういえばそんな女がいたな」マグヌスはようやく思い出したふりをした。「たしかサン・セバスチャンで交通事故に遭ったんじゃなかったか？」おまえの猫のように燃やされたんだ、と心のなかでつけたす。

「そうだ。非常に興味深い人物だが、どちらの味方だったのか判断がつかないでいる」

「こっちの味方に決まってるじゃないか。おれと同じ側だ」

「そうに決まってるよな」

「何が言いたい？」

「何も。さあ、しっぽを巻いて逃げる時間だ。不安にさせたのならすまなかった」

「不安になどなるものか」マグヌスは動揺した声で否定したが、電話はすでに切れていた。

タキシード姿で鏡の前に立ちつくす。闇の世界からようやく出てきた弟に、いきなり急所をつかれるとは。そこにはなんらかのロジックが働いているにちがいない。死者を目覚めさせることができるのは、最悪の物語だけなのだから。

12

ああ、もう最悪、とユーリアは思った。

いちばんの原因はもちろん母だ。イェール大学に合格したリディアのことでさんざんあてこすりを言われて頭が痛かった。リディアだけではない。母親いわく〝輝かしい進路を歩む友人が大勢いるなかで、ユーリアは、言うまでもなく、何ひとつ成し遂げていない。役にも立たない美術史なぞ学んで、野心もなくふらふらしている〟娘なのだ。

母にとってはいろいろな意味で恥ずかしい娘なのだろうが、世間の基準に照らせばそこまでひどくないはずだ。父はむしろ美術史を専攻したことを褒めてくれる。父の考えでは、まず人類全般について学んで、そのあとで専門知識を身につけるべきだから。

それでも……母や祖母や、外務省にいるあの鼻持ちならない伯父《おじ》の顔が目に浮かぶと同時に、子ども時代からユーリアを悩ませてきた問いがよみがえった。〝わたしはみんなの期待を裏切ったのだろうか？〟誇れる学歴も将来の夢らしきものもない。何をやっても凡庸で、頭の出来も人並みだ。父のように真理を見抜く力もない。父から受け継いだものといえば心の闇くらいのもの。それに関してはおめでとう、ユーリア。一等賞をあげる。

容姿にはそこそこ恵まれたし、生きるうえで武器になってくれるだろう。だけどこの太ももときたら……最悪だ。お腹だって……みっともなくつきだしている。今こそ朝食などというくだらない習慣を断ち切るべきだ。そこまで考えたところで、ユーリアはクリスチャンのことを思い出した。いつも食べているかくだらないことをしゃべっているかのどちらかで、ネットでこそこそポルノ動画を見ているようだったし、最後にわたしを褒めてくれたのはいつのことだったか……もう百年も前だ。

クリスチャンとは遅かれ早かれ破局しただろう。タイミングが早まっただけだ。クリスチャンと正式に別れたのは月曜日だが、別れると決めたのは前週火曜の午前十時だった。その朝はいつもと変わらぬ始まり方をした。

ユーリアはたったひとり、暗い気分でストール通りをぶらついていた。なにより父のことが心配だった。最近の父は見る影もない。ミカエラ・バルガスと同居を始めて少しは上向きになったかと思っていたのに、そのミカエラが家を出ていこうとしている。いよいよ父との生活に我慢がならなくなったのだろうし、それは無理からぬことだった。それでも……もう少し忍耐強く接してくれてもいいのではないか。世のなかには心の弱い人間もいる。生きるために闘わなければならないことを知らずに育った者もいるのだ。

空はどんよりとして、朝方は弱い雨が降っていた。ストランド通りでイスラエル関連のデモのようなものが行われていた。頭痛と腹痛に悩まされていたユーリアには、この先、何かいいことが起きるとは思えなかった。しかし老舗《しにせ》レストランのエリックス・バークフィッカの前を通りかかったとき、うしろから声をかけられた。

「あの、すみません」

ユーリアがふり返ると、青いシャツにグレーのチノパンをはいた三十五歳くらいの男が立っていた。レイバンのサングラスを短く刈った頭にひっかけていて、背はそれほど高くないが引き締まった身体つきをしている。すごくすてきな人、とユーリアは思った。男は照れたような笑みを浮かべていた。

「なんでしょう?」ユーリアも控えめな笑顔を返した。

「カーテンを買いたいんだけど――」

「カーテン?」男の言葉を繰り返しながら、ユーリアは強い興味を持った。カーテンを買うだなんて、男の雰囲気とこれほどミスマッチなフレーズもない。それは向こうもわかっているようで、ふたりのあいだに小さなユーモアを共有したような親しみが生まれた。

「カーテンをかけたら、おれの部屋も少しはかっこがつくかなと思って」

「生地を扱う店ならナルヴァ通りをずっと行ったところにありますけど、まだ開店してないんじゃないかしら」

「そうなんだ。そういうことには疎くて」男がそう言って、さっきよりもリラックスしたように笑った。

男との距離を一歩詰めたユーリアは、自分のほうが背が高いと気づいてひるんだ。大女だと感じるのはなによりも嫌いだ。しかし卑屈な気持ちは長続きしなかった。男の存在感があまりにも圧倒的だったので、そんな彼と一緒にいる自分に対しても自信が湧いた。男に見つめられると美しくなった気がした。

「かっこいいサングラスね」

男は頭にあげていたサングラスをかけなおし、アクションスターのようにポーズをとってみせた。ユーリアはくすくすと笑い、改めて男を観察した。なんてことだろう。目の前の男が手を差しだしただけで、クリスチャンが弱々しく、子どもじみて感じられる。

「知ってるかい?」男はそこで、急に不安になったようにためらった。

「何を?」

「きみはすごくきれいだってこと」

そんなことを言われるとは思ってもみなかった。男の言葉が稲妻のようにユーリアの身体を貫く。かっこつけの軽薄男と切り捨てたい気持ちがある一方で、どこか遠慮がちな男の表情にぐっと心をつかまれた。見ているうちになんとなく見覚えがあるような気さえしてくる。男と初対面なのはまちがいないのだが、よく似た誰かを知っているような、その人に自分が好印象を抱いているような気がした。

「ありがとう」ユーリアは男と目を合わせていられなくなって視線をそらせた。

どうか赤面していませんように。

「いきなりこんなことを言うなんて、ばかみたいだよな」

ユーリアは気の利いた返事をさがした。

「だったらみんな、もっとばかになればいいのよ」

男が声をあげて笑う。

「きみがそう言うなら、おれはばかのままでいるよ」

ユーリアは視線をさげ、自分の脚と傷んだフラットシューズを見た。

「この靴にはちょっと励ましが必要ね」

「かわいいと思うけど？」

「ぺったんこだし」

「おれがなんとかしようか？」男がすぐにでも靴を買いにいきそうな勢いで言う。

そのあと何が起こったか、ユーリアはよく覚えていない。その日は結局、大学へ行かなかった。男と散歩をして、夜はリッシュで食事をした。そこで男とクリスチャンのちがいがさらにはっきりした。男は自分のことばかり話さなかった。

心からユーリアに興味があるようにいろいろ質問してくれたし、ユーリアが一流大学に通っていなくても気にしなかった。ユーリア自身が求めているものを知りたがり、レッケの名字にもまるで無反応だった。おそらくレッケ一族のことなど聞いたこともないのだろう。男は家柄ではなく、ユーリア自身を見てくれた。テーブル越しに男が身を寄せてきて、ささやく。

「話の途中でごめん。でも、きみは本当にすてきだって言っておきたくて」

久しぶりに、胸の奥がくすぐったくなるような気持ちが込みあげてくる。幸せの予感がした。

魅力的な男性の視線を独り占めして、自分がいかに味気ない日々を送っていたかを思い知った。際限なくしゃべりつづけるクリスチャンといるときは口数の少ないユーリアだが、男といるとくらしゃべっても飽き足りなかった。そうして飛ぶように日々は過ぎ、気づくとユーリアは、はずむような足どりで通りを歩いていた。万事順調というわけではない。もっと食事の量を減らさないといけないし、太ももの贅肉《ぜいにく》を落とさないといけない。それでも自分が残念な娘ではなく、誰かにとっての特別な女性だと感じることができた。

この世のなかで彼だけは、本当のわたしを見てくれる。


母の家を出てかなり歩いたところで、ミカエラは背後の足音に気づいた。母が追いかけてきて、さっきは言い過ぎたと謝ってくれることを期待する。しかしふり返って母の顔を見たとき、謝罪ではないとわかった。

「あたしのかわいい娘《カリーニョ》」

「何？」

「家賃があがったことは聞いてるかい？　食洗器の調子も悪くて、洗いあがりが粉っぽいの。ルーカスが買ってきたコーヒーメーカーも調子が悪いし……」

ミカエラはみなまで言うなというように片手をあげ、財布をとりだした。五百クローナ札が二枚入っていたので、一枚を母に渡す。

「ムーチャス・グラシアス。でも、あたしもいろいろたいへんなのよ。絵なんて描かなくても暮らしていけるんだけど、あたしにとってアートは大事だし、才能だってある。みんながそう言ってくれるんだよ。それなのに絵具代が高くって、まったく、びっくりするような値段なんだから」

ミカエラはため息をつき、もう一枚の五百クローナ札も母親に渡した。心のなかで悪態をつく。ルーカスは母に生活費も渡していないのか？　金ならいくらでもあるくせに。汚い商売で儲《もう》けたことを自慢しているくせに。やっぱりあの男は本物のろくでなしだ。自分のことをビジネスマンと称しているが、しょせんは麻薬の売人。逆らうやつは喉に銃口を押しあてて黙らせる。

考えれば考えるほどむかむかしてくる。兄が正真正銘の犯罪者だという事実にもうんざりするが、そんな兄の動向や、過去の悪事を暴こうとして家族や友達からのけ者にされていることが理不尽に思えた。

母も、ヴァネッサも、もうひとりの兄――ルーカスが投げるパンくずにすがって生きるしかないシモンも、ヒュスビー地区の人たちも、都合の悪いことには目をつぶって毎日をやりすごしたいと思っている。自分たちの暮らしに直接の影響がないかぎり、彼らが真実を直視することはないだろう。一方のミカエラはそういう人たちから冷たくされたからといって、見て見ぬふりなどできなかった。

ルーカスの悪行を調べあげ、できれば裁判で証言してくれる人を見つけるのだ。その代償が高くつくことは言うまでもない。家庭内紛争が勃発《ぼっぱつ》するのは目に見えている。しかしひょっとすると自分は、心のどこかでそれを望んできたのかもしれない。警察官として犯罪を憎む以上に、自分の兄が罪を犯しているという事実が耐えがたかった。

自分で自分の首を絞めていると言われようと、どんな代償を払うことになろうと、現状を打ち破り、変化を起こしたいのだ。そして自分がそれほど切羽詰まった状況に置かれているからこそ、覇気のないレッケに腹が立つのかもしれなかった。やる気のないあの態度がどうにも歯がゆい。草むらに横たわって動きたがらないサラブレッドを見ているようだ。せっかくの才能を活《い》かさないなんて天に対する冒瀆《ぼうとく》ではないか。ただ、最近のレッケは以前と何かがちがう。超人的な洞察力を発揮するだけでなく、ときどき攻撃を受けたように身をこわばらせている。自分を守るように身体を硬直させることが奇妙に習慣づいているようで、それはミカエラが見てきたレッケのイメージと重ならなかった。

殴り合いに備えているかのようにも見えるが、そんなはずがあるだろうか？　レッケはピアニストであり、心理学教授だ。繊細で知的な人物で、テコンドーの師匠ではない。それでも……ときどきレッケのなかで何かが脈打っているのを感じる。休眠状態の何かが爆発しそうな気配があった。今度、彼の状態がよいときにどういうことなのか尋ねてみよう。そんなことを考えながら地下鉄の駅へおりる。『ハリー・ポッター』シリーズの新作ポスターが目に入った。反対側のエスカレーターから声が響く。

「クソったれオマワリ！　兄貴の周辺をかぎまわるのはやめろ！」

ウーゴの声のようだったが確証はなかった。ミカエラは声のしたほうを見ることさえしなかった。携帯電話の着信音がしたのでこれ幸いと携帯画面に注意を向ける。レッケの調子が戻ったのかと期待したが、電話をかけてきたのは年配らしい落ち着いたしゃべり方をする女性で、レベッカ・ヴァリーンと名乗った。ミカエラは記憶をたぐった。少し間を置いて、ノルド銀行でクレア・リドマンと一緒に働いていた女性だと気づく。ミカエラが事情を聞きにいったとき、レベッカは口が重く、ほとんど会話にならなかった。銀行のお偉方は押しなべてそんな感じだ。まるで八〇年代の終わりから九〇年代初めにかけてスウェーデン全土を襲った金融危機の暴走が、いまだに彼らの口を重くしているかのようだった。

「今、お時間いただいても大丈夫かしら?」レベッカが尋ねた。

「はい」

「前回、お話ししなかったことがあって、連絡すべきか迷っていたの」

「どんなことですか?」

「クレアは失踪前にある男と会ったんだけど、そのことで怯《おび》えていたように見えたわ」

「その男とは?」

「電話で詳しいことを話したくないので、できればうちに寄っていただけない? エステルマルムのリンネ通りに住んでいるわ」

クレア・リドマンの件からは手を引くとしても、この女性の話を聞いて損はないとミカエラは思った。どうせほかにやるべきこともない。夏休みの最初の週末なのだから休むべきかもしれないが、プライベートも宙ぶらりんの状態だ。

四十分ほどで行きます、と伝えて地下鉄に乗る。背後から敵意を含んだまなざしが追いかけてくることには気づいていなかった。

13

マグヌスが嘘をついたのはまちがいない。ただどこまでが嘘なのかがレッケにはわからなかった。薬の影響で頭がぼうっとしているし、正直なところ本気で知りたいとも思っていない。発作的な好奇心から尋ねただけだ。少なくともそのときはそう思った。気がかりはユーリアの安否だ。レッケは離婚した妻のロヴィーサに電話した。

二度の呼び出し音のあとで元妻の声が聞こえたとき、離婚以来、彼女のことを少しも思い出さなかった自分に気づいた。会いたいと思うのはミカエラだ。元妻が、ユシュホルムにある家のヒートポンプを交換しないといけないなどとしゃべりつづけるのを聞きながら、レッケは本気で生活を立て直さなければと思っていた。さもないと本当にミカエラと会えなくなるかもしれない。

「ハンソンさんはしっかり面倒をみてくれている？」

「充分にね。電話したのはユーリアのことだ。あの子は……急に体重が落ちたんじゃないか？」

「あら、むしろ、やせてとてもきれいになったと思うわ。ようやく見た目に気を遣うようになったのよ。よかったこと。新しいボーイフレンドもできたみたいだし」

「相手が誰だか知っているのか？」

「それが紹介したがらないの。ご両親が私たちとはちがう社交グループに属しているみたい。でもあの子のことは心配していないわ。ああ見えてしっかりしているし、相手の人もユーリアを大事にしてくれるみたいだし。ユーリアがあんなふうに楽しそうにしているのは久しぶりに見た気がするの」

ロヴィーサはよく見ているようで実は何も見ていない、とレッケは思った。見た目に気を遣うようになったですって？　まったく、どうかしてる。

「リヒテル先生に電話して、ユーリアと話すように頼んでおく」

「ユーリアくらいのとき、あなたも同じだったんじゃない？　あれこれと好ましくないものにお熱をあげていたでしょう？」

「もう少し具体的に言ってもらえるか?」

「たとえばイダ・アミノフとか」

レッケの手の甲に血管が浮きあがった。

「彼女は死んだ」

「それは知っているわ。でもあの人はあなたを破滅へ導いた。そうでしょう?」

遠い記憶がよみがえり、心にさざ波を立てる。

「そうかもしれない」レッケはつぶやいた。

「あなたって人は、むかしから救いようがなかったわ、ハンス」

「きみのような立派なお手本が身近にいたことが、せめてもの救いだな」

「そういえば、あなたが連れこんだもうひとりのお手伝いさんはどうなの?」

レッケは額に手をあてた。

「彼女は使用人じゃないし、連れこんだわけでもない」

「堕《お》ちるところまで堕ちたわね。でも彼女ならやせすぎを心配する必要はなさそう。マグヌスがいろいろ教えてくれたのよ。南のほうの出身らしいじゃないの。アメリカ先住民の血も流れているのかしら?」

「さあね」レッケは平静を保った。

「さあねって、どういうこと?」

「ロヴィーサ、きみはいつからそんなわからず屋で感じの悪い女になった? 以前からそうだったのか? それとも僕から悪い影響を受けなくなって変わったのか?」

電話を切った直後、レッケは言い過ぎたと後悔した。ところが次の瞬間、先ほどよりも強い怒りにかられてふたたびロヴィーサに電話しそうになった。ミカエラはロヴィーサやその取り巻きを合わせたよりもずっと価値がある人だと言ってやりたかった。しかしそれを言うために電話をかけなおすのがいかに子どもじみた行為であるかくらいはわきまえている。そうこうするうち、別の考えが湧いてロヴィーサに対する怒りが薄れた。

イダ・アミノフは若き日のレッケが愛情を捧《ささ》げた女性で、彼の人生における狂気の根源だ。彼女のことをまざまざと思い出すのは久しぶりだった。それだけではない。マグヌスがガボール・モロヴィアについて語ったこと（もしくはあえて語らなかったこと）が気になった。断片的な記憶やイメージがダムが決壊したかのような勢いで押し寄せてくる。激しい怒りが引き金となって久しぶりに思考が冴えわたり、ちょっとした奇跡のように前向きな考えが浮かんだ。すべてはロヴィーサのおかげかもしれない。

失墜した投資家のアクセル・ラーションに会おうと思った。そこで景気づけのシャンパンでも飲めれば言うことなしだ。人生の危機と離婚を祝う相手として、華麗な経歴を持つ詐欺師ほどふさわしい人物はいない。

カーラプラン駅で地下鉄を降りたミカエラは、とりとめもなく考えをめぐらせた。その中心にいるのはルーカスだ。子どものころは何もわかっていなかった。兄は地域の安全を守る仕事をしていると言っていたが、地元の若者がルーカスに向けるまなざしには、尊敬の念と同時に恐怖が宿っていた気がする。近所で銃撃事件が起きたときも、男たちが訪ねてきて、ルーカスに何か耳打ちしていた。

自分に直接、関係した事件もあった。そのひとつがヴァネッサの言っていたヨイエの件だ。

ヨイエ・モレノはミカエラの同級生で、いわゆるいじめられっ子だった。他人に好かれようと努力するヨイエの態度はミカエラの心を揺さぶった。ヨイエは頭も悪くなかった。数学が得意で、クジラとイルカのことならなんでも知っていた。吃音《きつおん》があって、人の目をまっすぐ見てしゃべるのが苦手だったけれど、親しい人の前では饒舌《じょうぜつ》になった。ミカエラとヨイエはふたりで遊ぶこともあったものの恋人同士ではなかった。ミカエラはあくまで友人として彼の力になりたいと思っていただけで、ヨイエを異性として意識したことはなかった。ミカエラが十六になったころ、あれは金曜の夜だったか土曜の夜だったか、少しお酒をのんだあと、ヨイエにロフォーテン通りへ連れていかれた。見せたいものがあると誘ったくせにロフォーテン通りには何もなく、ヨイエの態度が豹変《ひょうへん》した。ミカエラを建物の壁に押しつけて、キスしてきたのだ。

ミカエラが〝落ち着きなよ〟と声をかけたところで、収拾のつかない事態になった。ヨイエの目つきが暗くなったかと思うと、彼の手がミカエラのジーンズのボタンをむしりとり、下着を引き裂いたのだ。とっさに股間《こかん》を蹴《け》って逃げたものの、ミカエラはずり落ちるジーンズに足をとられてぶざまに転んだ。そのあと家まで足をひきずりながら帰ったのを覚えている。十代の男女にはありがちな失敗だったし、走って逃げるとき、背後からヨイエの謝罪が聞こえた。

「ごめんよ、ミカエラ。ぼくがばかだった」

翌日になっても股関節《こかんせつ》の痛みがとれなかったとき、病院へ行くべきだった。なによりルーカスにヨイエのしたことを話すべきではなかった。「おまえにそんなことをするやつはぜったいに許さない」ルーカスにそう言われて、最初は頼もしい兄がいることをうれしく思った。当時は困ったことがあるたびにルーカスが助けてくれていたからだ。しかし数日後、ヨイエがまぶたを腫《は》らし、ギプスをはめ、松葉杖《づえ》をついて学校に現れた。本人はベルゲン通りにある車庫の屋根から落ちたと言い、ミカエラも最初はそれを信じた。クラスメートも信じていた。いや、信じるふりをしていただけかもしれない。

ヨイエはドジだから、と同級生は言った。やっぱり負け犬だと。しかしその事件以降、周囲の態度が変わった。学校でミカエラに近づく男はいなくなった。週末のデートにも誘われなくなり、なんとなく敬遠されるようになった。しばらくしてヨイエとその母親がヒュスビー地区を出た。ミカエラにとってそれは認めたくないほどショックな出来事だった。事実を受け入れて、ヨイエがどうなったのか調べるべきだったが、当時のミカエラは猜疑心《さいぎ》を抑えこむ道を選んだ。あのころはそういうことがたびたびあった。心の底ではわかっていたのだ。

兄が——ミカエラの守護天使であり、父親代わりのルーカスが、クラスメートをたたきのめし、家族ごと引っ越さなければならないほどの恐怖を味わわせたことを。ヨイエの件以外にも、ルーカスはもっと薄っぺらな理由でもっと悪いことをいくつもしてきたのだろう。ミカエラは腰から尻をさすった。股関節に残る痛みが過去の亡霊のように思える。ヒュスビー地区で感じた居心地の悪さを払おうと足早にリンネ通りに入ったものの、気持ちを切り替えることはできなかった。レベッカ・ヴァリーンの家へ急ぐあいだも何者かに尾行されている気がして、ミカエラはうしろを気にしながら歩いた。

14

アクセル・ラーションは事の成り行きが信じられなかった。ハンス・レッケと名乗る男が酒をおごりたいと言ってきたのだ。レッケの名を聞いただけで脳内に赤信号が点滅する。このおれを誘うなんて、頭がどうかしているのか？　そう大声で叫びたかった。レッケ一族と酒を飲むくらいなら悪魔の相手をするほうがまだマシだ。しかしハンス・レッケは――外務省政務次官の弟は、自分たちには共通の利益があると言った。それで好奇心をくすぐられたからといって、誰に責められるだろう？　世のなか、何が起きるかわからない。兄弟が敵対することだってある。そういうわけでラーションはホテル・ディプロマットへ向かっていた。

いずれにしてもそのホテルで、カーネギー投資銀行の最高財務責任者と十九時に会食の約束がある。会食の前にレッケ野郎と一、二杯飲んで喉を潤したところで害はないだろう。そういえばレッケのしゃべり方がどこか不自然だったが、クスリでもやっているのだろうか？　まあいい。こっちも少しハイになりたい気分だ。ノキア株を大量購入したラーションは株価上昇を確信していた。こういう金の使い方をするとかつての自分に戻ったようで血が騒ぐ。ストランド通りを行き交う女たちを、ラーションは欲望に満ちた目で眺めた。

今日は少し冒険してもいいのではないだろうか？　無茶をしても許されるのでは？　そうとも、リスクなくして成功はない。そう決意してホテルの方向へ足を向ける。案内係が一礼して窓際の席を指さした。黒いシャツを着た、背の高いやせた男が座っている。その顔はどこか鷹を連想させた。

「あなたがハンス・レッケ？」ラーションは尋ねた。

「そのとおりです。お会いできて光栄です」男が右手を差しだした。

「こちらこそ」ラーションは愛想よく言って席につき、改めて男を観察した。

長身、やせ型、指が異常に長く、シャープでやや骨ばった顔立ちの男だ。まるで一週間も寝ていないかのようなくたびれた様子だった。まなざしはぼんやりとして、身なりも気を遣っているとは思えない。髪はぼさぼさだし、シャツのボタンすらまともにかけられていない。どうして天下のラーションともあろう者がこんな男と会う約束をしてしまったのだろう。心のなかで悪態をつく。慈善事業だと思わなければやっていられない。

「ハンスと呼んでも？」

「ええ、どうぞ」

ハンス・レッケが寝起きのようにこちらを見て目を細め、乱れた髪をかきあげた。

「体調がよくないのかな？」ラーションは儀礼的に尋ねた。

「今日はいいほうですよ。経済界の大物、伝説の投資家と飲む機会はそうそうありませんから。あなたにふさわしい酒をおごらせてください」

心にもないことを言いやがって。ラーションは心のなかで毒づき、好みの女でもいないかとレストラン内を見まわした。できればブロンドの若い女がいい。金さえあれば年がいっていても気にしないような、打算的な女ならなおさらいい。

「ルイ・ロデレール一九八六なんてどうでしょう？」

「いいね」

「どうやら大口の取り引きがまとまったようじゃありませんか」

ラーションは驚いてレッケに視線を戻した。

「どうしてそう思うのかな？」

「瞳孔《どうこう》や姿勢を見るとわかるんです。あなたはまるで征服者のように世界を眺めておられる。それにさっきから三拍子でテーブルをたたいているでしょう。一等でゴールしたがっている競走馬のようだ。何を買ったんです？」

「それは秘密だ」

「そうなんですか？　われわれのような情報弱者が便乗して株価を押しあげるのは、結果的にはいいことだと思いませんか？」

「素人が手を出すべきじゃない」

「それはもちろんですが、素人のなかには無知を自覚するだけの知恵がある者もいます」

「未来は定まっていないとでも？」

「未来は定まっていないだけでなく、知りようがないんです。しかしここは専門家であるあなたの意見に従いましょう」

「おそらくそれが賢明だろうね。ただ、あなたはシャンパンにはお詳しいようだ」

「ぜんぜん。そういうふりをしているだけです。シャンパンを飲めば緊張をやわらげることができますし。前置きはさておき、お呼びたてした理由をお話しします」

「共通の利益と言ったね？」

「あなたもハンガリーの資産運用会社、カルタフィルスに興味があるのでは？」

ラーションはぎょっとした。不快な記憶がよみがえる。

「簡単に手出しできる相手ではない」

「そうでしょうか？」

レッケの笑顔があまりに無邪気だったので、ラーションは思わず殴りたくなった。

「下手にちょっかいを出すとつぶされるぞ」

「つぶされたくはないですね。ところであなたはガボール・モロヴィアと面識はありますか？」

ラーションは不安げに通りを見て、ぼそぼそとつぶやいた。

「え？　なんとおっしゃいました？」

「あのときは窮地に立たされていた」

「どういう意味です？」

「ガボール・モロヴィアが私のような男に時間を割くはずがない」

「ガボールはそんなに偉いんですか？」

「自分の兄貴に聞いてみろ。ガボールと仲良くやっているようじゃないか」

シャンパンが運ばれてきた。レッケがグラスを掲げて乾杯をする。それと同時に、レッケの顔から無邪気さや笑みが消えた。鋭いまなざしがラーションを射る。

「それはどうでしょう。僕の父のハラルドをご存じでしょう？　海運会社を営んでいました。父親ですから何かいいことを言いたいんですが、そんなことをしたら事実から遠ざかってしまう。父はタフで厚顔無恥な男でした。六〇年代に競合していたモロヴィア海運を賄賂《わいろ》や談合といった汚い手を使ってつぶしたんです。シャンドル・モロヴィアは破産し……あなたとよく似た状況ですね、その後、いくつもの不運に見舞われました。妻に逃げられ、息子のガボールとともに大嫌いな共産主義下のハンガリーに戻ることになった。のちにシャンドルは神の御加護によってウィーンの大使館に職を得ました。われらレッケ一族は能天気にも、モロヴィア家の悲運を知らずにいた。しかしモロヴィア家がウィーンに来て間もなく、なかなかきつい方法で思い知らされることになったんです。ガボールは心底われわれを憎んでいました」

「きみの兄は利害の一致さえあれば悪魔とも手を組むのだな」

レッケはさみしそうともとれる笑みを浮かべた。

「おっしゃることには一理あります。しかしマグヌスは一筋縄ではいかない男ですし、どこかにまだ人の心を、目先の勝利よりも一族への忠誠を優先する心を持っています。兄とガボールが長期的に手を組むことはないでしょう。少なくともそうあってほしいと思ってます。ところであなたは、ほかにどんなことを知っているんですか？」

「モロヴィアについて？」

レッケがうなずいた。

「敵にまわしてはいけない相手だ」

「そうですね。ただ残念ながら、僕はすでに彼の敵です。いつだったかベルンでコンサートを終えたあと、ガボールが楽屋を訪ねてきました」

「コンサート？」

「僕はかつてピアニストをしていたのです。楽屋へやってきたガボールはチャーミングにふるまいました。当時の彼はケンブリッジ大学トリニティ・カレッジで、もちろん記録的な若さで、数学の博士号を取得し、ロンドン・スクール・オブ・エコノミクスで金融派生商品の評価方法を教えていました。ご存じかと思いますが、彼はある種の天才で、その気になれば驚くほど如才なくふるまえるんです」

「モロヴィアが？」

「はい。残念ながら、僕には彼のような洗練された対応はできませんでした。もらった名刺を、その場で念入りに破り捨てた。そういうわけであなたへの質問はとてもシンプルです。ガボールの連絡先を教えてください」

ラーションは正気かというように目の前の男を見つめた。こいつは本気でガボール・モロヴィアに盾つくつもりなのか？　それとも何か別の意図があるのだろうか？

「あの男にはかかわらないほうがいい」

「残念ながらそうはいきません」

「だったらストックホルムに窓口がある。アリシア・コヴァッチといって、企業の顧問弁護士をしている女性だ。この近くにあるアドラー法律事務所へ行けば会える」

「亡くなったクレア・リドマンの友人でしょうか？」

「それはどうだろう」

「ところでクレア・リドマンと最後に会ったのはいつですか？」

「覚えてない」

ラーションはそう言って、さっきとはちがうリズムで天板をたたきはじめた。レッケにはその意味するところが、地震計を読むように正確にわかった。

15

レベッカ・ヴァリーンの広いアパートメントは至る所に本が積んであって、ミカエラはたちまち親近感を覚えた。子ども時代の前期——父がまだ生きていて幸せだったころ、ミカエラの家も図書館さながらだった。父が団地の外通路から転落死したあと、母が必死で抵抗したにもかかわらず、ルーカスが本を少しずつ処分してしまったのだ。

「こんなにたくさんあったら、読みたい本を見つけるのがたいへんそうですね」ミカエラが言うと、レベッカがほほえんだ。

レベッカ・ヴァリーンはすらりと背が高く、おそらく六十代。ショートにした髪をうしろになでつけ、黒のブレザーにタータンチェックのスカートという出で立ちだった。名前はいかにもスウェーデン人だが、目や髪が真っ黒なので東洋系に見える。身のこなしが堂々としていて、場を仕切ることに慣れている印象を受けた。

「いちおう内容ごとに区分しているの。あちらは政治家の伝記、手前の左はビジネス書、そこは小説というふうに。犯罪小説ばかりの本棚もあるわ。そして……」レベッカがリビングのほうへ移動した。「ここがチェス関係の本」

「チェス？」

「そうよ。若いころからチェスに興味があって、クレアともたまに勝負したの。当然ながらいつも負けたけど」

「どうして〝当然〟なんですか？」

レベッカが声をあげて笑い、リビングに二脚並んだ白いアームチェアのほうへ移動した。壁には配色の美しい海の風景画が飾られている。ミカエラはチェスの本が並んだ本棚の前を動かなかった。何かがひっかかったのだ。

「誰もクレアには勝てないからよ。いつもそうだった。クレアはわれわれ凡人よりもひとつ上の位にいた。でも気持ちのいい勝ち方をするから、あとを引かないの」

ミカエラは本棚から離れ、レベッカの隣に腰をおろした。それでも本棚が気になって、なかなか話に集中できない。

「何かお飲みになる？」

「いえ、お構いなく。それで……」適当な言葉が見つからない。そもそもクレア・リドマンの件からは手を引いたも同然なのに。「クレアを脅した男がいたんですか？」ミカエラはようやく言った。

「ええ。その件はちゃんと話したことがないの。警察にさえ」

ミカエラは顔をあげた。

「意図的に情報をとめたと？」

「というより、ちゃんと理解しているわけではなかったし、クレアが亡くなって、そのこと自体がどうでもいい、ささいなことに思えたの。あれ以上、サミュエルを苦しめたくなかったし」

「サミュエルが苦しむような内容なんですか？」

「おそらく。あの夫婦はちょっと変わった組み合わせだった。クレアがどうしてサミュエルを選んだのか、周囲には理解できないようだった。どう見てもつりあわなかったから。クレアには財産も、美貌《びぼう》も、知性も、キャリアもあった。一方のサミュエルには……」

「何もなかった？」

レベッカがふたたび声をあげて笑った。さっきよりもあたたかな響きがあった。

「いいえ、あの肉体はすばらしいわ。鍛えあげられた肉体とやさしい瞳《ひとみ》。とても魅力的な人よ。正直なところ、私もひそかにいいなと思っていたもの。愛情深くて、クレアのことをこの上なく大事にしていた。料理をし、掃除をして、生活に必要な実用的な仕事を一手に引き受けていたわ。大工仕事もすごくうまかったし。そしてなにより……」レベッカがためらった。

「なんです？」

「クレアにはやさしい男性が必要だったんだと思う。過去の経験のせいで」

「過去の経験？」

「それを話すためにあなたを呼んだのよ」

「つまりあなたは、クレアがサミュエルに愛想をつかして家出したわけではないとお考えですか？」

「その可能性がないわけじゃないし、サミュエルの愛情が重すぎて息苦しくなったということもありえる。でも、私はもっとほかの理由があったのだと思うの」レベッカは椅子から腰をあげた。「ねえ、お酒でも飲まない？　金曜だし、この話をするならアルコールの助けが必要だわ」

「いいですよ。何を飲みます？」

「赤ワイン。できればボルドーの軽いやつがいいわ」

「賛成です」

ヘリンボーン柄の床を、レベッカが歩いていく。ミカエラはもう一度、本棚を見たくなった。そんなことをしても何も見つかるわけがないと自分に言い聞かせて踏みとどまる。

ワインボトルとグラスをふたつ運んできたレベッカに向かって、ミカエラは言った。

「続きを教えてください。どうしてクレアは家を出たんだと思いますか？」


ユーリアはカーラプランにある自分のアパートメントで、裸でベッドに横たわっていた。幸せな気分だ。最後にこういう気持ちになったのはいつのことだろう？　きっと千年も前だ。悩みがすべて吹き飛んだかのような……いや、すべてではない。もう少し食べる量を減らさなきゃならないし、上品ぶった退屈女だと思われないようにしないといけない。努力してはいるけれど……。

ユーリアはまぶたを開け、隣にいる男に声をかけた。

「私って、ちょっと退屈じゃない？」

男はきょとんとしたあと、声をあげて笑った。どこからそんなことを思いついたのだといわんばかりの笑い方だった。ユーリアは感謝の気持ちを込めて男に抱きついた。

「もっと大胆になりたいの」

「なればいいさ」

そのとおりだ。でも具体的にどうすればいいのだろう？　男にまたがって、吸血鬼のように首筋にかみつき、退屈とはほど遠い方法で誘えばいいのだろうか？　そんな妄想をしながら、ユーリアは男の隣に横たわったまま、脇腹のあたりをじっと見つめた。男らしくて、世慣れていて、すごくハンサムで、たくましい。そんな男を前に自分がひどくみすぼらしく思えて、毛布で身体をおおい隠したくなった。

だが、すました女だと思われたくない。大胆になろうとしている今はとくに。ユーリアは手をのばし、男の腹部をじらすようになでた。男がほほえむ。おだやかさは揺るがない。ところが携帯電話の着信音が響くと同時に、男の身体に緊張が走った。

ユーリアは顔をしかめた。前にふたりで会ったときは携帯電話の電源を切っていたにちがいない。この音を聞くのは初めてだ。ユーリアはサイドテーブルに置かれた携帯に手をのばす男の背中を食い入るように見つめた。肩甲骨のあたりにひっかいたような傷がある。あれは私の爪痕だろうか？　そうにちがいない。

携帯画面を見た男の首筋が張りつめた。

「何かあったの？」

男は何も言わなかった。こちらを向いた目からは、なんの感情も読みとれない。ユーリアはまたしても毛布の下に隠れたい気持ちをこらえた。それが精いっぱいだった。何かやさしい言葉をかけてほしい。男に褒められることが病みつきになって、逆に褒められていないと不安だった。

「ねえ、私って太ってない？」

男はユーリアの言葉など聞こえていないように、集中した表情でメールを読んでいた。もう一度、質問しかけたとき、男がぱっと笑顔になった。ユーリアの大好きな表情だ。

「きみは完璧《かんぺき》だ」

男はユーリアの隣に横たわり、へそから首まで手をはわせて、鎖骨のあいだを指で押した。ユーリアはあえいだ。身体の奥のほうで原始的な欲求が生まれる。それは魅力的であると同時に少し恐ろしかった。

「今までに……」

ユーリアは言いかけてためらった。自分でも何を訊こうとしたのかよくわからなかった。さっき見た男の背中を思い出す。あの背中は何かを語っていた。

「今までに人を傷つけたことがある？」自分で言っておいて驚く。

「誰だってあるだろう」男はそう言って片手をユーリアの首にあて、ぎらつく目で彼女を見つめた。

ふと冷静になったユーリアは、こういう男はやるとなったら平気で一線を越えるのだろうと直感した。男のような目をした知り合いは、これまでひとりもいなかった。

「私はないわ」

「ひとりも？」男が目を細める。「クリスチャンは最近どうしてる？」

「絶好調ではないでしょうね」

「ほらみろ」

男の周囲にいる女たちと一緒にされたくなくて、ユーリアは何か哲学的な返しをしようと頭をひねった。

「人は、誰かを傷つけなきゃ自由になれないのかしら？」

男がにっこりする。今までそんなことは考えたこともなかったというように。これだからユーリアと話すのはおもしろいというように。

「そうかもしれない」そう言って、ユーリアの髪をやさしくなでる。

ユーリアは今夜こそ泊まっていってと言いかけた。だが男が帰ってしまうことはわかっていたので、何も言わなかった。代わりに彼の胸にしがみつき、背中に腕をまわす。ずっとそばにいてほしいという願いを込めて。

16

レベッカ・ヴァリーンはワイングラスを片手に、遠くをさまよっているようなまなざしをしてアームチェアに座っていた。話を先延ばしにしたがっているようにも、まったくちがう話を始めたがっているようにも見える。

「教えてください」ミカエラは繰り返した。

「アクセル・ラーション」レベッカが言った。「ラーションのことをどのくらい知ってる？」

「世間並みには知っていると思います」

「でも彼の全盛期は知らないでしょう？　あなたは若いもの」

「そうかもしれません」

「ラーションはニューヨークのスタジオ54の常連で、マティスやピカソを収集していた。典型的なヤッピーで、若くして才能を開花させ、実に贅沢な暮らしをしていたのよ。八〇年代の終わりには資産が七十億とも八十億とも言われていた。ただし、それを支えていたのは天井知らずの不動産価格とアートの価格の上昇だった。一九八九年から不動産価格が急落して、ラーションはひどい苦境に立たされた。それは彼に限ったことではなかったけれど」

「銀行すら倒産したんですよね」

「わがノルド銀行も危機的状況に陥った。八〇年代は金利が高く、貸し出しで得られる利益があまりにも大きかったから、みんな感覚が麻痺《まひ》していたの。不動産バブルがはじけて貸付金が回収できないとなれば銀行そのものが破綻する。だから私たちは手を尽くして金を回収しようとした。でも自分たちの力だけではどうにも立ち行かなくなって九〇年の春に国営化された。それでも当時の私たちは、財務省から派遣される頭でっかちの役人なんて少しも怖くないと無邪気に信じていた。自分たちのほうが賢くてタフだと思っていたのね。ところが経営会議に現れたのは、よりにもよってマグヌス・レッケだった」

ミカエラは顔をしかめた。「ハンス・レッケの兄の?」

グレーヴ通りにやってきたマグヌス・レッケに使用人とまちがえられ、見くだされた経験がよみがえる。

「当時は彼もまだ若かったし、外務省ともクレーベリエルともつながっていなかった。それでも政府内で切れ者と評判で、大臣たちがやりたがらない汚れ仕事を請け負っていた」

「あの人ならやるでしょうね」

「マグヌス・レッケはボンにいる同僚から、ラーションがハンガリーの資産運用会社からも同じくらいの金を借りているという事実をつきとめた」

「カルタフィルスですね」

「そう。カルタフィルスって変わった社名よね。でもそのカルタフィルスがノルド銀行の生き残りに欠かせない役割を果たすことになる」

「そこまではわたしも調べました」

ミカエラはカルタフィルスの名が出たときのレッケの反応を思い出した。ここ最近ではめずらしく正気に見えた。深刻そうな顔をして、カルタフィルスの話を詳しく聞きたがった。だが、ほどなく彼は自分の殻に引きこもり、以前と同じ無気力状態に戻ってしまった。

「ラーションはノルド銀行から借りたのと同じように、カルタフィルスからも借りられるだけ借りていた」レベッカがワインを飲みながら言った。「それが発覚して、わずかに残っていたラーションの信用は地に堕ちた。あれはベンチャー投資家なんかじゃない。際限なく金をばらまいて、まるで最初から墓穴を掘っていたみたいだった。ただし、あとでその印象もまちがっていたことがわかった。さらに詳しく調べたところ、ラーションはノベル・インドゥストリーエルとＳａａＢ《サーブ》とエアバスの株を隠し持っていた。だから私たちはカルタフィルスと手を組んで、それらを整理する――もっと平たく言えば乗っとることにした」

「クレアはその計画を仕切っていた？」

「そうとも言えるわ。マグヌス・レッケが最初から彼女を頼りにしていたから」

「どうしてだと思いますか？」

「いろいろな理由があったでしょうけど、なにより私たちのなかで唯一、カルタフィルスに関する知識があったからでしょう。そもそもクレア以外は誰も、カルタフィルスとはなるべくかかわりたくないと思っていた。そういうわけで、乗っとり計画はクレアとノルド銀行の頭取であるヴィリアム・フォシュが先導することになった。そしてフォシュとクレアがカルタフィルス側の代理人と会うことになり、そこから先があなたに話したかったことよ」レベッカはワインを飲んだ。

ホテル・ディプロマットを出たレッケは夕日に目を細めた。アクセル・ラーションとの面会で得るものがあっただろうか？　おそらく何も……。いや、連絡先は手に入った。教えてもらった人物にコンタクトすればさらなる情報が得られるかもしれない。

レッケがガボールと再会したのは大人になってからだ。大人といっても今のユーリアとたいして変わらない年ごろだったし、当時はイダ・アミノフという女性に激しく恋をしていた。ベルンで開かれたコンサートでラヴェルのピアノ協奏曲を披露したあと、楽屋にスタッフがやってきて、若い男性が訪ねてきたと告げた。

レッケは誰にも会いたくないと断った。ところが来客は構わず押しかけてきて、大きな花束を手に楽屋の入り口に立ち、あれほど情感あふれる悲しいラヴェルは初めて聴いたと言った。レッケは礼を言い、相手の名前を尋ねた。

しかし返事を待つ必要はなかった。黒髪で、グレーのダブルスーツを着て、首元に赤いスカーフを巻いた男が数歩、前に出た。息を吐くときかすかに喘鳴《ぜんめい》が混じる。Gの音がFシャープになる。レッケは椅子から飛びあがって、いつ柔道の技をかけられてもいいように身構えた。一方のガボールは、レッケの警戒した態度に気づいてもいない様子で花束を差しだし、握手を求めてきた。レッケとしては、その手を握るほかなかった。

「きみが来るとは思わなかった」レッケは言った。

「しばらく前から、われわれは過去を水に流して友人になるべきだと思っていたんだ」

「ほう？」

「聞いたところによると、きみはピアノ以外にも特技があるとか？」ガボールはしなやかな動きでレッケの目を指さした。「凡人には見えないものが見えると聞いた」

「それはどうだろう」レッケは楽屋のなかをさっと見まわした。

「人の心を読み、その場の痕跡から何があったかを推理できるのだろう？」

「そういうきみは数字の魔術師だとか」

ガボールが一歩前に出た。その肉体はかつてと同じように、爆発寸前のエネルギーを放っていた。瞬《まばた》きするあいだに獰猛《どうもう》な何かに変身しそうだ。

「繰り返しや不安定の兆しに興味があるだけだ。そういうものから劇的な変化を予測できる」

レッケは花束を置いて両手を空けた。

「人生に役立ちそうだ」

「なにより大きな利益を生む。急な動きを予想する者は未来を制するのだ」

「ほう？」レッケは数歩さがり、無意識に鏡の横に置いてあった水差しをつかんだ。それからふたつのグラスに水を注ぎ、ひとつをガボールに差しだす。「残念ながら水くらいしかなくて」

「会えただけでうれしいよ。名刺を渡しておく。起業したんだ。風の噂に、きみがピアニストのキャリアに飽き飽きしていると聞いたものだから」

レッケは名刺を受けとり、ガボールの両手を見たあと、上半身と足の位置を確認した。本能的に楽屋で接近戦となった場合のシナリオが何パターンも頭をめぐる。

「初耳だ」

「音楽は明解《クラリタス》さに欠ける。もっと別のキャリアを極めたいと言ったのだろう？　それで訪ねてきたんだ。われわれは協力できるんじゃないかと思ってね」

レッケの視線が、ガボールの肩の筋肉から額のしわへ移動した。

「残念ながら、僕は過去を水に流せない性分なんだ。それが欠点なんだよ。過去にこだわって、先に進めない」

「観察眼があるゆえの欠点だな」

「ものぐさなのかもしれない。先へ進むのが億劫なんだ」

「そんなことはないだろう」

レッケは受けとった名刺に視線を落とした。会社名を見て顔をひきつらせる。

「よりによってこの社名か」低い声で言う。

「ぱっと思い浮かんだんだ」ガボールが応《こた》える。

レッケの頭に血がのぼった。ガボールの胸倉をつかみ、自分でも驚くほどの勢いで彼を壁に押しつける。

ガボールの顔が輝いた。力ずくで高揚状態に押しあげられたような、恍惚《こうこつ》とした表情だった。

「たかが猫じゃないか。たっぷりと償ってやるさ」

「ここから出ていけ」レッケは吐き捨てるように言い、ガボールの襟をつかんで引っぱった。力が入りすぎて布地が裂ける。

レッケは何度も練習したような無駄のない素早い動きでガボールを廊下へつきとばした。

ガボールはよろめいたが、転ばずに踏みとどまった。暴力をふるわれたというのに冷静そのものだ。しかし愛想のよさは消え、威圧するような体勢になっている。初めて会ったときのように、瞳の色が緑からほとんど黒に近い色合いに変わった。

「さっさと出ていけ」レッケはふたたび怒鳴った。

「そこまで言うなら退散するよ。そういえばイダ・アミノフとうまくやっているらしいな。けっこうなことじゃないか。彼女に熱をあげる男は多い」

レッケは一歩前に出た。必要なら何度でもつきとばしてやるつもりだった。

「それで？」

「おめでとうと言いたかっただけだ」ガボールが言った。「それから気をつけたほうがいい」

「何に気をつけろと言うんだ？」

「いや、クスリと高いところが好きな若い女性なんだろう。万が一ということもある」

「彼女におかしな真似をしたら――」

「どうなると言うんだ？」ガボールがいつもの不敵な笑みを浮かべる。すべてを意のままに動かし、それを楽しんでいる男の表情だ。

レッケが何も言わずにらみかえすと、ガボールは小さくうなずいて去っていった。遠ざかる足音がレッケの耳にこびりつく。かなりの時を経てストランド通りに立った今、その足音がこれから始まる悲劇の前触れのようによみがえった。これからどうすればいいのだろう？

いや、何もしなくていい。自分には娘がいて、友人がいて、人生と呼べるものがある。あんな悪魔は放っておけばいい。そう結論づけてグレーヴ通りに戻り、ミカエラに思いを馳《は》せた。強い光を宿した彼女の瞳を見ると、もっといい人間になりたいと心から思うのだった。

17

レベッカ・ヴァリーンは赤ワインのお代わりを注いで窓の外に目をやった。

「クレアはカルタフィルスの代理人と会った。アリシア・コヴァッチという女性で、ハンガリー出身だけど、もう長いことストックホルムに住んでいる人よ。彼女のことは私も以前から少し知っていて、すてきな女性だと思っていた。弁護士で、経済学者でもあって、本当に才能のある人。だからこそ彼女が組織犯罪に深く関与しているような企業の顧問弁護士をしているというのが意外だった。カルタフィルス側にしてみれば、彼女は体重分の金塊と引き換えてもいいほど価値があるでしょうね。企業の顔として申し分ないもの。コヴァッチはクレアと面識があったらしく、代表と直接会って話すように提案していた。急展開だった」

「どうしてですか？」

「当時はカルタフィルスの代表が誰なのか、知られていなかったから。あの運用会社はスイスのとある財団が管理していて、代表の名前は公表されていなかった。調べてみると、カルタフィルスの代表に関してさまざまな噂があった。催眠術師のように人を操り、恐ろしいほどの交渉術を持っているらしいと聞いて、当然ながら私たちは心配になった。金額が金額だけに、カルタフィルスに丸めこまれて損をするわけにはいかない。だから頭取が自分も同席すると言いだした。ところがカルタフィルスはそれをよしとしなかった。直接交渉の条件は、クレアがひとりで来ることだった。これについては行内でだいぶ議論したけれど、最終的にはとにかく会ったほうがいいだろうという結論になったの。クレアなら、銀行を代表するのに申し分ない人材だし。そこから総力をあげて準備が始まった。私の役目はクレアを千金の価値がある女に仕立てあげることだった。印象がいいに越したことはないでしょう？　一緒にショッピングへ出かけて、私は内心わくわくしていた。でもすぐにクレアの様子がおかしいことに気づいた。あまりにも深刻な顔をしているから、ひょっとして代表と面識があるのかと尋ねてみたけれど、返事はなかった。さっきも言ったとおり、カルタフィルスという社名も不気味だと思った。だってふつう、神から罰を与えられた男の名前を社名にする？」

「罰を与えられた？」

「調べてみたんだけど、カルタフィルスというのは何世紀にもわたってアハシュエロスの同義語として使われてきた呼び名なのよ。アハシュエロスはゴルゴタの丘へ向かうイエスが、家の前の階段で休みたがったのを拒絶した男の名前なの」

「社名にふさわしいとはいえませんね」

「そうなのよ、意味深よね。クレアにその話をしたら、代表のことを〝邪悪な男〟と言ったのよ。邪悪だなんて、なんだかとても時代錯誤な気がして、私は茶化そうとした。でもクレアは笑わなかったし、すぐに話題を変えたわ。そして交渉の席には自転車で行くと言った」

「自転車？」

「クレアはどこへ行くにも自転車を好んだの。銀行のリムジンで送迎する案をいやがった」

「交渉があったのはいつのことですか？」

「彼女が失踪する六、七週間前のことよ。木曜だったと思う。クレアは当日、誰もついてくるなと言った。すべてひとりでやりたがって、私たちには交渉の場所さえ教えてくれなかった。その日、私ははずっとクレアからの連絡を待っていた。でも電話はかかってこなかった。彼女に会ったのは翌日で、クレアは長袖のトップスを着て、ひどく歩きにくそうにしていた」

「歩きにくそう、というのは？」

「なんというか、動作がぎこちなかったの」

「どうしてですか？」

「酒を飲んで自転車に乗ったら転倒した。心配いらないと言っていたけれど、私には信じられなかった。クレアは交渉で合意した再編計画のプレゼンに力を注ぎ、その内容については行内でもいろいろな意見があった。向こうのいいように丸めこまれたなんて言う人もいたけれど、ほとんどは嫉妬から出た言いがかりだったわ。あの交渉がもたらしたのは、スウェーデンのビジネス界に大きな転機をもたらすことになる、アグレッシブでエレガントな計画よ。私たちは契約書の細部を詰めることに全力を注いだ。それをうちの頭取とマグヌス・レッケがアクセル・ラーションにつきつけることになっていた。そして私は……」

「ちょっと待ってください。クレアの様子はどうだったんですか？」ミカエラは口を挟んだ。

「交渉の場で乱暴された可能性はありますか？」

レベッカは居心地悪そうな様子でワイングラスを口に運んだ。

「どうかしら……私にはわからない。クレアは平気なふうを装っていたし、初日こそ様子がおかしかったけれど、すぐに本調子に戻ったから」

「電話でお話ししたとき、彼女が怯えていたと言いましたね？」

「あくまで私の主観だけど……」

ミカエラはサミュエル・リドマンの話を思い返した。サミュエルは失踪前の妻について、怯えていたとはひと言も言わなかった。ただしクレアが腹痛でトイレにこもったとは言っていた。

「クレアが失踪したとき、警察にこのことを話しましたか？」

「カルタフィルスの代表との交渉で、何か不快な目に遭ったようだとは伝えたわ。でも詳しいことはわからなかったし、リンドルース警部補はあまり真剣に捉えていないようだった」

「ばかな男」ミカエラはつぶやいた。

「たしかに」

「結局、代表の正体はわかったんですか？」

「ええ」

レベッカは気まずそうな顔をした。

「名前を教えてもらえますか？」

「ガボール・モロヴィア」

「警官であるわたしにその人のことを話すのは気が進みませんか？」

レベッカは神経質な笑い声をあげた。

「そうかもしれない」

「つまりクレアが言ったとおり、多かれ少なかれ〝邪悪〟な人物なんですね？」

「それは言い過ぎじゃないかしら。世界中の権力者とつきあいのある経済界の大物よ」

「だからといって邪悪じゃないとはいえませんよね？」

「そうかもしれない。ときどき不思議に思うの。インターネット上にはモロヴィアの写真も情報もほとんど出まわっていない。うちの頭取が……ヴィリアム・フォシュが、モロヴィアの肉声を録音したことがあるの。電話越しの会話を録音したものだと思う。それを聞いてぞっとしたわ。あんな声で説得されたら拒絶できる人はなかなかいないでしょうね」

「どういう意味ですか？」

「言葉で表現するのは難しいけれど、なんというか、脳に直接、響くような声だった。暗い部屋に引きずりこまれそうな感じがした」

「声だけで……」

「大げさすぎるかしら」

ミカエラは少し考えてから、レベッカのほうへ身体を寄せた。

「失踪前のクレアについて、今、うかがったこと以外に気づいたことはありませんか？」

レベッカが思案顔をした。

「ないこともないけれど……」

「教えてください」

「ひとつだけ……気のせいかもしれないから誰にも言ってなかったことがある」

「気のせいでも構いません」

「失踪前のクレアなんだけど、ひょっとして妊娠しているんじゃないかと思ったの」

「妊娠？」

「ええ。サミュエルが子どもをほしがっていることは以前から話に出ていて、クレアはピルをのむのをやめようかと思うと言っていたわ。だからある日、残業で遅くなったときにかまをかけてみたの。おめでとうって言っていいのかしらと言って彼女の腹部を指さした。そしたらクレアが不快そうな顔をしたから、余計なことを言ってしまったと後悔した。でもあとから思うと……」

「やっぱり妊娠していたと？」

「そうかもしれない」

「相手はサミュエルではないかもしれない？」

「その可能性もある。そしてクレアがカトリックの家で育ったことを思うと、夫以外の子であったとしても中絶は難しいのではないかと」

ミカエラはうなずき、急に用を思いついたように立ちあがった。「もしクレアが……」言いかけて考えこむ。

「性的暴行を受けたとしたら？」

「そうです。その可能性をサミュエルに話しましたか？」

「いいえ。勇気がなかった」

最悪の展開だ、とミカエラは思った。レベッカに礼を言って家を出る。階段をおりながら、ミカエラはサミュエル・リドマンの番号に発信した。

18

サミュエル・リドマンは両手にチョークをつけ、リフティングベルトを締めなおした。携帯電話が鳴る。

ヘルシンゲ通りにあるジムはサミュエルにとって第二のわが家のようなものだ。ジムの名前がレロスだったころからの常連で、当時は女性用更衣室もなく、エントランスの上に〝巨乳最高〟というふざけた標語が掲げられ、アーノルド・シュワルツェネッガーとフランク・ゼーンのポスターがそこらじゅうに貼ってあった。

レロスは男だけの世界で、サミュエルはそこの君主だった。

肩甲骨を寄せて胸をそらせ、ベンチプレスで百六十キロを八レップするサミュエルに、周囲の男たちが羨望《せんぼう》のまなざしを注ぐ。トレーニング後、更衣室でポーズをとりながらすり傷に薬を塗っているときも、ジムに通いはじめて間もない若者たちの尊敬のまなざしを感じた。ところがジムを一歩出たとたん、九十キロの鍛えあげられた肉体に劣等感が牙を立てる。日常生活では常に、サミュエルは自分を何者でもないと感じていた。自然体でいられるのはジムにいるあいだだけだ。電話が鳴りやまないので、バッグから携帯をとりだし、周囲を気にせず電話に出る。

相手が誰だかわかったとたん、サミュエルは声を潜めて廊下に出た。電話の向こうから聞こえてきたのはレッケ教授と同居しているミカエラ・バルガス巡査の声だった。彼女の質問にサミュエルはたちまち動揺した。クレアがカルタフィルスの代表と直接会って交渉したとき、性的暴行を受けた可能性はないかと問われたのだ。すぐに否定する。そんなことがあったとは思えない。しかしミカエラの疑念は、かつてサミュエル自身が抱いたものでもあった。あの夜のことがよみがえる。クレアが交渉に出かけたあと、サミュエルはベッドに入ってもなかなか寝つけなかった。交渉の結果が彼女のキャリアを左右することはなんとなく察していたが、具体的な内容はほとんど知らなかった。クレアはいつも銀行業務という秘密のヴェールのうしろに隠れていた。午前一時だったか一時半だったか、玄関のドアが開く音がした。クレアが足音を忍ばせて入ってきて、トイレに閉じこもった。トイレからすすり泣きが聞こえたので、サミュエルはドアの前まで行って声をかけた。〝ダーリン、大丈夫かい？〟するとクレアが応えた。〝大丈夫。自転車で転んじゃったの。スカートの裾《すそ》がひっかかって〟その説明は納得できるものだった。

クレアはどこへ行くにも自転車を使う。よそゆきの服やハイヒールでもお構いなしだ。おまけに翌朝、車輪がねじれ、スポークが何本か折れた自転車を見た。クレアが誰かに暴力をふるわれたような形跡はなかった。少なくとも二、三日は異常に気づかなかった。だがあとになって、本当に自転車で転んだだけだろうかと疑問に思ったのも事実だ。クレアは一週間ほどサミュエルにふれられるのをいやがった。腹痛もあるようだった。それらが自転車で転んだせいとは思えない。ある夜、いつになく長いあいだトイレにこもったあと、クレアがごめんなさいとつぶやいた。

「ごめんなさいって何が？」

「交渉の場へ行ったこと」

詳しく訊きだそうとしても、クレアはそれ以上、話してくれなかった。それからしばらくして、もとどおりの日常が戻ってきて、サミュエルは以前と同じようにクレアと暮らせる幸せを味わった。災難に見舞われるその日まで。

「どうしてそんな質問をするんです？」サミュエルは電話の向こうのミカエラに尋ねた。

「クレアが失踪する前に、何か深刻な出来事があったのではないかと思ったんです」ミカエラが言った。

「写真のことで何かわかったんですか？」

ミカエラはしばらく黙っていた。

「いいえ。あの、連絡しようとしたことはありますか？」

「連絡って誰に？」

「カルタフィルスの代表です」

「失踪直後に何度かやってみましたが、あきらめろと言われました。カルタフィルスとクレアの失踪とは関係がないと誰もが言いました」

「誰もがというのは、具体的に誰ですか？」

「警察も、クレアの上司も」

「彼らはどうして関係ないと言いきれたのでしょうね？」

電話を切ったミカエラは、物思いにふけりながら通りに出た。頭を占めていたのはクレアとモロヴィアのことだけではない。レベッカ・ヴァリーンの本棚で見たもの、感じたことが気になっていた。本棚の残像が、顔に垂れさがってうっとうしいヴェールのように思考を妨げるのだが、具体的に何が気になるのかがわからない。はっきりしているのは空腹なことくらいだ。さて、これからどうするか。どこかで食事をしながら考えをまとめる？　分別のあるアイデアだと思いながら角を曲がる。ウルリーカ通りにエンジンのかかったリムジンがとまっていた。オスカル教会の向かいの駐車場から黒いポルシェが出てくる。

まったく、なんという場所だろう、とミカエラは思った。ヴァネッサは正しい。エステルマルムはわたしがいる場所じゃない。視界に入るものがいちいち気に障る。ふと、ヨーナス・ベイエルの顔が思い浮かんだ。ソルナ署の刑事課で一緒に仕事をしたことのある先輩だ。ヨーナスなら、エステルマルムにいても場ちがいな思いをすることはないのかもしれない。それでもミカエラが今、感じている居心地の悪さをすぐに理解して、何か心を軽くするようなことを言ってくれるだろう。ヨーナスに電話をしてみようか？　悪くない考えだ。少し気分が上向きになる。

「ミカエラ！」名前を呼ばれてナルヴァ通りを見ると、見慣れた人物が立っていた。あれはユーリア？　そう、若く美しいユーリアだ。ユーリアがこちらへ走ってくる。レザージャケットに穴の開いたジーンズという服装は良家の子女というイメージからはかけ離れていた。率直にいうなら、育ちのいいお嬢さんが、タフで退廃的な女に見せようとして失敗している感じだ。おまけに急いで身支度したせいだろうか、寝起きかセックスのあとのように髪が乱れ、ブラウスの裾がジーンズからはみだしている。そこでミカエラは別のことに気づいた。ユーリアはずいぶんやせたんじゃないだろうか？

初めて出会ったときから、ミカエラはユーリアのすべてがうらやましかった。貴族の家に生まれ、美人で、まさに生まれながらのお嬢様だ。きゃしゃな体つきにも、父親ゆずりの観察眼にも憧れた。ところが今日のユーリアを見てもうらやましいとは思わなかったし、むしろ初めて彼女のことが心配になった。すぐにそんな考えを押しのける。自分のような平民がお嬢様の心配などする必要はない。だから余計なことを言わず、両腕を広げてユーリアをハグした。

「調子はどう？」

「いいわ」ユーリアが応えた。

ミカエラはユーリアの目をのぞきこんだ。

「なんだか内側から光り輝いてるみたい」

少なくとも光り輝こうとしているように見える。

「そうかも」ユーリアがかすかに頬を染めた。

「恋をしてるの？」

「そんなところかな」

「すてき」ミカエラはそう言ったが、われながら熱のこもらない受け答えだった。おそらくそれは、ユーリアの姿から相手の男が連想されたからだ。

服装や目つきを見ればわかる。見つめられただけで彼につりあうようないい女に生まれ変わりたい、もっと気にかけてもらいたいと思わせるタイプのイケメンだろう。

「どんな人？」

「まだつきあいはじめたばっかりだから、今度、教えるわ。それよりも訊きたいことがあるんだけど……」ユーリアがミカエラをじっと見つめる。

「何？」

「朝まで一緒にいてくれない男の人って、どう思う？」

意外な質問に、ミカエラは驚いた。なによりユーリアが、いつもなら自力で、ふつうの人よりもうまく問題を解決するユーリアが、事情をまったく知らない自分にそんな疑問をぶつけてきたことが意外だった。

「どうって言われても、いろんな意味にとれると思うけど……」

ユーリアが考えこむ。

「そうよね。ごめんなさい。ばかなことを訊いて」

「気にしないで。それよりどこかへ出かけるの？」

「散歩しながら考えごとをしようと思っただけ」ユーリアが続ける。

一緒に行きましょうと言いかけて、自分も気がかりなことがあってひとりで考えたかったのだと思い直した。

「あなたは何をしているの？　パパに会いにきたの？」

ミカエラは首をふった。

ユーリアがストランド通りを見渡す。

「パパに愛想がつきちゃったわけじゃないでしょう？」

残念だけど尽き果てたわ。

「ほかに用があって」

「パパにはあなたが必要なの」

「あの人はひとりで大丈夫よ」

「パパはイカレたことばかり思いつくでしょう。何を見ても悪いほうにとるんだから。私の新しい彼氏のことだって、すっごくやさしい人なのに……」

ユーリアは最後まで言わなかった。

「パパのことが心配なの。パパにはあなたの助けが必要よ」

わたしは看護師じゃない、とミカエラは思った。

「ハンソンさんがいるじゃない」

「それはそうだけど、あなたがいるとパパはしゃきっとするのよ。あなたにいい影響を受けているんだと思う。ときどき考えるんだけど……」

「何を？」

「ううん、なんでもない。私が言うべきことじゃないわね。ともかく、パパの様子を見にいってくれるとうれしいわ」

「また今度ね」ミカエラは硬い声で言った。それから気をとりなおし、もう一度ユーリアをハグして、新しい彼氏とお幸せに、と言った。

ユーリアと別れたミカエラは、行くあてもなく歩きだした。十メートルほどうしろを、誰かがつけてくるのにはまったく気づかなかった。

19

レッケはパソコンの前に座って、アクセル・ラーションに関するリサーチをしていた。ネットから得られる情報を、くだらないものも含めてすべて読んだあと、かつての寵児《ちょうじ》がクレア・リドマンの名前を聞いたときだけ妙に動揺していたことを思い出す。オークのテーブルをせわしなくたたく指はもちろん、かすかな表情の移り変わり――たとえば（本人は必死に取り繕おうとしていたとはいえ）過去を恥じるような目つきや小刻みな唇の震えを、レッケは見逃さなかった。アクセル・ラーションはクレアの失踪にかかわったのだろうか？

その可能性はある。ただし今のレッケには、以前のように他人の思考を読むことができなかった。脳がどろどろに溶けてしまったようだ。鎮痛剤だけでも悪いのに、シャンパンまで飲んだせいで、一時的に高揚した気分は今や急降下していた。バスルームへ行って顔に冷たい水をかける。そのときだけはすっきりしたものの、効果はすぐに消えた。

目に映る世界は相変わらず霧がかかっている。目を閉じるとばらばらな色がダンスを始め、やがてそれが複数の像を結んだ。ミカエラのことを思い浮かべる。あの夜、地下鉄の駅で飛びついてきたミカエラ。ひどく失望した表情でこちらを見ていたミカエラ。

彼女に電話をして謝罪し、以前よりはまともな状態になったと伝えよう。元億万長者とシャンパンを飲んで敵の情報を引きだそうとしたのだから、大進歩ではないか。さっそく携帯電話をさがす。ところがいくらさがしても携帯はおろか財布も見つからず、しまいにレッケは自分が何をしているのかわからないまま枕や羽根布団を引き裂いたり、冷蔵庫を開けたり、ゴミをあさったりしはじめた。いったい僕はどうしてしまったんだ？

自分に嫌気が差す。すべてに疲れてしまって、スタインウェイの前に座り、気まぐれにリストの『ため息』を弾いた。若いころは左右の手が交差するこの曲をおもしろく感じたものだ。乱れた心を静める目的で弾きはじめたレッケだったが、しだいにすべてを忘れて曲の世界に没頭していった。上体を前後に揺らしながら、自分の内にある悲しみや倦怠《けんたい》を残らず音にして解き放つ。演奏に熱中するあまり、玄関の呼び鈴が鳴っていることに気づくまでにしばらくかかった。来客など無視したい気持ちにかられつつも、手をとめて立ちあがり、とたんによろめく。

「最悪だ」レッケは小さな声でつぶやきながら玄関へ行った。しかしドアを開けてもしばらく、何が起きたのかわからなかった。


ミカエラは考えごとをしながらストール通りを歩いていた。考えるのに夢中で周囲に注意を払っていなかった。とはいえレッケやユーリアのことを考えていたわけではない。ガボール・モロヴィアとクレア・リドマンのことでもなかった。ミカエラの頭にあったのはレベッカ・ヴァリーンの本棚だ。チェスの本が並ぶあの本棚には、やはり何かがある。その感覚は時間の経過とともに強くなり、背表紙のあいだから光が放たれているような気さえした。くるりと方向転換したミカエラの目に、ウーゴ・ペレスが映った。ウーゴがなんでこんなところに？

ヒュスビーですれちがったばかりだし、エステルマルムはウーゴがうろつく場所ではない。しかし本棚のことばかり考えていたせいで、同じ日に、市内の別の地区でウーゴと遭遇するのが偶然のはずがないということに、すぐには思い至らなかった。いつものミカエラならウーゴを見たとたんに詰め寄って、どういうつもりか問いただしただろう。しかしそのときは不機嫌な顔でひと言だけ言った。「腰パン」

　ミカエラの記憶のなかではいつも道化師のようにへらへらしているウーゴが、ホルモン分泌過剰男のような反応を見せた。いきなりつかみかかってきたかと思うとミカエラを壁に押しつけ、唇と顎《あご》を殴ったのだ。ミカエラはショックのあまり一瞬硬直してから、全力でもがいてウーゴの腕をふりはらった。ウーゴが何かわめく。ミカエラは何を言っているのかわからないと怒鳴り返した。

「兄貴の周りをかぎまわるのはやめろと言ったんだ！　誰も証言なんてするもんか。おまえは自分の家族を苦しめているだけだ」

「そうだとしても、あんたになんの関係があるの？」

「これ以上続けるなら、おまえの大事な人がけがすることになる」

「は？」

「嘘じゃない。本気だからな」

　ミカエラはウーゴをどついて通りへ押しだした。少し離れたところで、四十代くらいの男性が助けに入ろうかと様子をうかがっているのが見えた。

「大丈夫です。クズ野郎に絡まれただけなんで」

　ミカエラは男性にそう声をかけてからウーゴをふり返った。ウーゴはさっきよりも冷静になったように見えた。にやにや笑いはないものの、ふたたび攻撃してくる気配もない。

「警官を脅迫するなら、ぶちこまれる覚悟でやりなさいよ」

「おれは意見を言ったまでさ」

　ミカエラは怒り心頭で、もう一度ウーゴの胸をどついた。ウーゴがよろめく。

「ルーカスは自分で言いに来る度胸もないわけ？」

「ルーカスは何も知らない」

「そう言われて信じると思う？　あんたが勝手にやったとしたら、ルーカスはあんたを殺すでしょうよ」

「おれたちに構うなと言ってるだけだ」

「おれたちですって？」ミカエラは語気を荒らげた。「あんたたちみたいな連中はまとめてくたばってしまえばいい。脅迫したくらいでわたしをとめられるとでも思ったわけ？　どんな手を使ってもあんたたちを追いつめてやる」ミカエラはそう言って、ウーゴの肩を強くつき、カーラプラン駅の方向へ戻りはじめた。

たった今、起きたことが信じられなかった。ウーゴみたいなチンピラに尾行されて気づかなかったとは。そもそも〝大事な人〟というのは誰のことだろう？　母親のはずがないし、シモンは今でもルーカスに頼り切りで、彼の言いなりになっている。ヴァネッサやマリカでもないだろう。どちらもルーカスを英雄視しているのだから。ただのはったりだろうか？　わたしを怖《お》じ気《け》づかせようとしただけ？　だが万が一ということもある。ミカエラは急に気分が悪くなった。ルーカスはどこまでやるつもりだろう？　人生がかかっているとなれば、際限なくやるのかもしれない。ルーカスと話さなければ。まずはそうするべきだ。すぐに携帯電話を出して兄の番号に発信したが、ルーカスは出なかった。妹と正面から向きあう勇気がないのか？　周囲を見まわしたあと、大声で悪態をつく。

エステルマルムのおだやかで平和な雰囲気や、スーツやワンピース姿の身ぎれいな人たちを見ていると叫びたくなった。とても同時代を生きているとは思えない。見渡すかぎり築百年以上の建物が並び、緑と黒の尖塔《せんとう》にゴシック窓を備えたオスカル教会がそびえている。ナルヴァ大通りの整備された街並みを背に、着飾った老婦人やおしゃれをした娘たちが、小型犬を連れ、ブランド物のバッグを手に行き交っている。ヒュスビー地区からはるか遠いこの界隈で、ミカエラは自分がどこに向かおうとしているのかわからなくなってしまった。先ほどまでレベッカ・ヴァリーンの家に戻って本棚をもう一度見せてもらおうとしていたのだが、腹の底に怒りと恐怖がとぐろを巻いている今、クレア・リドマンのことなど、どうでもいいように思えた。クレアは過去の人だ。

クレア・リドマンは死んだ。どこかで生きているというのは残された夫の願望であり、ファンタジーだ。〝大事な人がけがすることになる〟というウーゴの発言のほうがよほど緊急性がある。ミカエラはぴたりと立ちどまった。ひょっとしてレッケのことか？　いや、そんなはずがない。ヒュスビー地区の住人にいやがらせをするのと、レッケのように社会的地位があり、有力者ともつながりのある人物に危害を加えるのはわけがちがう。さすがにそこまではしないはず。ミカエラは確信していた。

それでも今すぐレッケの元へ行って無事を確かめたくなった。直接、家へ行く代わりに電話をしたが応答がない。レッケは携帯電話にも固定電話にも出なかった。おそらく薬でハイになって寝てしまったのだと思いつつ、リンネ通りまで出る。ペールブルーのスーツを着た男性がこちらを見てぎょっとした顔になる。

「じろじろ見ないで！」かみつくように言ってから、自分の唇に手をやる。

指に血がついた。それがどうした？　問題は唇が切れたことでもなければ、お上品な人たちを怯えさせたことでもない。今、大事なのはウーゴの脅迫だ。ふたたびルーカスのことを考える。

イェルヴァフェルテット自然公園で拳銃《けんじゅう》を手にしていたルーカス。ひとにらみで相手をひるませるルーカス。ルーカスは本物の悪党だ。そうではないか？　気づくのに時間がかかってしまったが……。

いつの間にかミカエラはレベッカ・ヴァリーンが住んでいる建物の前にいた。立派なエントランスの上部に兵士の飾り彫りが施されている。ここまで来たら確かめてみるべきではないだろうか？　インターホンを押す。

「どちらさま？」スピーカーからレベッカの声がした。

「さっきお邪魔したミカエラです。ひとつ確認を忘れたことがありまして、もう一度、お話を聞かせていただけますか？」

「あら、そうなの？　もちろんどうぞ」レベッカが応えてエントランスの施錠を解除した。

ちょうどそのとき、ルーカスから着信があった。通話ボタンを押すと、電話の向こうから、いかにも妹思いの兄といった、なめらかでやさしげな声が聞こえてきた。

20

ドアを開けたレッケは、通路を照らすライトの光に目を細めた。そこに立っていたのはまったく予想していなかった人物で、すぐには状況がのみこめなかった。浅黒い肌をした四十代半ばの上品な女性は、仕立てのよい青いスーツを着ていた。目を見張る美人ではないが個性があって魅力的だ。大きくて茶色い瞳は快活な印象を与えるものの、今は涙にうるみ、口元に不安そうな笑みが浮かんでいた。全体的にちぐはぐな印象を受ける。

自力では解決できない問題を抱えて助けを求めているのかもしれないし、よくない知らせを運んできたのかもしれない。彼女の様子からして、おそらく後者だろう。女性が背筋をのばした。高い教育を受けた人らしく、動きに無駄がなく、はっきりとした目的意識を感じる。管理職、それも人を雇ったり首にしたりする立場にある人だ。

権力と影響力を備えた人物でも手こずるような知らせを持ってきたということか。

「レッケ教授ですね？」女性が右手を差しだした。

「こんな格好でお恥ずかしい」

「お噂どおり、とても有能な方とお見受けしました。とつぜんお邪魔して申し訳ありません。事前にお電話したのですが、つながらなかったのです。アリシア・コヴァッチと申します」

「携帯電話が行方不明でして。どうやら正常な判断力とともに家出してしまったようです。あなたのお名前には聞き覚えがあります」

「カルタフィルスの顧問弁護士をしております。アクセル・ラーションから、あなたが当方の代表と連絡をとりたがっているとうかがいました」

それを聞いたレッケは警戒レベルを引きあげるべきだと思ったが、なにせそのときは立っているのもやっとの状態だった。そのまま少しお待ちくださいと女性に頼む。

せめて水を飲んで顔を洗おうと、レッケはバスルームへ行った。戻ってきて、できるだけにこやかに、背筋をのばしてあいさつする。

「失礼しました。わざわざいらしていただいて恐縮です。それもこれほど速やかに来てくださるとは」

「私はやるべきことを先延ばしにしない主義なのです」

「まさしく」レッケはうつろにうなずいた。「美徳のひとつにちがいない。しかし僕は別のやり方を選ぶこともあります。疑わしきときは行動すべきでない《イン・ドゥビオ・ノン・エスト・アゲンドゥム》という考え方もありますから。ともかく、よく来てくださいました。こんな体たらくでがっかりさせたら申し訳ありません。目下、敵と呼ぶにはふさわしくない状態でして」

レッケはアリシアをもう一度見て、彼女が何を求めているのか理解しようとした。おそらく遠まわしに脅迫しにきたのではないだろうか。両手と両肩に力が入っているし、動揺したのか感動したのか先ほどまで涙がにじんでいた目に、今は冷ややかな光がある。まちがいないのは複雑な思考および感情の持ち主であるということだ。

「敵ですって？　いえ、いえ、当方の被代理人は――」

「すみませんが――」レッケは相手の言葉を遮った。「法律用語はあまり得意ではないので〝被代理人〟ではなくガボールと呼びませんか。それともモロヴィア教授のほうが適切でしょうか？　〝被代理人〟というのはどうにも堅苦しくていけない」

「もちろんけっこうです。モロヴィア教授はあなたのことを卓越した人物だと強調しておられました。ふつうの人には見えないものが見えるそうですね」

「頭がおかしいのかもしれません」

「まあ、そんな！　どうか誤解なさらないでください。あなたほど彼が評価する人物はほかにいません。先ほどあなたの演奏を拝聴したとき、あれはたしかリストの曲でしたね、私は旋律に身を委《ゆだ》ね、音楽の世界に溶けてしまいたくなりました。言葉にできないほど美しい演奏でした」

「ご親切にどうも。ガボールにも私の賛辞を伝えてください。ガボールとはいろいろな思い出があります。この火傷《やけど》も含めて」レッケはシャツの胸元に手をやった。

「それは彼も同じです。そして彼のほうが傷は深い」

レッケはその発言の意味がわからず、もっと尋ねたくなった。何か根本的なことを見逃している気がした。しかしこの場で追及するのはやめ、アリシアをキッチンへ通す。

ハイヒールが床をたたく音が不吉に響いた。カツ、カツ、カツ、G、G、C。アリシアがジャケットのポケットに手をふれる。もう二度目だろうか、三度目だろうか。そのポケットに何か大事なものが入っていて、落とさないか不安なのだろう。彼女が望んでここへ来たわけではないことは明らかだが、それにしては発言に熱がこもっている。火傷に言及したときなどはこちらを攻撃して楽しんでいるようにも感じられた。

「すてきなお宅ですね」

「片づけてくれる人がいなかったらとっくのむかしにゴミ溜《た》めになっていましたよ。あなたとちがって僕にはあらゆることを先延ばしにする癖がありまして、そこにはささいな家事も含まれるのです。しかし褒めていただいて恐縮です。ワインでもいかがですか？　ワインセラーになかなか上等なコルトン・シャルルマーニュが冷えていますよ。とはいえ僕はワインのことはあまりよく知らないのです。兄からは、そういうことに関しておまえは原始人並みだと言われます」

「せっかくですが遠慮させていただきます。用件はすぐに終わりますから。モロヴィア教授は……」

アリシアが手を喉にあてた。両目の端にまだ涙がにじんでいる。そこまで気の進まない仕事をさせられるくらいなら雇い主を変えたらどうかと助言したくなった。ガボールはそう簡単に手を切れる相手ではないだろうが。

「彼がなんと？　まあ、とりあえず先に座ってください」レッケはキッチンの椅子を示した。

「勇敢な方ですね。ここへ来るのは容易ではなかったでしょう。やはり何かさしあげたいですね。ワインがだめなら水はいかがです？」

レッケは立ちあがり、ラムローサのボトルを出してグラスに注いだ。

「ありがとうございます」アリシアがグラスを口に運ぶ。「おっしゃるとおり、モロヴィア教授の要求はときとしてひどく難しいものです」アリシアはそう言ってほほえんだ。美しくも悲しい笑みだった。

「でしたら僕もお手伝いしましょう。あなたが持ってきたのはよい知らせではないのでしょう？」

レッケも椅子に腰をおろした。

「はい。モロヴィア教授からずっと任されている仕事があります。それはもう何年も、雇われたその日からずっと、私の役目でした」

「ほう？　どんな仕事ですか？」レッケはアリシアの目を見て言った。他人の心配をしている場合ではないとわかっていても、彼女を安心させたいという衝動にかられた。

「約束したのです。あなたがモロヴィア教授に接触してきたら、もしくは接触する意思を見せたら、直ちにあるものをお渡しすると」

決定的な情報がもたらされることを察知して、レッケはアリシアをじっと見つめた。

「どうして彼はこちらが動きだすのを待ったのでしょうね？　僕の知っているガボールは先手を打つのが好きでしたが」

「そのほうがエレガントだと考えたからです」

「ずいぶん虚栄心が強いですね」

「自分に挑むならそれなりの代償を払う覚悟がいることを、はっきりさせておきたいのだと思います」

「では僕が払う代償について教えてもらいましょう」

アリシアはジャケットのポケットから金のヘッドがついたパールのネックレスをとりだして、テーブルに置いた。

レッケは全神経をそのネックレスに注いだ。脚の力が抜け、いっとき視界も暗くなる。こんなことはありえない。ありえるはずもない。


マグヌス・レッケは政府専用機の座席で、赤ワインのグラスを手にストックホルム近郊における対テロ作戦の報告書を読んでいた。ところが憶測が多いうえにまわりくどい文章だったので、読むのをやめて窓の外に目をやる。サウジアラビアの国旗をつけた飛行機がすぐ隣を離陸していく。政府専用機が離陸できないのは首相の到着が遅れているからで、マグヌスはいらだち、平静さを失っていた。外務大臣のクレーベリエルが向かいの席に座って明日の日程表を確認している。

「ついさっき、弟が電話してきました」

マグヌスの言葉に、クレーベリエルが眉をあげた。ハンス・レッケのこととなるといつも神経をとがらせるのだ。

「用件は？」

「私が財務省にいたときに起きた事件に興味があるそうです。アクセル・ラーションを覚えていますか？」

「覚えていない者がいるとでも？」

クレーベリエルが日程表を見ながら言う。フライト・アテンダントが夕食のトレイを運んできたときも、礼を言ったものの視線はあげなかった。

「でしたら、こちらが期待するほどラーションの財産を押さえられなかったこともご存じですよね？　クレムリンとつながりのあるハンガリーの資産運用会社がおいしいところをかっさらっていったせいで」

「そうだったな」クレーベリエルがようやく日程表から目をあげた。

「くだんの運用会社とは運命共同体だったのに、うちだけが損をすることになりました」

「理想的な結末とはいえない。しかし、どうしてきみの弟がそんなことに興味を持つ？」

マグヌスはどこまで話すべきか迷った。本当は口をつぐんでおくのがいちばんなのだ。自分の進退もかかっているのだから。それでもしゃべらずにいられなかった。

「政府が圧力に負けたのか、あるいは組織犯罪にかかわるような企業と手を組んだのか、そのどちらだろうと考えているのかもしれません」

「余計な詮索《せんさく》を」

「なにより、わが弟とあの会社代表のあいだには個人的な確執があるのです。代表の名前はガボール・モロヴィアといいまして、プレイボーイの元数学者です」

クレーベリエルが急に怯えたような顔をした。少なくともマグヌスにはそのように見えた。しかしクレーベリエルはすぐに平静を繕った。

「そうか」

「モロヴィアと面識があるのですか？」

クレーベリエルはワインを飲みほした。

「避けがたい人物だ。報復する際は容赦がないと聞いている。知能戦、とくにチェスが得意らしいな。ずいぶん優秀な男なんだろう？」

「そのようですね」マグヌスは認めたくない気持ちをこらえてうなずいた。

「きみの弟はモロヴィアをどうしたいんだ？」

マグヌスとしてはこのあたりで話を切りあげたかったが、クレーベリエルが興味を示したので中途半端に終わらせることができなかった。

「ふたりは子ども時代に会っているんです。その後、ハンスが二十代になってイダ・アミノフとつきあっていたときに再会しました」

「イダか」クレーベリエルが懐かしそうに言う。

「イダのこともご存じですか？」

「もちろんだ。同じ社交サークルに属していたからな。イダの父のヴェルネルは駐モスクワ大使で、うちの両親と交流があった。イダは稀有《けう》な才能の持ち主だった。彼女の絵を見たし、何かのイベントで朗読した詩もよく覚えている。当時は誰もがそうだったように、私も彼女に惹かれていた。空恐ろしくもあったが」

「イダはわが一族全体を脅かす存在でしたよ。大事なものを危険にさらすことでしか生きられないような人だった」

「ある意味、そのとおりだな」

「でも弟はイダを愛していました。初恋の相手だったんです。ロヴィーサとの結婚があくまで便宜上のものだったのに対して、イダのことはいつも気にかけていました。そんなときベルンで開催されたコンサートでガボールと再会し、イダのことで何か脅迫めいたことを言われたようです。その三、四週間後にイダが遺体で発見された。トシュテンソン通りにある父親のアパートメントで」

「実は亡くなったその日の夜、ストックホルムでイダと会った」クレーベリエルが言った。

「ユールゴーデンで開かれたウェディングパーティーに参加していたんですか？」

「ああ。みんないた。きみもいたんじゃないのか？」

マグヌスはできることなら自分は地球の裏側にいたと主張したかったが、うなずくしかなかった。

「会場ではみんながイダと話したがった」クレーベリエルが続けた。「だが彼女は群がる男たちを軽くあしらっていたな？」

「よりによってヴィリアム・フォシュを侮辱していましたね」マグヌスは思わず口を滑らせた。

クレーベリエルが驚きの表情を浮かべる。

「ノルド銀行の頭取になったフォシュか？」

「そのとおりです」

「つまり、ラーションとイダの件に関連があるのか？」

それについてはひと言も言うまいとマグヌスは思った。慎重に言葉を選ぶ。

「同じ顔ぶれなのはたしかですね。あのころのフォシュは甘やかされた放蕩《ほうとう》息子でしたが、金に対する態度は今と変わりませんでした」

「金はばらまくものだと？」

「それです。愚かな連中から一時の尊敬を得るためなら、ばらまくことも燃やすこともする。ただあの夜、フォシュは財布をなくし、イダが盗んだと言いがかりをつけた。そして明け方に帰宅するイダのあとをつけたんです。財布をとりもどしたいという意図もあったのかもしれませんが、あわよくばイダのベッドに入りたい気持ちもあったでしょう」

「財布泥棒と寝ようとしたのか？」

「酒で正気を失っていたんですよ」

クレーベリエルが続きを期待するようにマグヌスを見る。予想以上の食いつきに、マグヌスは狼狽《ろうばい》した。

「ヴィリアム・フォシュがイダの死に関係していると言いたいのかね？」

「いえ、ちがいます」マグヌスはあわてて否定した。「だが弟にとって、フォシュは容疑者のひとりなんです。弟は警察の捜査を信用せず、自力で真相を解明しようとしていました。ときどき……」マグヌスはためらった。

「なんだ？」

「未解決事件に対する弟の執着は、イダの死から始まったのではないかと思うことがあります」

「それなのにイダの死の真相はまだ解明されていない？」

「はい。しかしそれこそが弟の人生に予期せぬ成功をもたらしたのではないかと思うのです。初めての事件が未解決に終わったせいで、慢心することなく進化しつづけた」

「未解決といってもなんらかの手掛かりは得たんだろう？　きみの弟は鷹のような目を持っているからな」

「もちろん多くの手掛かりを見つけました。だがそれらを組み合わせて一枚の絵にすることができなかった。おそらくイダの死によってひどいダメージを受け、客観的な判断ができなかったのでしょう」

こちらにとっては幸いだった、とマグヌスは心のなかでつけくわえた。

「今でも考えることがあります」

「何を？」

「弟がなぜ、あの事件の真相究明をあきらめたのかについて。弟にとっては人生を揺るがす悲劇だった。しかもあいつは説明のつかないことをそのままにはしておけない性分だ。それがイダの件にかぎって、あいつの人生において最悪の事件だったというのに、未解決のまま過去に葬った。今までずっと、弟があの事件を蒸し返すのを待っていたような気すらします」

「それが現実になった？」

「イダのことがメインではないかもしれませんが。弟がガボールを倒そうともくろんでいるなら最悪です。どう転んでもいい結果は望めません」

クレーベリエルは不安と好奇の入り混じった表情でマグヌスを見た。

「いい結果とは、きみにとってか、彼にとってか？」

「弟にとってです」そう答えながらマグヌスは、グラスのなかの赤ワインをクレーベリエルの膝にぶちまけたい衝動にかられた。

21

ミカエラはレベッカ・ヴァリーンの部屋がある階よりもひとつ下の階でエレベーターを降りた。通話の内容を聞かれたくなかったからだ。電話から聞こえるルーカスのやさしげな声にかえって怒りをあおられる。

「どういうつもり？」

「興奮するなよ、かわい子ちゃん」

「そんなふうに呼ばないで」

「わかった、わかった。おれは何も指示しちゃいないぜ。おそらくウーゴは自分の身が心配だったんだ。あいつは執行猶予中だからな」

「執行猶予中に警官を脅迫するなんて、頭が悪すぎない？」

「そもそもあいつはばかなんだ。学校が同じだったんだからわかるだろう」

「ウーゴが兄さんの許可なくあんなことをするわけがない」

「そうかな」

「ぜったいそうよ」

「まあいいさ。なあ、一度しか言わないからよく聞け」

ルーカスはそこで言葉を切った。無音の隙間をひやりとした気配が満たす。

「何？」

「言っておくが、こっちだって人生がかかってるんだ。妹に脅迫されておとなしく引っこんでるわけにはいかない。おれの周辺をかぎまわるのはやめろ。さもないと後悔することになる。いいか、死ぬほど後悔することになるぞ。おれたちは家族だ。家族は助け合うもんだろう。簡単なことだ」

ミカエラはかっとなった。

「犯罪者のくせに偉そうなこと言わないで。子どもに麻薬を売って、邪魔するやつは力でねじふせるんでしょう？　家族の絆《きずな》を危うくしているのは兄さんのほうよ！」顔を合わせて話していない分だけ、言葉が辛辣に響いた。

「冷静になって、よく考えろ」

ルーカスはそれだけ言って唐突に電話を切った。全身から血の気が引くような、腹を一発殴られたような気分に襲われる。衝撃から立ち直り、ふつうに呼吸できるようになって、最初にミカエラの頭に浮かんだのは、やはりルーカスには敵《かな》いっこないということだ。冷たい声で容赦のない言葉を浴びせられ、早くも白旗をあげたくなった。どうしてこんな闘いを始めてしまったのだろう？　しかし今さらそんなことを考えても仕方がない。なんと言われようと歯を食いしばって耐え、ひとつずつ対処していくしかない。

階段を使ってレベッカの部屋がある階まであがった。下のほうでドアがばたんと音をたてて閉まる。洗剤のにおいや煮込み料理のにおいがただよってくる。ミカエラの脳裏に、かつての兄の姿が浮かんでは消えた。大きく息を吸って、ミカエラは呼び鈴を鳴らした。

ガボールはなんと表現していただろう、とアリシアは考えた。レッケの演奏には、まるで神の手から編みだされたかのような豊かさがあった。指先から鍵盤に命が吹きこまれているようだった。〝レッケのように弾ける者はいない。誰も〟ガボールの言葉がよみがえる。階段室で旋律に身を委ねていたとき、アリシアは精神が肉体から乖離《かいり》するような感覚に陥った。何もかも放りだして、自分の人生に涙を流したくなった。だが彼女のプロ意識がそれを拒んだ。アリシアは気持ちを立て直して階段をあがり、呼び鈴を鳴らした。そして今、何度も噂に聞いた男の前に、こうして座っている。

レッケはその不完全さがなんとも魅力的だった。気を緩めるともう一度ピアノを弾いてもらえないかとせがんでしまいそうだ。あれほど弾けるのに、どうして音楽をやめてしまったのかと尋ねたくなる。しかし、今はそんなことをしている場合ではない。レッケは自分を見失ったような表情で、小刻みに震える手でネックレスをさわっていた。

レッケの長い指が、ネックレスの美しさを際立たせている。そのネックレスはアリシアのお気に入りでもあった。もう何年ものあいだストランド通りにある事務所の金庫に保管してあって、書類や録音用テープなどを金庫に出し入れするときに手にとっては、職人が施した細工のすばらしさや真珠の放つ淡い光を愛《め》でてきた。

ペンダントヘッドはゴールドのレムニスケートで、八の字を描く曲線が永遠を表している。そのネックレスにいろいろな逸話があることはアリシアも承知していた。ストックホルムで深夜まで開催されたパーティーに参加した若い女性が身につけていたものだということ。レッケがその女性を愛していたことや、ガボールが彼女の死になんらかの形で関与していたことも知っている。それでもレッケの動揺ぶりはアリシアの予想を上まわるものだった。

「大丈夫ですか？」

別世界にいるようなレッケに向かって、アリシアは声をかけた。思わず彼の手を握りそうになる。しかしそんなことをするために訪ねてきたわけではない。ネックレスを手にしたレッケが不《ふ》明瞭《めいりょう》な言葉を発するのを、アリシアは静かに見守った。

「それはあなたが贈ったものですか？」

「え？」レッケが顔をあげる。

「あなたがそれを……？」

「若かったんだ」

レッケはロザリオを数えながら祈る修道士のように真珠にふれた。

「永遠の象徴ですね」アリシアはそう言ってペンダントヘッドにふれた。「何か特別な意味を込めたのですか？」

「意味？」

「そのネックレスに」

「わからない。あのころは永遠に魅せられていた。無限の視点に立てば、あらゆることが起こりうる。僕だけが生き残って過去をふり返ることもあれば、吸いこまれそうな黒い瞳を持つ女性に恋することもある。そんなことを考えていたんだと思う。なにより彼女に夢中だった。ある意味、病んでいたとも言える。二重の意味でね」

「とても高価なものでしょう？」

「海岸沿いの家が買えるくらいの金額だったが、今はそれがいやらしく思える。当時でさえ、自分の無鉄砲が恥ずかしかった。恋愛にのめりこんで夕ガが外れ、自分が自分でなくなったかのようだった。今は……」

レッケは黙りこみ、両手で顔をおおった。アリシアには話の続きを促す理由もなければ、何か言葉を返してレッケの哲学的考察に巻きこまれる筋合いもなかった。そもそもレッケはアリシアに向けて話しているというよりも、自分自身と対話しているようだった。だからアリシアはあえて事務的な口調で言った。

「モロヴィア教授から、何か伝言があれば承るように言われています」

レッケの腕に血管の筋が浮きあがる。顔をあげた彼は目をぎらつかせ、理解できない言葉をつぶやいた。一瞬遅れて〝おまえをつぶしてやると伝えてくれ〟と言ったのではないかと思いあたったが、確証はなかった。改めて尋ねると、レッケはこう答えた。

「感謝すると伝えてください。僕にあるものを返してくれた」

「ネックレスのことですか？」

「しいていえば動機でしょうか……墓穴からはいだす力をくれました」

「承知しました」アリシアは立ちあがった。「私はこれでお暇《いとま》します。今後、モロヴィア教授に伝えたいことがあれば、いつでもご連絡ください」

レッケも立ちあがった。

「わかりました。これは……」

アリシアはレッケの目をまともに見られなかった。

「なんでしょう？」

「これは単に僕の呼びかけに対する反応と捉えるべきでしょうか、それともまったくちがうゲームの始まりでしょうか？」

「いずれ明らかになるときが来るでしょう。あなたに精神的な苦痛を与えるような真似をしたなら、心からお詫《わ》びします」

レッケが一歩前に出た。

「あなたが気にすることはありません。この贈りもので古傷が血を噴いたとしても、それで真実に近づけるならむしろ本望です。しかしそのほかに関して、僕はすべてを明らかにしたいという本能を抑制すべきでしょう」

アリシアは息をのんだ。

「どういう意味ですか？」

「これがガボールの仕掛けたゲームなら、こちらも手の内を見せるべきではないからです。マダム・コヴァッチ、あなたは実に興味深く、つかみどころのない方だ。友好的に訪ねてきて死刑宣告をするのだから。鋭い爪を隠して相手をなでるのが、あなたの常套《じょうとう》手段ですか？　爪《エク》を見ればライオンだとわかるもの《ス・ウングウェ・レオネム》です」

「私はすべきことをしたまでです」アリシアは一刻も早くこの場から立ち去りたくなった。

それでもレッケが最初に勧めたワインを出してきて、グラスに注ぐのを、立ったまま見守った。

「やはり一杯いかがです？　あなたにも鎮痛剤が必要のようですし、それも無理のないことです。罪の意識があるなら希望もある」

アリシアは視線をそらした。

「ありがとうございます。でも、あとの予定がありまして」

「わかりました」

アリシアは右手を差しだしかけて引っこめた。短くうなずいてあいさつし、玄関へ向かう。数歩進んだところで大きな音がした。ふり返るとレッケの手から血とワインが滴っているのが見えた。ワイングラスの柄の部分が、破片のなかに転がっている。レッケは何が起きたかわかっていないようだった。

「まあ、たいへん！」

「え？」レッケがぼんやりしたまま言う。

「血が」

「ああ、失敬」レッケは血だらけの手を見おろした。「不注意でした。近ごろのワイングラスはどうしようもなく薄いのです。クレームの電話をしなければ。ともかく僕は大丈夫です。さあ、早く帰って休んでください。勤め人にとっては貴重な週末でしょう。僕は……」

アリシアはふたたびレッケにふれたくなったが、平静を装ってうなずき、玄関を出た。エレベーターに乗ったあと、血まみれなのはレッケではなく自分の手だと気づいたが、自身の役目に疑問を覚えたときいつもするように、息子のヤンに思いを馳せた。建物を出たアリシアは、リッダル通りにとめた車まで足早に歩いた。

22

ドアを開けたレベッカ・ヴァリーンがさぐるようにこちらを見たので、ミカエラはいらっとした。言いたいことがあるならはっきり言えば、と言ってやりたかった。じろじろ見ないでと。次の瞬間、はっとして唇の傷にふれる。

「さっき通りで逆恨み野郎に遭遇したんです。たいしたことはありません」

ミカエラは部屋に入り、くだんの本棚の前へ行った。自分でも何をさがしているのかわからないまま本棚を眺める。レベッカがすぐ隣に来て、落ち着きのないしぐさを見せた。

「追加の質問があったのでは？」

「え？　ああ、ちがうんです」ミカエラは本棚を眺めつづけた。だがどれほど見ても、浮かんでくるのはルーカスの顔ばかりだ。

「やっぱり見当ちがいだったみたいです」ミカエラはつぶやいた。

「何が？」

「それが自分でもよくわからないんです」申し訳なさそうにレベッカを見る。

レベッカは化粧直しをして、先ほどとちがうブラウスを着ていた。

「もしかして出かけるところだったんですか？」

「女友達と一杯やろうかと思って」

「そうなんですね」ミカエラは集中力をとりもどそうとした。「クレアが性暴力を受けたかもしれないというお話、たいへん参考になりました」

「確証はないのよ」

「でも疑いを持った。クレアは怯えているように見えたとおっしゃいましたよね？」

「ええ、怯えていたし、憎しみを抱いているように見えた。カルタフィルスの代表を心底嫌っているようだった」

「理由に心当たりはありませんか？」

「ロンドン・スクール・オブ・エコノミクスに通っていたときに何かあったらしいということしかわからない。モロヴィアはそこで教鞭《きょうべん》をとっていたの。一部の学生を取り巻きにしていて、そのなかにクレアとアリシアもいた。モロヴィアに別の一面があるとわかるまで、クレアたちは彼を心から尊敬していたようだった」

「別の一面とは？」

「よくない一面でしょうね。無慈悲な一面」

「なるほど」そう言いながら、ミカエラは今までそういった話を一度も耳にしなかったことに驚いた。「取り巻きの学生で、ほかに話が聞けそうな人を知りませんか？」

「いつだったかクレアが、スペインから来た留学生のソフィアという女性について話してくれたことがあるわ」

「ひょっとしてソフィアはサン・セバスチャン出身ではありませんか？」

「いえ、そういったつながりはなかったと思う。そもそも私の記憶ちがいで、スペイン出身ですらなかったかもしれない。名前がソフィアだったことはまちがいないのだけれど……」

「クレアが失踪した当時、このモロヴィアという人物について入念な捜査がされなかったのは、かなり問題だった思いませんか？」

「警察はきちんと調べたのかもしれない」

「ただあなた方は——銀行はそうしなかった」

レベッカはうなずいた。

いまいましいリンドルース刑事も調べなかったのだ、とミカエラは思った。居ても立ってもいられない気持ちになる。ミカエラの目はふたたびチェスの本棚に引き寄せられた。やはりこの本棚には何かがある。そのとき、青い背表紙に目がとまった。

最初に本棚を見たときもなんとなくその本に目がいったのだが、今は視界の隅にちらつく点ではなく、一冊の本として認識された。ミカエラは素早い動作で本を引きぬいた。これといった期待があったわけではなかったが、カバーを見て気になった理由がわかった。あわててジャケットの内ポケットに入っている写真をさぐる。しかし言うまでもなく、写真はすでにそこになかった。

それでも……ミカエラはぐっと集中して表紙を見つめた。青っぽい背景に黒字で〝ラブ〟と書かれている。あの写真の女性が持っていた本のタイトルと同じ書体に思えた。そして今は表紙と題名の全体が見えた。

本のタイトルは『シシリアン・ラブ』だ。その下に小太りの男が漫画チックに描かれている。男は巻き毛で鼻が大きく、丈の長いジャケットかコートのようなものを着ていた。どうやら彼はロマンス小説の主人公などではなく、この本の著者らしい。絵の下に〝チェストーナメント、ブエノスアイレス、一九九四年〟とあった。

「これはどういった本ですか？」ミカエラは尋ねた。

「え？　どうしてそんな本に興味を？」

「いいから教えてください」

「なんと説明すればいいかしら……私もきちんと読んだわけじゃないの。かなり難解だから。著者のレフ・プルゲフスキーはチェスのグランドマスターで、長年にわたって世界のトッププレイヤーに名を連ねていた。ディフェンスが得意で、とくにシシリアンが上手だった」

「シシリアンってなんですか？　チェスはあまり詳しくないもので」

「シシリアン・ディフェンスはe４に対してc５と指すチェスのオープニングで、プルゲフスキーが得意とした戦術よ。六十歳の誕生日にはプルゲフスキーを讃《たた》えて彼の故郷であるブエノスアイレスでトーナメントが開かれ、すべてのゲームがシシリアンで始まったほどなの。ただプルゲフスキー本人はこの大会に参加できなかった。脳腫瘍《しゆよう》で死の床についていたから。だからその本も、彼がひとりで書いたものではないと思う」

「クレアが好んで読むような本でしょうか？」

「本が発売されたのは彼女の死後だから読めるはずもないけれど、そうでなければ……まちがいなくクレアの本棚に並んでいたでしょうね」

「どうしてですか？」

「クレアはいかにもチェスオタクっぽい、小難しい本が好きだったから。……ごめんなさいね、クレア、べつにけなしているわけじゃないのよ」レベッカはそう言いながら天を仰いで祈るようなしぐさをした。「それに彼女は後手でシシリアンを好んだから。クレアならその本をむさぼるように読んだでしょうね。でも、どうしてそんな質問を？」

「それは……」ミカエラはためらった。

「何？」

「クレアらしき女性が写っていた写真なんですけど、女性が手にしていたのがこの本だったんです」

「まさか……！」

「そのまさかです。だからといってクレアだと断定できるわけではありませんが……」ミカエラは白いスニーカーに視線を落とした。

「それは……そうよね」レベッカがゆっくりと言う。

「ただ、写真の女性も膝が悪いようでしたし、高そうな赤いコートを着ていました」

「偶然が重なりすぎだと思う？」

「はい」ミカエラはそう言って玄関に向き直った。「早く帰って相談を――あの、私はこれで失礼します」

「行かないで」レベッカが引き留めた。「もっと詳しく説明して。クレアが生きているかもしれないと、あなたは本気で考えているの？」

「わかりません。でも、お会いして少し状況が明らかになりました。この本をお借りしてもいいですか？」

レベッカが降参したように肩をすくめた。

「何を持っていったって構わないわ。でも、何かわかったら私にも教えると約束してほしい」

「わかりました。それならあなたも……」ミカエラはためらった。「もう隠し事はなしですよ」

「しないわ」レベッカが真剣な表情で言う。

ミカエラはうなずき、レベッカのアパートメントをあとにした。急いで階段をおりながら考える。この本が意味するところはひとつ。クレア・リドマンは生きているということだ。それがどんなにありえないように思えたとしても。この発見についてレッケと話さなければいけない。レッケの観察力を頼もしく感じるのは久しぶりだった。わたしは何をしていたんだろう？　彼と距離を置く？　たしかにうつ病の薬物中毒で救いがたい男かもしれないが、いったん正気をとりもどせば——今こそとりもどしてもらわなければならないが——あれほど優れた人物はいない。早くレッケに話したいという気持ちが急激に募る。通りに出たミカエラは走りだした。

見聞きしたものすべてが緊急事態を告げていた。途中でカイ・リンドルースにも電話しようかと思ったが、週末を楽しむことしか頭にないリンドルースのことだ。すでに酔っぱらっている可能性が高い。グレーヴ通り二Bにあるレッケのアパートメントに到着したミカエラは、エントランスのドアノブに血痕がついていることにも気づかずエレベーターに乗った。本の表紙を食い入るように見つめ、新たな情報をレッケにどう説明するかだけを考えていた。

23

アクセル・ラーションはカーネギー投資銀行の最高財務責任者と会食をしていた。相手の言うことがほとんど耳に入ってこない。新規上場株式にまつわるセールストークにすっかり免疫ができているせいもあるが、なにより別の問題で頭が混乱していたからだ。会食の前にアリシア・コヴァッチに電話をした。古い取り決めに従った定期的な報告だ。これでは農奴と変わらないと皮肉な気持ちになることもある。

十四年前、カルタフィルスのおかげで自己破産こそ免れたラーションだったが、代償は高くついた。スウェーデンにおける耳として、カルタフィルスに使役されることになったからだ。株価に影響を及ぼす可能性がある噂やゴシップ、経済にマイナスの影響を及ぼしそうな情報をもれなく報告しなければならない。ラーションは律儀にこの務めを遂行してきたものの、カルタフィルスが彼の報告に興味を示すことはほとんどなかった。何を伝えても、合併や買収に関する情報でさえ、無関心にあしらわれた。だからハンス・レッケが訪ねてきたことについて、最初は報告することさえためらった。こんな情報に食いつくはずがないと思ったからだ。たとえそれがモロヴィア本人にかかわることだとしても。

ふたを開けてみればその逆で、まるで爆発物を送りつけたような衝撃を与えたようだった。もちろんアリシア・コヴァッチが表立ってそういう感想を漏らしたわけではない。むしろ彼女はいつもの無関心を装おうとしたが、ラーションは騙《だま》されなかった。

電話口の様子から、アリシアが動揺しているのはまちがいなかった。わからないのはその理由だ。どうして天下のカルタフィルスが、シャツのボタンも満足にかけられないような負け犬を気にかける？　いずれにしてもこれほどの反応があったのは初めてだ。携帯が振動し、ラーションは画面に視線を落とした。アリシアからだ。

「失礼、これはどうしても出なければならない電話なので」

ラーションは携帯電話を耳にあてた。「もしもし？」ぱちぱちという雑音が聞こえたあと、アリシアの声がした。

「アリシア・コヴァッチです。モロヴィアがあなたと話したいそうなので、この電話を転送します」

ラーションは凍りついた。モロヴィア本人が？　過去に一度だけモロヴィアと話したことがあるが、そこで自分が何を言ったのかはほとんど覚えていない。情けないことに怯えた三歳児のようになってしまった。いつものラーションならありえないことだ。長年、世界の大物と対等に渡り合ってきた。ところがモロヴィアを前にするとまるで勝手がちがう。混じりっけのない恐怖を感じるのだ。唯一の慰めは、それが自分に限った反応ではないということ。仕事関係の知り合いにも、モロヴィアの名を口にすることさえためらう者がいる。

「きみのような男にも、ついに役立つときが来たわけだ」

モロヴィアの声を聞いたラーションは文字どおり椅子から飛びあがり、急いで人がいないところへ移動した。

「それは幸いです。いつもお役に立ちたいと思っていますから」

卑屈に聞こえようが構っていられなかった。重要なのは無傷でこの会話を終わらせること。そして無理な要求をされないことだ。

「レッケ教授はわが人生におけるキーパーソンなんだ」モロヴィアが続けた。

「そうなんですか？」ラーションは驚いた。

先ほど会った男にそれほどの価値があるとはとうてい思えない。

「ああ。人生を賭《か》けて挑戦すべき相手といっていい。きみの見たてでは、あの男は何を欲している？」

「あなたと連絡をとりたいと言っていました。そして……」ラーションはためらったあと、予期せぬ衝動にかられて言葉を発した。「あなたを倒したいそうです。あなたを〝敵〟と呼んでいました」

モロヴィアが声をあげて笑った。

「ずばりそう言ったのかね？　あの男が好むのは、遠まわしの皮肉とラテン語の諺《ことわざ》なんだが」

「クレア・リドマンの話をしていました」

「レッケが彼女に興味を持ったことは知っている。風の噂に聞いたのでね」

「どうやらレッケは……」ラーションは言葉をさがした。「その……われわれが彼女に何かしたと考えているようです」

モロヴィアは沈黙した。

「ふむ……あの男もじきに前後関係を把握するだろう」

前後関係というのが何を指すのかラーションにはわからなかったが、あえて尋ねなかった。

「そうですね」

「なるほど」モロヴィアはひとり言のようにつぶやいた。「レッケ相手に隠し事はできない。それがあの男の恐ろしいところだ。なんでも見通してしまう。問題に食らいついたら核心をつかむまでぜったいにあきらめない。とにかく、さっきも言ったとおり、きみは初めて実のある情報をもたらした。よくやった。身体を大事にしてくれ」

ラーションは硬直し、最後の言葉は遠まわしの脅迫だろうかと不安になった。間もなくして電話を切ったあと、友好の印と解釈しようと自分に言い聞かせる。モロヴィアなりにこちらを気遣ってくれたのだと。自分たちは明らかに同じサイドに立っている。自分とモロヴィア対、あのレッケ野郎だ。

電話に出たときよりも少しばかり高揚した気分で、ラーションはテーブルに戻った。

呼び鈴に対する反応がないので、ミカエラはドアを開けて部屋に入った。鍵《かぎ》はかかっていなかった。「ハンス！　ハンス！」名前を呼びながらキッチンへ向かう。ハンソン夫人が来ていたのだろう。キッチンはすっきりと片づいていた。ただし椅子が一脚、斜めに傾いて、背もたれがシンクにあたっている。座っていた人物が急いで立ちあがったか、誰かが乱暴に椅子を押したか。ダイニングテーブルの上には栓の抜かれたワインボトルと、水が半分入ったグラスがあった。赤いテーブルクロスにはしわが寄り、シンクのスパイス棚の下にラムローサの大きなボトルが出しっぱなしだ。その横には中途半端に引きだされたキッチンペーパーのロールが転がっていた。金属製の大きなレンジフードに近づいたとき、何かがパリンと音をたてた。高価なものを踏んだのではないかと、ミカエラはおそるおそる視線を落とした。

足元に薄くてとがったガラス片が落ちていた。ワイングラスの破片だ。もっとよく見ようとしゃがんだとき、寄木細工の床に血痕を見つけた。ミカエラはしゃがんだまま状況を整理した。それから焦って立ちあがり、アパートメントのなかをさがしまわる。レッケの姿はない。彼の携帯電話にかけた。

室内のどこかから着信音が聞こえる。そこらじゅうのものをどけてまわった結果、リビングのソファに置かれたクッションの下からレッケの携帯電話が出てきた。同時にグランドピアノの鍵盤についた血が目に入る。ミカエラはレッケを放置していた自分をふたたび呪った。どうしてそんなに身勝手なことができたのか？　わたしはただ……彼と一緒にいるとどうにかなりそうだった。いったい何が起きたのだろう？

ハンソン夫人に電話してみたものの、レッケの居場所は見当がつかないとのことだった。ミカエラは電話を切って表へ飛びだした。ユールゴーデンへ向かって歩きだす。レッケは動揺するとその付近を歩きまわる癖があるからだ。通りは人であふれ、金曜の夕方らしく活気がみなぎっていた。ユールゴーデン島へ続く橋近くの船着き場には多くの卒業生がいて、白い帽子をかぶってあふれんばかりの笑みを浮かべている。

心当たりをさがしたもののレッケの姿はない。彼は長身のうえ、歩く速度がほかの人とずれているので、ふだんは人混みのなかでもすぐに目につく。行き先があって歩いている人たちのなかで、まるで本来いるべき世界とは別の世界に連れてこられて戸惑っている人のように見えるのだ。しかし今日はどこをさがしても姿が見えず、ミカエラはますます不安になった。拉致《らち》されたのかもしれない。ウーゴをはじめとするルーカスの手下に暴力をふるわれているのかも？　いや、そんなはずはない。ミカエラは自分に言い聞かせた。いったん落ち着こう。ワイングラスが割れていただけで、拉致されたと決まったわけではない。さっきまで一緒にビールでも飲みたいと思っていたソルナ署の先輩、ヨーナス・ベイエルの顔が浮かぶ。レッケのことを相談してみようか？

ヨーナスの番号に発信すると、ワンコールで相手が出た。

「やあ、パートナー、久しぶりだね。どうしているだろうと思っていたんだ」

少し前なら、ヨーナスにそんなふうに言われて喜んだにちがいない。何か気の利いた返事をしようと思ったが、心の余裕がなく、単刀直入に用件を切りだした。

「レッケになにかあったんじゃないかと思うんです」

レッケの名前を聞いて、ヨーナスは気分を害したようだった。そういう反応は彼に限ったことではない。みな、レッケとミカエラのつきあいをよく思っていないのだ。レッケのそばにいるだけで、自分たちが所属している平凡な世界とはちがう場所へ連れていかれると思っているかのようだった。

「レッケの姿が見あたらなくて、アパートメントの床に血痕がありました」

「事件性があると？」

「わからない」ミカエラは言った。本当にわからないのだ。だがすぐあとになって別の可能性に思いあたった。

ストランド通りから雑木林のなかを通る博物館の小道へ折れる。ノベル通りに向かって歩いていくと、海辺のベンチに彼を見つけた。レッケは前かがみになって両手で顔をおおっていた。

「いた！　事件性はなかったみたいです。あとでかけなおします」ミカエラは通話口に向かって言った。

「ちょっと待――」

ヨーナスが言い終わる前に電話を切り、歩く速度をあげる。

レッケは黒いシャツにジーンズ姿で、足元は年季の入ったチャーチの靴だった。ハンソン夫人が磨いたらしく靴はつややかだが、シャツの裾はだらしなくジーンズの外に垂れている。もつれた髪、青白い顔、膝の上には真珠のネックレスらしきものがのっていた。ミカエラがすぐそばまで行っても、レッケは顔をあげなかった。

「聞き慣れた足音だ」

「股関節を痛めた人の歩き方？」

「いや、ちがう。力強くてリズミカルな足音だ。切れのいい八分音符みたいに」

ミカエラは用心しながらほほえんだ。レッケの声はしわがれて動揺がにじんでいるものの、言葉選びには余裕がある。かつて調子のよかったときのレッケを思わせる。

「以前は八分音符じゃなかったと？」

「気分が足音に影響するんだ。きみが不安になると足音も変わる。ところできみはうちのキッチンにいたね？」

「どうしてわかったの？」

「どうしてって……」

レッケが顔をあげた。頰に血がついている。右手の切り傷からついたものらしく、手のひらに血がにじんでいた。悩んでいるような目をしているが、自分の置かれた状況はわかっているようだ。

「左の靴にガラス片が刺さっているような音がする」

ミカエラは靴裏を確認した。ガラス片など見あたらない。

「何も刺さってないみたいだけど」

「僕の妄想かもしれない」

「でもキッチンにいたのは確かよ。グラスが割れていたけど、何があったの？」

レッケはミカエラを見て、ぎこちない動作で頰をこすった。

白鳥が一羽、滑るように水面を進んでいく。気品のあるその姿までも自分たちを脅かす力の一部であるような気がした。

「一瞬、打ちのめされただけさ」詳しい事情を打ち明けてミカエラを心配させるつもりはないというように、レッケが笑ってみせた。

ミカエラのなかに思いがけずやさしい気持ちが湧きあがる。レッケの肩に腕をまわし、愚かな妄想を抱いた償いをしたくなった。

「どうして打ちのめされたの？」

レッケがミカエラの顔を見つめた。

「きみこそその傷はどうしたんだ？」そう言いながら、まるで手をのばしてふれたがっているようなしぐさを見せたものの、レッケもまた実行には移さなかった。

「なんでもない」

「もちろんなんでもないんだろうとも、女戦士さん」

「ふざけないで。さあ、話して。どうして打ちのめされたの？」

レッケがネックレスを持ちあげた。夕日を反射して真珠がきらきらと光る。ありえないほど美しい反面、どこか不吉な感じがした。

「むかしむかし、僕はパリのシャンゼリゼ通りでこのネックレスを買った。高価すぎるし贅沢すぎる品だが、躁《そう》状態にあった僕はこれを買い求め、同じ日の夜、黒い瞳をしたきゃしゃな娘の首にかけた。今でもそのときの情景が目に浮かぶ。当時でさえ、彼女が厄介事しかもたらさないのはわかっていた。でも恋は盲目だ。おまけに当時の僕には厄介事を求める傾向があった」

「わたしも母に似たようなことを言ったばかりよ」

「きみも？」

「ええ。でも今はわたしの話じゃないわね。続きを聞かせて」

「彼女の名前はイダ・アミノフ。天使のような歌声を持ち、彼女が綴る詩は僕の胸を締めつけた。しかしその一方で、イダはアンフェタミンや酒や鎮静剤を乱用していて、事あるごとに僕を建物の屋上とか橋の欄干とかに連れていこうとした。こっちは怖くて死にそうだった。でもその危うさが……」

「魅力でもあった？」

「残念ながらね。いつか彼女にまずいことが起こるのはわかっていたような気がするし、もっと安定した生き方ができるように導くべきだったのかもしれないが……正直、当時の僕にはそれができなかった。僕自身が彼女の破壊的な生き方に引っぱられていた。薬に頼るようになったのは彼女がきっかけなんだよ」レッケは自分の発言を裏づけるようにジーンズのポケットから錠剤のシートをとりだした。「一方で、生を享《う》けたことに感謝し、生きる喜びを感じるようになったのも彼女のおかげだった」

「恋をしていたのね」

「そう、文字どおり首ったけだった。イダなしでは生きられなかった。コンサートツアーでヨーロッパをまわるときも一緒に行こうと説得した。ツアーに同行しても、イダはときどき単独行動をとった。イダの生まれ故郷であるヘルシンキでコンサートがあったとき、彼女はフィンランドにいる親戚《しんせき》がコンサートに来るかもしれないし、会場で鉢合わせしたらいやだと言って先にストックホルムに戻ってしまった。僕は腕をもがれたような喪失感を味わった。その夜は眠れず、ベッドの上で何度も寝返りを打って、無意識のうちに隣にいるはずのイダの身体をさがした。その日、ストックホルムではセレブの結婚式があった。ここ、ユールゴーデンにある邸宅で大規模なパーティーが催され、知り合いはみな参加していた。イダもパーティーの最中に電話をしてきて、長々としたスピーチにも中身が空っぽの気取り屋の相手をするのもうんざりだ、パーティーをぶち壊すようなことをしたいと言っていた。僕はさっさと家に帰れと助言した。〝愛している〟と言うと、イダは〝あなたを愛しすぎて怖い〟と言った。〝自分でだめにしてしまいそう〟だと」

「どういう意味？」

「言葉どおりの意味だろうね。イダには自分が成し遂げたものや勝ちとったものを台無しにする癖があった。高価なネックレスを贈ったのも、彼女が祖母からもらったダイヤモンドのネックレスをセーヌ川に投げ捨ててしまったからなんだ。常に破壊したいという衝動に囚《とら》われていて、とりわけ彼女を幸せにするものに怯え、幸せが壊れる前に自分の手で壊そうとする人だった。いやな予感がした。翌朝、イダと連絡がとれないので、僕は知り合いに片っ端から連絡した。しまいに彼女の父親と連絡がついて、イダは死んだと言われた。エステルマルムのトシュテンソン通りに父親のセカンドハウスがあるんだが、そこで遺体で発見されたと。僕は打ちのめされた。自分も死のうと思った。だが、それはまた別の話だな。さっき、きみが言ったように」

「そうね」

「室内の様子や検視の結果から、イダの死因は麻薬の過剰摂取である可能性が高く、警察もそう結論づけた。しかし疑わしい点もあった。まず彼女の首のうしろ、ちょうどネックレスの留め金があったあたりに小さな痕がついていた」

「亡くなったとき、イダはネックレスを身につけていなかったの？」

「ああ。ネックレスは消えていた。誰かが盗んだのはまちがいない。ところが警察のばかどもときたら――もっとばかなのは僕自身だが、イダが自分でネックレスを海に投げ捨てたか、周囲を挑発するために二束三文で売り飛ばしたのだろうと考えた。その仮説を裏づける証言もあった。イダがユールゴーズブルン湾にネックレスを捨てると言うのを聞いた人がいたんだ。その証言だって疑わしい点があったのに、僕は鵜呑《うの》みにした。それが僕のセルフイメージと合致するものだったからだ」

「セルフイメージ？」

「あまりにも不可解な出来事だったので、イダは単に死んだのではなく、特殊なやり方で僕を捨てたのだと思いこんでしまった」

「言葉どおり、あなたの愛を破壊したと？」

「そんなところだ。それがショックで、いつものように客観的な観察ができなかった。僕はあの事件から逃げたんだ。だが今になって……」

「いわくつきのネックレスが戻ってきた？」

「そうだ」

「つまりイダがネックレスを海に捨てた可能性はさらに低くなった」

レッケはうなずき、うなだれた。無力感に襲われているようだった。だが彼が下を向いていたのはわずかな時間だった。次に顔をあげたとき、レッケの目には決意の光があった。

「イダは何者かに殺されたと思う？」

「思う。このネックレスを返してきた人物も、そう思わせたいにちがいない」

「誰が返してきたの？」

「ガボール・モロヴィアだ。きみが電話で話していたカルタフィルスという企業を所有し、経営している男だよ」

ミカエラの全身に緊張が走った。

「冗談でしょう？」

「残念ながら冗談ではない。きみが電話でカルタフィルスの名を口にしたときは驚いた。だが僕は……」

レッケは言葉を切り、ネックレスをなでた。

「自分が立てたあらゆる仮説を疑っていた？」ミカエラが続けた。

「そう思うか？」

「ええ。クレア・リドマンの写真を見たときも膝を痛めたことがあるはずだと言いながら、それを疑っていたわ」

「ひょっとして僕の推理は正しかったと？」

「先に答えて。どうして推理を撤回したの？」

「サミュエル・リドマンと最初に話したときに膝の負傷をにおわせるようなことを聞いたせいで、写真を見る目に先入観が入ったのではないかと思った。それで無意識のうちに膝が悪いことを示すものをさがしたのだと」

ミカエラは少し考えたあと、左の靴底をじっくり見て、ごく小さなガラス片を見つけた。それがレッケのキッチンでついたものかどうかはわからないが、大発見をしたようにレッケの顔の前に掲げてみせる。

「ほら。あなたは自分で思っている以上に正しいのよ」

「ときにはね」レッケは考えにふけりながら言った。

ネックレスとモロヴィアについてもっと話をさせるべきだったのかもしれないが、ミカエラも自分の発見について話したいという気持ちをそれ以上、抑えきれなかった。

「写真の女性はクレア・リドマンでまちがいないと思う」

「きみもクレアが墓場からはいだしてきたと言うのか？」

「写真の女性が持っていた本のことだけど、あの恋愛小説みたいなタイトルの本は、実はこれだったの」ミカエラはチェスの本を差しだした。

レッケはしばらくそれを見つめた。

「レフ・プルゲフスキーか。プラハで一度会ったことがある。僕は周囲からチェスが好きそうだと言われるが、実際はそれほど興味がないんだ。盤面で起きることより、現実社会で起きることのほうがおもしろいからね。どうしてこの本がクレア・リドマンだという証しになるのだろう？」

「クレアはチェスマニアで、シシリアンを好んで指したから」

「ほう。それは興味深い事実だ。ひょっとして今、例の写真を持っていないだろうね？」

ミカエラは口ごもった。「持ってないの」

「持ってない？」

レッケの残念そうな顔を見て、ミカエラは心のなかでもう一度、カイ・リンドルースを呪った。

「もうひとつ、クレアはガボール・モロヴィアと面識があって、彼を恐れていたそうよ。モロヴィアがクレアと直接交渉したとき、彼女に性的暴行を加えた可能性もある。とにかくモロヴィアはなんらかの形で彼女の失踪と関係しているはず」

レッケが気づかわしげにミカエラを見た。まるでクレアではなく、ミカエラがモロヴィアと遭遇したかのような反応だった。

「ああ、なんてことだ」レッケはそう言ったきり、一分かそこら沈黙した。

ミカエラも考えにふけっていると、レッケが立ちあがった。ややふらついていて、顔色も悪いままだが、霧が晴れたようにすっきりとした顔つきになっていた。〝クラリタス、クラリタス〟と聞こえたような気がしたものの、聞きちがいだったのかもしれない。

クラリタス《明白》なことはひとつもないが、レッケは何か思いついたようだった。ミカエラは立ちあがり、グレーヴ通りのアパートメントへ戻ろうと言った。レッケは聞こえていないらしく、じっと水面を見つめていた。

「ひとつひらめいたんだ」レッケが言った。「いや、ふたつだな」

ミカエラは思わず笑顔になった。ほほえまずにいられなかった。どれほどその言葉を待っていたか。しばらく消えていた心の明かりが、ぽっと灯《とも》ったような心地がした。レッケの腕に手をかけて、並んで歩きだす。ストックホルムの街は夕暮れの光に包まれていた。

24

イェール大学に合格したばかりのリディアが通りを歩いてくるのを見たユーリアは、急いでフレドリクスホーヴ通りへ折れた。超がつく野心家のリディアは超がつく美人でもある。見つかる前に避けられてラッキーだった。

かつての〝友人〟は、ユーリアが今、もっとも会いたくない相手だった。社会的地位がすべてで、夏休暇の過ごし方やパーティーについて自慢するのが生きがいの人たち。ユーリアの新しい恋人はそんな俗っぽいものを超越した存在だし、自分はそんな彼に愛されているのだから引け目を感じる必要などない。彼は何度も愛の言葉をささやいてくれた。こちらを見るまなざしや身体にふれる手つきからも愛情が伝わってきた。

ただ……ユーリアとしては、彼がいつも逃げるように帰ってしまうのが不満だった。さっきもふたりですてきな時間を過ごしていたのに、メールが届いたとたん、急用ができたと言って去っていった。今すぐやらなければならないことがある、また来るからと言って、服を着て、ふり返ることもなく部屋を出ていった。メールを見た瞬間から、まるでユーリアのことなど頭から消えたかのように。彼が去ったあと、ユーリアは心にぽっかり穴が開いたような感覚に襲われた。そして気づいたときには自己否定というかつての思考パターンにのみこまれていた。

私は何も成し遂げることができない。リディアみたいな女の子に匹敵するものを何ひとつ持ちあわせていない。野心もなければ才能もない。スタイルも悪い。太っていないかと尋ねたとき、彼はすぐに否定してくれなかった。

だから彼がいないあいだに運動でもしようと、こうして外へ出てきたのだ。ウォーキングでカロリーを消費して、せめて自分の身体くらいはコントロールできるようになりたいと思った。歩いているうちに気分が上向いてきて、すべてうまくいくような気がしてくる。

ところがカープランにあるアパートメントが近づいてくると、不安な気持ちが復活した。彼に関しては、実はほかにも気になるところがあった。具体的な例をあげることはできないが、ときどき人が変わったようになるのだ。ふだんはやさしくて思いやりがあるのに、ふとした瞬間、人間ではなく物を見るような目つきでこちらを見ている。それから彼の背中の傷を見たとき、この人は過去に他人を傷つけたことがあるのではないかと感じた。重い足どりでアパートメントのエントランスをくぐり、エレベーターに乗る。ぜんぶただの妄想だ。そう思おうとした。それでも疑念は消えなかった。あの引っかき傷をつけたのは私の爪かもしれない。でも、そうでなかったら？　ぶるっと身震いして両目を閉じる。ふたたび目を開けたときはエレベーターがとまり、ドアが開いていた。一瞬、どこにいるのか混乱して周囲を見まわす。そして息をのんだ。何者かがこちらへ向かってくる。手に何かを握って。ユーリアにはそれが拳銃に見えた。

リビングルームに入ったレッケは、血のにじむ手にキッチンクロスを巻いてソファに座った。

ミカエラは初めて彼に会ったときのことを思い出した。あれも夏だった。ミカエラは男ばかりの捜査チームの一員として、殺人事件で取り調べ中の容疑者について相談するために、当時、レッケが住んでいたユシュホルムの邸宅を訪れた。

ところが捜査チームの期待はことごとく打ち砕かれた。容疑者に自白させる方法についてレッケに助言を求めたはずが、犯人は別にいるのではないかと指摘された。実際に、間もなくして容疑者が釈放される事態となり、警察はひどい屈辱を味わった。レッケの対応が不愛想だったとか傲慢《ごうまん》だったわけではない。レッケはただ……秀でていたのだ。金持ちで、洗練されていて、おまけに賢かった。

あの日、レッケ邸から帰る途中、捜査チームのメンバーが感じていた憤りと嫉妬は手でふれられそうなほど濃密だったし、ミカエラ自身もそうした感情を完全にふりはらうことはできなかった。レッケの存在そのものが、自分たちに欠けているものをつきつけてくるかのようだった。一方で、ミカエラが今、こうしてレッケと座っているのもそのせいなのだ。彼女のなかには、あのときの劣等感とは別の感情が芽生えていた。たとえばレッケの代名詞ともいえる鋭い観察眼が導く明快さに焦がれる気持ちが。

レッケと出会ったとき、ミカエラは何かをかぎつけた。自分が欲しているとも思わなかった何かの存在に気づいてしまった。それから数カ月というもの、たとえば周囲の人が愚かなふるまいをしたり、道理に合わない言動をしたりしたとき、ミカエラは決まってレッケならどうするだろうと想像した。そういう意味でレッケは常にミカエラの頭のなかにいた。しかし一方では王族のように近づきがたい存在でもあった。

あのとき――どう言えばいいものか、あれはまさに青天の霹靂《へきれき》だった。地下鉄の駅で、飛びこみ自殺をしようとしたレッケを見つけた。自分がもっと善良なら、命を絶とうとするほど絶望したレッケに対して同情や哀れみを感じただろう。しかしミカエラは純粋に腹を立てた。レッケが──すべてを備えた男が、簡単に人生を捨てようとしたことに。だから彼を叱り飛ばした。

近づきがたいと思っていた相手を頭ごなしに怒鳴りつけ、以来、レッケに対する感情は称賛と失望のあいだを揺れ動いている。目下、レッケはソファにだらしなく座り、神経質に左足を床に打ちつけていた。いかにも疲れて、ややぼうっとしてはいるものの、まなざしはしっかりしている。窓越しに聞こえるさまざまな音が、金曜の夜を楽しむ人々でにぎわうストランド通りの様子を想像させる。

「それで、ふたつのひらめきとは？」ミカエラは尋ねた。

レッケが大きな窓に目をやった。「ひとつはヘルマン・カンパオズンという古い友人のことだ」

「その人がどうかしたの？」

「話す前に何か飲まないか？」レッケが話題を変えた。「僕の至らなさを埋め合わせるために。そうでなければ、こうしてまたきみと向きあって、事件について話せることを祝福して」

ミカエラはほほえんだ。「いいわ」

「最初は白ワインにしよう。さっきはほとんど飲めなかったんだ」レッケがキッチンクロスを巻いた手をひらひらさせる。「それから何か食べよう」

「賛成」

レッケはキッチンへ消えたかと思うと、ボトルを手にして戻ってきた。ダイニングテーブルの上にあったボトルだ。

「ちょっとぬるくなってしまったけれど、味は悪くないと思う」

ミカエラは肩をすくめて構わないというジェスチャーをした。

「ヘルマンとは子どものころからのつきあいなんだ。ヘルマンはクラシックギターを弾くんだが、大の読書家でもあって、本のコレクター、とくに歴史書を収集している。ヘルマンも最初はガボール・モロヴィアに感銘を受けたらしい。ガボールほど巧みに学校というシステムを攻略できる男はいないからね」

「ふたりともモロヴィアを知っていたのね」

「残念ながら。哀れなヘルマンが失ったのは、彼の蔵書のなかでもっとも貴重な本だった。十八世紀に出版されたギボンの『ローマ帝国衰亡史』の初版本だよ。革装丁の六巻セットで、非常に高価な品だ。ヘルマンにとっては親友と同じくらい大事なものだった。それがある日を境に見あたらなくなり、庭で黒焦げになった状態で発見された。以来、僕とヘルマンは結束した。共通の敵がいたから」

「つまりそれまでにあなたもモロヴィアから何か被害を受けていたと？」

「ああ。猫のアハシュエロスが……」

ミカエラは息をのんだ。

「アハシュエロスという名前の猫を飼っていたのね」

「そうだ。早熟で愚かな子どもだと思うだろう？　ともかく、僕はそうやってヘルマンと親しくなった。学校を卒業して彼と疎遠になって、ずいぶん時が流れてから、ウィーンにあるフランス大使館で開かれたレセプションで再会したんだ。ヘルマンがプライベートな質問にまともな答えを返さないので、諜報《ちょうほう》関係の仕事に就いたのだとわかった。ヘルマンもやがて、僕が一般人が知るべきでないことまで知っているという現実を受け入れた。それが今から十年、いやそれ以上前のことだ。冷戦が終結してロシアがわが国の新たな友となり、スウェーデン国民は自由民主主義がもたらす安心を享受していた。冷戦とともに諜報員の役割も終わったように思えたので、ヘルマンにこれから何をするつもりだと尋ねたんだ。スパイ小説を書くのか、軍事コンサルタントになるのかってね。そのときのヘルマンの回答は今でもよく覚えている。〝ロシアはたしかに西側に近づいたが、共産主義時代の面影がそこかしこに残っている。KGBも綴りが少し変わった程度で存続しているし、組織の体制が以前よりも人道的になったという証拠はない。むしろ国際的な組織犯罪が横行する時代になった〟と彼は言った。そしてガボール・モロヴィアの名前を出した」

「モロヴィアがどうかかわってくるの？」

「ヘルマンが言うには、ガボールはロシアの諜報組織とかなり接近していて、とくにサンクトペテルブルク支部とのつながりが強かった。有力者がロシア国内で不正に得た財産をスイスとロンドンに隠す手助けをしていたそうだ。そのときの僕は攻撃的な気分だったんだろう。〝だったらさっさとガボールを排除すればいい〟と言うと、ヘルマンはひどく決まりの悪そうな顔をした。屈辱だったんだろう」

「屈辱って何が？」

「ガボールを排除できないことがだよ。ヘルマンいわく、あの男は一筋縄ではいかない。彼の悪事について証言する人もいない。証言しようと手をあげたが最後、失踪するか、殺されてしまう。証人保護プログラムのような制度を最大限に使ってもうまくいかなかった。ガボールは秘密警察にさえツテがあって、証人の居場所を巧みにつきとめてしまう。勇気ある証人を守るため、ヘルマンは手を尽くしたそうだ。やれることはなんでもやったと言っていた」

「そう……」ミカエラは考えこんだ。「きみとあそこのベンチに座っていたとき、ヘルマンの言葉がよみがえった。それでもうひとつのことを思いついた」

ミカエラはレッケをじっと見つめた。

「それは何？」

レッケはワインのお代わりを注いだ。

「埋葬されたはずのクレア・リドマンが、チェスの本を小脇に抱えて観光地を歩いているところを写真に撮られたという奇妙な話に、合理的な説明がつくかもしれないということだ」

「説明とは？」

「おそらくクレア・リドマンは、ガボールを有罪にできるだけの情報を持っていた。そのために命を脅かされ、証人保護プログラムの対象となって、新たな身分を得た」

「つまりクレアの死は、組織的に演出されたものだということ？」

「僕はそう思う。警察が、おそらく諜報機関の助けを借りて、交通事故で黒焦げの遺体が複数出た機会を使ってクレアに最大限の保護を与えることにしたのだろう。アメリカとイタリアにも似たような事例がある。だがもちろん……」レッケはワインを飲み、どこか悲しげな目つきをした。「問題に対する理想的な解決策とはいえない。とりわけサミュエルにとっては」

「どういう意味？」

「証人保護プログラムはふつう伴侶にも適用される。特別な事情がないかぎり、もしくは保護される人物からの明確な要求がないかぎり、夫婦が引き離されることはない」

「ということは、クレアが新しい身分をサミュエルと分かち合いたくないと考えた？」

「もう一度、あの写真を見られたら非常にいいんだが」レッケはそう言って、ワインを口に運んだ。

ミカエラはまたしても心のなかでリンドルースを呪った。あの男は写真に何を見いだしたのだろう？

カイ・リンドルースは何も見なかったことにしようと決めた。生意気なラテン女のせいでいらいらするし、腹が立つし、職場のあちこちに過去の亡霊まで見えはじめた。仕事から帰る途中も、数年前に逮捕した詐欺師を見かけたような気がした。その詐欺師は証拠不十分ですぐに釈放され、誤認逮捕でリンドルースを訴えると息まいていた。街全体が過去の亡霊で埋めつくされている。自宅に到着したリンドルースは、ドアマットに落ちた郵便物に目もくれず、冷蔵庫へ直行してハイネケンを手にとった。しかしハイネケンではぜんぜん酔えない。もっと強い酒がほしくてウォッカを、戦時中のロシア兵に敬意を表してストレートで、グラスに注ぐ手間も省いてボトルから直接飲む（訳注：第二次世界大戦中、ソ連は前線で戦う兵士の士気向上を目的としてウォッカを支給していた）。そのままボトルをつかんで書斎に移り、携帯電話をとりだした。電話の相手はできれば女がいい。つきあいの長い女ならさらにいい。ちょっと野暮ったくて、くだらない不安を忘れさせてくれるからりとした性格の女。ところが気づくと携帯電話を放りだし、不安と好奇心につき動かされるまま机の引き出しをひっかきまわしていた。

保険関係の書類の下からクレア・リドマンの写真が二枚出てきた。本来であればとうのむかしにサミュエルに返却すべきものだったが、失踪当時はあまりに多くの写真を借りていたので、二枚ほど失敬しても気づかれなかった。正直、クレアの写真を手元に残したのは捜査のためだけではない。その写真に心惹かれるところがあったからで、とくに白いガーデンソファに座ったクレアの写真は、黒い水玉模様のワンピースからのびる脚が魅力的で、リンドルースのお気に入りだった。緊張をほぐしたいとき、リンドルースはその写真を持ってベッドへ行き、ズボンをおろす。警察官だって人間だ。そういうこともあって、リンドルースはクレアの顔立ちや身体つきを細かく記憶していた。サミュエルにはもったいない女だと思っていた。

おい、待て……ラテン女が持ってきた写真と手元にある写真を本気で見くらべるつもりか？いや、比べたっていいじゃないか。なんていうことはない。そもそもクレアが生きているはずがないのだから。リンドルースは職場から持ち帰ったサン・マルコ広場の写真をとりだして、ワンピース姿の写真の隣に置いた。それからウォッカをひと口飲む。さあ、何が出てくるか、とリンドルースはつぶやいた。

いちばんに湧いた感情は安堵《あんど》だった。サン・マルコ広場の女性は、初めて見たときに感じたほど鮮明に写っていなかった。女性にピントが合っているわけではないので、じっくり見くらべてもその女性がクレアだと断定はできない。これだけでは無理だ。しかし最初に写真を見たときに感じた気味の悪さは依然としてそこにあった。リンドルースはウォッカをあおってもう一度、写真を見た。まったくの人ちがいだと確信できることを期待して。ところが期待とは裏腹に、写真の女性がますますクレアに見えてきた。しまいにリンドルースは自分でも説明のつかない行動に出た。罪の意識が根底にあったのは否定できない。クレア・リドマンについて納得いくまで捜査できなかったことに対する罪悪感だ。

リンドルースは写真を手にとって引き裂いた。半分ならまだしも、半分の半分、そのまた半分に、細かく破いた。当然のことながら、それで罪悪感が消えるわけでもない。脳裏にサン・セバスチャンの遺体安置所で見たアントニオ・リベラ刑事部長やクレアの母親と姉の様子がよみがえった。あの場に満ちていた切迫感と、焦げた遺体の発する甘ったるくて吐き気を催すにおいに負け、リンドルースは警察官としての直感を無視して、早々に遺体安置所を出た。あのとき、もっとちゃんと遺体を確認しておくべきだった。できることを残らずやるべきだった。なんなら今からでも国立科学捜査研究所の法医学部門に連絡してみようか？　あそこなら黒焦げの遺体に詳しい人がいるはずだ。だが肝心の写真は破いてしまったし、アントニオ・リベラに話を聞く気にはなれない。クレアの母親は亡くなっている。

そうだ、巨乳の姉なら連絡先がわかる。彼女に電話してみようか？　たしか今はストックホルムに住んでいるはずだ。ダメもとで電話してみればいい。その前にもう少しウォッカを飲んで妄想をふくらませよう。休暇をとってヴェネツィアまでクレアをさがしにいくのもいいかもしれない。ホテルのバーでドライマティーニを注文しようとロビーに降りたら、ソファに座っているクレアを見つけるかもしれない。そのあとふたりで……。リンドルースは鼻を鳴らした。唾液《だえき》とウォッカの混じった液体が机の上に垂れる。ジェームズ・ボンド気どりはここまでだ。とりあえず乾杯！　ふたたびウォッカをあおったリンドルースは、クレアの姉の電話番号に発信した。今のおれはしらふとはいえないかもしれない。だが、なんでもないふりを装うくらいはお手のものだ。

「金曜の夜に申し訳ありません。リンドルース警部です」酒の勢いを借りて警部補から警部へ、勝手に自分を昇進させる。

「どうも、お久しぶりね。どうかしましたか？」

「とくに……いや、実はあったんです。最近、撮られた写真にクレアが……もちろん本人ではないと思いますが……背景に写っていたんです。だからおれは……」

「これって新手の冗談か何か？」リンダ・ウィルソンが言った。

「まさか、ちがいます。ただおれはサン・セバスチャンの遺体安置所のことをたびたび思い出すんです。ひょっとして、何かおれに話してないことがあるんじゃないですか？」

「あなた、酔ってるの？」

「そんなことはありません」

「写真ってなんの写真ですか？」

「休暇で海外旅行をした人の写真です」リンドルースはそう言いながら、びりびりに破った写真をつなぎあわせようとした。

「それで、私たちがいったいどうやってあなたに隠し事をするの？　クレアは死んだのよ。いい？　死んだの。あなたも遺体を見たはずよ。それなのに十年以上も経ってから、金曜の夜に電話をかけてきて妹の悲劇を蒸し返すの？」

リンダはたしかに怒っているが、それだけではないような気がした。怯えている？　酔っぱらった警官が金曜の夜に電話をかけてきたことに憤慨すると同時に、何かを恐れている。リンダの口調が真実を語っていた。

やはりおれは騙されていたのだとリンドルースは思った。しかし今さらそれがわかったところでどうすればいいかわからない。ウォッカを飲みほして、これ以上、愚かな電話をかけないように努力するくらいのことしかできない。電話を切る前にリンダをなだめたほうがいいかもしれない。ラーシュ・ヘルネル警視はもちろん、警察の上司に電話されたら厄介なことになる。

「唐突にすみません。実はおれ、あなたのことが好きだったんです。よかったらこれから一杯やりながら話しませんか？　あなたが言ったとおり、金曜の夜だし」

通話終了の音が聞こえて、リンドルースは腹いせに机の脚を蹴った。ウォッカの入ったボトルが音をたてて床に落ちた。

25

夜遅くハンガリーの資産運用会社代表と会った妻は、性的暴行を受けたのだろうか？　その可能性を考えただけでサミュエルは頭がおかしくなりそうだった。クレアを誰よりもわかっているのは自分だ。暴行など受けていたらぜったいに気づいたはず。くだんの夜、クレアがけがをして帰ってきたのはまちがいない。だが彼女は自転車で転んだときの状況を詳しく話してくれたし、警察の話では転倒事故を目撃した人もいたという。あのけがは単なる事故によるもので、それ以上でもそれ以下でもない。サミュエルは確信していた。いや、確信しかけていた。だが……そこまで深く追及したわけではない。

クレアが何も言わずに消えたので、サミュエルにとってはわからないことだらけだった。あの会社の代表とクレアのあいだになんらかの関係があるのではないか、少なくとも過去に面識があったのではないかと疑ったことはある。交渉の日が近づくにつれ、クレアは奇妙な精神状態に陥っていった。交渉相手がどんな人物かといくら尋ねても、まったく教えてくれなかった。〝話せないのよ。どうしてもだめなの〟と言うだけだった。

あの夜を境にクレアはめっきり口数が減り、心を閉ざした。それは事実だ。しかしリンドルース刑事からも運用会社代表に関する情報はほとんど得られなかった。警察が調査し、事情聴取をしたが不審な点はなかったと言われただけだ。それで納得したわけではなかったが、ひとりでさらに調べることもしなかった。

サミュエルにできたのは、ストックホルムにいる運用会社の顧問弁護士に連絡をとったことくらいだ。記憶が正しければコヴァッチとかいう名前だった。とても感じがよくて親切な女性弁護士だったので、サミュエルは気勢をそがれた。しかも彼女はあとから連絡してきて、クレアの葬儀であいさつできず残念だったと言ったのだ。

「葬儀に参列してくださったんですか？」

「もちろんです。クレアのおかげでたいへんよい仕事ができましたから」弁護士はそう言って、クレアの働きぶりに対して最大級の褒め言葉を並べたてた。どうしたらもう一度、コヴァッチと話せるだろう？　連絡先は覚えていないが、クレアの同僚だったレベッカ・ヴァリーンなら知っているのではないだろうか。レベッカに連絡してコヴァッチの番号を教えてもらおう。とにかく何かしなければ。指をくわえて見ているわけにはいかない。サミュエルは立ちあがり、携帯電話を出して電話をかけた。

人影が近づいてきて、彼だと認識できる距離になった。手に何か持っているのはまちがいない。ユーリアは恐怖にあとずさりしてから、拳銃だと思ったものが花束であることに気づいた。

「急に出ていってすまなかった。二度とひとりにしないから」彼がそう言ってにっこりと笑う。

男に抱きしめられながら、ユーリアは信じられない気分だった。花束をくれるなんて思ってもみなかった。なんてやさしいんだろう。置いてけぼりになった私が不安でいるのを察して、花屋へ寄ってくれたにちがいない。そんなことをしてくれる人は彼が初めてだ。花束から視線をあげると、おなじみの感情が湧きあがった。彼以外のすべてが視界から消える。

「きれい」

「きみは毎日花束をもらうべきだ」

ユーリアは彼にキスをして、玄関のドアを開け、キッチンへ向かった。青い花瓶を出して花を生ける。彼がうしろに立って身体を寄せてきた。アフターシェイヴの香りと、男性的なぴりっとした香りが混ざっている。男の人のにおいだ。ユーリアはふり返って、たくましい背中に――ベッドにいたときは怖いとも思った背中に腕をまわした。そして自分でも驚くようなことを口にした。

「乱暴にして」

声にした瞬間に後悔した。ほんの軽い気持ちで言ってしまったからだ。たくましい肉体と男性的な香りに欲望を刺激されて、予想もしていなかった、矛盾した感情が湧いた。自分をさらけだしすぎたことが恥ずかしい。

男がユーリアに問いかけるようなまなざしを注ぐ。「本気か?」

ユーリアは大胆にうなずいた。すると彼の顔に、これまで見たことのない感情が浮かんだ。目がうつろになったかと思うと、大きな手がユーリアの手首をつかむ。皮膚が白くなるほど強い力だった。ユーリアはあっという間にベッドに連れていかれ、組み敷かれた。一瞬、パニックを起こしかけたが、興奮に身を震わせる。少なくとも興奮のせいだと自分に言い聞かせた。その夜、苦痛と快感から何度も声をあげたあと、ユーリアは自分自身のなかから生まれた愚かな考えを、彼に向かって残らず打ち明けたくなった。見捨てられたとか、落伍者だと感じたせいで生まれたくだらない考えを。

「パパは、あなたが私に悪い影響を及ぼすと思っているの」

彼は少し考えこむようなしぐさをした。

「父親っていうのはだいたいそういうもんじゃないのか？　父親にしてみれば、かわいい娘にふさわしい男なんてこの世に存在しないんだ」

手首がずきんと痛む。

「そうかもしれないけど、それだけじゃないと思う。パパは小さな身体的特徴から、途方もなく大きな結論を導くから」

「探偵みたいだな」彼がにやりとする。

「そうよ。そういうことをふつうにやってのけるから、みんなはパパのことを世界一賢いと思っているの。でも本当のところ、パパはなんにもわかっていないのよ。くだらないことだってたくさん言うし」

彼が辛抱強く話を聞いてくれたので、ユーリアはうれしくなり、自信が湧いた。父親のうつ病や薬物中毒のことも話した。彼はユーリアの髪や首筋をなでながら、自分の父親も似たようなものだと言った。本ばかり読む根性なしで、生活力はまるでなかった。自分は父親にうまく対処したと彼は言った。

親のことで自分たちが似たような悩みを持っていたことを知って、ユーリアは驚いた。彼は別世界から来た人だと思っていたからだ。

その夜、ユーリアはまるで自分の人生を紡ぎなおすように延々と話した。新しい視点で綴る物語のなかで、もはや父親はヒーローではなかった。ユーリアは父の影響下から解き放たれ、彼と、ルーカスと結ばれる。ルーカスはあらゆる災いからユーリアを守ってくれる。

アリシア・コヴァッチは車のドアをばたんと閉め、リディンゴにある自宅へ入った。今日もまた哀悼の一日だった。だからこそレッケが奏でた音楽に、その天使も涙するような美しさに心を揺さぶられたのだろう。レッケはアリシアが失った世界に命を吹きこんでくれた。それでも彼に心を許すわけにはいかない。情にほだされてはだめだ。

雨が降ってきた。海風に吹かれながら、アリシアはセキュリティシステムを解除し、広々とした一軒家に入った。自分が手にした贅沢な暮らしに今でもときどき驚いてしまう。壁にかかっている絵画一枚でさえ、アリシアの母親が一生働いても買えないほど高価だ。家具はどれも上等で、ふつうの店では売ってもいない。だが、そういった贅沢の代償として、アリシアは悪魔に魂を売り渡した。

上着とハイヒールをぬいでキッチンへ入り、ワインクーラーから白ワインを出す。レッケの家で勧められたのと同じくらい高価なワインだ。庭とプールを一望できるソファに腰をおろし、ワインを飲む。

まぶたの裏にレッケの姿が浮かんだ。すべてを貫くような青い瞳と長くて細い指。レッケはガボールとよく似ているようであり、対極の存在でもあった。アリシアにとって、ガボールがこんな男性だったらと願う姿そのものといってもいいかもしれない。思慮深く、繊細で、賢く、この世の不幸を嘆く心があり、意に沿わないことがあるからといって相手を攻撃したり、復讐《ふくしゅう》したりしない。

ガボールが子どものころ母親に捨てられ、享受するはずだった特権のすべてを失ったことを、アリシアは誰より深く理解している。彼はそうした不幸をすべてレッケ一族のせいにしていて、どんな罰をもってしてもレッケの不正を許すことはできないと考えている。モロヴィア家が没落してからというもの、ガボールはその場でもっとも賢い人間となることを自分に課していて、それを脅かす唯一の人間がハンス・レッケなのだ。ガボールはハンス・レッケを憎むと同時に崇拝している。アリシアにわからないのは、そして彼女を悩ませているのは、実際のところガボールがレッケをどうしたいのかという点だ。あのネックレスを返すのにこれほど長い時間をかけたのは悪い兆候ではないはずだ。ガボールにも慈悲の心はある。敵をもてあそぶこともあるが、彼の人生にレッケという手ごわいライバルがいなかったら、きっと生きることに退屈しただろう。ガボールはレッケを破滅させたいだけではなく、知的な勝負で打ち負かしたいのだ。

ガボールがアリシアの人生に登場し、その魅力をふりまいたのは一九八〇年代の初めだった。当時、ガボールの周囲には三人の女がいた。三人とも若く、抜きんでて優秀で、先生や指導者の言うことをよく聞く従順な学生だった。しかしガボールは三人の気づかぬところで善悪の境界線を少しずつ押し広げ、日常とはまったく異質の世界に誘いこんだ。三人は新たな現実にゆっくりと慣れていった。少なくともアリシアはそうだった。むしろ積極的にゲームを楽しむようになっていった。いや……楽しむ以外にどうしようもなかったのだ。妊娠したのだから。私は妊娠して、ゲームに勝った。いや、負けたのかもしれない……。

携帯電話が鳴った。アリシアは電話を無視して、足をマッサージしながらもう一杯ワインを飲んだ。遠くから電車が通過する音が聞こえる。音楽でも聴こうか？　リストなんてどうだろう。『愛の夢』はむかしから大好きだった。ふたたび携帯電話が鳴り、今度はアリシアも電話をとった。ガボールかもしれない……だが……ちがった。出なければよかったと思った。過去の亡霊のひとり、それもよりによってサミュエル・リドマンが電話してきたのだ。これが偶然であるはずがない。レッケのせいで生じたゆがみの一部だ。

「こんばんは。お久しぶりですね、サミュエル。調子はどうですか？」

「レベッカ・ヴァリーンからあなたの番号を聞きました」サミュエルが早口で言った。

「レベッカによろしくお伝えください」

「わかりました。もうひとつ新たにわかったことがあります。どうやらあなたはクレアと長いつきあいがあったようだ」

アリシアは警戒した。

「狭い世界です。クレアとはロンドン・スクール・オブ・エコノミクスで同級生でした」

「友人だったのですか？」

「友人といっていいと思います。ただ、クレアを遊びに誘うのは難しかったですけど。たいへんな野心家で、いつも勉強していましたから」

「それでも一緒に過ごしたことはあるでしょう？」

「何度かジョギングをしました。それから病院へ付き添ったことがあります。膝の痛みが我慢できなくなったときに。彼女が膝を痛めていたことは、あなたもご存じでしょう？」

「クレアとチェスをしたことは？」

サミュエルが何かを訊きだそうとしているのはわかったが、それが何かまではわからなかった。

アリシアは楽しそうに笑った。

「まさか、やりませんよ。クレアはチェスの達人ですから」

だからといってガボールに勝てるわけではないが……と心のなかでつぶやく。

「どうしてそんなことをお尋ねになるの？」

「それは……」

サミュエルの話はひどく突飛で、すぐには理解できなかった。

「申し訳ないのですが、もう一度おっしゃってくださる？」

「葬儀で棺に入っていた遺体はクレアではないはずだ」

「いったい何が言いたいの？」

「クレアは生きています。証拠があります」

アリシアの身体から血の気が引いた。

「まったく意味がわかりません」

「クレアは生きているんです。今でもチェスをしているし、シシリアン・ディフェンスを研究しています」

「シシリアン……」アリシアは口ごもった。いやな記憶がよみがえる。アリシアはどうにか平静を装った。

サミュエルが休暇中に撮られた写真とやらについて話しつづけるあいだ、アリシアは考えをまとめようとした。クレアの事故があったとき、ガボールが繰り返し言っていたことがよみがえる。

〝死に方もタイミングも気に入らない〟

「あなたは、その写真に写っているのが本当にクレアだと思うのですか？」

「まちがいありません」

でたらめだ、とアリシアは思った。サミュエル・リドマンは妻を失った悲しみで頭がおかしくなったと噂されている。それでもいやな予感がした。クレアのとつぜんすぎる死を疑い、あまりにもタイミングがよすぎると考えたのはガボールだけではなかったようだ。アリシア自身、警察がクレアの死を偽装して、ガボールを検挙するために彼女を保護したのではないかと疑ったこともある。それでも何事もないまま数年が過ぎるうち、疑念は褪《あ》せた。

ガボールならもっと詳しく知っているかもしれない。これまで隠れて会っていた女たちと同じように、クレアのことも私に言わないだけかもしれない。

「その写真を見せていただけますか？」

「もちろんです」

サミュエル・リドマンの声が揺れていたので、アリシアは少し気が楽になった。しかしいかなるリスクも放置するわけにはいかない。

「明日の九時にストランド通りにある事務所へいらしてください」

「いいですよ、うかがいます」サミュエルが希望のにじむ声で言う。

アリシアはもう一杯ワインを飲みながら考えた。サミュエルの推理が正しいとしたら、本当に哀れな男だ。哀れで、みじめな男だ。

26

ハンソン夫人が用意してくれた遅い夕食は、バターソテーしたタラと新ジャガ、それにラタトゥーユだった。食事をしながら、ミカエラがこれまでにわかったことを順序だてて説明し、レッケはおおむね黙ってそれを聞いていた。話が終わるとレッケは立ちあがり、落ち着きなくキッチンを歩きまわった。

「僕の推理が正しいなら……」

「もしクレア・リドマンが新たな身分を得ていたとしたら？」

「そう、リンドルース刑事もそれを知っていると思うか？」

「それはないと思う」

レッケはミカエラを見た。「どうして?」

「リンドルースはクレアの件になるとぴりぴりして、劣等感を覚えていたようだった。大きな秘密に組みこまれていたらあんな反応はしないでしょう」

「妥当な推理だ。しかし、それならどうして写真を返さなかったのだろう?」

「なんとしてもとりかえしてくるべきだった」

「写真の女性がクレアだとわかって、怖くなったのかもしれない」

「リンドルースは見栄っ張りだから、自分の立場を悪くするものはなんであれ、警戒するはずよ」

「写真の女性がクレアかもしれないと、少しは不安になったということか」

ミカエラはうなずいた。そして自分たちが、クレア・リドマンはぜったいに生きているという前提で話を進めていることに気づいた。

「写真の女性は本当にクレアだと思う?」

レッケは悔悛《かいしゅん》の旅のごとくキッチンを歩きまわるのをやめ、ミカエラを見た。

「検証する価値のある仮説だと思う。だがきみの言うとおり、この件に関して僕には調査を進めたい個人的な理由がある」

「ネックレスが戻ってきたこと?」

「まさにそれだ。そして懸念されるのは……」レッケはミカエラを見て顔を曇らせた。「この件におけるきみの役割だ」

「わたし?」

「安易な気持ちでガボールとのゲームに飛びこんではいけない。あの男は本当に危険だから」

「わたしなら大丈夫よ」

レッケは深刻な表情を崩さなかった。

「きみが一般人よりも強いのはまちがいない。だが、それだけでは足りない。僕としては、きみにはこの件とかかわってほしくない」

ミカエラはルーカスとウーゴのことを打ち明けようか迷った。クレアの件がなくても、自分はすでにかなり危険な立場に置かれていると。だが、そんなことを言ってレッケの不安をあおってもしかたない。ルーカスの件はクレアとは関係のない、個人的な問題だ。

「そういえば、ユーリアに会ったわ」

レッケの目つきが鋭くなる。

「新しいボーイフレンドができたみたい」

「ひょっとして名前を教えてもらったかい?」

「いいえ。わかったのはちょっと荒っぽいタイプではないかということだけ。わたしの地元によくいるような」

「だからといって悪いやつとは決めつけられないが」

「たしかにそうね」ミカエラはうなずきながらも、住む世界がちがうことをレッケに肯定されたようで、少し傷ついた。おまけに今は、ヒュスビーにもエステルマルムにも属していないと感じている。

「ただ、いい人ともいえない」

「ユーリアは急にやせた」レッケが言った。「それが心配だ」

「そこまで深刻ではないと思うけど」ミカエラはそう言ったものの、内心は心配だった。レッケが窓のほうへ視線を移し、さらに何か言いたそうにする。だが結局、彼は沈黙を守った。ミカエラもしばらく口を開かなかった。

いつまで経ってもレッケが何も言わないので、ミカエラは尋ねた。

「クレア・リドマンの件はこれからどう進めていくの？」

レッケはふたたびキッチンのテーブルについた。

「何もしないのがいいと思う。そもそもきみは休暇中だろう？　こんなところにいないで、気分転換でもしてくるといい」

ミカエラは首を横にふった。

「わたしはどこにも行かないわ」

レッケが考えこむ。

「そうだとしても、クレアの件は放っておくのがいいと思う」

「どうして？」

「世間に見つかりたくないと思っている女性は、相応の理由がないかぎりそっとしておくべきだ」

「それは、たしかに」

「だいいち調べるとしても簡単ではない。目撃されたのがもっとほかの場所なら近隣に住んでいると仮定できるが、ヴェネツィアとなると……」

「観光客だらけね」

「クレアはイタリアに住んでいるかもしれないし、日本に住んでいるかもしれない」

「でも捜査のしがいはあると思わない？」ミカエラはにっこりした。

「いずれにしても、あの写真についてはもう一点、気になる点がある」

「何？」

「写真の女性はかすかに頭を左にふっていただろう？　目が左へ動いて、今まさにうしろをふり返ろうとしているように見えた」

「それがどうかしたの？」

「誰かと一緒にいる可能性がある。おそらくうしろにいる連れが、ちゃんとついてきてるかを確かめたかったのだろう。彼女はかなり速いペースで歩いていたようだから」

「だとしたら興味深いわ」

「ああ」

「クレアに対して、証人保護プログラムが本当に適用されたかどうかも気になる。彼女がモロヴィアについて警察や諜報機関が保護するに足る情報を持っていたということよね？」

　レッケは椅子をミカエラのほうへ寄せた。

「おそらくふたりは以前から知り合いだったんだ」

「どうしてそう思うの？」

「クレアは八〇年代初めにロンドン・スクール・オブ・エコノミクスの学生だったと言ったね？」

　ミカエラはうなずいた。

「ガボールに関してはまだまだわからないことが多い。ネット上にも不思議なほど情報がないんだ。おそらく専門の人を雇って自分に関する書きこみを削除させているのだろう。あの男は非常に用心深く、秘密主義だ。僕もまだ本腰を入れて調べられてはいないんだが、クレアの在学中、ガボールがロンドン・スクール・オブ・エコノミクスで教鞭をとっていたことはわかっている。そのガボールは才能ある人材に目がないんだが、とりわけ品行方正な女性を好んでそばに置く。そのなかから第二のアルベルト・シュペーアをつくろうとでもするかのように」

「アルベルト・シュペーア？」

「ヒットラーお気に入りの建築家で、ナチスの軍需相を務めた男だ。世のためになる偉業を成し遂げられる器だったという評価もあるが、不幸にも、多感な時期にカリスマ性のある悪魔に出会った。僕はこれまで、運命は自分の手でどうにかできるものではないという考え方は甘すぎるんじゃないかと思っていたんだが、アリシア・コヴァッチに会ったとき、シュペーアのことを思い出した」

「彼女が品行方正な女性のひとりだったということ？」

「かつて、どこかの時点ではそうだったんだろう。だが、彼女はきみとはちがった」

レッケがミカエラを見る。

「わたし？」

「きみは強い相手に出会ったからといって自分を曲げはしない」

ミカエラはにっこりした。「褒められているみたい」

「褒めているとも」

もっと褒めろと言われればいくらでも続けられる。ミカエラを観察しながら、レッケは心のなかでつけくわえた。ほどなくミカエラの顔からほほえみが消え、思いつめたような表情が浮かぶ。やはりそうだとレッケは思った。ミカエラがレッケの分析に気づいたように顔をそむける。

現時点では沈黙が最良の選択なのかもしれないと思いつつ、レッケは口を開いた。

「お兄さんともめたんじゃないか？」

「どうしてそんなことがわかるの？」

きみのことが心配だから、とレッケは思った。

ほかならぬきみのことだから。


その夜、ユーリアはいつの間にか眠っていた。息苦しさを感じてまぶたを開ける。隣にいるルーカスが、怪しい物音でも聞いたかのようにリビングのほうへ向きを変えた。ユーリアも耳を澄ます。カーラプラン駅の前をバスが通りすぎる音がした。遠くから、バイクのエンジンをふかす音も聞こえた。それ以外は静かだ。ユーリアは喉に手をやった。

咳をすると口内に血と粘液がたまった。本当に最悪の気分だ。いったん起きよう、と彼女は思った。バルコニーへ出て新鮮な空気を吸おうと。だが、行動に移せなかった。ベッドにじっと横たわったまま、呼吸を落ち着かせる。

「怖い……」何気なく口をついた言葉が、内面を吐露したようで不安になった。

ルーカスは夜通しユーリアの話を聞き、ちょうどいいタイミングで相槌《あいづち》を打ってくれた。しかし彼の世界に属したいならタフでいなければならないことを、ユーリアは知っていた。泣き言を言う人間はお呼びでないのだ。父といるときのように一から十まで分析されないのはむしろ気が楽だが、圧迫感や倦怠感に襲われているとき、タフでいるのは難しい。

「気分が悪い」

ルーカスがふり返った。額の傷跡がほんのり赤くなっている。目を細めたルーカスの顔は、どこか爬虫《はちゆう》類を思わせた。

「どんなふうに？」

「気管が圧迫されているみたいな感じがする」

ルーカスはユーリアのほうへ身をかがめ、扁桃腺《へんとうせん》を調べる医者のように両手を首にあてた。

「どのへんが痛む？」

「あなたがふれているあたり」ユーリアはルーカスが今の気分をわかってくれることを期待した。次の瞬間、喉にあてられた手に力がこもった。ひょっとするとユーリアがそう感じただけかもしれない。ようやくルーカスが手を離したので、ユーリアは急いで上体を起こした。いったい何が起こったの？　私は危険にさらされているのだろうか？　息苦しさや喉の痛みだけが問題なのではない。ルーカスの反応がおかしい。自分を恥じているように見える。

「ねえ、大丈夫？」

「もちろんだ。どうしてそんなことを訊く？」

「ちょっと心配だっただけ。なんだか思いつめた顔をしていたから」

「やらなきゃならないことがたくさんあるんだ」

「たとえば？」

ユーリアは本気で知りたいと思った。彼のことはまだほとんど知らない。しかしルーカスは返事をしなかった。ユーリアの今の状態を考えれば、そのほうがよかったのかもしれない。それでもルーカスが無言で立ちあがったとき、ユーリアは傷ついた。

ルーカスがビールを手に戻ってくる。ありがたいことにユーリアの分はない。ビールはカロリー爆弾なので飲みたくなかった。それでも冷蔵庫へ行くなら、何か飲みたいものはないかと聞いてくれてもよさそうなものだ。ユーリアは喉がからからだった。ルーカスが音をたててビールを飲むのを見て、ますます喉の渇きを覚えた。

「きみはひとりっ子でラッキーだな」

「なぜ?」

「きょうだいに裏切られると傷つくからさ」

「裏切られたの?」

ルーカスがごくりとビールを飲んだ。額の傷が生き物のようにのびたり縮んだりする。

「ああ」

「つらいわね」

ユーリアは自分の首をさすった。喉を圧迫されているような感覚が消えない。

「何があったの?」

ルーカスはそれには応えなかった。

「きみの家族だって似たようなものじゃないか?」

「どういう意味?」

「マグヌス伯父さんがいつもパパをハメようとするとか言ってただろう」

「ああ、そうね。たしかに」そんなふうな言い方をしたかどうかは定かではない。

「きみのパパはいつも許すのか?」

「よくわからない。でも伯父さんがそういう人だということを受け入れているように見える」

「パパがどうするべきかわかるか?」

「わからない」

ひゅっと空気が音をたてたかと思うと、ユーリアの頬が燃えるように熱くなった。頭が一方へがくんと傾ぐ。ユーリアは痛みと同じくらいの強いパニックに襲われた。いったい何? 頬をはたかれた? どうして? ルーカスがにこにこしながらまたビールを飲む。

「そうやればいい。反撃するんだ。そうすれば伯父さんもうかつな真似はできなくなる」

ユーリアは言葉を発することができなかった。

「わかったか？」

「ええ……パパに伝えるわ」ユーリアは小声で言って頬に手をあてた。それからトイレへ駆けこみ、震えながらうずくまった。父に電話するべきだと思ったが、できなかった。そんなことをしたら余計に状況が悪くなる。それに――ユーリアは自分を納得させようとした。実際のところたいしたことでもない。ただのおふざけだ。お手本を見せただけのこと。そうでしょう？ユーリアは立ちあがり、鏡に映る自分を長いこと見つめた。みっともなくつきだした腹部を指でつつく。自分が醜く、情けない存在に思えた。どこか遠くへ行って、戻ってこないでいたかった。

27

「どうしてわたしが兄と話したことがわかるの？」

「きみを見ていればわかるさ」レッケはルーカスの目を思い出した。冷たく、底なしの印象を受けた。自己愛《ナルシシズム》、精神病質《サイコパシー》、権謀術数主義《マキャヴェッリズム》という負の三拍子がそろっていた。

そしてなにより、ルーカスの話題が出たときのミカエラの反応。瞳孔が収縮し、顎のラインがこわばって、両肩があがる。初めて会ったときから、彼女が兄という存在に悩まされているのは明らかだった。ルーカスはミカエラの顔に傷をつけ、歩くリズムを変えた。

「気味が悪いわ」

「そんなことはないさ。人間は脅威に対応するよう進化してきたのだから、むしろ正常な反応だ。

ルーカスに喧嘩《けんか》でも売ったんだろう？」

　ミカエラがうなずいた。

　レッケは彼女を見つめた。これほど若くて魅力的な女性だというのに、ルーカスの話が出たとたん、人生に疲れた中年のようになる。ルーカスを頼れる兄として慕っていたころでさえ、同じような反応をしていたのかもしれない。

「何があった？」

「わたしは世間知らずで、現実を見ようとしない愚か者だった。でも今は、兄が麻薬の売人で、年端もいかない子どもたちを――刑事責任を問われない少年たちを使って麻薬を売りさばいていることを知っている。兄を逮捕するのに必要な証拠を集めたくて、ここ数週間はやっきになっていた」

「ルーカスに対する見方が変わるきっかけみたいなものがあったのか？」

　ミカエラは考えこんだ。

「たぶん……。わたし見たの、ルーカスのあとをつけてイエルヴァフェルテット緑地の森へ行ったとき、ルーカスがキルティングジャケットを着た若い男と言い争いをして、いきなり拳銃をとりだし、男の首に押しあてるのを。男は縮みあがっていた。でも、最悪なのはそこじゃない。何かわかる？」

「いや」

「兄の世界ではそういうことが日常茶飯事で、以前にも似たようなことをやったんだと感じたこと。あのときの衝撃は言葉にならない。家族の記憶が、まるでちがったものになってしまった」

　レッケはミカエラの手に自分の手を重ね、不安そうなときでさえ不屈の闘志を感じさせる茶色の瞳をのぞきこんだ。

「最低よ。わたしが子どものころ、ヒュスビーはけっこうまともな地域だった。自分の住んでいる町が危険だなんて思ったこともなかった。ところが今は、アンフェタミン、カート、エクスタシー、マリファナ、それからあなたも使っているフェンタニルなんてものがそこらじゅうにあふれている。死人も出た。なかには十四歳の少年もいた。ムハンマドという名前の少年だった」

「悲しい現実だ」

ミカエラは怒ったように手を引いた。

「やめて、他人事《ひとごと》みたいに言わないで。医者から処方されたからって、あなたも薬をやっていることには変わりない」

「そうだな、そうかもしれない」

「とにかく――」ミカエラは口調をやわらげた。「ルーカスが拳銃を抜くのを見てから、それまで疑問だったことがパズルのピースのように組み合わさって一枚の絵になった。ずっと気づかないふりをしてきたけど、今はヒュスビー地区の人たちに兄の悪事について証言するよう声がけしている」

「場合によっては危険な行為なんじゃないか?」

「ええ。しかも性急にやりすぎた。でも、それ以上我慢できなかった。私の父のことを知ってる?」

「歴史家の?」

「そう。父はいつも私に本をくれて、もっと広い世界に目を向けるよう励ましてくれた。父はヒュスビーが大嫌いだった。似たような建物ばかり並ぶ、未来の悪夢のような場所だと言っていた。だからわたしに、大学へ進学してヒュスビーを出ろと繰り返し言った。それがわたしの目標でもあった。父のような研究者になって、外国へ行こうと思った。外国がだめでもせめてルンド大学に入りたかった。でも高校を卒業したとき……」

「もちろん成績はよかったんだろう」

「ええ、悪くはなかったけれど、警察学校を志願した」

「ヒュスビーの治安を守る道を選んだわけだ」

「そうよ。たまに高校の先生に会うと、口に出さなくても警察官になったわたしを見てがっかりしているのが伝わってくる。先生方にも自分自身にも、どうして制服を着てヒュスビーに戻ってきたのか、うまく説明できなかった」

「だが心の奥底ではわかっていた」

「ええ。結局は兄のことがあるからだと、心のどこかでわかってた」

「真実を知りたかったんだね」

「子どものころからずっと、いろんな疑問を抱いてきたから」

「たとえばお父さんがどうやって亡くなったのかについて？」

「ええ。今さら掘り返しても仕方のないことも多い。ここまで時間が経ってしまうと、いくら調べたところで真実がわかるとは思えないから。兄のことだって同僚に任せればよかったのよ。わたしのせいでややこしくなったし、おかしな連中に目をつけられることにもなった」

「おかしな連中とは？」

「それが……」ミカエラはためらった。「さっき、本棚がもう一度見たくなってレベッカ・ヴァリーンの家に戻ったとき、ルーカスの手下に会ったの。ウーゴって男」

「その唇はウーゴのせいか？」

「脅された。これ以上かぎまわるなら、わたしだけじゃなくて、わたしの大事な人がけがをすることになると言われた。それであなたが狙われるんじゃないかと思った。キッチンの床に血が落ちているのを見たときはひやりとした」

「僕は大丈夫だ」レッケは静かに笑った。

しかし内心は、大きな危険が迫っているという予感に襲われていた。

28

この女性がクレアのはずはない。ぜったいにちがう。

アリシア・コヴァッチの反応は、自分を警部に昇格させたリンドルースとよく似ていた。しかしアルコールに逃げた警部補とちがって厳格で几帳面《きちようめん》なアリシアは、クレアの写真を一枚、一枚、机に並べていった。

クレアが失踪して十数年も経つというのに、嫉妬がトゲのように胸を刺す。クレアには、自分やソフィアにはない何かがあった。どこまでも洗練されていて、ガボールと対等に議論し、彼の出した答えに平気で疑問を投げかける人だった。クレアこそがスターで、ガボールはきっと彼女を選ぶだろうとみなが思っていた。それがどうなった？

アリシアは立ちあがって胸に手をあて、窓の外を見た。庭とその向こうから聞こえてくる音に耳を澄ます。暗闇のなかに、私の生命を脅かすものが潜んでいる。何かおぞましいものの種が。床をはって足をなめ、全身を焼きつくす炎が。いや、ぜんぶくだらない妄想だ。

ガボールが守ってくれる。彼は私を愛しているのだから。私たちは大事な息子を失うという悲劇で結ばれている。何も起こらない。何も起こりはしない。それでも……最初は三人だった。自分とクレアとソフィアという三人の女が、ガボールの周囲をひらひらと飛びまわっていた。希望に満ち、若さと幸せを手にした三人の娘は、輝かしい未来がやってくることをこれっぽっちも疑っていなかった。

ところが生き残ったのは自分ひとり。少なくともアリシアはそう信じたかった。友の死を望むなんて最低だけれど……。ソフィア・ロドリゲスはマドリードの自宅で焼死体となって発見された。遺体には拷問された痕跡があった。クレア・リドマンはサン・セバスチャンで石油を積んだタンクローリーがスピードを落としきれずに下道へ落下し、炎上した事故に巻きこまれて死んだ。火、火、火。炎が大地に焦げ痕を残す。

アリシアは窓から視線をそむけた。キッチンへ戻って新しいワインを開け、アルコールで気をまぎらわせようと思ったが、途中で気が変わる。これ以上、飲むのはプロとしていただけない。一九九〇年の九月に、ストックホルムでクレアと再会したときのことが思い出された。期待に満ちた空気。秘書たちがせかせかと動きまわり、書類や契約書の草案が準備される。ガボールは鏡の前に立ってスーツの着こなしを確認し、髪をセットしていた。あれは彼にとっても正念場だった。北欧金融危機で破綻に追いこまれる者が多いなか、アクセル・ラーションの財産を独り占めしてさらに金持ちになるチャンスだった。しかしそれだけではない。ガボールにとってはクレアと再会することに大きな意味があった。クレアは失われた環《ミッシング・リンク》であり、ガボールが誰よりそばに置きたがった女だった。しかしその日、物事は何ひとつとしてガボールの思惑どおりに進まなかった。クレアが到着し、ガボールは彼女の両頬にキスをした。それに対してクレアはあからさまな不快感を示した。手で頬をぬぐうしぐささえしたのだ。クレアはガボールを嫌悪していて、それを隠そうともしなかった。礼儀正しいあいさつは上辺だけのもので、これはまずいことになるとアリシアは直感した。しかしガボールはクレアの拒絶を受け入れようとしなかった。

クレアを褒め、彼女にシャンパンを勧め、交渉に入る前の肩慣らしとしてチェスでもしようと誘った。クレアはしぶしぶ従った。アリシアは肘掛《ひじか》け椅子に座ってゲームを見守っていたが、開始して間もなくクレアが腕をあげたことに気づいた。クレアは後攻でシシリアンを指し、よくねばった。それでも最後にはガボールが勝利し、小指でクレアのキングを倒した。「まだまだ私の相手ではないな」

ガボールはやさしいともとれる口調で言い、ほほえんだ。しかしアリシアは言葉の裏にある脅しを察知した。間もなく、恐れていた事態が起こった。ガボールがクレアとふたりになりたいので席を外すようにとアリシアに指示した。クレアが絶望の表情を浮かべる。彼女の目は逃げ道をさがしてさまよっていた。ドアが閉まった。嫉妬と恐怖を感じながら階段をおりたときの、自分の足音がよみがえる。それから今日という日まで、あの夜、何が起きたのかを知らずにきた。しかし何かひどいことがあったのはまちがいなかった。

翌日、ガボールの暗い顔つきと態度がそれを物語っていた。だから数週間後にクレアが失踪したと聞いたときもさほど驚かなかった。最初からそういう運命だったのだ。クレアが交通事故で亡くなったと知ってさすがに涙を流したが、心の準備ができていないわけでもなかった。憎しみのこもった冷たい目をガボールに向けた瞬間、クレアの運命は決まっていた。世界はそういうふうにできている。少なくともアリシアが生きているのはそういう世界だった。アリシアは時間とともにガボールのやり方に順応した。とりわけ彼の息子を生んだことで、彼にもわが子を慈しむ心があり、その死を悼むことができるとわかった。ガボールはこれまで会った誰よりも知的で興味深い男だ。世界へ通じる扉を開け、アリシアの人生を輝かせてくれた。

遠く下のほうに、水面《みなも》を行く船の明かりが見える。アリシアはふたたび庭の物音に耳を澄まし、腕時計に目をやった。

十時五分、電話をかけるには遅すぎる時間だ。ガボールの夜は不可侵の領域と見なされている。それでも……アリシアには彼に頼まれた仕事があり、彼に訊きたいことがあった。ガボールの番号に発信する。ガボールはすぐに電話に出て、親しみを感じさせるあたたかな声で応対した。アリシアが好きな善のガボールだ。

「先週、ヤンの誕生日を祝うのを忘れていたね。生きていれば十九歳だ」

「お祝いするほどでもないと思ったけれど、バルコニーに座ってキャンドルを灯したわ」

「それはいい。レッケについて何か新たな情報は？」

アリシアは一瞬、考えた。

「〝感謝する〟と言っていたわ」

「感謝？」

「墓から出る力をくれたことに」正確な文言は覚えていないが、そのようなことを言っていた。

「あの人は精神が壊れていると思う」

「どれだけ壊れていようが構わないが、レッケを見くびってはいけない。ほかに何か言っていたか？」

彼は、私が自分を恥じていることを見抜いた、とアリシアは心のなかで告げた。罪の意識があるなら希望があるとも言われた。

「いえ、とくには」

「だとしたら遠慮したのだろう。他人の心を読むのが非常にうまい男なんだ」

あなたもそうだわ、ガボール、とアリシアは心のなかで言った。あなたもそう。

「彼をずいぶん高く評価しているのね」

「すべてを見通す眼力の持ち主だからね。うらやましい能力だ」

でもそれ以上にレッケを憎んでいるのでしょう？

「イダ・アミノフの死に関して、私が知っておくべきことは？」アリシアは息を詰めた。

「なかなか興味深い女性だったらしい。ちょっとばかり跳ねっ返りだが、魅力的だったようだ」

〝あなたが殺したの？〟そう尋ねたいのをこらえて、代わりに言う。

「どうして急にネックレスを返すことにしたの？」

ガボールが沈黙した。

「レッケが私の動向を知りたがっていたから、返事をしたんだ」

「本当はもっとほかの理由があるのでしょう。なぜなの？」

「レッケが接触してくることは、以前からわかっていた」

「そうなの？」

「小耳に挟んだのでね。それでちょっと調べたところ、予想外の情報が出てきた。今の段階では疑念にすぎないが、きっちり確認をとるつもりだ。ヤンにも関係する情報だ」

「ヤンに……」アリシアはそれ以上尋ねることができなかった。

電話をしたいちばんの理由を切りだす。「サミュエル・リドマンが電話してきたわ」

ガボールが深く息を吸うのがわかった。

「ほう？　まあ、予想の範囲内ではある。あの男は何が望みだ？」

「クレアが生きていて、ヴェネツィアで目撃されたことを示す写真があると言っていたわ」

ガボールはすぐに応えなかった。重々しい呼吸の音だけが響く。

しかし次に口を開いたとき、ガボールの口調から深刻さは消えていた。レッケのことを話していたときに感じた、抑圧された憎しみもなかった。どちらかというとおもしろがっているような、好奇心を刺激されたような口ぶりだった。

「それはまた大きく出たな……」

「まともとは思えないけれど、向こうの出方をさぐるために、明日の午前九時に会う約束をしました」

「時間をずらしてくれ。私がストックホルムへ飛んで直接、リドマンと会う。ひょっとすると……」ガボールがためらった。「連れがいるかもしれない」

アリシアは驚いたが、それはガボールに連れがいるせいではなかった。ガボールは常に新しい美女、新しい愛人を連れている。そんなことよりもガボールみずからリドマンに会うと言いだしたことが意外だった。ガボールと対面する栄誉を授かるのは富と権力のある者だけだ。

「どうして会うことに？」

「おもしろい展開になりそうだから」

「十三時でいいかしら？」

「大丈夫だと思う」

「ところでお連れになるのはどなた？」アリシアは苦々しい思いで尋ねた。「今度はどなたを幸せにするのかしら？」

「きみの考えているようなことではない。あとできちんと説明するが、その前に頼みたいことがある」

アリシアは唇をかんだ。

「レッケの私生活についてさぐるというなかなか難しい仕事をしているんだが、予想外におもしろい発見があった」

「そう」アリシアは用心しながら言った。

「どうやらレッケには同居人がいるようだ。若い女性で、頭の回転が速そうだ。警察官、それも買収できないタイプだ。いろいろな意味で根性があって、レッケのような坊ちゃん育ちとはちがう」

あなたがちょっかいを出さなければね、とアリシアは思った。

「その人とは面識がないわ」

「それはわかっている。だが、ここからがおもしろいところなんだ。その娘には兄がいて、兄は妹を警戒している。さらにレッケを憎んでいて、レッケが妹に及ぼす影響を腹立たしく思ってもいる。兄の名はバルガス、ルーカス・バルガスだ。少し話をしてみたところ、こちらの提案に興味があるようだった」

簡単に買収できるという意味ね。

「レッケはもう充分苦しんだのでは？」

「私たちの苦しみには及ばない」

「私に何をしろと？」

「ルーカス・バルガスと話せ。すでに計画は始まっている。私はレッケについて新たにわかった情報の裏づけをとる」

「それはいいけど、でも……」

アリシアは言いかけてやめ、お休みなさいと言って電話を切った。それからガボールに言われた仕事にとりかかった。まずはサミュエル・リドマンとの面会時間を変更し、ルーカス・バルガスとかなり長いあいだ電話で話した。ルーカスは意外にも魅力的でユーモアがあった。どことなくガボールを思わせる。粗削りのガボールといったところだ。最後にもう一度ガボールに電話して、話をしながらぼんやり闇を見つめた。

私はいったい何をしているのだろう？　どうしてこんなことをしているのだろう？

29

二十三時まであと十分というとき、携帯電話の着信音が響いた。居間のソファに座っていたレッケが、びくりとして通話ボタンを押す。しかし電話の向こうには誰もいなかったようだ。レッケは思い煩うような表情になり、電話を切ったかと思うとすぐユーリアの番号に発信した。おそらく留守番電話に切り変わったのだろう。レッケが短く謝罪のメッセージを吹きこんで電話を切る。

「どうしてユーリアに電話したの？」ミカエラは尋ねた。

「自分でもよくわからない」

「そう……。話を戻すけど、クレアについていろいろわかりかけているときにネックレスが戻ってきたのは、偶然ではないような気がする」

「え？」レッケがもう一本、電話をかけようとするかのように、そわそわと携帯電話をさわりながら顔をあげる。

「あなたが贈ったネックレスのことよ」

「たしかにタイミングがよすぎる」

「イダ・アミノフの死には最初から疑わしい点があったと言っていたでしょう？」

「ああ」レッケの口は重かった。

「具体的にはどんな点が疑わしかったの？」

「首のうしろに赤い痕があったことは話したね？　髪の生え際のすぐ下あたりに」

「なんの痕だと思った？」

「ネックレスをむしりとられた痕という可能性はある」

「むしりとられた？」

「あくまで可能性だが」

「だとすれば犯罪のにおいがするわ」

「もちろんイダが自分でやったかもしれない。あのネックレスは留め金が外れにくくて、イダはいつも誰かに頼んで外してもらっていたんだ。それに彼女は酔っぱらうと怒りっぽくなって、動作も雑になる」

「警察の捜査では麻薬の過剰摂取で死亡したことになっているんでしょう？」

「そうだ。過剰摂取による窒息死と判断された。体内から多量の鎮静剤とアンフェタミンが検出されたし、血中アルコール濃度も〇・一六パーセントだった。イダはきゃしゃだった。アルコールと麻薬で死亡したという推理は妥当だと思う」

「妥当であっても確証はなかった？」

レッケは黙って座ったまま、携帯電話をもてあそんでいる。

「しかし検視官はそう判断した。ほかに死因になりそうな傷がないからと」

「あなたはどう思ったの？」

「完全には納得していなかったが、口出しする権利もなかった」

「遺体を直接、見た？」

「見た。ヘルシンキから飛んで帰ってソルナの検視局へ行き、遺体を見せてくれと強引に頼みこんだ。ごく短時間だが許可された。すぐに追いだされたが」

「何か気づいたことはある？」

レッケはミカエラに向き直った。

「ひとつだけ、気になったといえば気になった。不敬だとは思うが、本で読んだ知識を元にイダの唇をめくってみたんだ」その場面を追体験しているように、レッケがわずかに顔をしかめた。

「意識障害を伴う窒息死の場合、他殺かどうかの判断はほぼ不可能といっていい。それはわかっていた。遺体に残るほんのわずかなサインを、たとえば皮膚に爪や指が食いこんだあとがないかなどといった、小さなサインを見つけないとならない」

「それは検視官も確認したのでは？」

過去をさまよっていた意識が現在に戻ってきたかのように、レッケがにやりとした。

「のちに僕が美徳とするほどの精密さでは調べていなかった」

「それで、唇をめくって何かわかったの？」

「口腔《こうくう》粘膜に少量の出血があった。舌や歯に無理な力がかかったか、本人がそれらを必死に動かしたことで生じた可能性がある。だが非常にわずかな出血だったので、検視官はとりあってくれなかった」

「そんな……」

「アルコールと麻薬の過剰摂取による重篤な症状に便乗して殺人が行われたのかもしれないとは当時も思ったが、警察を説得して調べさせるまでには至らなかった。僕自身、イダの死がショックで自暴自棄の状態だったので、それ以上、追及できなかった」

「第三者のDNAは発見されなかったの？」

「当時はDNAを検出する技術がなかった」

「防御創などは？」

「肩にあざがあったが、それは死亡時刻よりも前の時点でついたものだと判断された。ただ室内には争ったような形跡があり、観葉植物の鉢が床に落ちて割れていた。しかし警察はイダが自分で落としたと結論づけた」

「鉢以外に異変は？」

「あったともないともいえる。イダの服があちこちに散らばっていたが、それはいつものことだ。ただし、誰かが掃除機をかけた痕跡があり、ベッド脇のランプとサイドテーブルはきれいに拭《ふ》かれていた」

ミカエラは唖然《あぜん》としてレッケを見た。

「それなのに調査をあきらめたの？　よりによってあなたが？」

「ああ、どうやらそのとおりだ」

「どうしてあきらめたのだと思う？」

「それ以上、調べるのが怖かったのかもしれないし、そういう気になれなかったのかもしれない」レッケは悲しそうにほほえんだ。「おそらく僕にとってイダの件は、きみにとってのお兄さんの件と少し似ているんだ」

「どこが？」

「過去の話だし、もう乗り越えたと思っていた。だがあの事件は僕の人生を変えた」

「どんなふうに？」

「ピアニストを辞め、心理学の勉強を始めた。目撃証言や法医学に興味を持った」

「そうだったのね」ミカエラはワインを飲んだ。「イダの捜査資料を読んで、もっと調べたいと思った箇所はあった？」

レッケは額にかかった髪を払った。

「あった。とくにある人物の証言がひっかかった」

「誰の証言？」

「ヴィリアム・フォシュだ」

ミカエラは驚いた。「まさかノルド銀行頭取のヴィリアム・フォシュ？」

「当時はまだ銀行家ではなかった。ストックホルム商科大学の学生だったんだ。だが、そのヴィリアム・フォシュでまちがいない」

「つまりイダ・アミノフの死とクレア・リドマンの失踪に、何か関係があると？」

「今になってネックレスが出てきたことが気に入らない。イダが亡くなった夜、ユールゴーデンで結婚式があった。僕の世界に属する連中は残らず、もちろん僕をのぞいてという意味だが、全員がそこにいて、なかでも飛び切り態度が悪かったのがヴィリアム・フォシュだった。酔っぱらって大口をたたき、イダを口説いた。イダに返り討ちにされると、帰宅する彼女のあとをつけた。

イダから地獄に落ちろと言われてもあきらめず、やがてあのネックレスのことで口論になった。少なくともヴィリアム・フォシュはそう証言している」

「つまりその時点で、イダはまだネックレスをつけていたってことね」

「そうだ。フォシュはネックレスを褒め、どのくらいの価値があるのか尋ねた。ところがイダはそれを悪いほうに解釈し、こんなものは海へ捨てると言い放った。アクセサリーごときでごちゃごちゃ詮索されるのも、心にもないお世辞を言われるのもまっぴらだと」

「フォシュがそう証言した？」

「そうだ。今になってみると、警察にイダがネックレスを捨てたがっていたという印象を与えるためにそんな話をしたように思える。フォシュの証言はどこか嘘くさい」

「その夜、モロヴィアもストックホルムにいたの？」

「いくら聞いてまわっても確認できなかった。だが今からでも僕は……」レッケが立ちあがった。

「詳しく調べてみる気になった？」

「ああ、調べてみようと思う。糸口をつかんだ気がするんだ。大事な相棒であり同居人に言われたことがある。僕の勘はなかなかばかにできないと」

レッケはにこりとして携帯をつかみ、居間を出ていった。

しかしミカエラに背を向けたレッケの顔には、ふたたび不安の表情が浮かんでいた。


早朝、ユーリアは空腹で目が覚めた。桟橋で軽やかに、この上なく軽やかに踊る自分を想像して気をまぎらわせる。やがて優美に舞う蝶のようにふわふわとした幸福感がユーリアを包み、食欲を抑えこむことに成功した。外は弱い雨が降っているようだ。カーテンの裾からぼんやりした光がしみこんで窓枠にたまっていた。隣にはルーカスがいる。いつも途中で帰ってしまうルーカスと、初めて朝まで一緒に過ごした。それなのに満たされた感じはない。昨日の夜、たいした理由もなくひっぱたかれたこともあるが、それだけではない。ルーカスは何度もベッドを抜けだし、階段室で電話をしていた。家族のことでちょっとした問題が起きたと言い、おそらくそれは例のきょうだいのことだろうと察しがついた。だがほかにも何かあるような気がしてならないのだ。

ルーカスはユーリアに背を向け、かすかにいびきをかいていた。ユーリアはできるだけルーカスから身体を離した。広い肩や筋肉のついた脇腹がユーリアの不安をかきたてる。これからどうすればいいだろう？　昨日、父から電話があったとき、本当はまだ起きていた。ルーカスの前で電話をとりたくなかっただけだ。言葉を発したらたいへんなことになっていた。父は声色から相手の心理状態を見抜くのが誰よりうまいからだ。それでも今なら部屋を抜けだして、電話できるかもしれない。父の声を聞いておしゃべりしたら、心が落ち着く気がした。いや、だめだ。うまくいきっこない。彼氏に頰をたたかれたなんて言えるはずもない。大騒ぎするほどのことはないと伝えても、父はぜったいに納得しないだろう。そう、騒ぐほどのことではない。それにルーカスは家族ともめたせいで気が立っているかもしれない。

ユーリアはすべてうまく収まると確信していた。昨日だって何度も電話に邪魔されたことをのぞけば楽しい時間を過ごせたのだ。それにルーカスはいろいろあった埋め合わせとして〝超リッチなプレゼント〟をくれると言った。今週末は携帯の電源を切って、ふたりきりで過ごすと約束してくれた。きっとすてきな週末になる。そう、やっぱり今のままでいい。せっかくうまくいっているのに水を差すことはない。そのとき、ユーリアの肩に手が置かれた。目を覚ましたルーカスが、最高にすてきな笑顔でこちらを見つめている。どんな不安も吹き飛ばすような笑顔だった。

「おはよう」ルーカスが言った。

ユーリアはほほえみ、何事もなかったようにキスをしたほうがいいだろうかと考えた。結局、あいさつを返すだけにする。

「おれの美人さん」

そう呼ばれて、ユーリアは大きく息を吸った。

「今日は何をするの？」

「ふたりで楽しもう。ホテルに泊まるんだ。シャンパンは好きか？」

「ええ」そう答えたものの、まったく心が躍らなかった。シャンパンのカロリーが気になったのかもしれない。

「何本か電話をしたら、準備をして出発だ」

「その前にパパに会わないと」

「冗談だろう？　パパのことなんてたいして好きでもないくせに。親なんて忘れて、おれときみとで楽しもう」

「そうね、わかったわ」ユーリアはほほえんだ。「あなたと私で」

ユーリアはルーカスに抱きついた。そうするためには意外なほどの努力が必要だった。

30

サミュエル・リドマンは焼き増しした写真を携え、一張羅のスーツを着て、ビリエル・ヤール通りにある大衆向けのバーで早い時間からビールを飲んでいた。髭《ひげ》を剃《そ》り、髪もうしろになでつけてセットしてきた。

やっぱり無理だ、と心のなかでつぶやく。おれには無理だ。そう思いつつ、何が無理なのか自分でもよくわからない。アリシア・コヴァッチから真実をつきつけられるのが恐ろしいのかもしれないし、レベッカ・ヴァリーンから、写真の女性が持っていたチェスの本について教えてもらった衝撃をまだ受けとめきれずにいるのかもしれない。おそらくあのとき初めて、サミュエルは真の意味で事態を理解した。

レベッカと話したことで、あの写真に写っているのが本当にクレアなのだと実感したのだ。クレアは自分を捨てただけでなく、死んだと見せかけておいて、実際は高級な服を着て、小難しいチェスの本を抱え、まるで最初から夫などいなかったようにこの世のどこかを闊歩《かっぽ》している。その事実は耐えがたいものだった。サミュエルはビールのお代わりを頼んだ。だんだんむかついてきて、しまいにミカエラ・バルガスにも怒りの矛先が向く。レベッカの話ではチェスの本に最初に気づいたのはミカエラだという。それなのに調査を依頼した自分に知らせもしないとは。まるでおれには関係がないといわんばかりに。いったいどういう了見なんだ？　サミュエルは携帯電話をとりだしてミカエラの番号に発信した。

「ああ、サミュエル、ちょうど連絡しようと思っていたんです」

ミカエラの興奮した声に、サミュエルは調子が狂った。

「おれは――」

「新たな発見がありました」ミカエラがサミュエルの話を遮った。

「もう知ってる」サミュエルは言い、どうせクレアは夫よりもチェスのほうが好きなんだろうと怒りの言葉をぶちまけた。

ミカエラは、サミュエルが不満を爆発させるのを黙って聞いていた。

「あの……レフ・プルゲフスキーはクレアにとって重要な人物ですか？」

予想外の質問に、サミュエルは戸惑った。「え？　あ、ああ……もちろん。クレアはカスパロフよりもプルゲフスキー派だった」

「クレアがガボール・モロヴィアに会った夜のことで、ほかに覚えていることはありませんか？」

サミュエルはあの夜のことを思い出そうとした。よろめきながら帰ってきたクレア。顔色が悪く、げっそりして、トイレにこもってしまった。今日はなぜかクレアのことを思い出しても恋しさを感じなかった。むしろ夫のキスを避けたときのうしろめたそうな表情がクローズアップされる。

「あの嘘つき女め！」

「え？」

「あの女はおれの人生をめちゃくちゃにした」

「それはそうかもしれませんが……」ミカエラがショックのにじむ声で言う。

気づいたら電話は切れていた。おそらく自分が切ったのだろう。サミュエルは顔をしかめて立ちあがり、ふらつく足どりで通りへ出た。別の記憶があふれだす。過去がサミュエルをもてあそぼうとしているかのようだ。記憶のなかのクレアは一糸まとわぬ姿で、信じられないほど美しかった。そんな彼女を抱きしめたいと思うより、今は絶叫し、こぶしをふりまわしたかった。腹立ちまぎれに、店頭に飾られていたグレーのつば広帽子をはたきおとす。

「おい、どういうつもりだ！」誰かが叫ぶ。

「おれは帽子が嫌いなんだ！」サミュエルはそう言い返して王立劇場《ドラマーテン》のほうへ向かった。ストランド通りにあるアリシア・コヴァッチの事務所へ行くにはまだ早い。約束の時間まで、どうやって時間をつぶせばいいだろう？

ミカエラは携帯電話を手にしたまま、書斎から出てきたレッケを見て眉をあげた。レッケは昨日と同じ黒いシャツにグレーのパンツという服装で、シャツは昨日よりもさらにしわが寄っている。まぶしそうに目を細め、見るからに寝不足の様子だ。鎮静剤すらのんでいないのかもしれない。髪をなでつける手が震えている。

「サミュエル・リドマンと話したわ」

レッケがこちらを見た。「彼はなんと？」

「クレアのことを嘘つき女と言っていた」

「それはおだやかじゃないな」

「皮肉はやめてくれる？」レッケがまじめに聞いてくれないことに、ミカエラはむっとした。

「もちろんそうだ。それについてもっと話したいかい？」

ミカエラはレッケをにらんだ。

「今度は心療内科の先生みたいな口調になってる」

「まさにそれが僕の職業だから」

「それで、先生はどう思います？」ミカエラはわざと愛想よく言った。「強くて友好的な夫が態度を豹変させたことについて」

レッケがソファへ向かって右手を出す。それはつまり彼自身が座りたいということだ。紳士な彼は、女性が立っているのに自分だけ座ることができない。

「強くて友好的な夫が、クレアの写真をここへ持ってきたときに怒り狂っていないのがむしろ意外だった」

「というと？」

「まるでクレアさえ見つかればすべてがうまくと思っているかのような口ぶりだった。だが何も言わずに家を出た妻と、そう簡単によりを戻せるはずがない。一度壊れた絆は、簡単に修復できないものだ」

「それって悲観的すぎない？　サミュエルはいい人すぎるほどいい人に見えるけど？」

「危機に直面したとき、いい人でいることが常に最善とは限らない」

「どこかでたまっていた怒りが爆発するとでも？　それか……」ミカエラは考えた。「もう爆発したと？」

レッケは肩をすくめた。それについてこれ以上、考えたいと思っていないのは明らかだった。

ミカエラはふたたび写真のイメージを思い浮かべた。チェスの本を抱えて人混みを颯爽と歩く女性の姿を。

「あの写真のクレアは――サン・マルコ広場で、誰かと一緒にいたんでしょう？」

「あのときはそう考えた」

「つまりクレアに新しい男性がいても不思議じゃない。その場合は単純に見つかればいいともいえないわね」

「もちろん彼女に新たなパートナーがいる可能性はある。だが僕はむしろ……」

ミカエラはソファから身を乗りだした。「何？」

「パートナーに向けるにしては、やや過保護なまなざしだと思った」

「不鮮明な写真から、どうしてそんなことまでわかるの？」

「彼女の動作にどこか相反するものを感じたからだ」

「膝のけがのせいでは？」

「それもある。しかし自分を守ると同時に誰かを守ろうとしているような印象を受けた。覚えているかい？　鳩が飛び立ち、女性は思わず顔の前に手をあげた。それと同時に身体をねじり、後方に気遣うような視線を投げていた」

「つまり……どういうこと？」

「うしろにいるのは恋人というより、子ども、もしくは子どもと同様の守ってやらなければならない対象と考えるほうがしっくりくる」

ミカエラの脳裏に、失踪前のクレアが妊娠していたのではないかというレベッカの言葉がよみがえった。胸の奥でひとつの疑問が形を成したが、同時にその答えをはじきだすのが不可能だということもわかった。それでもミカエラは疑問を口に出した。

「いくつくらいの子どもだと思う？」

意外なことにレッケは真剣に考えはじめた。

「前提が心もとないことを踏まえて言うとすれば、十二歳から十三歳というところだろう」

ミカエラは驚きに目を見開いた。

「それ、本気で言ってるの？」

「それよりも幼い年齢なら手をつないで歩くだろう。観光客でごった返すサン・マルコ広場を通りぬけるとなればなおさらだ。もっと大きな子どもなら、あんな気遣うような視線は送らない」

「ということは……」

サミュエルの子どもだと言いたかったが、言えなかった。根拠がない。それにあまりにも都合のいい解釈に思えた。この事件をハッピーエンドで終わらせたいという思いが引き寄せた妄想だ。

「クレアと子どもが戻ってきたら、サミュエルはさぞ喜ぶでしょうね」

「まさにそれだ。僕には、他人に非現実的な希望を抱かせるという忌まわしい才能がある」

レッケはそれだけ言うと、ミカエラに向かってうなずき、書斎に戻った。

部屋に入ったところで足をとめ、背後の物音に耳を澄ます。

ミカエラが例の小気味よい八分音符の足音を響かせながら、キッチンを出ていくのがわかった。なんとも心地よい足音だ。イダ・アミノフの足音とはまるでちがう。ミカエラの足音が気分によって速さの変わる、誰にもとめられない行進曲を連想させるとしたら、イダの足音はうねりながらさまようジャズのソロ演奏だった。イダはいつなんどき予想外の方向へ消えるかわからない。だから彼女の事件の捜査は難航した。常に予測不能な要素があったから。イダなら、値のつけられないほど高価なネックレスをユールゴーズブルン湾に投げ捨てることだってないとはいえない。

昨日の夜中、レッケはイダに関する自分の調査メモを読み返した。古い日記を読むよりもきつい体験だった。おのれの欠点やふがいなさが針のように胸を刺し、どうして詳しく調べもせずにあきらめてしまったのかがますますわからなくなった。肝心な情報が抜けている。それが手に入ったからといって他殺だと証明できるわけではないが、イダの人生における最後の数時間に何が起きたのか、誰も知らないというのがどうにも腑《ふ》に落ちない。イダはベッドに仰向《あおむ》けに横たわった状態で、片足だけハイヒールをはいていた。呼吸が苦しかったことを証明するように右手は首にあてがわれていた。顔つきからもかなり苦しんだのはまちがいない。玄関のドアに鍵はかかっていなかった。
誰かが部屋に忍びこんで彼女を殺し、あるいは重篤な状態にあった彼女にとどめを刺し、ネックレスを奪おうと思えば簡単にできたはずだ。それはガボールだったかもしれないし、ガボールと共謀した誰かだったかもしれない。隣人は、遺体が発見された日のかなり早い時間にイダの部屋から足音、もしくは争うような音が聞こえたと証言している。
深夜にイダの家へ侵入した可能性のある愚か者ならいくらでも思いつく。そのうちもっとも疑わしいのがヴィリアム・フォシュであることが、レッケをひどく悩ませていた。イダの死から数日後に、ストックホルム中心部のバーでヴィリアム・フォシュに会ったからだ。フォシュは深く思い悩んでいる様子で、まともに会話もできないほどだった。フォシュは明らかに自分を恥じていた。そのとき自分が書いたメモは次のようなものだ。

口数が少なく、落ち着きがない。殺人犯ではなさそうだが、何かを隠している? くだんの夜は北方民族博物館の前でイダと別れた、とフォシュは言った。イダは千鳥足でユールゴーズ橋のほうへ向かい、トシュテンソン通りにある家へ向かった。〝ふらふらして見えた〟とフォシュは語った。それからネックレスを海に捨てると言ったときのイダの様子を大げさにまくしたてた。フォシュがまた僕に謝罪した。〝彼女に声をかけるべきじゃなかった。彼女がきみを愛しているのはわかっていたんだ〟

メモを読んだレッケは恥ずかしくなった。客観的な観察がなされていない。こんなメモにはなんの価値もないし、そもそも最後の一文を書き留める必要はなかったはずだ。フォシュのことを疑いつつ、あの男が何か隠していると思いつつも、それを追及することもせず、どうしてそんな疑念を抱いたのか考えることさえせずに、その場で得られた唯一の慰めに――イダの愛にすがったのだ。若くて未熟だったとはいえ、あのとき抱いた疑念はまちがっていなかったはずだ。フォシュは何かを隠していた。もう一度、話ができるだろうか？　相手が忘れたいと思っている過去について、どうすれば口を割らせることができるだろう？　もちろん、相応の見返りをやればいい。今度こそ納得がいくまで調べなければ。もう自分に言い訳はできない。

フォシュに会うと決めて、レッケは勢いよく立ちあがった。書斎を出ながら、昨晩のユーリアとの電話を思い出す。イダの死因と同じくらい、娘のことが気がかりだった。携帯をとりだして娘に電話をかける。ユーリアは電話に出なかった。不安にかられて何度も電話をかけたあと、直接、会いにいくことにする。ユーリアが自宅にいて、父親からの電話を無視しているだけだったとしたら、それはそれでいいではないか。

ユーリアは鏡の前に立っていた。ルーカスとはいろいろあったけれど、トローサですてきな週末を過ごそうと言われてわくわくしていた。ただし自分の見た目に納得がいかない。どうにも子どもっぽいのだ。顔はぱんぱんだし、目は人形みたいで、おまけにこのお腹ときたら！　今までにないほどぽっこりしている。頬の痛みも完全には引いていなかった。左頬骨のいちばん高いところにあざができて、ひどくみっともない。何かうまい言い訳を考えないと……。そんなことを考えながらバスルームを出たユーリアは、居間のまんなかでぴたりと足をとめた。トローサでまた、ルーカスにひっぱたかれるかもしれない。

いや、そんなことが起こるはずもない。あれは一度きりのことだ。それでもひどく恐ろしい思いをしたことをはっきりさせておかなければならない。ドメスティック・バイオレンス……決定的な言葉が脳裏をよぎる。いや、あれはドメスティック・バイオレンスなんかじゃない。とにかくルーカスときちんと話し合わなければならない。なぜ頰をたたかれたのかわからないと言えばいいのだろうか？

「ルーカス」ユーリアの呼びかけに返事はなかった。

ルーカスは寝室で電話をしていた。彼の身ぶりやたくましい腕のラインを見て、言おうと思っていた言葉が引っこんでしまった。まあ、これから遊びに行くというのに言い争うこともないだろう。ユーリアはルーカスに近づいて身体を押しつけ、なんの気なく彼の携帯画面に目をやった。他意はみじんもなかった。ところがルーカスはユーリアがスパイ行為を働いたかのように彼女をつきとばした。ユーリアは傷ついたけれど、笑顔を保った。

「そろそろ出発しない？　準備はできたし、おしゃれもしたし」ユーリアは、ルーカスにきれいだねと言ってほしかった。

ところがルーカスはこちらを見ようともしない。ユーリアがルーカスを褒めても無視された。ルーカスは階段室でもう一本電話をしてくるから、そのあと出発しよう、とだけ言い、さっさと部屋を出ていった。ひとつ下の階まで階段をおりるのが足音でわかった。盗み聞きなどしてはいけないと思いつつ、ユーリアは戸口で耳を澄ました。ルーカスは英語を話していた。意外なほど発音が悪く、正規の教育を受けていないことがわかる。自分とルーカスの育った環境がまったくちがうことを、ユーリアは改めて思い知った。そのあと聞こえたフレーズに息をのむ。

「彼女を傷つけないと約束しろ」

誰が誰を傷つけるって？　彼の家族の話だろうか？　それとも私のこと？　通路に足を踏みだ

して、さらに聞き耳を立てる。

ルーカスは咳払《せき》いをしたあと〝ああ、それなら問題ない〟と言った。緊張が解けたように声が大きくなり、〝いいね、最高だ〟と言って笑う。ルーカスの機嫌が直ったことにほっとすべきなのかもしれないが、媚びるような笑い方が、ユーリアはなんとなく気に入らなかった。電話の相手はちっともおもしろがっていないような、その代償をあとで支払うことになるような感じがした。もっと話を聞きたかったが、ルーカスが遠ざかったせいで声が聞こえなくなったのでバスルームに戻る。

ふたたび鏡の前に立つ。鏡は呪いのようなものだ。自分の容姿に自信がなくなればなくなるほど、鏡に引き寄せられる。鏡に顔を近づけながらさっき聞いた言葉を反芻《はんすう》する。〝彼女を傷つけないと約束しろ〟とルーカスは言った。今すぐ彼の元から逃げるべきだろうか？　そう思いながらもユーリアは鏡の前を動かず、頬のあざにコンシーラーを塗った。それから本格的なメイクを始め、終わってからウエストと太ももをチェックする。自分のスタイルに辟易《へきえき》して余った肉を指でつまんだ。私はいったい何をしているのだろう？　行動できない自分が情けない。さっさとここを出て父に電話をするべきなのに。

階段をあがってくる足音が聞こえてきたので、ユーリアはバスルームを出た。ルーカスの様子をうかがったが、表情からは何も読みとれない。ルーカスはユーリアの脇をすり抜けてキッチンに入り、付箋《ふせん》に何か書きつけて、それをパンツのポケットに入れた。

それからこちらをふり返って笑顔を見せる。ルーカスにキスされて、ユーリアは少しだけ気分がよくなった。最高とはいえないものの、さっきよりはおだやかな気持ちになって、〝逃げる〟という選択肢を頭の片隅に置きつつ荷造りを終える。それからルーカスと一緒に部屋を出て、エレベーターに乗った。一階へおりる途中、ルーカスが携帯電話をとりだし、神妙な顔つきで操作した。

「何をしているの?」

「電源を切るのさ。これで誰もおれときみの邪魔はできない」

ユーリアも自分の携帯電話の電源を切った。手を動かしながらも、本当にこれでいいのだろうかと一抹の不安を覚えた。

それが伝わったかのように、ルーカスが彼女の髪をなでる。「現地に到着するのが待ちきれないな」

「私も」ルーカスのアフターシェイヴの香りを吸いこみながら、ユーリアは言った。

ルーカスがユーリアの腰に腕をまわし、建物のすぐ前にとめてあるアウディカブリオレへ先導する。雨はやみ、空は雲ひとつなく晴れあがっている。ふたを開けてみればすばらしい週末になるのかもしれない。まだ午前中だと言うのに気温はぐんぐん上昇していて、今日も暑くなりそうだ。遠くからオーケストラの演奏が聞こえてきた。建国記念日にぴったりの陽気だ。

ユーリアはナルヴァ通りの方向に目をやり、出発前にストックホルムの街並みをざっと眺めた。そこでぎくりとする。通りの向こうから見まちがいようのない人影が近づいてくるのに気づいたからだ。ひょろりと背が高く、黒いシャツを着ている。父にちがいない。父に駆け寄って抱きつき、これまで起こったことを洗いざらい打ち明けたい気持ちと、父から逃げだしたい気持ちが同時に湧きあがった。

「急ぎましょう。あそこに見えるのはパパだと思う」

「どこに?」ルーカスがユーリアの予想以上に差し迫った声で尋ねる。

「あそこ」ユーリアが指さす。

ルーカスが焦りだした。助手席のドアを開けてユーリアを乗せると、自分も運転席に乗りこみ、エンジンをかけて力いっぱいアクセルを踏む。ユーリアの胃がもんどりを打った。

31

よぼよぼの年寄りが列を組んで歩いていく。ノルマンディー上陸作戦に参加した退役軍人のパレードだ。みな百歳はいっていそうな風貌《ふうぼう》で、車椅子の人もいた。自力で歩いている者も足元がおぼつかない。本当ならひざ掛けでもかけて、家で留守番をしているべき人たちなのだ。

大西洋《たいせいよう》沿岸には戦艦が列を成し、観覧席の前方にはお偉方が勢ぞろいしている。壮観な眺めにはちがいないが、マグヌスはこの手の式典が大の苦手だった。どうにも大げさで嘘くさい。卑猥《ひわい》な言葉でも叫んで厳粛な雰囲気をぶち壊したくなる。

じきに轟音《ごうおん》を響かせて戦闘機が飛来し、二日酔いの頭を痛めつけるだろう。昨日は酒をのみすぎた。もちろんすべてハンスのせいだ。いや、ガボール・モロヴィアにも責任がある。あのふたりのおかげで心が不安定になり、ビールを何杯もがぶ飲みしてしまった。腹に手をあてながら、次にそういうことがあったらワインにしようと考える。今回もなんとか乗り越えなくては。絶望している場合ではない。闘うしかない。

閲覧席の前列では、ひどくだるい芝居が進行していた。最前列にイギリス女王と並んで座っていたシラク大統領が立ちあがる。勲章を授与し、教会でアーメンを唱えるのと同じくらい意外性のないスピーチをする。式典を抜けだして酔い覚ましのスタウトビールでも飲みにいきたい。アルコールで血のめぐりをよくするのだ。このままでは退屈で死んでしまう。

胸がざわざわして落ち着かなかった。観覧席を見渡す。プーチンはどこへ行ったのだろう？　連合軍が打倒ヒットラーに一役買ったことを認めたくないのか？　いや待て……あそこにいた。ハーラル五世とバルコニーに立っている。あいさつに行こうか？　エリツィンが大統領だったとき、首相だったプーチンと言葉をかわす機会がたびたびあった。プーチンはモロヴィアのこともよく知っているはず。おそらくモロヴィアと結託して母なるロシアの資産を流用し、私腹を肥やしたのだろう。

そんなことを考えていると、クレーベリエルに肩をたたかれた。今度はなんの用だ？

「シラクの生え際はだいぶ後退したな」

クレーベリエルの求める返事は照りつける陽ざしと同じくらいわかりやすかった。自分より力のある者の欠点をあげつらうことで劣等感を払拭《ふっしょく》したいのだ。いつもならマグヌスは調子を合わせる。そして〝たしかにシュレーダーはへろへろのアル中患者みたいですね〟とか、〝ええ、ベルルスコーニはちょっと整形したんでしょう〟とか、〝タルヤ・ハロネンはなんというか、年老いた女教師みたいです〟などと返す。だが今日はそういう気分になれなかった。

「そうですか？」マグヌスは冷たく受け流した。ガボール・モロヴィアのことなど考えたくもない。だが油断するとすぐ、ガボールが女の上にかがみこみ、想像を絶する行為に及ぶ場面がよみがえるのだった。

娘の家に行こうと通りに出たレッケは、イーカ（訳注：スーパーマーケット）の買い物袋を両手にさげたハンソン夫人に遭遇した。レッケはハンソン夫人の買い物袋を持ってやり、痛風の具合はどうかと尋ねた。

ハンソン夫人は愚痴をこぼす代わりに、ミカエラが戻ってきてくれて本当にうれしいと言った。

「これで家のなかが少しはまともになりますね」

「そうかもしれない」レッケは言った。

「散歩ですか？」

「ユーリアの家に行くところなんだ」レッケは単に様子を見にいくだけだというように、笑顔で言った。ところがハンソン夫人と別れたとたん、先ほどと同じ胸騒ぎに襲われる。単なる思いこみだと自分に言い聞かせても、動悸《どうき》は収まらなかった。家を訪ねてきたとき、ややぎこちない動作でハグを拒否した娘の姿を思い出す。ユーリアは今、誰かの鋭い視線にさらされている。それがユーリア自身の目なのか、第三者の目なのかはわからない。

　通りの反対側を、格子柄のジャケットを着た年配の紳士が歩いていく。男性の歩みはゆっくりだった。いつものレッケなら男性の体形や服装を観察して暮らしぶりを分析するところだが、今日はちがった。レッケの脳は、細部にこだわる自分自身について分析を始めた。ある意味、気味の悪い性癖ではないか？

　ぼんやりと男性の足を見つめていると（靴のサイズはおそらく三十センチだ）、周囲の世界がかすみ、足だけが拡大されて見えてくる。その理由は明らかで、脳が靴を見失わないようにしているのだ。目も遠近法をゆがめて錯覚を起こす。おそらくユーリアが経験しているのも同じことにちがいない。身体の一部分に注目するとそこが拡大されて見えてくる。摂食障害によくある症状だった。昨夜、会ったときの娘の様子がよみがえる。何かがおかしい。そう感じるのだ。レッケは歩みを速めた。

　カーラプラン駅のほうからエンジンをふかす音が聞こえてきた。長三度で上昇するうなり、A

からCシャープのグリッサンド。レッケは顔をあげた。赤いスポーツカーがカーラ通りを遠ざかっていく。それ自体はとくにめずらしいことでもなかった。エステルマルムには男性ホルモンの分泌が過剰な男がいくらでもいて、そういう連中は派手な車を乗りまわすことで高ぶった気持ちを発散する。だがエンジン音と小さくなっていく車がレッケの胸騒ぎを悪化させた。ユーリアのアパートメントへ急ぐ。

エレベーターにはシェイビングクリームと香水のにおいが残っていた。カップル、それも若い男女が使ったばかりのようだ。ますます不安を募らせながら五階まであがり、娘の部屋の呼び鈴を鳴らした。しかし予想どおり、誰も出てこなかった。

アパートメント内のどこにもレッケの姿がないので、心配になったミカエラはハンソン夫人に電話をした。ハンソン夫人がすぐに心配ないと請け合う。レッケはユーリアのところへ行ったらしい。夏空に合う、明るい表情をしていたという。

「あなた、また家を出るつもりじゃないでしょう？」ハンソン夫人が言った。

「わかりません」

「ハンスにはあなたが必要なのよ」

そう言われたミカエラは、こちらの気持ちはまったくお構いなしかと不満に思った。

「わたしのほうは、それほど彼を必要としていないかもしれません」

「でもハンスといると、いい刺激を受けるでしょう？」

「彼の鼻がかろうじて水面に出ているときは。そうでないときは一緒にいてもいらいらするだけです」

「それは私たちだって同じですよ。でもハンスはときどき、みなが息をのむようなことをやってのける」

ミカエラは考えた。

「それは認めます」

「あなたはハンスのことが好きでしょう」

ミカエラは応えなかった。

「いちおうつけくわえておくけれど……ハンスはどうしようもないほど紳士なの。ひょっとして疑問に思う場面があるかもしれない」ハンソン夫人が謎めいた言い方をする。

くだらない、とミカエラは思った。

「そんな話は聞きたくありません」

「あら、ごめんなさい」

ミカエラが考えていたのはもっと別のことだった。

「ハンソンさんは、マグヌスとハンスが子どものころからこの家で働いていたんですよね？　ガボール・モロヴィアという少年を覚えていますか？」

ハンソン夫人はしばらく沈黙した。

「顔を合わせて話したほうがよさそうね」ハンソン夫人が言った。「今からそちらへ行きます」

32

アパートメントの合い鍵を持ってはいても、レッケは無断で娘の部屋に入ったことがなかった。

幼いころ、母親が勝手に部屋に出入りするのがいやだったからだ。レッケの母は子ども部屋にためらいもなく入り、当然のようにクローゼットや引き出しを開けてなかをさぐった。レッケが他人の気配に敏感になったのはそのせいだ。部屋に入った瞬間、具体的な証拠を見つけるよりも早く侵入者がいたことを察知できる。だからこそ、自分の子どものプライバシーを侵害するような真似はぜったいにしないと誓った。それでも……。

自分は親だ。そして親というのは都合に合わせて主義を曲げるものだ。それが親の務めでもある。部屋のドアを開けると同時に、アフターシェイヴローションと香水のにおいがした。やはりエレベーターを使ったのはユーリアと新しい恋人だ。ふたりがあのエンジン音とともに消えた車に乗っていた可能性も充分にある。その推測が正しいとすれば、男のにおいと車はわかった。そこがスタートだ。室内をさがせばさらなる手掛かりが得られるだろう。本気で娘の身辺をかぎまわるつもりなら。

ユーリアの部屋は几帳面に整えられていた。厳しい食事制限が生活そのものに影響を及ぼしているようだ。オルディネム・ドゥーキット・アド・オルディネム。秩序が秩序を生む。

ホテルのようにきちんとベッドメイクがしてあり、食器は食洗器に入っていて、シンクの水気もきれいに拭いてあった。キッチンのテーブルの上にはダーゲンス・ニーヘーテル紙（訳注：スウェーデンで発行されている日刊紙）が三日分、角をそろえて積みあげられ、その隣に付箋が置いてある。〝ここまでにしろ〞レッケは自分に言い聞かせた。引き出しやクローゼットを開けたりするな。そう思いながらふたたびテーブルに目をやったとき、付箋の表面に筆圧でできたへこみがうっすらと残っていることに気づいた。長めの単語がひとつと数字がふたつ。数字はおそらく52だ。住所かもしれない。単語の最初の文字は大文字のHで、それと同じくらい大きく書かれたbとgが続く。ほかの文字はわからないが、明らかにユーリアが書いたものではない。男性、それも癖のある、読みにくい字を書く男性が書いたものだと推測できる。なかなか興味深い。一九七五年の教育改革で筆記体が廃止され、読みやすいブロック体のみを使用するようになった。この改革以降、教育現場では、たとえばgなどを次の文字とつなげて書かないよう生徒に指導するようになったわけだが、付箋のgは明らかに次の文字とつながっていて、新しい書き方を習った様子がない。ということは、メモを書いた男はスウェーデンで教育を受けていないか、一九七五年よりも前に学校教育を修了したかのどちらかと推測できる。後者だとするとユーリアよりもかなり年上だ。それが悪いというわけではないが……。

いいわけでもない。レッケはかすかに筆跡の残った付箋をはがし、ふたたび娘に電話した。しかし応答はなかった。

ネイビーブルーのカシミアのカーディガンと、白いリネンのパンツ姿でやってきたハンソン夫人を見て、この陽気にしては着こみすぎだとミカエラは思った。ハンソン夫人は背中に手をまわし、深刻な表情でしばらく立ちつくしたあと、お茶の準備を始めた。

「ハンスがガボール・モロヴィアの話をしたの？」

「今、調べている過去の事件にモロヴィアの名前が出てきたんです」

ハンソン夫人が用心深い笑みを見せた。

「つまり、ふたりでまた捜査をしているのね？」

「ええ、そんなところです」

「よかったわ。ハンスにとっては非常にいいことですよ。子どものころからそうだった。謎解きを始めると、あの子はとたんに活き活きするから」

キッチンのテーブルについたところで、ハンソン夫人は先ほどまでと同じ深刻な表情に戻った。疲れているようだ。

「大丈夫ですか？」

「ええ。私も年をとったのね。これまで生きてきて何度かひどい経験もしたわ。でもモロヴィア絡みの事件はそのなかでも最悪の部類に入るかもしれない」

ミカエラもテーブルについた。

「つまり、モロヴィアと面識があるんですね？」

ハンソン夫人は額に手をあて、神経質に瞬きした。

「モロヴィアはこの家で飼われていた猫を生きたまま焼いたの。埋葬したのは私なんだけれど、それから何日かは、モロヴィアが戻ってきて今度は家に火をつけるんじゃないかと、不安で眠れなかったわ。最初にあの子が来たときは、ほかの子たちと同じように、単に才能のある少年だと思っていたのよ」

「でも、そうではなかった？」

「ぜんぜんちがった」ハンソン夫人は立ちあがって紅茶を入れ、スコーンを出した。「でも、それがわかるまでにしばらくかかった。事の発端は、ブラント博士がウィーンで開かれたチェスの大会であの子を見かけて、その才能に感銘を受けたことよ。ガボールの才能に惚《ほ》れこんだ博士は、ハンスとガボールが友人になって切磋《せっさ》琢磨《たくま》したらすばらしいと思ってこの家に連れてきた。ブラント博士は純粋に、よかれと思って連れてきたと私は今でも信じています」

「そうだったんですね」

「ただ、ブラント博士の善意は報われなかった。ガボールは幼少期からレッケ一族を恨んでいたから」

「その話は聞きました」

「ハラルド・レッケ、つまりハンスの父親がモロヴィアの素性に気づいたときには、すでに手遅れで、そのあとの混乱ぶりはすさまじかった。ハラルドは警察や役所に連絡し、ウィーンのハンガリー大使館にも乗りこんだ。ところがガボールはもはやウィーンにおらず、消息を知る者もいなかった。あとになって、よりによってブラント博士の力添えで、ガボールが奨学金を得てボンの学校へ入ったことがわかったわ。ハラルドはそのことをぜったいに許さず、ブラント博士と縁を切った」

「その後、ガボール・モロヴィアがどうなったかご存じですか?」

ハンソン夫人は母親のように自分とミカエラのカップに紅茶を注いだ。

「私は事件のあともブラント博士と連絡をとっていたので、ご一家よりもモロヴィアのその後に詳しいの」

「教えてもらえますか?」

「どうかしら……」

「なぜためらうのですか?」

ハンソン夫人はスコーンを食べた。

「できればハンスには知られたくないのよ」

「どうして?」

「モロヴィアがふたたびハンスを狙うのではないかと、ずっと不安だったから。ハンスにはモロヴィアに対してこれっぽっちの共感も抱いてほしくなかった。つけこまれるかもしれないから」

「モロヴィアのしたことを考えると、共感の余地はないと思いますけど」

ハンソン夫人があきらめたように笑った。

「ハンスの場合はわからないわ。あの子はすべての迷える魂に共感できてしまう。ホモー・スム、フーマーニー・ニヒル・アー・メー・アリエーヌム・プトーが口癖なの。〝私は人間である。人間にかかわることで、私に無縁なものはない〟という意味なんだけど。でもあなたが、私に聞いたことをそのままハンスに伝えることはしないと約束するなら、話してもいい」

「約束します」そう言いつつもミカエラは、そんな約束が守れるだろうかと思っていた。

「ボンの学校へ入ったあと、モロヴィアにとっては期待どおりに物事が運んだようだった」ハンソン夫人が続けた。「大学で輝かしい成績を収め、ビジネスでも成功した。ただモロヴィアには不審な点があった。身近な人が失踪したり、亡くなったりするという事件が続き、やがてブラント博士もモロヴィアを支援したことを後悔するようになった。そしてすべてを変える出来事が起きた」

「なんです？」

「モロヴィアは次々とつきあう女性を変えた。元恋人から何度も暴行で訴えられたそうよ。ただ、彼の隣には常にひとりの女性がいた。その人はモロヴィアと同じくハンガリー出身で、ロンドンでは彼の学生だった。アリシア・コヴァッチという女性よ。モロヴィアはアリシアとのあいだに息子をもうけた。これがとても美しい子で、学業もスポーツもずば抜けていた。ガボールは息子を溺愛《できあい》し、ロシアの組織犯罪グループと手を切ろうと考えるようになった」

「実際に手を切ったんですか？」

「詳しくは知らないけれど、その件でモロヴィアはさらに敵を増やしたと聞いているわ。一九九四年の春先、サンクトペテルブルクでモロヴィアのリムジンに爆発物が仕掛けられ、車の半分が吹き飛んだ。モロヴィアは胴と脚に火傷を負ったものの、助かった。ところが息子のヤンは助からなかった。父親の腕のなかで息を引きとった。以来、モロヴィアは以前にも増して非情になったといわれている」

「そんなことが……」ミカエラは事実をかみしめた。

「ヤンが生きていればユーリアと同じ年ごろになるはずで、私はそれが不安でならないの」

「でもヤンが亡くなったのはレッケのせいじゃありませんよね？」

「そうかもしれない。でもモロヴィアはハンスに執着していた。正直……」ハンソン夫人はふたたび腰に手をやった。

「なんですか？」

「いつまたモロヴィアがまたハンスを狙う理由をひねりだすのではないかと思うと恐ろしい。モロヴィアほど冷酷な人間は見たことがない。あの男はハンスの猫を虐待してから火をつけたのよ」

「ひどい」

「しかも当時はまだ十二歳だった。今は……聞いたことをすべて話す気にはなれない。でも彼にそむいた人間にとって最善の道は、頭を打ちぬかれて死ぬことだと言われているわ。さもなければ猫と同じ運命をたどる」

「犠牲者についても少しだけ聞きました」

「本当に恐ろしい男なの。しかも賢い。悪魔的な天才なのよ。だからハンスがガボール・モロヴィアと対立するような事態はなんとしても避けたい」

「やってみます」そう言うミカエラの耳に、階段をあがってくるレッケの足音が聞こえた。

玄関を入ったレッケは、ハンソン夫人とミカエラが自分のことを話していて、それも何やら深刻な内容らしいと気づいたが、放っておいた。まっすぐ書斎に入って黄色い付箋紙の筆跡を観察する。新しい発見はない。筆圧はそれほど強くなかったようだ。それでもHögという文字とgatan 52は読みとれた。さらに単語の頭のほうにäの文字が含まれている。Högbärsgatanか？ヘーグバール通り？

本当にそうだろうか？　ヘーグは〝高い〟の意味で、バールは〝果実〟だが、そんな名前は聞いたことがない。実際にある果物の一種だろうか？　それともスペルミス？　ヘーグベリ通りならセーデルマルム地区にあるが、五十二番地は……ネットで調べるとマリア小学校の住所と一致する。聖母の名を冠する学校で犯罪が起きるとも思えない。煙のないところに火を見つけようとしているだけなのだろうか？　レッケは胸騒ぎの原因について改めて考えてみた。ユーリアの腕に残ったあざ、どこか挑むようなまなざし。極めつけが移民もしくはかなり年上と思われる男が残したメモ。装飾の多い書体から誇張の傾向が読みとれる。だが筆跡学は科学的とはいえないし、年ごろの娘は恋人ができると親に嘘をつくものだ。すべて父親である自分の過剰な心配かもしれない。胸が痛むし動悸がするし、心配が集中力をむしばんで、うまく考えることができない。

レッケは禁断症状に苦しんでいて、薬をのんだほうがいいのはわかっていながら、それをせずにいた。親として恥ずかしくない人間になりたかったからだ。しかしまともに考えることもできない状態で、娘のために何ができるというのか。何もできはしない。今は薬を絶つよりも、思考力をとりもどすほうが優先だ。そう決意したレッケはバスルームへ向かいかけた。途中でミカエラが電話で話す声を聞く。

一時に誰かと会う約束をしている。ミカエラが電話を切ったので、レッケは彼女に近づいた。ミカエラが悪いことをしているところを見つかったような反応を示し、まごついたように視線を床に落とす。

「ユーリアに会えた?」

「いや。家にいなかった。きみもどこかへ出かけるんだね?」

「クレア・リドマンの姉のリンダに会う」

「どうして?」

ハンソン夫人はキッチンで忙しそうに動きまわっている。食器や調理器具がいつもよりも大きな音をたてているし、ときおり動作がとまる。食洗器にワイングラスを入れるとき、鋭いCシャープの音がする。

「クレアが生きていることを確かめたくて」

「生きていますかと尋ねるのか?」

「行間を読むから安心して。直接尋ねたりしないわ」

「何か新たな情報は?」

「リンドルース刑事が昨日の夜、リンダに電話してきたそうよ。酔っぱらっておかしなことを言っていたとか」

「例の写真を眺めすぎたんじゃないか?」

「そんなところでしょうね」

「僕も一緒に行こうか?」

ミカエラは迷っているようだった。何か共有したくない情報があるようだ。レッケは反射的にキッチンから聞こえてくる物音に注意を戻した。ハンソン夫人の動きから何かわかるかもしれない。

「たぶん、きみひとりでもうまくやれるな」

「そうかしら？」

「もちろんだとも」レッケは彼女の肩を軽くたたき、ミカエラがいないあいだ自分は何をしようか考えた。

ユーリアをさがしてやみくもに街をさまよっても意味がない。ほかにもやるべきことがある。ネックレスが戻ってきたことで、イダの死をめぐるヴィリアム・フォシュの証言に矛盾が生じた。ノルド銀行とアクセル・ラーションの交渉、そしてクレア・リドマンの失踪はどこかでつながっている気がする。娘の彼氏について妄想をふくらませるより、現実の事件について調べるほうが生産的だ。レッケは目をつぶり、腹を決めてバスルームに入った。そして洗面台のキャビネットを開け、少しばかり自分を立て直すことにした。

33

記念式典の会場のひとつである米軍英霊墓地に移動していたマグヌスは、中年男性を見かけた。カールした黒髪はこめかみのあたりが薄くなっている。男の風貌に見覚えがあったが、どこで見たのか思い出せない。

誰にせよ人気があるのはまちがいなく、大勢の人が男にあいさつしたがっている。めったに公の場に出てこない、どこぞのお偉方だろうか？　いや、それはない。情報通の自分が知らない権力者などこの世に存在するわけがない。次の瞬間、ひらめいた。あれはトム・ハンクスだ。マグヌスは鼻を鳴らした。俳優か。〝走って、フォレスト、走って〟という映画の台詞を頭にめぐらせつつ、人混みをかきわけて進む。ハリウッドスターに群がるのはマグヌスのプライドが許さなかった。人心を惑わすことにかけて、彼らは王族よりも質《たち》が悪い。誰もが一緒に写真を撮りたがる。しかしうんざりすることばかりでもなかった。背が低くて髪が薄く、頬がこけた男に目が留まる。男はハリウッドスターにまったく関心を示していない。少なくとも興味のないふりをしている。男の好みからしてトム・ハンクスは軟弱でリベラルすぎるだろうが、かといってセレブに興味がないわけでもないのだろう。プーチンの好みはたとえばスティーヴン・セガールのような、どちらかというとアクションと筋肉を売りにする俳優なのだ。

「ウラジーミル・ウラジーミロヴィチ」ともすれば大きすぎる声で、マグヌスは呼びかけた。取り巻きたちがざわつく。マグヌスが勢いよく近づいていったせいかもしれないし、大声で呼びかけたのが不敬な印象を与えたのかもしれない。そこでマグヌスはつけくわえた。

「大統領閣下《ヘル・プレジデント》」プーチンはドイツ語の知識をひけらかすのが好きなのだ。

「マグヌス」

世界屈指の権力者に名前で呼ばれて、マグヌスは得意になった。正直なところマグヌスにも虚栄心はある。権力者から親しみのこもった呼び方をされるのは気分がよかった。取り巻きたちが脇へよけ、プーチンが右手を差しだす。短い握手だったが、それでも周囲から注目されているのがわかった。フォレスト・ガンプその人だって見ていたかもしれない。

「最近はどうです？」マグヌスは言った。

プーチンが用心とユーモアの混ざった笑みを返す。

「忙しくしているよ」

「すばらしくお元気そうだ」

プーチンはその手の社交辞令は聞き飽きたという顔をした。

「選挙での勝利、おめでとうございます。そもそも競争相手がいなかったのでしょうが」

「過去のことだ」

「あなたは常に歴史を書きかえています。ひとつ質問がありまして、われわれの……」マグヌスはためらった。なんと言えばいいだろう？　共通の友か、それとも敵か？　ガボールの車が爆破されて以来、境界線を引くのが難しい。「共通の知り合いについて」

「誰のことかな？」

「ガボール・モロヴィアです」

プーチンの表情がいっきに冷たくなったので、友人と言わなくてよかったとマグヌスは胸をなでおろした。プーチンがガボールを嫌っているのは一目瞭然だ。ところが次の瞬間、プーチンは声をあげて笑い、取り巻き連中も笑顔を繕った。なんの話をしているかわかりもしないくせに。

「彼に何か問題でも？」

「今後、問題になりそうなことがひとつあります」マグヌスは素直に認めた。

プーチンはマグヌスのほうへ身体を寄せ、なんともいえない目つきをした。

「だったら撃ち殺せばいい」

もちろん冗談だ。だがマグヌスの全身に悪寒が走った。世界屈指の権力者の口から出た言葉だからということもあるが、それだけではない。プーチンの発言がマグヌスのひそかな夢をずばりと言い当てていたからだ。ガボールがあの秘密とともに墓に入ってくれたらどれほどいいだろう。マグヌスがスウェーデン内閣の官僚としては不適切な返答をしたのはそのせいかもしれない。

「やってもらえますか？」

「準備中だ」プーチンがふたたびにやりとする。

マグヌスもこれみよがしに声をあげて笑った。どこかで第三者が聞いているかもしれないし、会話を録音されているかもしれないので、冗談に聞こえないとまずい。

しかしプーチンと取り巻きはすでに歩きだしていて、弱気になったマグヌスはもう少しお世辞を言ったほうがいいだろうかと考えた。最近見たホッケーの試合とか、魚釣りへ出かけたことを話題にしたらいいのでは……いや、そこまで卑屈になることはない。自分はフォレスト・ガンプに群がるばかどもとはちがう。

歩みを遅くしてクレーベリエルと首相を待ちながら、気持ちが高ぶるのを感じた。プーチンがモロヴィアと同じサイドにいなくてラッキーだった。これであのふたりが手を組む心配はなくなった。似た者同士が必ずうまくいくわけではないし、すべてはガボールの息子が原因だろう。プーチンの息のかかった者でなければ、あんな大胆な計画は実行できない。マグヌスはクレーベリエルと話をしようとふり返った。しかし……そもそもクレーベリエルにはなんの関係もないような気がしてくる。

プーチンとの話は自分だけの胸にしまっておくことにして、マグヌスは考えごとをしながらブッシュ大統領の演説が始まろうとしている慰霊碑のほうへ向かった。

レッケがどこかへ出かけたあと、ミカエラは不安と好奇心のあいだで揺れ動いていた。リンダ・ウィルソンとの約束は一時なので、まだ少し時間がある。レッケが徹夜で何をしていたのかが知りたくて、ミカエラはこっそり彼の書斎へ入った。
レッケが何かに没頭していたのはまちがいない。机の上には古い捜査資料が散乱していて、余白に解読不能のメモがいくつもあった。いちばん上の書類をちらりと見る。イダが亡くなった当時のヴィリアム・フォシュに対する事情聴取を記録したものの一部だ。

フォシュは〝酔っぱらって正常な判断ができなくなっていた〟と述べた。遺産を相続して大金を引きだしたので、紙幣を丸めて煙草にしようと考えた。シャンパンをふって壁にぶちまけ、それがイダ・アミノフのドレスにかかった。彼女の靴にシャンパンを注いで飲みたいから、二千クローナで靴を貸してくれとしつこくせがんだ。それでイダが怒ったのは理解できるが〝だからといって財布を盗んでいいことにはならない〟とも述べた。刑事から何度も問われたフォシュは、イダが財布を盗んだという証拠はないと認めた。どこかに置き忘れた可能性もあると。その日はひどく酔っていて、彼女に対してややしつこくしてしまった。あのネックレスをつけたイダがシバの女王か何かのようにお高く留まっていたので、立場をわきまえさせたいと思った。彼女に危害は加えていない。ただあとをつけただけだ。〝それがそんなにおかしいか？〟とフォシュは言った。多かれ少なかれ、彼女はみんなをたらしこむ。〝あのままでいたら、彼女はいつかひどい目に遭うんじゃないかと思った〟とつけくわえた。

自分のことを棚にあげて、とミカエラは思った。最低野郎だ。壁にシャンパンをかけるだの、紙幣を煙草代わりにするだの、自分には関係ないことだとわかっていてもむかついた。母に渡した小遣いの額が思い出される。父のことも頭に浮かんだ。金額が少ないことを恥じるように、うしろめたそうに紙幣を差しだしていた父があまりにもみじめだ。ミカエラは書斎を出て、たたきつけるようにドアを閉めた。

上流階級のろくでなしどもはレッケに任せておけばいい。そんなことを思いながらデニムジャケットを着て、アパートメントを出る。この分では約束の時間よりも早くリンダ・ウィルソンの家に到着しそうだが、多少のずれは許されるだろう。

Ｅ４（訳注：ストックホルムを南北に貫くバイパス）は空《す》いていたので、ルーカスはアクセルを踏みこんだ。時速百四十キロで車を走らせながらユーリアに目をやる。ストロベリーブロンドの髪が風になびいている。ルーカスは彼女のほうへ手をのばした。ユーリアは現実の人とは思えないほど美しかった。ヒュスビー地区に連れていって見せびらかしたい。ガールフレンドのナタリーに不満があるわけではないが、ユーリアの美しさは次元がちがう。ユーリアを見たら地元の男どもはさぞかしうらやましがるだろう。ルーカスはとんでもない女を手に入れたと言うにちがいない。やはりルーカスはほしいものをすべて手に入れるのだと。

しかし気を緩めてはいけない。ユーリアのそばにいると、高価な壺《つぼ》を見たときと同じような衝動にかられる。所有したいと思うと同時に破壊したくなる。

あまりにも繊細な美しさを前に指がむずむずして、昨日も危うく一線を越えそうになった。夜、ユーリアが寝入ったあと、ブラインド越しに射しこむ明かりに照らされた彼女を見つめているうち、細い首を両手で絞めていた。その行為はひどくルーカスを高揚させた。腹の底からむらむらと欲望が込みあげてきた。ぎりぎりのところで思いとどまったからよかったものの、あのままではとりかえしのつかないことになっていた。あのときおれが絞め殺したかったのは、ユーリアだけではなかったかもしれない。

ユーリアにミカエラを重ねていたのかもしれない。そしてそれはルーカスの落ち度ではない。最初に攻撃してきたのはミカエラだからだ。

さんざん面倒をみてやったこのおれをはめるとは、許されない裏切り行為だ。母親とヴァネッサにとめられなければ、ルーカスはとっくにミカエラの首を絞めていた。警告しなかったとは言わせない。向こうが耳を貸さなかったのだ。あいつはすべてをぶち壊すつもりでいる。単に警官として任務を遂行しているだけではなく、私生活で見聞きしたことをすべて利用しているのだから、こちらも黙ってはいられない。

何か武器になるものが、ユーリアのような存在が必要だ。しかしルーカスにとってユーリアは地雷原だった。おまけに実際に危害を加えることは許されない。そんなことをしたら自殺行為も同然だからだ。全世界を敵にまわすことになる。だからルーカスはユーリアを自分に夢中にさせて、ミカエラに見せつける計画を立てた。さあ、この計画がどう転ぶか。自分の理性を保てるかどうかが問題だ。ユーリアは腹の底にうずまく闇を刺激する。

ほっそりした首筋にあの唇とあの表情。すべてを与えられてきたのに、いや、与えられてきたからこそ、わずかなことにも怯え、動揺する若い女。抗《あらが》いがたいほど魅力的だ。おまけに父親ときたら……とんでもない男だ。敵が多いのもうなずける。

そしてこの世界では、敵の敵は味方だった。そういうわけで前の晩、ルーカスは非常に魅力的な女弁護士と長電話をした。以前、協力してレッケに圧力をかけることを条件に金を、それも大金をくれた実業家の顧問弁護士を務める女だ。先方がほしがっているのは単なる写真。自分とユーリアが一緒に写った写真を使って、レッケに一泡ふかせるつもりらしい。そのためにトローサにある別荘を使っていいという。

トローサの別荘は贅沢なつくりで、シャンパンもあるし、冷蔵庫には食べものがぎっしり詰まっているらしい。うまい取り引きに思えた。うますぎるかもしれない。しかしアリシアという名の弁護士は万が一の事態が起きても法的にルーカスを守ると約束した。もちろん昨夜のように常軌を逸した行動に出たら、さすがの弁護士にも打つ手がないだろうが。気を引き締めて自分をコントロールしなければ。だが、そのくらいはできるはずだ。勝負に打って出るのは初めてではない。そうとも、他人より少し頭の回転がいいことを武器にあらゆる窮地を脱してきた。バックミラーに映る自分を見て自信をみなぎらせる。われながら顔立ちはよく、男としての魅力もある。その気になればどんな女も意のままだ。誰にも出し抜かれたりしない。そんなことはぜったいに許さない。ところがこれまで成し遂げたことを思い浮かべるうち、また一線を越えたくなってきた。自分への褒美として。きっかけとして。

車のアクセルを踏みこむ。速度計が百七十キロメートルを示したところでユーリアが身をこわばらせるのがわかった。アクセルペダルとユーリアの不安が連動しているかのようだ。

「もう少し速度を落としてくれる?」

「ごめん。ちょっとわくわくして」それは本心だった。頭のなかをさまざまなイメージがよぎる。ルーカスはユーリアの手首をぎゅっとつかんだ。そうするのが好きなのだ。

甘ったれのガキめ、自分にどれほど価値があるかまったくわかっていない。そんなユーリアを心底震えあがらせたいという欲求が、腹の底からむらむらとつきあげてくるのだった。

34

リンダ・ウィルソンは膝をついて両手を組んだ。〝親愛なる主よ、聖なる母よ〟そこで祈りを中断し、背中の痛みをやわらげようと両腕をのばす。まるで祈りに対する返事のように、肩甲骨がぱきりと音をたてた。ここ数カ月というもの、限界まで引いた弓のように全身が張りつめている。その理由はわかっていた。

誰もはっきりとは言葉にしないし、確かなことは何もわからないが、妹の身に何か恐ろしいことが起きたという予感がする。クレアが身を隠して以降、長期間にわたって連絡がないことは何度かあったし、今回もそのひとつにすぎないと楽観的に考えられる日もある。しかし今日、不安が今までにない強さで戻ってきた。かつてクレアの事件を担当していた刑事が訪ねてきたと思いきや、またしても別の刑事から電話があったのだ。

リンダは立ちあがった。少なくとも祈りを中断した自分を誇らしく思った。この複雑化した世界で、小さな願いをかなえるために神が介入しなければならない運命の数を考えれば、祈ってどうにかなると考えるのは論理的でない。かつてクレアがそんなことを言い、姉妹で笑いあった。そして金輪際、神にすがるのはやめようと約束した。リンダはずっとその約束を守ってきた。崇拝する神がいるとすればディオニューソスだ。これまでの人生、明日がないように酒ばかり飲んできたのだから。

ところがいざ妹の安否がわからなくなったとたん、宗教はリンダの心に爪を立て、妹との約束を破らせようと働きかけてくる。カトリックの信仰からなんの恩恵も受けていないというのに、罪悪感、羞恥心《しゅうち》、地獄堕ちの恐怖といった負の部分は体のなかにしっかりと根をはっていた。今日は本当に最悪の一日だった。一杯飲まなければやっていられない。いや一杯では足りないかもしれない。リンダがなにより必要としているのは、妹が生きている証しだ。

「お願い、クレア、連絡をちょうだい」そうつぶやいてジントニックをつくりにキッチンへ向かう。十年前にリフォームしたキッチンはモダンだが、家のほかの部分は古風な雰囲気で、家具も十九世紀のアンティークでそろえている。リンダの仕事はヴィクトリア様式のアンティークの売買だが、それで大儲けはしていない。実際、稼ぎはほとんどなかった。それでも金に不自由していないのはありがたいと思っている。それもこれもクレアが充分な額を残してくれたからだ。妹は本当に死んだわけではないが、万が一のために遺言書が作成されており、遺産を相続したリンダはエステルマルム広場駅からほど近い、ストックホルムの中心部に家を持つことができた。

パブやバーを転々として働き、四十歳で腰を痛めて障碍者《しょうがいしゃ》認定を受けた自分に、こんな生活が待っているとは予想もしていなかった。文句など言える立場ではない。今の自分があるのは単にクレアの姉だったからにすぎない。しかしこの生活にはおまけもあった。暗号化されたメッセージが飛び交い、不安が生む妄想に悩まされる世界だ。ようやくそういう生活にも慣れたころに何かが起きる。ちょうど今のように。このままでは頭がおかしくなってしまいそうだ。よく眠れないし、まともに考えられない。そのことでリンダは妹を憎んでいた。憎むと同時に愛していた。

玄関の呼び鈴が鳴り、リンダは悪態をついた。もう約束の時間？　ラーシュ・ヘルネルが帰ってからテーブルの上を片づける暇もなかった。廊下の姿見をのぞいてため息をつく。落ちくぼんだ目に不安そうな表情。少なくとも自分にはそう見えた。アルコール依存症のようでもある。

「今、行きます」ドアに向かって叫ぶ。まともな格好をしているのがせめてもの救いだ。黒いブラウスもコットンのパンツもきちんとアイロンがかかっている。これなら今日も、まことしやかに嘘がつけるかもしれない。少なくともその点に関しては、誰にも文句を言わせない。

「お待たせしてごめんなさい！」

リンダ・ウィルソンを前にしたミカエラは、身体が縮んだような錯覚を覚えた。リンダは長身で肉づきがよく、きつい印象はあるものの端整な顔立ちをしていて、目は大きく活き活きしていた。全体的にクレアを大きくして、少し老けさせた感じだ。存在感があり、神経質そうではあるものの魅力的な笑顔の持ち主だと思った。そして彼女の部屋は、さながら別時代に迷いこんだような雰囲気だった。壁には、十字架から降ろされたばかりのキリストをモチーフにした暗い色遣いの油絵がかかっている。アンティークのドレッサーや椅子があちこちに配されている。

姉妹の母親は若いころ、ずいぶん無茶をしたらしい。父親はイギリス人エンジニアで、姉妹がまだ幼いころに家を出た。ヘロイン依存症になった母親はとある宗教団体が運営する回復施設に入り、カトリックに改宗して、非常に厳格でかなり突飛な信仰を持つようになったようだ。レベッカ・ヴァリーンをはじめ複数の関係者が、姉妹の母親はいろいろな意味で子どもたちに破壊的な影響を及ぼしたと語っている。

「すてきなお宅ですね」ミカエラは言った。

「そうかしら」リンダは心から疑問に思っているように言い、暖炉の前に置かれた黒っぽい木製の椅子にミカエラを座らせた。緑色のクッションはあまりにも薄い。

「お電話をいただいてからずっと落ち着かない気分だったの。ずばりご用件をうかがってもいいかしら」

リンダの言い方は攻撃的ではなかったが、ミカエラは気おくれしてしまった。しどろもどろに説得力のない説明を続け、最後はリンドルースと会った話で締めくくる。

「あの人に妙なアイデアを吹きこんだのはあなただったのね」リンダが言った。

「すみません」

「あなたのせいであの刑事はクレア生存説を信じはじめたようだった。あまりにも非常識な話よ。自分が何をしたかわかってる？　あの人だってスペインまで行って、クレアの遺体を確認したのに」

ミカエラはうなずき、反省しているふうを装った。

「リンドルース刑事は酔っていたとおっしゃいましたか？」

「しらふではなかったわね。私を飲みに誘おうとしたもの」

ミカエラはベリィ通り署でリンドルース刑事と会ったときのことを思い出した。

「あの人はいつもそういうことをするんでしょうか？」

意外にもリンダが笑顔を見せた。

「あなたも誘われたの？」

ミカエラは肩をすくめた。

「わたしの場合は光栄に思うべきかもしれない。近ごろ、その手のお誘いはとんとご無沙汰《ぶさた》だったから。でも率直に言って、かなり不愉快な思いをしたわ」

「わたしのせいでつらい思いをされたなら申し訳ありません」

リンダがさぐるようにミカエラを見る。

「これまで妹さんが生きているという噂を聞いたことはありませんか？」

「十四年間もサミュエルの御託を聞かされてきたのだから、もちろんイエスよ」

「サミュエル以外からは？」

「いえ、ないわ」

リンダの口調にかすかなひっかかりを感じて、ミカエラはなるべく中立的に言った。「妹さんが失踪する前に何があったのかが知りたいんです」

「みんなそうよ」

「実際、何があったんですか？」

リンダが心外だという表情を浮かべた。

「それはあなた方のほうが詳しいでしょう。妹は脅迫され、身の危険を感じていた」

「誰から？」

「もちろんアクセル・ラーションよ。それとハンガリーのカルタフィルスという会社」

「妹さんから、カルタフィルスの代表であるガボール・モロヴィアの話を聞いたことがありませんか？」

ミカエラの問いかけに、リンダの表情が曇った。一瞬ではあったが、見逃しようがなかった。

「よくわからない」

「思い出してみてください」

「話題に出たことはある」

「どんなふうにおっしゃっていました？」

「最初は力になってくれて、やさしい人だったと。ふたりは大学時代からの知り合いだった。スウェーデン経済が破綻すると気づかせてくれたのはモロヴィアだったと妹が言っていたわ。クレアは……破綻の兆候に早く気づいたおかげで、かなり資産を増やすことができた。モロヴィアという人は未来を見通す力を持っていた」

たしかにそうなのだろう。

「でも……」

「あとから状況が変わった。クレアはモロヴィアを恐れるようになった」

「モロヴィアに何かされたんでしょうか？」

「何かあったのはまちがいないと思う。腹痛を訴えたり、悪夢にうなされたり、通りを歩いているときにびくびくと周囲を見まわすようになった」

「クレアはモロヴィアの悪事を暴露しようとしていましたか？」

「そうだったとしても、私たちにはわからなかった。これからもわからないでしょうね」

「でもクレアはモロヴィアのせいで姿を消したのでしょう？」

「理由はいろいろあったと思う」

「サミュエルにも原因があったと？」

リンダはためらったあと、腕時計に目をやった。会話の行き着く先を危ぶんでいるにちがいない。

「少しはそういうこともあるかもしれない」

「どうしてそう思うのですか？」

「愛されるのはいいものだけれど、限度があるでしょう」

「だとしても……」ミカエラはつぶやいた。

「だとしても何？」

「なんの説明もなく姿を消すのはあんまりだと思います」

「ほかに方法がなかったのかもしれない」

そう言うリンダの声には説得力があった。まるでふいに、意図せずして、真実にとても近いところにふれてしまったかのように。おかげでこれまでの会話すべてが嘘くさいものに感じられた。

ミカエラはここから先、どう話を進めればいいか迷った。

「クレアはサミュエルに、たった一枚の葉書を残して……亡くなってしまった」ミカエラはわざと最後の部分を強調した。「でもおそらくあなたに宛てた手紙には……詳しい事情を綴っていたのではありませんか？」

「メモすら受けとってないわ」

「失踪する前に、あなた宛てに長い手紙を書いていたと聞きましたが」

「サミュエルはそう言っていた。でもご存じのとおり、その手紙は届かなかった。警察が手を尽くしてさがしたし、郵便局も独自に調査してくれた。私はずっと妹の手紙を待ちつづけているの」

「クレアは長い手紙を書くほうでしたか？」

リンダはあいまいな笑みを浮かべた。

「あの子は私の母親になろうとするところがあった」

「母親？」

「そう、妹のくせにね。でもそういう子だったの。本当の母親はあまり母性の強いタイプじゃなかったから」

「どんな方でしたか？」

「母性の対極にあるような人だった。娘である私たちに一生分の罪の意識を負わせたんだもの。

クレアは幼いころから母親の代わりに自分がしっかりしなければと思っているふしがあった。一方の私は……」

「あなたは、なんですか？」

「道を踏み外すタイプとでも言っておきましょうか」

「それも生きのびる方法にはちがいありません」

「そうね。私が悪いほうへ行けば行くほど、クレアはいい子になった。私の弱さがあの子を強くしたようだった」

ミカエラは自分の母ともうひとりの兄、シモンのことを考えた。ふたりは困難にぶつかるたびに白旗をあげる。一方の自分は歯を食いしばり、いっそう努力して困難を跳ね返してきた。

「よくわかります」

リンダはミカエラをじっと観察した。

「私と逆の立場からでしょう？」

「そうかもしれません。でも、私もけっこう暗い子ども時代を送りましたから」

リンダがためらいがちにほほえんだ。

「それなら今からでも埋め合わせをしないと」

「やろうとしているところです」ミカエラは背筋をのばした。「話を戻しますが、あなたの知る限りで、クレアがモロヴィアの弱みを握っているようなことはなかったんですね？　モロヴィアがクレアを恐れる理由に心当たりは？」

「わからないけど、何か知っていたとは思う」

「クレアがそれをにおわせるようなことを言っていましたか？」

「はっきりとではないけれど……」

リンダ・ウィルソンは警戒しているようだった。恐れているといってもいいかもしれない。警戒と恐れのどちらなのかは判断がつかなかった。

「クレアのために教えてもらえませんか？」

「クレアが失踪する少し前、クレアの友達がマドリードの自宅で、焼死体で発見された」

「ひょっとしてソフィア……？」

「そう、ソフィア・ロドリゲス。彼女の話は聞いてる？　クレアと同級生で、どちらもモロヴィアと親しかった。ふたりともモロヴィアを崇拝していたのだと思う。でもソフィアはモロヴィアから離れ、スペインの警察にモロヴィアに関するちょっとした情報を流した。あなたにこんな話をするべきじゃないのかもしれないけれど」

「どうしてですか？」

リンダはためらった。「私もちゃんと知っているわけじゃないからよ。まちがいないのは、ソフィア・ロドリゲスは全焼した家の寝室で発見されたこと。炎は足元から燃え広がっていき、警察の捜査では、遺体の両手の位置からして、ソフィアはベッドに縛られていたんじゃないかと推測された」

「拷問されたかのように？」

「ええ」

「クレアはそれがモロヴィアの仕業だと？」

「口に出しては言わなかったけれど、そう思っていたみたいだった」

ミカエラはリンダのほうへ身体を寄せた。

「リンドルースたちはもちろん、その件についてちゃんと調べたんですよね？」

リンダは何か言いたげな目でミカエラを見返した。

「正確にはリンドルースじゃないわ」

「だとしても、ほかの刑事が調べたんでしょう？」

リンダはキッチンに目をやった。何かを真剣に考えているようだ。

「あなたが組んでいる大学教授は、小さな痕跡や目に見えない兆候から真実を導くことができるそうね？」

ミカエラは身構えた。

「話題を変えないでください」

「むしろクレアに深くかかわることよ。ちょっと考えてみたの。あなたに連絡するよう、ある人に話してみる。あの人たちもあなたたちの力を借りようとしているかもしれないけれど」

「あの人たち？」

リンダは太ももに手を移動した。

「私からはこれ以上、言えない」

「クレアのことで何か気にかかっているんですね？」

「そうかもしれない」

「今、話してもらえませんか？」

「もう帰ってくれない？」

「え？」

急につきはなされて、ミカエラは戸惑った。

「どうしてです？」

「どうしてもよ。あなたとはまた話をすることになるかもしれない。でも今はひとりになりたいの」

ミカエラはどうにかリンダを説得できないものかと思案した。

「問題の女性が写った写真なんですが――」

リンダが立ちあがった。

「聞きたくないわ」

「レッケが、わたしと組んでいる教授が、写真の女性は背後にいる誰かを心配そうに見ていると言ったんです。それが誰か見当がつきませんか？」

「わざわざ訪ねてきてくれてありがとう」リンダがそう言って出口を示した。

ミカエラは立ちあがった。ここは退散したほうがよさそうだ。リンダはすでになんらかの決断をくだしたようだった。


自分のアパートメントを出たレッケは、ふたたび娘に電話した。電源が入っていないというメッセージが流れて悪態をつく。しかたなく元妻のロヴィーサにメールを送った。ユーリアは父親と話したくないだけで、母親とは連絡をとっているかもしれない。精神的に不安定な父親よりも、冷たい母親のほうが話しやすいのかもしれない。過剰に心配されて息苦しい思いをするくらいなら無関心でいてくれたほうが楽だと思ったかもしれない。

メールを打ったあと、ユールゴーデンを落ち着きなく歩きまわる。どこを見ても子連れで散歩をする人の姿が目についた。悩み事などひとつもなさそうだ。ユールゴーデンは観光客に人気のエリアで、スカンセン（訳注：古きよき暮らしを伝える世界最古の屋外博物館）のすぐ隣にハッセルバッケン（訳注：一七四八年創業の老舗レストラン&ホテル）とグローナルンド遊園地がある。陽ざしが強く、とめどなく汗が流れて、だんだん気分が悪くなってきた。ヘーグバール通り五十二番地……ひょっとするとストックホルムの住所ではないのかもしれない。家に戻ったら調べてみよう。その前に、本気でヴィリアム・フォシュに電話するつもりなら、戦略を練らなければ。

　大げさで不快で筋の通らないフォシュの証言に、語られなかった真実が隠れているのはまちがいない。あれほどプライドの高い男が、結婚パーティーの夜のふるまいを愚かだったとすぐに認めたことからして怪しかった。フォシュは都合の悪いことや過ちを認めたがらない。当時もそうだったし、今も同じだ。

　実際、フォシュは警察に対して謙虚に反省している印象を与えたいがためにあんな証言をしたのではないだろうか。しかも内容に矛盾がある。歳月を経たことで、つじつまの合わない点がより鮮明になった。若くて未熟だった当時とはちがって、今のレッケは目をふさがれていない。おそらくガボールがフォシュになんらかの圧力をかけたのだろう。アクセル・ラーションの資産をめぐるノルド銀行の姿勢からも、フォシュがガボールに首根っこを押さえられていたことがわかる。ここは賢く言葉を選び、尋問テクニックの専門家たる真価を発揮しなければ。そうは思うものの具体的な策が浮かばない。禁断症状のせいで気分は最悪だ。

　一方のフォシュも順風満帆ではなさそうだった。近ごろは仕事の依頼もほとんどないようだ。ただしあの男には三千万クローナの落下防止ネットと、車の販売員のような社交性がある。

　なるようにしかならないのだから考えていてもしかたない。レッケは携帯電話を出してフォシュの番号に発信した。

「もしもし？」フォシュが電話に出る。

「久しぶりだね、ハンス・レッケだ」

「ハンス」

フォシュはあまり熱のこもらない声で言った。適当な褒め言葉を並べて機嫌をとるべきかもしれない。銀行家は景気のいいときほどよくしゃべるものだ。だが、今のレッケにはそうするだけの気力がなかった。

「忙しいところを邪魔してすまない。クレア・リドマンとイダ・アミノフについて、きみと話すべきだと思ったので電話をした」

フォシュにとってはどちらも気の滅入《めい》る話題にちがいない。

「そのふたりに何か関係があるとでも？」

「予想外だったが、あるんだ。二十年以上の歳月を経て、ふたりの女性のそばにある人物が浮上した」

「ある人物とは？」

「きみと、ガボール・モロヴィアだよ。ガボールとは友人だろう？」

「友人なものか」

心外だというようにフォシュが言った。

「たしかに友人にするには難しい相手だ。しかしあの男ならきみの耳元で指示をささやくのは得意なんじゃないだろうか？」

「私を侮辱するつもりか？」

「多少は我慢してくれ」

「当時、きみと警察に話したこと以外は何も知らない。今さらどうして電話してきたのか理解に苦しむ」

「イダのネックレスを覚えているか？」

「それは……もちろん」フォシュの声が揺れた。

「彼女があのネックレスをしているのを最後に見たのはきみだな」

「そんなことはないだろう」そう言った直後、鈍い音が響いた。フォシュが動揺して間接照明か何かにぶつかったようだ。

「ノストリ・ネルヴィ・ロクウントゥル」

「なんだって？」

「神経は真実を語る。だが、僕が言いたいのはもっと別のことだ。今になって、あのネックレスがイダの首から無理やり外されたことが、暴力的な力でもぎとられたことがわかった」

「どうして今なんだ？」フォシュの声がかすかに震える。

「首のうしろのあざだよ。当時もそのあざには気づいていた。あのあざこそ失われた環《ミッシング・リンク》だった。しかし警察は重視しなかった。傷というには浅すぎたからだ。皮膚が数ミリ削れているだけで、ネックレスのボリュームとつりあわないとされた。しかし警察はふたつの点を見落としていた。ネックレスはイダが死んだあとに奪われた可能性があるということ。さらに圧を分散させるために、両手で素早く引っぱられたのではないかということを」

「いったい何が言いたい？」

「新しい筋書きが見えてきたということさ。きみの目撃証言がヒントをくれたんだ。きみは最初から、イダが自分でネックレスを外したという印象を警察に与えようとした。それがきみの役割だった」

「なんのことかわからない」

「そんなはずはない。きみが嘘をついたのはわかっている。僕としては、きみが手をくだしたのでないかぎり、これ以上の追及はしないつもりだ。だが僕に協力しないなら、今後、全力できみを追いこむ」

「脅迫しているのか？」

「そう思ってもらって構わない。こんなことをするなんて自分でも驚いているよ。僕はふだん、とても礼儀正しいのでね。今すぐどこかで会って話すべきだと思うが」

「いや、無理だ」

「無理なはずがない。ロイヤルモーターボートクラブでエスプレッソでも飲んでいるから、できるだけ早く来てくれ」電話を切りながら、レッケはこの手の仕事なら、自分もまだまだ捨てたものではないと思った。

　サミュエルはクレアのことを考えながらストランド通りを歩いていた。先ほどまで感じていた怒りや憎しみは失せ、妻に関する新しい情報を理解しようという気持ちになっていた。クレアと初めて会ったのはブロンマで開かれたパーティーだ。もう十五年ほど前のことになる。サミュエルはパーティーの直前になって、どちらかというと義務的に招かれた客だった。パーティーを主催者したアルフレッド・ベリィ社（訳注：オスロとストックホルムに事務所を構える資産運用会社）の重役から注文を受けてコーヒーテーブルを何点か制作したのだ。横柄な重役とは話が合うわけもなく、ほかに知り合いもいないので、パーティー会場でサミュエルは所在ない思いをしていた。参加者は著名人か経済関係者ばかり。サミュエルはひとりで庭の隅に立っていた。するとクレアが控えめな笑みを浮かべながら近づいてきて〝私もこういう雰囲気が苦手で〟というようなことを言った。

明るく、警戒心を抱かせない言い方だったが、サミュエルの緊張は解けなかった。クレアの美しさは息をするのも忘れるほどで、彼女に変なやつだと思われないようにするのが精いっぱいだった。ところがそんなサミュエルにチャンスが訪れた。神が、サミュエルを助けるために愚かな男を遣わしてくださったのかもしれない。近くにいたピンストライプのスーツを着て髪をうしろになでつけた男が、グラスを手にしたまま両手を大きく動かした。はずみで赤ワインがこぼれ、それがクレアの白いドレスにかかったのだ。サミュエルはここぞとばかりに進みでた。そして男の胸倉をつかみ、人形のように軽々と持ちあげて芝生の上で揺さぶった。

「今すぐ彼女に謝ってクリーニング代を払え」さっきまでとは打って変わった、自信に満ちた声で言う。

男はぼそぼそと謝罪して一目散に逃げていった。あのときのクレアの視線は忘れようがない。明らかにうっとりした表情でサミュエルを見ていた。ほどなくしてサミュエルは、クレアに手を引かれてパーティー会場を抜けだした。足早に歩くクレアに遅れまいとしながら、サミュエルはいろいろなことを考えた。なにより覚えているのは、もう自分を場ちがいだと感じなかったことだ。むしろ舞台の中央でスポットライトを浴びている気分だった。これまでになく気の利いたおもしろい話ができた。自分が恋をしたことに、そしてまた彼女も自分を好ましく思っていることに浮かれて、夢見心地だった。クレアは直感的にサミュエルの考えていることを理解してくれた。何を話すか考えなくても、伝えたいことが自然に湧いてくる。その夜、サミュエルの人生に入ってきたのはクレアだけではなかった。サミュエル自身、新しい角度から自分を見つめ直し、それまで知らなかった一面を知った。

その後の展開は異常に早かった。出会ったその夜に、クレアはサミュエルの身体に腕をまわしてベッドに横たわっていた。ふいに思いつめたような声でクレアが尋ねる。「これからも私にやさしくしてくれる？」

「もちろんだ」サミュエルは応えた。「いつだってきみにやさしくする」

サミュエルは厳粛な気持ちで誓った。彼にとってそれはふたりの最初の協定であり、秘密の合意だった。しかし今、ストランド通りをせかせかと歩きながら、実はあの日、ベッドのなかにもうひとり、目に見えない存在がいたことに気づいた。別の男の影がもぐりこんでいたのだ。その男はクレアにやさしくなかった。見方によっては、クレアと会って以降、サミュエルが歩んだ人生の背景となった人物だ。

サミュエルは足をとめた。クレアにとって、おれはその程度のものだったのか？　誰かとの比較対象にすぎなかったのだろうか？　嵐の合間の休息？　最初の男がいなければ、お人よしの退屈な男にすぎない。当時のクレアが求めるものに、たまたまぴったり当てはまっただけ。サミュエルは視線をあげ、海のほうへ目をやった。周囲は人でにぎわっていて、バスや路面電車にスウエーデン国旗が翻っていた。今日は建国記念日か？　そうだとしてもどうでもいい。そのまま歩いていくと、前方の人混みにレッケ教授の姿を見つけた。

走っていって、新たにわかったことについて尋ねてみるべきだろうか？　いや、レッケ教授は急いでいるようだ。サミュエルはポケットから写真をとりだした。自分はクレアにとって単なる通過点だったのだろうか？　旅の途中の寄り道？　そんなことは信じたくない。サミュエルは自分が今、ストランド通りの何番地にいるのか確認しようと顔をあげた。このあたりのはずだが看板が見あたらない。しばらくさがしてから、建物のファサードに小さく〝アドラー法律事務所〟と書いてあるのを見つけてインターホンを押した。玄関先に備えつけられたカメラがサミュエルの動きを追う。こもった電子音とともにドアの施錠が解除された。カーブした階段をあがってきょろきょろと周囲を見渡す。

立派な事務所で、気を張っていないと萎縮《いしゅく》してしまいそうだった。猫背になるなと自分に言い聞かせ、何か支えになってくれるものがないかと部屋を見渡したが、そう簡単にはいかなかった。高級そうな家具や壁に飾られた絵画に、自分がいかにつまらない存在であるかを思い知らされる。受付に座っていた若い女性も助けにならなかった。非常に洗練されていて、おそらくまだ三十歳にもなっていないだろうが、長身で、容姿が整っていて、グレーグリーンのスーツを見事に着こなしている。受付の女性が親しみのこもった目をこちらに向けた。

「ようこそ、ミスター・リドマンですね？」女性が英語で言った。

「そうです。アリシア・コヴァッチと約束があります」サミュエルは胸をつきだすようにして言った。

「あなたにあいさつしたがる人はほかにもいると思いますが、残念ながら予定が押していまして。お飲み物はいかがです？」

「ワインをください」ずうずうしいと思われるかもしれないし、アルコール依存症だと誤解されるかもしれない。

まだ十三時になったばかりだし、今どき、こういう上品な場所では昼間からアルコールを飲まないような気がした。それでなくてもすでにビールをひっかけてきたのは顔を見ればわかるはずだ。しかし受付の女性は気づいていたとしても表情には出さなかった。

「ボルドー、バーガンディー、シャブリ・プルミエ・クリュのどれにいたしましょう？」女性があたたかな笑みを絶やさずに言う。

サミュエルは詳しくないので率直に言った。

「いちばん度数の高いものを」

女性はしばらく沈黙したあと、くすくすと笑った。サミュエルもできるだけ明るい笑い声をあげ、いくらか自尊心をとりもどす。

「お酒に詳しいわけではないのですが、確認してみますね」

「お願いします」サミュエルはほほえんだ。

女性が軽やかな足どりで遠ざかっていったあと、サミュエルは改めて室内を見まわした。頭上にはクリスタルのシャンデリアがさがっている。それもひとつではない。壁際にはクルミ材の本棚が並び、革装丁の本が収められていた。ブコウスキー（訳注：ストックホルムのオークションハウス）で高値がつきそうな絵が何枚か飾ってある。右側に黒い大理石のテーブルがあって、チェス盤と精巧に彫刻された駒が置かれていた。アリシア・コヴァッチはクレアについて何か知っているだろうか。ストックホルムの街角にクレアの消息を知っている人がいたのかもしれない。

先ほどの女性がきびきびとした足どりで戻ってきた。

「いちばん強いのはアマローネで十四パーセントでした」

「ありがとう。それをいただきます」そういうサミュエルの声は先ほどまでの明るさを失っていた。

実際、あんなことを言った自分が恥ずかしくなって、本当に強い酒が好きなのだと証明するようにワインをがぶ飲みした。少しして女性が戻ってきて、上へどうぞと言った。

「モロヴィア教授が待っておられます」
モ、ロ、ヴィ、ア、教授？　サミュエルは硬直した。クレアのささやきがよみがえる。
〝これからも私にやさしくしてくれる？〟

35

マグヌスはそれ以上、演説を聞く気になれなかった。だいぶ後方の席に座っていたのをいいことにするりと式典を抜ける。少し先の海は、かつて大規模な戦いがあったとは思えないほどおだやかだった。どちらを向いても兵士やボディーガードの姿が目に入る。ときどき、ブッシュの鼻にかかった声が思考に割りこんでくる。

ブッシュ大統領の演説はDデイから始まってお得意の話題――祈りに移った。六十年前、祖国の人々の想いを背負ってこの地に上陸したアメリカ兵を、神がどのように守ったかについてとうとうと語っている。くだらん、とマグヌスはつぶやいた。共和党お得意の戯言《ざれごと》だ。とはいえ――足元の石ころを蹴る――ブッシュの論法は今も有効かもしれない。銃規制法やイラク戦争でもめたときは祈ればいいのだ。陳腐な言い逃れだが、アメリカで演説する機会があれば使ってみてもいい。

青空に弧を描いたヘリコプターが海岸線に沿って遠ざかっていく。通りのずっと先で白い帽子に白いパンツ姿の若い男たちが煙草を吸っていた。背筋をぴんとのばしてブリキの兵隊のように整列した兵士たちと比べると、反抗的に見えなくもない。校長の話がいやで逃げてきたいたずら坊主のような、かすかな罪の意識を覚えながら、マグヌスは彼らのほうへ近づいた。二日酔いはますますひどくなっていく。

さっきプーチンと話したことを思い出して、不思議な気分になった。プーチンは蛇であり、マフィアだ。彼の人となりを見定めるのには少々時間がかかったが、それはマグヌスに限ったことではないだろう。いつだったかブッシュ大統領が〝その目を見て話したとき、彼の本質が伝わってきた〟と語っていた。まるでプーチンが善良で信頼できる男だとでもいいたげな口ぶりだった。しかし昨年の出来事を考えればプーチンが善良だとは思えない。ロシアメディアを徹底的にたたいてプロパガンダの放送局につくりかえた。さらに新興財閥《オリガルヒ》を脅迫し、恐怖によって忠誠を誓わせた。なかでもいちばん財力のあるミハイル・ホドルコフスキーを逮捕して、例外はないことを知らしめたのだ。何十億という金があっても制裁を免れることはできないと。その過程でプーチンとガボールがいがみあうようになったのではなかったか？　いや、ふたりはもっと早い段階から敵対していた。ガボールのリムジンに爆弾が仕掛けられ、ひとり息子が死亡した事件を思い出す。ガボールのように執念深く、手段を選ばない相手に対して、あれはまずいやり方だった。

何もかもが不穏だ。ハンスは何を知っているのだろう？　あいつのことだから知りすぎるほど知っているのだろうが、かつてさぐりを入れたときはまったくちがう感触を受けた。イダの死後、ハンスはガボールの追及をあきらめて、前に進むことに決めたようだった。だがあのハンスに無知と無邪気を期待しつづけるのは不可能だ。面倒なやつめ。だいたいあの大統領はいつまでしゃべるつもりだ？　耳障りな声がマグヌスの思考を妨げる。べらべらべら……結束してともに戦うだと？　どういう結果になるか見てみようじゃないか。それにしてもブッシュのテキサス訛《なま》りは以前よりひどくなったのではないか？　故意にやっているのだろうか？　そうだ、おそらくあれも策略のひとつなのだ。タフな男を演じて大衆の支持を得るため、わざとカウボーイのようなしゃべり方をしているにちがいない。まあ、ブッシュが何をしようと知ったこっちゃない。問題はガボールをどうするかだ。砂に頭を埋めて現実逃避するか、逃げるか？　もちろんそれはない。敵は近くに置いたほうが、脅威の度合いを判定しやすい。

マグヌスは携帯電話をとりだし、恐怖と興奮に身震いしながら、大胆にもガボールの番号に発信した。


サミュエルは遠くで着信音を聞いた。階段をあがると大きな部屋があり、テラスの向こうにストランド通りとニーブロー湾が見えた。立派なオーク材の机のそばに、中年男性がこちらに背を向けて立っている。豊かな髪は黒に近い色で、引き締まった肉体をグレーのスーツがぴたりと包んでいた。男は携帯電話を見おろしていた。

携帯画面に映しだされた内容をおもしろがっているような横顔が、いかにも自分に満足している人物という印象だ。男がふり返ったとき、サミュエルは息をのんだ。

悪魔と対面するものと思っていた。クレアをひどく傷つけた悪の象徴のような男を想像していた。ところがモロヴィアは整った顔に親しみやすい笑みを浮かべていて、サミュエルは拍子抜けした。ただモロヴィアを見た瞬間、こういう男に歯向かうのは容易ではないとも感じた。

「サミュエル・リドマン氏ですね？」モロヴィアが英語で言う。深く、共鳴するような声だった。

「お噂はうかがっています」

「そうなんですか？」サミュエルはモロヴィアの視線を受けとめようとしたが、それすら難しかった。モロヴィアの目は光の加減によって色が変わる。こちらの考えていることなどすべて見透かされている気がした。

「もちろんです。ベンチプレスやデッドリフトの記録だけではありません。大工としての腕前も知っていますよ。細かいところまで繊細に仕上げますね。情熱的で、結婚相手にも最高の女性を選んだ」

「ありがとうございます。今はさびしい独り身ですが」

「みな、いずれはそうなります」モロヴィアがさっきよりもじっくりとサミュエルを観察した。

「ところで私とあなたは……」言いかけてやめる。

「なんですか？」サミュエルは緊張して尋ねた。

「少し似ていますね。身体を鍛えているというだけではなく、顔立ちや肌の色、それからなにより唇の形が似ている」

「そうでしょうか」意外な指摘にサミュエルは驚いた。「でもあなたに似ているのなら光栄です」

サミュエルは本気でそう思った。優美で威厳ある立ち姿、知性を感じさせるまなざし。モロヴィアはそこにいるだけで強烈なオーラを放っている。そんな相手に似ていると言われてうれしくないはずがない。

「いや、むしろ私のほうが光栄ですよ。お会いできて本当にうれしい」

モロヴィアに言われて、サミュエルはどうにか落ち着きを保とうとした。何が起きているのかきっちり見極めなくてはならない。この男に丸めこまれてはいけない。

「どうして私に会ってくれたんですか？　妻について何か知っているんですか？」

モロヴィアが窓の外に目をやった。

「あなたのことはクレアからよく聞いています」

サミュエルの頭に血がのぼる。

「いつのことですか、それは？」

モロヴィアが先ほどまでと同じ表情で近づいてくる。ただし顔は笑っていても、全身から発せられる雰囲気がさっきとまるでちがう。威圧的な気配に、サミュエルは一歩あとずさった。

「座ってください」モロヴィアが机の前にある茶色い肘掛け椅子を指した。

サミュエルが座ると、モロヴィアも隣に腰をおろす。こちらに向けられた鋭い目は、黒に近い色に見えた。

「私は常に情報収集をしています」モロヴィアはそう言ってふたたびほほえんだが、その笑みはどこか不快だった。

「クレアは生きているんですか？」

「そのようですね。彼女の写真をお持ちとか？」

サミュエルはますます不安になった。

「まだ写真も見ていないのに、どうして生きていると思うのですか？」

「私なりの理由があります。しかしとにかくまず、問題の写真を拝見しようじゃありませんか。お力になれるかもしれませんよ」

「どうして私の力になってくれるのです？」

「同じ経験をしたからです」

「同じ経験？」

「クレアは私たちを裏切った。それも手ひどく」

「彼女は……」言いかけたサミュエルは、モロヴィアの言うとおりかもしれないと思った。

クレアがひと言もなく自分の元を去ったのは事実だ。クレアがモロヴィアをどのように裏切ったかについては尋ねるつもりがないし、知りたいとも思わなかった。とにかくクレアの写真を見せることにして、ポケットに手を入れた。何か動かしがたい、致命的な感情が湧くのを感じながら、写真を差しだす。

モロヴィアは写真を受けとり、全身を緊張させた。そして目を細め、かなり長いこと写真を見つめていた。サミュエルにとっては耐えがたい時間だった。

「なるほど」ついにモロヴィアが言った。「だが、やや残念だ」

サミュエルは何が残念なのか尋ねなかった。

「クレアだと思いますか？」そう問いかけるのが精いっぱいだった。

モロヴィアは何も言わなかった。呼吸音にかすかな喘鳴が混じる。モロヴィアは写真をひっくり返したり、斜めにしたりして、いろいろな角度から眺めまわした。

「不思議なことだ」写真から目をあげて言う。

「クレアだと思うんですね」

「思います。この人が撮った写真がほかにもあるのでは？」

「え？　いえ……どうしてそんなことを？」

「もうひとりの人物が写っていないからです」

「それは誰です？」

モロヴィアが冷たい目でサミュエルを見た。

「あなたが知る必要のない人物です。今のところはね。しかしこの写真を見せてくれたことには感謝します。前よりも状況がはっきりした」

「どういう意味ですか？」

「いろいろな意味で。時系列も、因果関係もわかりました。それから彼女が手にしている本についても」

サミュエルはひるんだ。「本？」

「私も持っているので」

「プ、プルゲフスキーの『シシリアン・ラブ』を？」

「そのとおりです。シシリアン・ディフェンスは私とクレアにとって重要な戦法なのです。思い出がありましてね。ところでこの本に気づいたのはレッケですか？」

「そうだと思います。どうして本を――」

「レッケはほかにどんなことに気づいたのでしょう？」モロヴィアはサミュエルの問いかけにも、緊迫した空気にもまったく気づいていないように言った。先ほどまでとちがって、クレアの写真を見ておもしろがっているようなふしまであった。

「クレアに会ったんですか？」

「レッケはほかにどんなことに気づいたのですか？」モロヴィアが繰り返す。

サミュエルは答えたくなかった。先に答えてほしい問いが山ほどあった。しかし今、彼は恐ろしい男の手のひらの上で転がされている。サミュエルは思案した。少なくとも最初のうちはこの男の要求に応えておいたほうがいいのかもしれない。

「写真の女性がクレアと同様に半月板を損傷したことがあること。彼女は何か特別なオーラを放っているということ。レッケ教授の言葉では……たしか〝自分が行くところに世界もついてくる〟というような雰囲気があると言っていました」

「それはマリリン・モンローの言葉では？」

「さあ」

「まあ、今はどうでもいいことですね。ああいう人物にはなかなか出会いがたいものです」

「どういう人物です？」

「レッケのような人物です。この世のほとんどの人は目が見えていないが、なかには恐ろしく見える人がいる。まるで住んでいる世界がちがうかのように。こちらの世界では声を発しないディテールが、彼らの世界では雄弁になる」

「クレアについて何か知っているなら――」言いかけたサミュエルは、モロヴィアの表情に気圧《けお》されて口をつぐんだ。

「レッケの連れについてどう思いますか？　バルガスといったかな？」

サミュエルには質問の意味が理解できなかった。

「ミカエラ・バルガスです。彼女をどう思います？」

サミュエルはかっとなった。「そんなことは関係ないでしょう！　今はクレアが生きているかどうかについて話しているんですよ」

「あなたの質問にはおいおい答えますよ、ミスター・リドマン。その前に、バルガスのことを教えてもらいたい」

「私からはとりたてて言うこともないです。だって彼女とは――」

「私はむかしから、レッケの女性の趣味が気になっていた」モロヴィアがサミュエルの発言を無視して言った。「レッケが選ぶ女性にはたいてい、彼に欠けた本質的な何かがある。私もこれまでは彼の選んだ女性に魅力を感じてきたが、バルガスに関しては、今のところどこがいいのかまったく理解できない。どんな相手でも選べるというのに、どうしてあんな女と一緒にいるのか、それがわからない」

サミュエルはわれを忘れて立ちあがった。

「やめろ！　バルガスなんてどうでもいい。レッケがどうして彼女と組んでいるか？　そんなことはどうだっていいんだ。おまえはクレアについて何を知っている？」

モロヴィアが写真に視線を落とし、おだやかに言った。

「あなたと同様、クレアが死んだという話は最初から信じられなかった。あまりにもお粗末だと思わないか？　彼女が私から逃れるために警察の保護を求めたことは、かなり早い段階からわかっていた。つまり私のせいで、スペインで死んだなどという茶番が展開されたわけだ。しかし私には私のやり方がある。数年かけて彼女を見つけだした。当初、私が彼女をさがす理由はよいものではなかった。そういう意味では、彼女が死を偽装した理由もまた、よくなかった。それでも私たちはそこそこの関係を――緊張感はありつつも一種の協力関係を築いた。しかしある事実が発覚して、それは実際、あなたにも関係することなんだが、私たちの関係は崩れた」

サミュエルはぽかんと口を開けたまま、椅子に腰をおろした。

「なんてことだ。クレアはどこにいるんです？」

モロヴィアはあいまいな笑みを見せた。「会いたいかね？」

「会いたいに決まっているだろう！」サミュエルは激怒して、吐きだすように言った。

「だったら彼女にそう伝えよう。サミュエル・アンデシュ・ヤーコブ・リドマン。クレアは一度も私を愛したことがない。若いころ、私が彼女に世界を差しだしたときでさえ、彼女は愛を返さなかった。彼女の生涯の恋人は、あなたひとりだった」

モロヴィアの言葉が大波となってサミュエルの全身を打った。サミュエルはその場を動くこともできなかった。

「い、意味がわからない」

「彼女がずっと愛していたのはあなたなのだ」

サミュエルの頬が真っ赤になった。心臓が早鐘を打つ。

「だったらどうして連絡してこない？」

モロヴィアがサミュエルを見た。同情しているとはいえないまでも強い興味を持っているようだった。

「連絡できなかったからだ。私が、あなたに連絡してほしくないと思っていた。非常に繊細な状況だったものでね」

「つまり、すべておまえのせいだというのか？」

サミュエルは自分でも何を言っているのかわからなかった。

「そうは言ってない」モロヴィアが冷静に返す。「単純に私だけの責任なら、クレアのことはもはや問題にならない。だが、彼女は見事と言っていいほど巧みに二役を演じ、お恥ずかしながら私も騙された。しかしすべては終わったことだ。そして彼女も、ようやくあなたに会う準備が整った。あなたが私に従うのなら、だが」

「従う」

すがるような言い方が自分でもいやだったが、どうしようもなかった。「何をすればいい？」

「私の味方でいることだ。警察にも、レッケにも、情報を漏らすな」

「わかった」サミュエルは迷いつつも返事をした。

「よろしい。アリシア・コヴァッチから電話があるだろう。今のところは帰ってくれ。これから重要な電話をかけなければならないのでね」

「いやだ。クレアのことをもっと教えてくれ」

そう言ったものの、結局、サミュエルは引きさがった。新たな事実を咀嚼《そしゃく》する時間が必要だ。よろめきながら太陽の下に出る。ふいに幸福感がつきあげてきた。幸福感がオーバーだとしたら、希望が湧いたといってもいい。サミュエルの頭にひとつのフレーズがうずまいた。〝クレアは僕を愛している。愛しているんだ〟


マグヌスは煙草を吸っている兵士から一本分けてもらい、世間話の仲間入りをしようとした。そこで携帯電話が振動する。ガボールが折り返し電話してきたことに気づいたときは心臓がとまりそうになった。最初は無視しようと思った。そもそもあんな男に電話をしたのがまちがいだった。あんなやつのことなど思い出すべきではなかった。しかしいつまでも携帯が鳴りつづけるので、結局、出ることにした。ガボールは久しぶりに声が聞けてうれしいと言った。しばらく前から連絡しようと思っていたのだと。

「うしろがやけに騒がしいじゃないか」

マグヌスは音を拾いやすいように携帯電話を高く掲げた。

「これは……ブッシュ大統領の声か？」

Dデイ六十周年の式典でアロマンシュ＝レ＝バンにいるとマグヌスが説明すると、ガボールは声をあげて笑った。まるでマグヌスがサーカスを見ているとでも言ったかのように。

「それで、ブッシュが演説している最中に電話してきたのか？」

「失礼だとでも言うつもりか？」

「いや、まったく。笑ったのはきみのことだ。自分をモデルに風刺画を描いているようだと思ってね」

「どういう意味だ？」

「きみは権力が大好きだが、その象徴ともいえる虚栄や厳粛さをコケにするのはもっと好きなんだ」

マグヌスはやや硬い笑い声をあげた。「さっきウラジーミル・ウラジーミロヴィチに会った」

「プーチンに？」

「そのとおりだ」

「それで舞いあがったのか？」

「なんのことだ？」

「きみの弟は薬物中毒だが、きみは権力中毒だ。プーチンのおかげで敵に電話する勇気が湧いたんだろう？」

「くだらない」マグヌスはそう言ったが、心のなかではガボールの言うとおりだとわかっていた。プーチンに名前で呼ばれ、軽口をたたき、対等な相手として扱われたことで、一瞬、無敵になった気がしたのだ。それで愚かな行動に出た。ガボールに図星をつかれて恥ずかしかった。

「プーチンには用心したほうがいい。きみが撃たれるところを見たがっている」

「それで電話してきたと？」

「いや、その……」マグヌスは唾《つば》をのんだ。「電話をしたのは、その……ハンスがイダ・アミノフの死についてまた調べはじめたからだ」

ガボールが押し黙った。ひょっとして自分と同じように真実が明るみに出ることを恐れているのかもしれない。だが次の瞬間、ガボールはふたたび声をあげて笑った。

「もっと新鮮な情報をくれるものだと期待していたんだがな」

「ハンスの動向を知っていたのか？」

「むしろ私が仕向けたことだと言ってもいい」

マグヌスは考えこんだ。

「どうやって？」

「ハンスにちょっとしたものを返したんだ。そもそもの発端は、ハンスがクレア・リドマンの件に興味を持ったことなんだが」

マグヌスは咳をした。クレア・リドマンの件ではガボールに優位になるよう立ちまわったのだから、焦ることはないはずだ。

「彼女からきみを守ったのは私だ」

「自分の身は自分で守ったつもりだが、きみの貢献には感謝している」

マグヌスは話題を変えようとした。「ハンスをとめることはお互いの利益につながると思う」

「そうだろうか？」

ガボールがあざけるように言う。マグヌスは唇をかんだ。

「実際、私はまったく別の問題に関心を寄せているんだ。少し前から調べていたんだが、確信が得られない。しかし証拠もないのに判断をくだすのはよくない」

マグヌスは大きく息を吸った。

「詳しく聞かせてくれ」

「ハンスの古い友人、ヘルマン・カンパオズンのことだ。覚えているかね？」

もちろんよく覚えている。臆病《おくびょう》な本の虫が成長してタフガイに変身し、ベルリンにあるドイツ連邦情報局の幹部になった。組織犯罪撲滅のためなら手段を選ばず行動する男だ。

「ヘルマンがどうかしたのか？」

「彼はいつもハンスを尊敬していた」

「たしかにそうだった」

「私が知りたいのは、一九九四年にヘルマンがハンスに助言を求めたかどうかだ」

「どうして一九九四年なんだ？」

「どうしてだろうな？」ガボールがもったいぶって言う。「おそらく西側の諜報機関に所属するばかどもがロシアを新たなすばらしき友人と信じ、ＫＧＢに対して――当時の組織名はちがったが、極秘情報を与えた年だからだ」

マグヌスは皮膚の下を何かがはうような不快感を覚えた。

「そして私は――」ガボールが続けた。「ベルリンで起きたハバロフ殺人事件の捜査において、ヘルマンがハンスの協力を求めたかどうかが知りたい」

マグヌスは本気で怖くなった。

「どうして私にそんなことがわかると？」

「単純な理由だよ。きみは常々、ハンスに関することはすべて掌握するからだ」

マグヌスは身をこわばらせた。

「そんなことはない」

「残念だな」

ガボールの声が氷のように冷たくなった。

「仮に……」マグヌスが口を開いた。「そういう事実を確認できたとして、どうしてきみに教えなければならない？」

「もちろん自己保身のためだ。情報をくれるなら、私は今後もきみの友人でいよう」

「さもなければ？」

「しかるべき人の耳に、あることをささやくだけさ」

マグヌスは演説を終えようとしているブッシュ大統領をちらりと見た。

「電話をしたのがまちがいだった」

「そんなことはない。きみは私の思考を先取りしたんだ」

マグヌスは電話を切り、世界政治のことはきれいさっぱり忘れて、今すぐ家に帰ろうと思った。

36

リンダ・ウィルソンの家を出たミカエラは、ニーブロー通りをエステルマルム広場駅のほうへ歩いた。ルーカスのガールフレンドのナタリーからメールを受信する。中身は読まなくても予想がついた。ナタリーは情に訴える作戦をとる。〝家族みんなのためにもルーカスをそっとしておいてあげて。争うのはやめて、お互いを思いやりましょう〟なんてことが書いてあるにちがいない。

以前にも似たようなことを言われたし、ナタリーのアプローチはまちがってはいなかった。脅迫や暴力よりもよほど胸に響く。実際、最初に言われたときも心が揺れたのだ。

しかしメールを開いてみると、そこにはまったくちがうことが書かれていた。ナタリーはルーカスの居場所がわからなくて心配だと書いていた。心配だし、嫉妬していると。ミカエラは驚いた。ナタリーはこれまで弱音を吐いたことがなく、ルーカスに対して揺るぎない信頼を寄せていた。あのナタリーがほかの女にやきもちを焼くとは。それでも……わたしには関係のないことだ。

ミカエラはメールを閉じて、モロヴィアの名前が出たときにクレアの姉が見せた反応について考えた。彼女の顔に浮かんでいたのは恐怖だろうか？　誰かが連絡してくるとはどういう意味だろう？

ミカエラは通りを見渡し、少し休もうかと考えた。せめてどこかに座って、これまでわかったことを整理したほうがいいかもしれない。ヴァネッサに連絡してもいいし、ヨーナス・ベイエルに電話して、レッケの件で取り乱したことを謝ってもいい。

エレオノラ教会の前を通ってリッダル通りへ出る。改めて、自分はこの界隈《かいわい》に属していないと感じた。だからといってヒュスビーも、もはやホームとは呼べない。携帯電話が鳴った。きっとナタリーだ。

発信通知に見覚えのない番号が表示されていた。ためらいつつも電話に出る。かけてきたのは重大犯罪対策部の経済犯罪課に所属するラーシュ・ヘルネル警視だった。ヘルネル警視の緊迫した口調からしてよくない知らせではないかと、ミカエラは身構えた。

「今、どこにいるのかね？」

「リッダル通りですけど、どうしてです？」

「それはよかった」ヘルネル警視の声が明るくなった。「グレーヴ通りまで出て、六十代の、どちらかというと背の低い、やせ型の男をさがしてもらいたい。陽ざしがきついので、ガソリンスタンドで買った安物のサングラスをかけている。ちなみにあなたは最近、彼に会ったことがある。

あなたは気づかなかっただろうが、相手はあなたに注目していた」

「おっしゃることの意味がわかりません」

「あなたをさがしていたんだ。レッケ教授の家に行ったんだが、あなたも彼も外出中だった。しかし……ああ、よかった。電話しているあなたを見つけた」

ミカエラは電話を切り、通りの先を見た。明るいグレーのシャツを着た男が、大きなブリーフケースをさげている。面長で、頬にしみがあるが、足運びはきびきびとして若そうに見えた。とりわけ背が低いわけでも、やせているわけでもないが、ラウンド型のサングラスはたしかに男の雰囲気とぜんぜん合っていない。

男がサングラスをとって、おもしろがっているような表情で手をふった。最近会ったばかりという情報のとおり、右手を差しだしながら近づいてきた男は、昨日の午後、リンドルースの事務所に入ってきた男だった。

「昨日の！」

「そのとおり。疲弊していたリンドルース刑事は、あなたに会ってすっかり心のバランスを崩したようだ。あなたがもたらした情報のせいではないかね？」

「そうだと思います」ミカエラはためらいながらうなずいた。

「ところでリンダとはうまく話せただろうか？　あなたと会うことをずいぶん不安がっていたが」

ミカエラは驚いて動きをとめた。

「どうしてそれを知っているんですか？」

「彼女と連絡をとったからだ」

ミカエラはヘルネルの発言について考えながら、並んで歩きだした。

「どうしてですか？」

「昨日、リンドルースがリンダに電話をして、最近、ヴェネツィアで撮影された写真にクレアが写っていたと騒ぎたてたそうだ」

「それはリンダから聞きました」

「私もいろいろな意味で興味を引かれた。ひょっとしてくだんの写真をお持ちでないかな？」

ミカエラは緊張した。

「いえ、残念ながら」

ヘルネルは落胆の表情を浮かべた。

「本当に残念だ。私も一部しか見ていないのでね。破られた写真を復元しようと試みたが、欠損した部分があって」

「破られた？」ミカエラは目を丸くした。

「あなたに会う前にリンドルースのところへ行ったのだよ。私とて怠けていたわけではないのでね。ところがあの大ばか者ときたら、不安にかられて写真をびりびりに破ってしまった」

「賢明な行動とはいえませんね」

「まったくだ。それで余計に興味を引かれた。リンドルースも写真になんらかの真実を見いだしたからそんなことをしたのだろう。あの男にとってクレアの事件は完治していない傷のようなものでね。捜査から締めだされたと感じている。自分にだけに知らされていない事情があるのではと、ずっと疑っていたのだろう」

「実際にそういう情報があるのですか？」

ヘルネルの目から、人をからかうようなニュアンスが消えた。

ミカエラは目をそらし、リッダル通りを見渡す。

「それについてレッケ教授と話すつもりだ。教授にもあなたにも秘密保持契約書にサインしてもらわねばならない。現在、われわれを取り巻く状況は非常に危ういものだから」

ミカエラは危うい状況について、いろいろ想像してから口を開いた。

「どんなふうに危ういんですか？」

「われわれは大至急、クレアの痕跡をたどれる人物を必要としている。レッケ教授は、人物や風景から、ふつうの人が気づかない情報を引きだすことができると聞いた」

「できることもあります」ミカエラはかすかに笑みを浮かべた。「でもそうでないときは自分の観察力を疑ってばかりいるんです。もう少し自分の力を信じるべきなのに」

「自信過剰でないシャーロック・ホームズというわけだ」

「そんなところです」ミカエラはふたたびほほえんだ。「レッケに何を訊くつもりですか？」

「例の写真について。あの写真が撮られたタイミングによってわかることがある。それから……」

ヘルネルはためらった。「レッケ教授の携帯以外で、連絡できる番号はないかな？」

ミカエラは首をふった。

「おそらく今、彼は誰かと会っています」

「問題はリソースが乏しいことだ。クレアの件はだいぶ前に捜査が打ち切られた。政府内にいる悪い連中が手をまわしたせいでね。私の身近にも、信用に値しない輩《やから》が何人かいる。さっきも言ったとおり、われわれは大至急、パズルを完成させられる人物を必要としているのだ。あなた方が解決したサッカー審判殺人事件がチーム内で伝説のように語り継がれていてね。だから私は……」

ヘルネルの目が暗い輝きを放った。

「なんですか？」

ミカエラはとんでもない秘密を打ち明けられるのを期待して、ヘルネルのほうへ身を寄せた。

「ちょっとばかり冒険してもいいと思った」

それはいいことだ、とミカエラは思った。とてもいい。

「状況はすっかり変わった。ただし、私の話をもっと聞きたいなら秘密保持の義務が生じる。違反すればあなたの身柄を拘束しなければならない」

「わかりました」

「それはよかった。だったら署名してほしい書類がある。それと面倒だが――」ヘルネルはブリーフケースのなかをさぐった。「これを使わなきゃならない」ヘルネルがとりだしたのはグレーのメタルボックスだった。「携帯電話用のノイズボックスだ」

「わかりました」ミカエラは携帯をとりだした。

ちょうどそのとき、着信音が鳴った。今度こそナタリーだ。ヘルネルを見ると、どうぞ、というようなジェスチャーをしている。それが終わったらしばらく携帯は使えませんよと言いたげな表情だった。

「ナタリー、悪いんだけど、ちょっと忙しいの。あとでかけなおしてもいい？」

ナタリーはまるでミカエラの言うことが聞こえていないようにしゃべりだした。昨日の夜、ルーカスが帰ってこなかったこと。おそらく女、それも金持ちの若い女と会っていること。

「相手は十代だと思う」

その女と電話で話しているのを聞いたとナタリーは言った。いやな感じがしたと。ミカエラはヘルネルに電話の内容を聞かれないように道路脇に寄った。

「ルーカスはその子に本気なの？」

「それはないわ。むしろ何か残酷なゲームを始めたみたい。ルーカスにとってもよくないことよ。それに、こんなことは言いたくないんだけど、最近、わたしも怖いの。ルーカスを怖いと思うのは初めて」

「ルーカスがあなたを傷つけるわけない」

「自分のことを心配しているんじゃないわ」

「だったら誰が傷つくと言うの？」

「その女と電話をしているとき、ルーカスはまるで小鳥の首を折ろうとするような手の動きをしてた。見ていて気分が悪くなった。すべてはあなたとの対立が原因だと思う。そのせいでルーカスはタガが外れたみたいになってしまった。お願いだからルーカスと話し合って」

「わかった。やってみる」

「この電話のことは彼には秘密にしてね」

「約束する。今は別の仕事があるんだけど、また連絡するから。ナタリーも気をつけて」ミカエラがナタリーに対してそんな言い方をするのは、おそらくこれが初めてだった。

ミカエラはヘルネルに向き直った。ヘルネルは気遣うような表情をしていて、電話の内容を尋ねたそうに見えたが、何も言わず、ミカエラの携帯を受けとってノイズボックスに入れた。それからふたりは海のほうへ、ストランド通りへ向けて歩きだした。

「あなたの同僚のヨーナス・ベイエルがよろしくと言っていた。彼にはときどきうちの手伝いをしてもらっていて、あなたたちの話も聞いている」

「なんと言ってましたか？」

「あなたは優秀だが、レッケに関していえば、ソルナ署の刑事は誰も評価していないと。どうしてだろう？　心当たりはあるかね？」

ミカエラは少し考えた。

「自分たちよりもよく見えるからでしょう。レッケといると、自分がいかに何も見ていないかを思い知らされるんです」

ヘルネルは声をあげて笑ったが、すぐにまじめな顔に戻った。クレアに関してヘルネルはどんな新事実を明かすのだろうと思いつつも、ミカエラの頭を占めていたのはナタリーの話だった。ナタリーの発言はいったい何を意味しているのだろう？

やはりこんな計画に乗るべきではなかったかもしれない。ルーカスは後悔していた。ユーリアと一緒にいる時間が長くなればなるほど、彼女の怯えた顔が見たいという欲望が増殖していく。さらに連絡係を務める弁護士のアリシアがここへ来てあいまいなことを言いはじめた。

アリシア自身、雇い主の意図がわかっていないようだった。ルーカスが当初の約束どおりヤーナのガソリンスタンドで電話したところ、アリシアは代表からの指示を――ある種の確認を待っていると言った。だから当分のあいだ、軽はずみなことをせずに待機しろというのだ。ルーカスはかっとなった。ふざけるのもいいかげんにしろ！

そもそも向こうに言われてここまで来たのだ。偉そうに指図しやがって。そう言って電話を切ろうとしたとき、電話が転送された。深みのある男の声が、ルーカスの気勢をそいだ。言おうとしていた言葉が喉に詰まる。気づくと男の声に惑わされ、教師を前にした学生のように〝もちろんです。わかりました〞と返事をしていた。ガソリンスタンドを出て、不安そうな目つきで助手席に座っているユーリアを見たとき、ルーカスの怒りはさらに燃えあがった。車のドアをたたきつけるように閉める。声だけでねじふせられるとは。あの男、いったい何様のつもりだ？

「何をしてたの？」ユーリアが尋ねた。

「別に」ルーカスはそう言って、買ってきたばかりのダイエットコークをユーリアに差しだした。

「誰かに電話したの？　私も──」

「だめだ」ルーカスは遮った。「ちょっと店をのぞいただけだ」

車を出し、Ｅ４に乗る。ルーカスはいらいらとハンドルをたたきながらミカエラのことを考えた。この先、まずい事態に陥ったとしても、悪いのはぜんぶミカエラだ。

レッケはロイヤルモーターボートクラブのカフェにいた。歩道の向こうからヴィリアム・フォシュが大股で歩いてくる。人生万事、順調らしく、セーリングジャケットとゴルフ用の半ズボンをはいて、相変わらずふんぞりかえっている。追いつめられた様子はないが、おそらく自分の立場が危ういことにまだ気づいていないのだろう。ベアティ・パウペレス・スピリトゥ。心の貧しい人々は幸いである。

そうは言いつつも、レッケはフォシュを見くだせる立場になかった。むしろさんさんと太陽を浴びているのはフォシュのほうで、レッケは室内でうじうじと考えている側だ。フォシュもお互いの人生における立ち位置と物理的な状況が一致していることに気づいたのか、満足げな表情を浮かべた。

「やあ、ハンス」そう言ってテーブルの向かいにつく。「ご無沙汰だね。この前きみを見たのはアウラ・マグナ（訳注：ストックホルム大学でもっとも大きな講堂）だったな。聴衆はみな、きみの賢さに圧倒されていた」

「いい時代を覚えていてくれて光栄だ。きみはずいぶん羽振りがよさそうだね」

「贅沢を言ったら罰があたるだろうな。株式市場はのぼり調子で、ゴルフのハンディはさがっているんだから」

「最高じゃないか。それ以上は望めないね。だったらこれから話すことにも立派に対処できるだろう」レッケは少し揺さぶりをかけた。

フォシュが不安そうに海のほうへ視線を移す。

「なぜ今さら過去を掘り返す？　イダのことはずっと前に決着がついたはずだ」

レッケは髪をかきあげ、フォシュを正面から見た。

「決着がついた？　最愛の人が殺されたんだぞ。未解決のままにはできないし、まして忘れることなどできるわけがない」

「彼女の死を悼む気持ちはわかる。だが未解決ではないはずだ。死因は薬物の過剰摂取だった」

レッケは意図的に長い間をとった。

「当時も今も、あれは未解決殺人事件だ。あのころの僕は前後関係がよく見えていなかった。そもそも話の核となる要素が抜け落ちていたのだからしかたない。それを中心にすべてが展開していたのだ」

「なんの話だ？」

「僕が贈った真珠のネックレスだよ」

フォシュがそわそわしはじめた。

「結局、ネックレスは見つからなかったんだろう？」

「さがしにさがした。あの手の真珠を扱うディーラーに片端から問い合わせたが、手掛かりはなかった。ただひとつわかったのは、あれほどの品が市場に出まわれば、必ず鑑定家の耳に入るということだ。そうなれば僕のところにも情報が入る。つまりあのネックレスを手にした人物はトロフィーとして、殺人の記念として、ネックレスを手元に置いているということになる。その人物は、おそらく男だろうが、かなり裕福にちがいない。金に困っていたら換金したいという欲に抗えないだろうからね。僕は長い時間を費やして犯人のプロファイリングをした。あれほど高価でいわくつきの品を長期にわたって自宅に保管できる人物。あのネックレスをとりだしてはイダが死んだ瞬間を思い返し、悦に入っている人物がこの世のどこかにいる。イダの首のうしろに赤い傷が残っていた。それにもかかわらず、いや、その傷が非常に目立たないものだったために、僕はあのネックレスが第三者の手によって慎重に外されたと推理していた。一種の官能すら含む、儀式を装った冒瀆行為を想像していた。その推理は……」

「なんだ？」フォシュが神経質な声を出す。

「ある意味、まちがっていた。その目で確かめてみるといい」

レッケはポケットからネックレスを出してテーブルの上に置いた。真珠がちらちらと光を放つ。別時代から届いた輝きを目にしているかのようだ。太陽の光を反射して七色に輝く真珠を見たレッケは、どうして自分がそのように高価なものを買ったのかを理解した。長い歳月を経てもネックレスは息をのむほど美しく、フォシュもまちがいなく圧倒されていた。

「すばらしいだろう？」

フォシュがまるで密輸品を前にしたように周囲を見まわす。

「ああ、とても美しい」

「しかし注目してほしいのは、この留め金の部分だ」レッケはネックレスをひっくり返してフォシュのほうへ差しだした。「頑丈なつくりなのに、壊れている」

フォシュはうなずき、ネックレスを押し戻した。

「もっとよく見なくていいのか？」

フォシュが首をふった。

「この留め金は……破損している。それは何を意味するか？」

「わからない」フォシュが視線をそらす。

「無理な力が加わったということだ。そういう状況を招くのは？」

フォシュはテーブルに視線を落とし、つぶやいた。

「暴力？」

「そのとおりだ。暴力は暴力を呼ぶ。それからイダの口腔粘膜に出血痕があったんだが、遅ればせながらその重要性がわかった。イダは空気を吸おうと口を開けた。アルコールや薬の影響で呼吸がしにくかったのはまちがいないが、それにつけこんで第三者が彼女を窒息させた。今ならはっきりとわかる。我慢ならないのは、当時、きみが僕に嘘をついたことだ」

「嘘などついていない」フォシュは助けを求めるように給仕係を見た。ページボーイヘア（訳注：毛先を内巻きにしたショートヘア、中世の小姓の髪型に由来する）の若い給仕係は、まったくの無関心だった。

「気づいてもらえないのもきついが、過剰に注目されるのもつらいものだ。僕が注文しよう。何にする？」

「水とカプチーノを頼む」

「水とカプチーノをください」レッケは給仕係に向かって声をかけた。

給仕係がすぐさま伝票に注文を書きこむ。

「きみの権威は健在だな。さすがだ、ハンス」フォシュが場の雰囲気をやわらげようとして言った。

「昨日、あの事件における事情聴取の記録を読みなおしたんだ」レッケは構わず続けた。「きみはミスを犯した」

フォシュがネックレスに手をふれる。

「どういう意味だ？」

「イダは〝アクセサリーごときでごちゃごちゃ詮索されるのも、心にもないお世辞を言われるのもうんざりだ〟と言ったそうだね」

フォシュが神経質に顔をなでた。

「ああ、イダがそう言ったんだ。彼女の人柄は知っているだろう。まったくもって……」

フォシュは口をつぐんだ。レッケの心証を悪くするような発言は避けたかったのだろう。

レッケはテーブルに身を乗りだし、フォシュの顔をのぞきこんだ。

「そのとおり、僕はイダのことをよく知っている。だからこそきみを信じたと言ってもいい。彼女ならそのネックレスをユールゴーズブルン湾に投げこむことだってありえると思った。だが、改めて記録を読むと、きみが嘘をついたのがわかる。あの夜、ほかの人たちが証言したことと一致しないからね」

「どうして私が嘘をつかなきゃならない？」

「ネックレスが消えた理由をでっちあげるためさ。いや、何も言わないでくれ。陳腐な言い訳は聞きたくない」

「言い訳などしない」

「よろしい。きみが彼女を殺害してネックレスを盗んだなら、僕はきみをたたきつぶす。有罪を証明するまでぜったいにあきらめないし、どんな手を使ってもきみを刑務所へ送る。だが、きみが何かを目撃して、恐怖から、もしくは誰かに強要されてしかたなく口をつぐんだのなら、もっとも大事な味方としてきみを守る。僕が追っているのはそのネックレスをイダの首からひきちぎったやつだけだ」

「……現場できみの……兄貴を見た」

「なんだって？」

もちろんレッケには聞こえていたが、衝撃のあまりすぐには受け入れられなかった。マグヌスには何度も欺かれた。こちらの不利になる策略を仕掛けられることもしょっちゅうだ。だがマグヌスがイダの死にかかわっていたとなれば、それは次元のちがう裏切りだった。レッケはフォシュの顔を凝視して、発言の真偽を確かめようとした。

「いや……やっぱり忘れてくれ」フォシュは後悔したように言った。

「忘れられるはずがない。たった今、きみは僕の兄を見たと言ったんだぞ」

「それはそうだが……」

レッケは深呼吸した。冷静さを失ってはいけない。それはよくわかっていた。

「クレア・リドマンのことは？」

「クレア・リドマン？」急に話題が変わったので、フォシュが面食らった顔をした。

「そうだ」レッケはできるだけ感情を交えないで言った。「彼女の失踪に、きみはどう関与している？」

フォシュの顔色がいっそう悪くなる。

「わ、私は何も……」

「本当に？　警察の取り調べで一度、嘘をついた者は、別の取り調べでも嘘をつく可能性が高い」

「やめろ。そのことで私を責めるな」

「いや、やめない。だが、僕はきみを守ることもできる」

「この件に関しては無理だ」

レッケはフォシュの様子を仔細に観察した。

「それほど恐ろしい相手なのか？」

「ああ」

レッケはわざと笑ってみせた。

「僕は探偵まがいのことをしているが、警官でもなければ弁護士でもない。だから偽証だの被疑者の権利といった些末《さまつ》な事柄で頭を悩ませる必要もない。きみがクレアやイダを殺したのでなければ、ここで聞いたことに関して心理学者としての秘密保持の義務を発動してもいい。しかしきみが……」

「なんだ？」

「事実を話さないのであれば、全力で秘密を暴く。そこでさぐりあてた事実に関してきみを守るつもりもない」

「きみは正気を失っている」

「まさにそのとおりだ。愛する人を殺されたんだ。他人の事情など構っていられない。イダと別れたあと、きみはまっすぐ家には帰らなかった」

「いや、まっすぐ家に帰った」フォシュはかたくなに言い張った。

「本当に？」

「当時はスティルマン通りに住んでいた。自宅の鍵を開けるのにも手間どったのを覚えている」

「それほど酔っていたということか？」

「べろべろだったし、家のなかはどうしようもないほど散らかっていた」

「それで？」

「ベッドの端に腰をおろして、知り合いの女の子たちに電話してまわった。酔っぱらいがやりそうなことさ。手当たりしだいに電話する」

「他人事みたいに言うな。自分のしたことだろう」

「そうだな、自分のことだ。説教する気か？　それとも続きを聞くか？」

「続けてくれ」

「その前に約束してほしい。今から話すことが記事になったり、この話のせいで警察のたぐいから電話をもらったりするのはごめんだ」

「心理学者として、患者の秘密はぜったいに守る。代わりにすべて包み隠さず話せ。それが条件だ、いいな？」

「わかった」

レッケはうなずいた。「いいだろう。それで、そのあとは？　何があった？」

「どこから話せばいいものか……。女の子たちに電話をかけまくったが、無視されるか、何時だと思っているのと怒鳴られるかのどちらかで、また家を出た。とくに目的もなかったと思う。外へ出ればおもしろいことが起きるだろうと思った。一時間ほどぶらついて、最終的にはトシュテンソン通りに、イダの家の前に、ばかみたいにつったっていた」

「建物の外に立っていただけか？」

「もしかすると〝イダ、僕が悪かった〟なんてことを叫んだかもしれない。〝話をしよう。家に入れてくれ〟とかね。どうしようもない男だ。それはまちがいない。そのとき急にエントランスのドアが開いて誰かが出てきた。黒っぽいジャケットを着た若い男で、その男のあわてぶりから、何かあったと直感した。転がるように出てきた男に、私は思わず声をかけた。ふり返った顔を見て、マグヌスだとわかった。まったく、あんなに動揺したマグヌスはいまだかつて見たことがない。ひどく打ちのめされた様子で、足どりもおぼつかなかった。酔っぱらっていたからじゃなく、まっすぐ歩けないほどがたがたと震えていたんだ。マグヌスが何か言ったが、覚えているのは〝きみはここにいなかった〟という部分だけだ。マグヌスがそう言ったんだ。〝きみはここにいなかった〟と」

「そしてきみはそれを受け入れた？」

「ああ。イダにはふれてもいない。ニュースを見るまで何があったのかも知らなかった。きみは私の味方だと約束したよな」

「真実を話すという条件で」レッケは窓の外へ視線を移した。偶然にも、ノベル通りの方向へ歩いていくミカエラの姿が目に留まった。隣には、丸いサングラスをかけた背の低い、地位のありそうな紳士がいた。

37

雲が多くなり、出歩く人の姿もまばらになった。足の下で砂利が音をたてる。目の前にはフェンスに囲まれた優美な邸宅が並んでいる。窓に格子がはまった家もあった。ミカエラはヘルネル警視を見た。しばらく前から口数が少なくなり、何かに思いをめぐらせているような様子だった。ヘルネルが演説か告白でも始めようというように咳払いをした。

「数年前は、こうしてきみと歩きながら、クレア・リドマンについて話す日が来るとは夢にも思わなかった。だが、さっきも言ったとおり、状況は変わった」

「何があったんですか？」

ヘルネルは悲しげにほほえんで、サングラスを外した。

「残念ながら、今のわれわれには恐れるものがない。なぜなら恐れていたことはすでに起きてしまったからだ。われわれがやろうとしているのは、虚しく助けを待つのではなく、こちらから手をのばすこと」

「おっしゃる意味がよくわかりません」

「当然だ。詳しい話はレッケ教授と連絡がとれてからのほうがいいだろう」

「少しだけでもヒントをください。心の準備をしたいので」

ヘルネルは足をとめ、首をふった。

「いや、待とう。同じ話を繰り返すことになる。だが少しなら……ほら、このとおり、私自身が揺れているのだ」

「臨機応変でいいじゃないですか」

ヘルネルがあきらめたように笑った。

「それではごく簡単に話すとしよう。おそらくすでに気づいているだろうが、クレア・リドマンは生きている。別の言い方をすると、われわれは彼女が生きていると信じたい。最後に生存を確認したのは今年の三月だった。例の写真が撮られた日だ」

ミカエラはぴくりと眉を動かした。

「そのあと何が起こったんですか？」

「クレアは消えてしまった。各地に散っている連絡員の誰ひとりとして彼女の所在をつかめず、非常に憂慮される状況だ。監視カメラと目撃証言のおかげで、クレアがヴェネツィアを訪れたところまでは確認できた。まったく彼女らしくない行き先だ。ふだんなら観光地のような人目につきやすいところにはまず近づかない。そもそもの始まりから説明したほうがよさそうだな。あくまで手短かにだが」

ミカエラがうなずくと、ヘルネルは歩みを緩め、声を低くした。

「レッケ教授はこの部分をすでにご存じだと思うので、話してもいいだろう。一九八〇年代の終わりころ、スウェーデン政府は組織犯罪の取り締まりに本腰を入れる決意をした。嘆かわしいことに、当時はまっとうな金融会社や銀行でさえ、犯罪絡みの金を受け入れていた。出所はともかく金であることに変わりはない、そういう風潮だったのだ。もちろん犯罪絡みの金をいやがる人もいて、それには理由があった。殺人事件や失踪事件が増える一方で検挙率は低く、スウェーデン社会全体が毒されていた。政府は警察に対して組織犯罪に対する取り締まりを強化するよう命じた。汎《はん》欧州運動が始まったばかりのころで、ヨーロッパの六カ国、数え方によっては七カ国にもなるんだが、ともかく国境をまたいで警察組織が協力し、組織犯罪に対処することになった。資金と人材はすぐに集まった。問題は、どこから手をつけるかということだ。小物から逮捕して最終的に黒幕を狙うか、はたまたいきなり大物をとらえて注目を浴びるか？　われわれは後者を選び、すぐにある人物の名前が浮上した」

「ガボール・モロヴィアですね？」

「そのとおり。モロヴィアはターゲットとして完璧だった。見た目もよく、頭脳明晰《めいせき》で、おまけに数学者ときた。プーチンのような有力者の友人もいる。ただしそのころのプーチンはドレスデンに駐在しているKGBの役人にすぎなかったが。いずれにせよモロヴィアは特異な存在で、何よりあの男の周囲では異常な数の人間が姿を消していた。その多くは焼き殺されるか拷問死していて、われわれはなんとしてもモロヴィアを逮捕するのだ、悪魔を野放しにしておけないと決意を固くした。しかしモロヴィアはぜったいにつかまらないとも言われていた。さまざまな組織に力のある支援者がいたからだ」

「スウェーデン政府内にも？」

「いた。それについてはまたあとで話す。一九九〇年の秋には、モロヴィアの検挙が警察機関の最優先目標になっていた。そして予期せぬ突破口が見つかった。予想はつくと思うが、クレア・リドマンが重大犯罪対策部に連絡してきて、自分が証言すると言ったのだ。最初に彼女に対応したのが私だった」

「クレアは何を証言しようとしていたのですか？」

「初めてクレアに会った日のことはよく覚えている。まだ朝も早い時間に、震えながらやってきた。よく眠れなかったのだろう。座っているのもつらそうで、首が痛むようだった。最初は口が重く、あまり話したがらなかった。それでも警察に来るほどの何かがあったのだと感じた。彼女の内側には、激しい感情がうずまいているようだった」

「それで？」

「クレアはメモや日記や人名リストを提出してくれた。しかしなにより、これが重要な点なんだが、ロンドン時代の同級生がマドリードで殺されたことを証明する情報を持っていた」

「ソフィア・ロドリゲス？」

「そうだ。彼女の話の裏づけがとれて、今度こそモロヴィアを逮捕できると確信した」

「突破口が見つかったんですね」

「まさに。クレアのおかげで捜査がいっきに進展すると思われた。しかし同時に、クレアが非常に危険な立場に立たされることもわかっていた。だからクレアと連れ合いを保護することにした」

「つまり最初はサミュエルも保護プログラムの対象になっていたと？」

「もちろん。夫婦を引き離す意図などなかったし、クレアもそれだけはいやだと言っていた。彼女はサミュエルを愛していて、彼なしではやっていけないと繰り返し言っていたからね」

「でも、サミュエルが保護されることはなかった」

「そうだ。クレアがとつぜんパニックを起こし、意見を翻したからだ。私たちも彼女の急な心境の変化についていけず、サミュエルの扱いに関してクレアも含めて何度も話し合った。それでも彼女は意見を変えなかった。あとになって、スペイン警察の協力を得てクレアの死を偽装したとき、初めて理由がわかった」

「なんだったんですか？」

「クレアは妊娠していた」

「その話は本当だったんですね」

ふたりは赤レンガの大きな邸宅の前を通りすぎた。バルコニーにいる女性たちの笑い声が響く。

「そうだ。妊娠したまではいいが、父親がわからなかった。夫であるサミュエルの可能性は高く、それならば単純に喜ばしいニュースだ。クレアとサミュエルはずいぶん前から子どもをつくろうと努力していて、クレアはいい知らせを待っていた。子どもに新たな生きがいを見いだそうとしていたんだ。だが、わずかであってもモロヴィアの子どもかもしれないという可能性があった。そうなったら最悪だとクレアは言い、そこはわれわれも同じ意見だった。クレアは──」

「クレアは希望に胸をふくらませると同時に、出産を恐れてもいた」

「そうだ。堕胎を望む気持ちと堕胎したくない気持ちのあいだで揺れていた。かわいそうに、彼女にとっては簡単な決断ではなかっただろう。ただ、つらいことばかりではなかった。クレアのためにオーストリアの国境付近にある、アルプス山脈のふもとの町に小さな家を用意した。もちろん身辺警護をつけ、捜査官がひとり常駐するようにした。私自身もときどきクレアの家に滞在した。夜になると紅茶を飲みながらチェス盤を囲み、クレアにチェスの手ほどきを受けた。人生についてかなりつっこんだ話もした。妻が死んだとサミュエルに思わせている事実が、クレアを苦しめていた。私など、クレアがいつかサミュエルに連絡するのではないかと警戒していた。何をするにも細心の注意が必要だったからね」

「わかります」

「同時にわれわれは、家族の再会を検討していた。クレアのお腹にいるのはサミュエルの子にちがいない。それ以外にありえないと思った。クレアもずっとそう言っていたし、しまいに私たち全員がサミュエルの子だと信じ、ハッピーエンドを夢見るようになった。幼子を挟んで妻と夫が再会を果たす瞬間を思い描き、どうやってサミュエルをクレアの元へ連れてくるか、彼の失踪をどう偽装するかを話し合った。いろんな意味で野心的なプロジェクトだった」

「結局、サミュエルの子どもではなかったのですか？」

ヘルネルの目つきから、ミカエラは最後の最後でサミュエルの子どもだとわかったという結末を期待していた。

「子どもが無事に生まれ、私たちは胸をなでおろした。クレアからの出産報告は死ぬまで忘れない。本当に幸せそうな声だった」ヘルネルはそう言って、海洋博物館の白い壁に目をやった。


ノベル通りへ消えるミカエラを見送ったレッケは、恋しさとも悔しさともつかない胸のうずきを覚えた。彼女とはもっとうまくやれるはずだった。そんなふうに考えたあと、気持ちを切り替えてヴィリアム・フォシュに向き直る。

「続けてくれ」

「家に帰った。それで終わりだ。翌日の夕方になってイダが亡くなったことを知った。ラポルト（訳注：ニュース番組）で知ったんだ。それから三十分もしないうちにマグヌスが訪ねてきた。マグヌスは前の晩と同じで具合が悪そうだった。おそらく一睡もできなかったのだろう。手には写真の入った封筒が握られていた。その日送られてきたという写真を、マグヌスがキッチンのテーブルに広げる。望遠レンズで撮られたもので、全体的に暗いので何が写っているか判読するのにしばらくかかった。トシュテンソン通りにあるイダの家から出てくるマグヌスの写真だった。写真のなかのマグヌスは、目の前のマグヌスと同じように動揺していた。マグヌスが写真を一枚、一枚並べて、最後の一枚に……」

「きみも写っていた？」

「そうだ。マグヌスと話す自分が写っていた。ショックを受けているようには見えなかったとしても、何かうしろ暗いことをしているように見えた。それで怖くなった。イダの死をめぐってはすでに他殺説が浮上していた。写真を撮ったのは誰だとマグヌスを問い詰めたが、マグヌスは言いたがらなかった。何も知らないほうが身のためだと言われた。私はかっとなって、巻きこむならせめて何があったか教えろと言った。それでマグヌスもようやく話しはじめた。夜中に電話がかかってきて、とある人物――マグヌスは名前を明かさなかったが、ともかく誰かが電話をしてきて、弟に深刻な問題が起きたと言ったそうだ」

「僕に？」

「そう、きみだよ、ハンス。緊急だと言われて、トシュテンソン通りの住所を教えられた。マグヌスは大急ぎでそこへ向かった。それがイダの家だとは知りもせず。夜の街に飛びだし、指定された住所に駆けつけると、イダがベッドで死んでいた。相手の目的はそれだったんだ。何者かがマグヌスを呼びだして遺体を見せ、共犯にしようとした」

レッケはフォシュの話をすぐに受け入れられなかった。当時のマグヌスの姿が浮かぶ。謀略家になる前の、ただの自意識過剰な青年の姿が。引き立て役はごめんだと言って弟のコンサートに一度も足を運ばなかった。あのマグヌスが――誰よりも成功したいという野望を持ちながら、何をすればいいのかわからずにいた哀れな兄が、それほど大きな秘密をひとりで抱えていたというのか？　信じがたい話だが、それでも事実なのだろう。フォシュが嘘を言っているようには思えない。少なくとも……レッケは乱れた心を落ち着かせ、ネックレスをポケットに戻した。少なくとも半分は事実だ。

「われわれが知るうちで、そういう電話をしそうな人物は限られている」

「そうかもしれない。だが、私は当時、彼を知らなかった。マグヌスから無慈悲で危険な相手だと知らされただけだった。だから事件の捜査が終わるまで、マグヌスに指示されたとおりのことしか言わないようにした。それについてハンス、きみには申し訳ないことをした」

「きみらが隠し事をしていることに、まったく気づかなかった自分が情けない」

「きみもまだ、有名なレッケ教授ではなかった」

あのころの自分は目が見えず、耳も聞こえていなかったのだとレッケは思った。

「あとになって、きみらはその写真をふたたび目にすることになっただろう？」

ヴィリアム・フォシュが顔をしかめた。

「どうしてわかる？」

「アクセル・ラーションの資産の件で、銀行が引きさがったからだ」

フォシュは自分の手に視線を落とした。

「ああ、そうだ。モロヴィアの弁護士をしているアリシア・コヴァッチが例の写真を持ちだしてきた」

「愛《いと》しいイダにふたたび足を引っぱられたわけだ。そしてスウェーデン国家は数十億を失った」

「私たちもできるだけのことはした」

「クレア・リドマンがいたからね」

「銀行の取り分を確保するため、協力して力を尽くした」

レッケは額をこすった。

「略奪の取り分をか？」

「できることをしたまでだ」フォシュが静かに言った。

「そうだろうか？」

「当時のカルタフィルスは評判が悪くなかった」

「だが、きみはやつの正体を知っていた。ノン・オムネス・インフォルトゥナーティ・コルプティ」

「なんだって？」

「追いつめられたからといって、誰もが堕落するわけではないという意味だよ。堕落はもともときみのなかにあった。さあ、もう帰って、自分の犯した過ちに苦しむがいい。僕は兄に連絡する。きみの話には欠けている要素があるからね」

レッケはそう言って立ちあがった。ちょうどミカエラからメールが届く。携帯をチェックすると着信も数件あった。

38

一九九一年七月二十三日午前三時五十二分、ガルミッシュ＝パルテンキルヒェン（ドイツ、バイエルン州の都市）からそう遠くないアルプスの山中で、クレア・リドマン（旧姓ウィルソン）は息子を生んだ。息子は泣き声をあげなかった。

沈黙がクレアの上にのしかかる。聞こえてくるのは助産師のハナがかいがいしく動きまわる音だけだ。赤ん坊がたてる音はまったく聞こえない。死んだのだ、と思った。死産という結末はまったくありえることで、それは子どもができた過程にまつわる倫理的な理由からだけではなかった。ハナのひきつった笑顔や神経質な足音から現実が察せられる。子宮が収縮する痛みは煉獄《れんごく》を通り越し、まさに地獄の苦しみではなかったか。

生命のないものを産もうとしていることに、肉体が気づいていたのかもしれない。怪物を産み落とそうとしていることに。クレアが感じた痛みは健全でも自然でもなかった。まぶたを閉じて疲労に意識を溶かし、最悪の部分は終わったのだと自分に言い聞かせる。だからといって赤ん坊の存在を忘れることはできないし、慈悲も得られない。その生き物——命のない小さな身体が腹の上にのせられる。初めましてとさようならが同時にやってくる。私が殺してしまった、とクレアは思った。命や愛よりも復讐を優先したせいで。ああ、聖母マリアよ、お許しください。

絶望が限界まで深まったとき、かすかな動きが伝わってきた。小さな手がクレアの皮膚をつかむ。小刻みに息を吸う音がする。クレアはまぶたを開けた。現実と対面するのが怖い。

「男の子ですよ」ハナが言った。「健康な男の子です。難産でしたが顔色は悪くありませんから、すぐに元気になりますよ」

「死なないのね？」

「もちろんです。おめでとうございます」

クレアは現実を受け入れて喜ぼうとした。だが喜びが浸みこんでくる前に、妊娠して以来、彼女の眠りを損なっていた不安が戻ってきた。誰の子だろう？　これまで会ったなかでいちばんやさしい人の息子だろうか？

それともいちばん邪悪な人の息子だろうか？

「赤ちゃんは誰に似てる？」

「お母さんにそっくりですよ」

ずるい答えだ。それでは何もわからない。クレアは顎を引いて息子を見た。小さな身体をやさしく上に引き寄せる。重い、と思った。それはいい兆候だ。のしかかってくるサミュエルの重みを連想させる。彼のにおいや、身体にまわされた太い腕、今の生活と引き換えに失った世界のすべてを思わせる。どうしてそんな犠牲を払わなければならなかったのか？　得るものなどなかったではないか？　自分をひどく損なった邪悪なものすべてについて考える。クレアは赤ん坊に目をやった。私の息子。赤ん坊はとても奇妙な見た目をしていた。しわだらけで手足が細く、こちらをじっと見ながらあえぐように呼吸している。まるで溺れかけて助かったばかりの人みたいだ。

クレアはふたたび目を閉じた。

まぶたの裏に、たった今見た子どもの顔が浮かんで記憶と混ざりあった。モロヴィアの子ではない、と思った。すさまじいほどの喜びが込みあげてくる。いや、結論に飛びついてはだめだ。赤ん坊は異星人のようなものなのだから。ふたたび目を開ける。見れば見るほどまちがいないと思った。額にも唇にもサミュエルの面影がある。赤ん坊をもっと近くに引き寄せる。赤ん坊の鼓動が自分の鼓動と呼応するのを感じる。クレアはぐったりと横たわったまま、深く呼吸をした。サミュエルに電話をして、壊れた絆をふたたびつなぎあわせる場面を想像しながら。

これが私？　ユーリアがそう思うのは初めてではなかった。去年から何度も同じ問いを発してきた。そうした問いかけは、人が成長するうえで必ず経験するプロセスなのかもしれない。十九歳になったユーリアは大人としてのアイデンティティーを求めつつ、子ども時代の自分と、成長し、変わりつつある自分を天秤《てんびん》にかけていた。

今日はすばらしい一日になりそうだ。空には雲ひとつなく、隣ではルーカスが住所を確かめながらゆっくりと車を走らせている。彼の機嫌が直ったので、ユーリアの心も軽かった。周囲の景色もいい影響を及ぼしているのかもしれない。古い木造の家やこぢんまりとした庭が並ぶ通りは牧歌的で絵のように美しい。古きよきスウェーデンの街並み、リンドグレーンの世界だ。ラジオをつけてニュースを聞く。各地で建国記念の行事が催されている。移民嫌いのスウェーデン民主党がやり玉にあがっている。ロナルド・レーガンが前日に亡くなったというニュースが短く伝えられ、〝この壁を壊しなさい〟というレーガンの演説が流れる。続いてノルマンディーで演説するブッシュ大統領の声が聞こえた。ルーカスがラジオを切る。

「くだらなすぎる」

「世のなかで起きていることを知りたいのに」ユーリアは小さな声で言った。

ルーカスは返事をしなかった。ユーリアは父のことを考えた。毎朝、新聞にすみずみまで目を通し、ときどき顔をあげては、世界情勢についてユーリアと話し合ったり、政治や民族の問題について簡単な解説をしたりしてくれた。やはりどうにかして父に電話をしなければ。

「ねえ、携帯を返してもらえない？」

「この週末は電話を使わない約束だろう」

「あなたは電話したじゃない」

食いさがりつつも、ユーリアは相手の機嫌を損ねないようにびくびくしている自分に嫌悪感を抱いた。

「あとにしよう。もう目的地が近い」

ルーカスが車のスピードを落として周囲を見まわす。そのあとぱっと明るい顔になったかと思うと、車をとめてエンジンを切った。宿泊先に到着したのだろうか？　目の前の建物はどう見てもホテルではないが、通りに立つどの家よりも立派だ。真っ白に塗られた木造のファサード。玄関前に広いデッキもある。

ユーリアはふたたび自問した。これが私？　自由にニュースを聞くことさえ許されない。隣の庭から女性の笑い声が響いてきた。その声の何かがユーリアの心を切り裂く。笑い声は彼女が切り離された世界に属しているように思えた。

ルーカスが車から降りた。広い背中に威圧感を覚える。彼は車が二台入るガレージまで行き、扉の横に膝をついた。緑色の鉢の下から鍵を二本とりだす。それから手招きしてユーリアを呼んだ。ユーリアはまるで見えない力に屈したかように、素早く車を降りた。無意識のうちに、彼の機嫌をとって携帯を返してもらおうとしたのかもしれない。ファサードに設置されたグレーの監視カメラが、空虚で冷たい目のようにユーリアを見ていた。

ルーカスが肩をまわしてストレッチする。ユーリアはルーカスのあとに続いて玄関を入った。室内を見まわす。これはどういうインテリアだろう？　いや、そもそもインテリアとはいわないかもしれない。没個性的でつかみどころがなく、それでいてお金がかかっていることはわかる。まるで空港のラウンジだ。

キッチンは一度も使われていないかのようにぴかぴかだった。キッチンの向こうにもデッキがあって、塀に囲まれた庭にプールとジャグジーもあった。

「ホテルに泊まるんじゃなかったの？」

「こっちのほうがいい。まるまる一軒使えるんだから」

ユーリアには少しもよく思えなかった。今朝、漏れ聞いた電話の内容を思い出す。

「どうしてここを選んだの？」

ルーカスが傷ついたようにユーリアを見たが、すぐ明るい表情を繕って近づいてきた。

「きみが気に入らなかったら別のところへ行けばいいさ」

ユーリアが〝じゃあ、そうしましょう〟と言うのを期待しているようにさえ見えた。しかし彼女は首をふり、ここでいいと言った。

「だったら車から荷物をとってくる。そのあと水着に着替えてプールに入ろう」

プールで泳ぐ気分ではなかったが、ルーカスに退屈だとかへそまがり女だとか思われたくない。ユーリアとしてはなにより携帯電話を返してほしかったので、素直にうなずいた。ルーカスが表へ出ていく。車から戻ってきたルーカスはさっきよりもリラックスしたように見えた。にやにや笑いを浮かべながら旅行鞄《かばん》を開け、青い水着をとりだす。ルーカスのなかにも迷いはあったのかもしれないが、表情や態度からは何も読みとれなかった。彼はユーリアの前で素っ裸になり、しばらくそのままの格好でプールサイドに立っていた。

ユーリアは気どっていると思われないか心配しつつ、キッチンへ行き、前の年にニースで買ったビキニに着替えた。水着はぶかぶかだった。ユーリアはまたしても自分に問いかけた。これが私？

水着姿で太陽の下に出る。ルーカスがこちらを見てほほえみ、やや無謀ともとれる豪快さで水に飛びこんだ。

飛びこみなんてしたらビキニがぬげそうなので、ユーリアは足からそろそろと水に入った。水温が低い。水のなかでつま先立ちをしているとルーカスが泳いできて、プールサイドに身体を押しつけられた。キスをされ、ヒップをつかまれる。ユーリアはこんなところにいたくないと願っている自分に気づいた。誰かの足音が聞こえないかと耳を澄ます。誰かがこの状況をとめてくれるのを期待して。

ミカエラとヘルネル警視は海沿いの道を歩きつづけていた。

「結局、サミュエルの子どもだったんですね」

「私たちはそう思っていた。そう自分たちに言い聞かせていた。だが確信はなく、クレアも親子鑑定をしたがらなかった。〝サミュエルの子です〟の一点張りだ。〝母親の私にはわかります〟とね。それでいてサミュエルに連絡をとろうとはせず、モロヴィアの告訴にも消極的だった。発言と行動が矛盾していたんだ。ひとつ確かだったのは、クレアと子どもが強い絆で結ばれていたということだ。子どものいない私には経験のないこととはいえ、母子の絆が特別なのは一目瞭然だった。クレアは孤独で、無防備で、人とのつながりを必要としていた。それに……」

「なんです？」

「クレアにとっては父親が誰かなど、もはや重要ではなくなっていた。クレアは心から息子を愛していた。息子はヤーコブと名づけられた。サミュエルのミドルネームだ。クレアは子どもに執着し、いつも息子のそばを離れず、頬にキスをしていた。ふたりの姿は原始的な母子像のイメージそのもので、美しかった。しかし警察としてはヤーコブの誕生によってクレアの優先順位が変わり、捜査の勢いがそがれることを憂慮していた。クレアのことだけでなく……」ヘルネルが言いよどんだ。

向こうから中年男性が、苦しそうに肩で息をしながら走ってきた。その背中を見送りながら、濃さを増す小道周辺の緑を眺める。

「なんですか？」男性ランナーが遠ざかったところで、ミカエラは促した。

「捜査チーム自体が、当初のような支援を受けられなくなっていた」

「というと？」

「警察のトップが迷いはじめたんだ。ただし本人の意思ではない。彼よりさらに上にいる誰かが耳元で何かをささやいたにちがいない。われわれの目的を知っている、政府でも限られた人物のひとりがね。そこには充分な理由があった。モロヴィアを逮捕すれば、国有銀行が組織犯罪に加担するような企業と取り引きしていたことはもちろん、本来は納税者のものでもある数十億という資産をめぐる争いで妥協したことが明るみに出る。そういうわけでわれわれは捜査の先行きを案じていた。一九九四年の冬、ついにわれわれは行き詰まった。クレアと息子もわれわれの手を離れた。情けないことに原因はこちらの気の緩みだ。当時、クレアは北イタリアのリーメナ近郊にある村で、ドイツで出版社を経営する人物から借り受けた家に住んでいた。彼女はときどき警護なしで買い物に出かけた。家から数キロ離れたところにぽつんと小さな店があるだけののど田舎だから、ひとりでも問題ないと頭のいい連中が判断したのだろう。言い訳にはならないが、クレア自身もひとりで出かけたいと何度も言ったそうだ。〝こんな暮らしは息が詰まる。少しは自由がほしい〟というのが彼女の口癖だった。息子のヤーコブは、これがまた一筋縄ではいかなかった。ふつうの赤ん坊がはいはいをする前に歩きはじめたかと思うと、それ以降はいっときもじっとしていなかった。ヤーコブを追いかけるのは、猫、いや狐を追いかけるようなものだった」

「結局、誰の子どもだったんですか？」ミカエラは我慢できずに尋ねた。

「先を急がないでくれ。ともかく、警護を担当していたイタリア人ボディーガードの肩を持つとすれば、クレアは以前とは別人になっていた。髪色も、服装も、名前も、話し方もちがった。だいいちひとりで外出する機会はさほど多くなかったんだ」

「でも、それが失敗を招いた」

「そうだ。とりかえしのつかないことが起きて、捜査は打ち切りになった」

「とりかえしのつかないこととは？」

深刻な話の最中だというのに、ヘルネルはほほえんだ。まるでミカエラの無知を楽しんでいるかのように。ミカエラはいらっとして、続けてくださいというように手をふった。ヘルネルは質問に答えず、ブリーフケースを持ちあげて、ノイズボックスをとりだした。

「この続きはレッケ教授がいるときにしたい。すでにしゃべりすぎたのでね。もう一度、彼に連絡してみよう」

ミカエラはうなずき、携帯電話を出して画面を見た。ナタリーから二度、不在着信が入っていた。それを見た瞬間、ヘルネルの話が頭から消えた。ナタリーの言葉がよみがえる。〝金持ちの若い女〟と言っていた。ルーカスがナタリー以外の、若い女の子とつきあっている。若くてきれいな女の子なら五万というるが……ウーゴが恐ろしいことを言っていた。〝大事な人がけがをすることになる〟と。

ルーカスの相手がユーリアということはありえるだろうか？　いや、それはないだろう。ユーリアは私たちとは住む世界がちがう。だいたい大学生になったばかりのお嬢様が、十五歳も年上の犯罪者にたぶらかされるはずがない。それでも……さっき会ったユーリアは、服装や雰囲気が以前とだいぶ変わっていた。新しい彼氏ができたと言っていた。いちおう確認したほうがいい。

ミカエラはヘルネルに言われたとおり、まずレッケに電話をした。応答はない。ヘルネルをふり返って首をふった。

「出ないのか？」

「はい。すぐに折り返してくれると思いますが」ミカエラの頭にヴァネッサの顔が浮かんだ。風よりも早くゴシップをキャッチするヴァネッサなら、ルーカスの相手について知っているかもしれない。ミカエラはヘルネルから離れてヴァネッサの番号に発信した。

「ミカエラ！」ヴァネッサは前の電話でできた微妙な距離を吹き飛ばすような明るい声で言った。

「ねえ、ちょっと教えてほしいんだけど、ルーカスは新しい女とつきあってる？」

ヴァネッサがためらった。「あんたには教えちゃいけないことになってるのよ」

ミカエラは心のなかで悪態をついた。

「そんなこと言わないで教えて」

「ウーゴの話ではお金持ちのお嬢ちゃんにちょっかいを出してるみたい。あんたが今、住んでいるあたりの子だって」

「カーラプラン駅の近く？」

「そのあたり。アート専攻とかなんとか言ってた。まったく、ルーカスってばどうしちゃったのかしら」

ミカエラは凍りつき、こわばった顔でヘルネルを見た。

「ねえ、どうかしたの？」ミカエラの沈黙をいぶかしく思ったヴァネッサが尋ねる。

「あとで電話する」ミカエラは電話を切った。

ミカエラはヘルネルにもごもご謝罪して、急いで街のほうへ戻りはじめた。背後からヘルネルに名前を呼ばれたが、ふり返らなかった。極秘事項を打ち明けられた直後に逃げるように去るなんてプロ失格だ。そもそもユーリアが危険にさらされているという裏づけもない。

ルーカスがユーリアとつきあっていたとしても、理由もなく危害を加えるはずがない。おそらくユーリアを使ってわたしにプレッシャーをかけ、麻薬捜査から手を引かせようとしているだけだ。しかし、たとえそうだとしてもユーリアはレッケの娘で、彼女に何かあったらミカエラの責任だ。ナタリーがルーカスの異常な行動について指摘していた。小鳥の首を折るような手の動きをしていたと。ルーカスはユーリアを傷つけるほど考えなしだろうか？　レッケになんと伝えればいいだろう？

事実が確認できるまで、レッケには何も言わないほうがいいかもしれない。まだ推測にすぎないのだから。もっと情報を集めて……。ミカエラは携帯を出してユーリアに電話をかけた。そのとき、ヘルネルが走って追いかけてきた。

「いったいどういうつもりだ？」ヘルネルが叫んだ。

今のミカエラにはヘルネルに対応する余裕がなかった。ユーリアの携帯電話には電源が入っていない。ルーカスもだ。ああ、いったい何が起きているんだろう？　ミカエラはヘルネルに向き直り、レッケを見つけて、できるだけ早く戻ってくると約束した。それから歩く速度をあげた。木立の向こうに無機質なアメリカ大使館の建物がそびえている。ミカエラは不安を抑えつけるように、デニムジャケットの裾を引っぱって身体に密着させた。これまでさんざんレッケのうつ症状にふりまわされたのは事実だ。しかし自分のせいで彼の娘を危険に陥れたかもしれないとなると深刻さの次元がちがう。ミカエラは考えをまとめる余裕もなくレッケに宛ててメールを打った。具体的なことにはふれず、とにかくすぐに話したいとだけ書く。話すといってもどう伝えればいいのか。まずはクレア・リドマンやラーシュ・ヘルネルのことを話せばいいのかもしれない。ユーリアのことはじきに明らかになる。まずは……行動しなければ。ユーリアに何かあったら、一生自分を許せない。そこまで考えて、ミカエラはぴたりと立ちどまった。数羽の鳩が足元で翼をはためかせる。

行動するといっても何をすればいい？

ルーカスの馬鹿野郎と叫びたかった。たたきたいならわたしをたたけ！　ユーリアは巻きこむなと。ミカエラは兄にメールを打った。〝ユーリア・レッケに手を出さないでくれるなら、兄さんの悪事を暴くのもやめる〟よく練られた文とは言いがたい。こんなことを書いたらかえってルーカスを刺激する可能性もある。それでも言葉にせずにいられなかった。しかし口先だけではだめだ。ルーカスは保証を要求するだろう。たとえばわたしを共犯にして裏切ることができないようにするとか……。ミカエラは足元の鳩を追い払った。

ルーカスとユーリアの携帯がそろって電源が入っていないというのが不気味だ。ルーカスが居場所を探知されないために電源を切ったのかもしれない。もしくは何か企んでいるとか？　すべては思いこみかもしれないが、ユーリアの安否にかかわることなのでリスクを無視することはできなかった。ふいに、ルーカスが最後に携帯電話を使った場所が手掛かりになるかもしれないと思いつき、ヨーナス・ベイエルに電話した。以前ほど気兼ねなく頼み事ができる関係ではないが、ヨーナスは今でもやさしいし、気にかけてくれる。しかも彼はソルナ地区の重大犯罪を捜査する部署に配属されている。ヨーナスなら助けてくれるはずだ。

期待どおり、ヨーナスがいつもの明るい声で電話に出た。

「レッケはつかまったかい？」

ミカエラは前置きなしで言った。

「今度は別のことで助けてほしいんです」

「続けて」

「兄のルーカスのことで、最後に兄の携帯の電波を捉えたのがどこの基地局かが知りたいんです」

「理由を言うつもりはある？」

「今は言えません」

居心地の悪い沈黙が落ちた。

「冗談だろう？」

「どうか調べてもらえませんか。切羽詰まっていて」

ヨーナスの迷いが伝わってきた。

「わかった。だが簡単には調べられないぞ。知ってのとおり、きみの兄さんのような手合いは使い捨て携帯を使うから」

「調べるだけ調べてみてもらえますか？」

「わかった。ほかならぬきみの頼みだから」

ミカエラも何か相手を喜ばせることを言って感謝の意を伝えようとしたが、その暇はなかった。前回、ヨーナスに電話したときと同じく、通りの向こうにレッケを見つけたのだ。思いつめたような表情をして、周囲のことなどまるで目に入らないようにこちらへ歩いてくるレッケを。

39

マグヌスがストックホルム行きの便に乗ろうとしたとき、古い友人のヘルマン・カンパオズンが秘匿の番号にかけてきた。モロヴィアと電話した直後に、ヘルマンに宛てて至急の用件だとメッセージを送ったのだが、よく考えると軽率だった。ヘルマンはマグヌスが重要な情報を持っていると期待しているはずだ。

「やあ、ヘルマン」マグヌスは搭乗口の列から外れ、相手の出方をさぐるように言った。「久しぶりだな。元気にしていたか？」

「きみのように忙しい男に電話をもらうと好奇心をくすぐられる。ちょうどＡＦＰ通信が配信した、きみとプーチンの写真を眺めていたところだ。仲良くやっているようじゃないか」

きみとプーチンという表現に、マグヌスは少し自信をとりもどした。何はともあれ悪くない響きだ。ヘルマンごときに下手《したで》に出ることはない。この賢い道化を口説いて、ほしい情報を引きだしてやる。

「モロヴィアの話をしたんだ」

「まさか」

ヘルマンの反応にますます自信が湧いた。パワーバランスはささいなことで変わる。効果を高めるために少し間をとってから口を開く。

「そのまさかだよ。本日の話題は例の男だったというわけだ」ややおどけて言う。

「それでプーチンはなんと言っていた？」

プーチンと話したという事実は写真によって証明されているのだから、何かおもしろい話をでっちあげることもできたが、マグヌスはストレートに言った。

「ガボールを撃ち殺す準備をしていると」

ヘルマンが控えめに笑った。

「プーチンの口からそんな言葉を引きだすとはね」

「もちろん軽口をたたいていただけなんだが、完全な冗談ともいえない感じだった。きみも宿敵をつかまえる気があるなら、知っておいたほうがいいと思ってね」

「クレムリンとガボールの相性が悪いのは前々からわかっていたことだ」ヘルマンがさっきよりも警戒した口調になる。

「もちろん。ハバロフ殺害以降は……だろう？」マグヌスは言った。これまで見て見ぬふりをしていたことについて指摘してみようと思った。「ガボールも動きだしたぞ。私に連絡してきて、脅迫めいたことを言っていた」

「きみは、プーチンとガボールが刺しちがえればいいとでも思っているのか？」

「いや、私は……」マグヌスは努めて深刻そうな声を出した。「心配なだけだ。ガボールがまたハンスを狙うんじゃないかと思ってね」

搭乗口にいる空港の係員が手招きしている。マグヌスはもう少し待ってくれというしぐさをした。

「ハンスに何かあったのか？」

ヘルマンの不安げな口調に、マグヌスはしめたと思った。

「ハバロフ殺害の捜査で弟がきみの手伝いをしたことを、ガボールは知っているんじゃないかと思う」

ヘルマンは何も言わなかった。マグヌスは神経を集中して沈黙の意味を分析しようとした。

「それについて私からは話せないし、きみの弟に訊いても同じだ。しかし……」

「なんだ？」

マグヌスは目を閉じた。

「ガボールがそう考えているのなら、ハンスに警護をつけたほうがいい。もしくはどこか安全な場所に移せ」

それが決定打だった。やはり手伝ったにちがいない。マグヌスは今すぐ電話を切りたくなった。

「ああ、そうだな。ところでもう飛行機に乗らないといけない時間なんだ。搭乗口で係員が呼んでいる。改めて連絡する。今度こそガボールをつかまえよう」

「またしても何か企んでいるんじゃあるまいな？」ヘルマンが言う。

マグヌスは心外だというふりをした。

「企むって……そんなわけがないだろう。ハンスの安全に関してはこちらで手を打つ。また連絡する」マグヌスは電話を切った。そしてヘルマンに言ったとおり、ハンスに警告しようと思った。

搭乗券とパスポートをさがしながら考える。家族は大事だし、血が水よりも濃いのはまちがいない。しかし自分の身を守ることはさらに大事だ。

マグヌスはガボールに宛てて、ハンスは確かにハバロフの事件で捜査を手伝ったと暗号化したメールを打った。それから旅客機に乗った。ストックホルムに着いたらすぐハンスに連絡しようと心に決めて。


ルーカスは意図したよりも強くユーリアの腕をつかんでしまった。驚いたユーリアが手をふりほどこうともがく。ルーカスはむっとして彼女を水に引きずりこんだ。とはいえほんの一瞬のことで、ちょっとばかり驚かせてやろうとしただけだ。ところがユーリアは全力で抵抗した。思わぬ事態に驚いたルーカスは、彼女をプールからひっぱりだした。咳《せ》きこみながら苦しげに息を吸うユーリアの背中を支える。

「リラックスしろよ。きみが魅力的だから興奮しただけだ」

「水を、たくさん、飲んじゃった」ユーリアがつかえながら言い、ずりあがったビキニを直す。ルーカスはビキニからはみでた乳房を眺めた。

そのときになって初めて、彼女がひどくやせたことに気づいた。肋骨《あばらぼね》が浮きあがっているし、背骨の湾曲は猫を思わせる。弱々しい姿に、またしても彼女をひっぱたきたい衝動が湧いた。いちいち気に障るこの女に罰を与えたいと思った。そんなルーカスの気持ちを察したのだろう。ユーリアがあとずさる。ルーカスは彼女に手をあげる代わりにラウンジチェアをひっくり返した。大きな音がして、ユーリアがネズミを見たかのような悲鳴をあげる。甘やかされたガキめ、そう思いつつも彼女の身体をつかみ、やさしい言葉をかける。〝ごめんよ〟とさえ言った。なんでもいいからユーリアを落ち着かせなければならなかった。何もかもうんざりだ。少しでも気が緩むと愚かな行動に出そうな自分が怖かった。

しかしそうなったとしても悪いのはミカエラだ。ミカエラはおれの人生を破壊しようとしている。さんざん面倒をみてやって、親父からも守ってやったというのに……。親父は晩年、腰抜けの負け犬になりさがった。いつも不機嫌なつらで机に向かい、文句ばかり綴っていた。〝ルーカス、おまえのことが心配だ。その金はどこで調達した？〟そんなことをどうして親父に教えなきゃならない？　家族が食べるだけの金を工面した息子に感謝すべきだ。親父は怠惰でもあった。しょっちゅうミカエラに雑用をやらせて、自分は泣き言ばかり言った。〝おまえのことが心配なんだ、ルーカス〟〝人としての良識はないのか〟

しまいにはミカエラをおれから遠ざけはじめた。そうやってミカエラを守ることを自分の義務だと考えているようだった。そのあたりで我慢が限界に達した。家族の面倒をみているのは誰だと思っている？　親父じゃない。このおれだ。ルーカスだ。家族のなかで本物の男はおれだけなのだ。だからルーカスはしなければならないことをした。それだけだ。ある冬の朝、ちょうどいい機会が訪れ、ルーカスはチャンスをものにした。ルーカスにはそれだけの力があった。あれからかなり時間が経ったが、今でもときどき内的世界に引きこもり、あのときのことを思い返す。あまりにも簡単で、優美といってもいいほどだった。ちょっと押しただけ。素早い動作ひとつで、親父は転落していった。悲鳴もあげずに。

ある意味、ルーカスはあの瞬間に一人前になったのだ。父親を外廊下から落としたときに生まれ変わった。そのあと家にあった本をぜんぶ捨て、家具に色を塗り、新しい壁紙を貼り、ミカエラを誰よりも優先するという誓いを立てた。自分とミカエラ対、外の世界だ。それなのに……くそ、ミカエラは最悪の方法でおれを裏切った。

「離してよ！」

ルーカスは現実に引き戻された。怒りのせいで、またユーリアの手を強くつかみすぎていたかもしれない。ユーリアに脚を蹴られる。

ルーカスは衝撃を受けた。ユーリアが怒りをあらわにしたのは初めてだった。急に根性を見せやがった。ルーカスは彼女の腕を放し、タオルをとりにいった。それをユーリアの肩にかけてやり、ふたたび謝罪する。同じ相手に、それも短時間に二度も謝罪するのは生まれて初めてだ。彼女の身体をタオルでやさしく拭く。ユーリアは抵抗しなかった。冷蔵庫に入っているはずのシャンパンをとりにいこうか。写真を撮ってミカエラに送りつけるなら、愛しあう幸せなカップルに見えたほうが効果的だ。だがルーカスにはシャンパンをとりにいく暇がなかった。ユーリアが耳をそばだて、身をこわばらせる。

何に気づいた？　ルーカスには何も聞こえなかったが、ユーリアに特別な力があることはわかっていた。ふつうの人よりも物事の兆候に気づくのが早く、断片を組み合わせて全体像を把握するのも得意だ。ユーリアの聞いた音が、ようやくルーカスの耳にも届いた。表の通りから車のエンジン音が聞こえた。車がとまり、エンジンが切れる。くそ、くそ、くそ！　誰か訪ねてきたのか？　邪魔はしないという約束だった。一方でアリシアは代表の指示を待っていた。確認が必要だとか言っていた。状況が変わったのだろうか？　差しだされた金に飛びついた自分がうらめしくなる。玄関の扉が開く。いったいどうなっているんだ？　少なくとも呼び鈴くらいは鳴らすのが筋だろう。誰かが室内に入ってくる。ユーリアが期待するような表情を浮かべているのが気に入らなかった。おれより不法侵入者のほうが信頼できるとでも言いたいのか？

「おれがなんとかする」ルーカスは言った。

リンダ・ウィルソンは疲労困憊《こんぱい》していた。それ以外に言葉がない。携帯電話の電源を切る。今日はもう充分いろいろなことがあった。これ以上、誰とも話す気になれない。たとえ奇跡が起きて、いきなりクレアが訪ねてきたとしても。

妹からは何カ月も連絡がないが、それ自体はさほどめずらしいことではなかった。これまでも密に連絡をとってきたわけではない。それがクレアの安全のためでもあったし、リンダがふだん妹のことを忘れて暮らしていたせいでもあった。だが今回は今までとちがう。ヘルネルの言動からも何か深刻な事態が起きたことは察しがついた。クレアは死んだにちがいない。そうだとしたら自分のせいだ。

妹がすべてを投げうち、姉妹の絆も捨てて、ある男を、それもクレアに多くの恩恵を与えた男を破滅させようとしていることが、リンダには理解できず、腹立たしかった。ガボール・モロヴィアはクレアをきらびやかな世界に引きこみ、仕事を与え、財を成す手助けをした。そんな相手をどうして失脚させなければならない？　リンダにはさっぱりわからなかったし、ようやく理由を理解したときはすでに手遅れだった。この世にはぜったいに許されない行為があり、みずからの自由や生命を犠牲にしてもケリをつけなければならない相手がいるということを。

最後にクレアと（規則で定められた面倒な手続きを経て）話したとき、彼女はヴェネツィアへ向かっていた。なんらかの理由で呼びだされたらしいが、それはクレアにとって命令であり、最終通告だった。クレアは詳しく話したがらなかったものの、リンダにはそれが重要な旅なのだということがわかった。さもなければあのクレアが、ヴェネツィアのような観光地を訪れるはずがない。ずっと身を潜めて生きてきたのだから。リンダはやきもきしながら妹からの連絡を待った。だがその後のクレアの足どりを示すものはひとつもなく、警察は緊急事態と判断した。極秘に大規模な捜索が行われたものの、監視カメラが捉えた不鮮明な映像とあてにならない目撃証言が得られただけだった。

クレアが警察の連絡員に不信感を抱いて接触を断っただけならいいのだが、その可能性は低い。連絡できない事態が起きたにちがいない。どうしてこんなことになったのか、繰り返し、繰り返し考えた。

すべての始まりは、リンダの知るかぎり、ロンドン・スクール・オブ・エコノミクスの同級生、アリシア、クレア、ソフィアの三人組だった。当時のリンダは三人に対する激しい嫉妬でどうにかなりそうだった。三人はすべてを備えているように見えた。美人で、頭の回転がよく、野心があり、極めつけはハンガリー出身の裕福でカリスマ性のある数学者をうしろ盾にしていた。彼は三人の教え子に新しい世界へ通じる扉を開き、経済界のエリートたちを紹介した。あのころ、夢物語を地で行く三人を横目に、リンダは妹に何か悪いことが起こればいいと願っていた。自分が底辺の生活から抜けだせない一方で、妹が標準をはるかに上まわる待遇を受けているのが許せなかった。しかし実際のところ……リンダの単調な人生こそが神の恵みだった。リンダが点々と場所を変えながら給仕係の仕事をしているとき、クレアはじわじわと犯罪に巻きこまれていった。妹は自分でも気づかぬうちに悪魔との契約にサインしていたのだ。そこから抜けだすには、麗しのソフィア・ロドリゲスがたどったルートを選ぶしかない。死と地獄の苦しみの道だ。ああ、自分が恥ずかしくてたまらない。妹に対する私の態度は許されないものだった。だがクレアがいなくなって、この世でただひとりの頼れる相手を失ったリンダに、何が起きたかを説明してくれる者は誰ひとりとしていなかった。どうして証人保護プログラムを適用しなければならないのか、少なくともリンダが納得できるように説明してくれた人はいなかった。だからクレアのことをどこまで身勝手な妹だ、最低だ、と思っていた。とりわけサン・セバスチャンの遺体安置所に入ったときは。

スチール製の台車にのった焼け焦げた女を見たときのことは死ぬまで忘れないだろう。胸の悪くなるようなにおい、無理やり参加させられた嘘くさい茶番劇。最初から何もかもがいやだったし、台車にのっているのが本当に妹ならいいとさえ思いかけた。クレアはそれだけのことをしたのだから。クレアの頑固で妥協しない性格が憎かったし、思い知らせてやりたかった。

そして自分でも最低だと思うが、心のどこかで、妹に魔法をかけた人物が自分を見てくれればと妄想した。だから簡単に騙されてしまったのだ。そうにちがいない。そう、そうなのだ。シビッレ通りであの男が背後に現れたとき、すぐ警察に言うべきだった。もちろんひと目で男の正体がわかったわけではない。想像していたのとはまるでちがったからだ。緑色の瞳とやさしげな顔立ちをした男はどこか悲しげだった。レザージャケットにジーンズという気どりのない服装で、たしかにハンサムで気が利いたが、どこにでもいるふつうの人だと思った。そして彼は私だけを見てくれた。特別な人になったような気持ちにさせてくれた。

「正直、妹さんよりきみのほうが興味深いな」彼はそう言って、近所にあるこぢんまりとした酒場で酒をおごってくれた。リンダは彼の声に魅了された。相手を包みこんで安心感を与えるような声だった。実際、リンダはたいしてしゃべらなかった。妹は死んでいないと言う必要さえなかった。モロヴィアはすでに知っていたようだったし、リンダとしても詳しいことはほとんど知らされていなかった。警察が情報をくれなかったからだ。それでも会話の端々から、モロヴィアは何かしらのヒントを得たようだった。

　モロヴィアはおそらく断片をつなぎあわせて正解にたどり着いたのだ。彼は天才だといわれている。自分が妹の所在に関して決定的な情報を漏らしたという事実は耐えがたいものだったが、起こってしまったことは受け入れるしかない。今は失敗を挽回《ばんかい》するためにできるだけのことをして、クレアを安全な場所に戻さなくてはいけない。だが、それは生半可なことではなかった。

40

　災難を予感させる瞬間がある。イタリア北部にあるリーメナ近郊の村に住んでいたとき、クレアはときどきボディーガードなしで食料品の買い出しにいった。雑貨店はトウモロコシ畑のあいだを通る道沿いにぽつんと立っていた。息子のヤーコブは三歳になるかならないかで、棒のようにひょろりとしていた。身長も体重もその年ごろの子どもの標準を下まわっていたが、そのほかのすべて――話すこと、運動神経、理解力はふつうの子を上まわっていた。

空色のシャツと短パンをはいた息子を、クレアは心から誇らしく思っていた。雑貨店の建物は黄色いレンガ造りで、窓枠は白だった。食料品だけでなく、服やおもちゃ、園芸用品も売っていた。ヤーコブが跳ねるような足どりで店内へ入る。三歳の少年にとっては一歩、一歩が冒険なのだ。クレアは店主の娘フランチェスカといつものようにおしゃべりをする。フランチェスカはこれといった将来の夢もないままレジ打ちをして若さを浪費している。買い物を終えたクレアはいつもどおり息子と手をつないで店を出た。

買い物袋はとても重く、膝が痛くなった。それでも雲ひとつない美しい日だったし、息子がぐずったり騒いだりするたびにあきれ顔をするボディーガードがいないので気が楽だった。警戒すべきものは何ひとつない。災難の予感といってもほんのささいなことで、少なくとも目に見えてドラマチックなことは何も起こらなかった。

ヤーコブがポケットからゴムボールと赤い包み紙に包まれたチョコレートバーをとりだした。店の棚から失敬したにちがいない。目を見開いてうれしそうに笑うヤーコブには罪の意識などなかった。それでもクレアはヤーコブをたたいた。

ヤーコブはひどく驚いて、逃げることもせず、下唇を震わせて立ちつくしていた。クレア自身も自分の行為を受け入れるまで、少し時間を要した。

息子が万引きしたことがショックだったのではない。ヤーコブの目つきや、笑いながら戦利品をとりだす様子が、サミュエルに少しも似ていなかったのだ。むしろ必死で忘れようとしてきた男を、悪意ある笑みを浮かべながら、服をぬいで鏡の横にまっすぐ立てと言ったガボールをほうふつとさせた。ガボールは、裏切ったらおまえもソフィアのように焼かれるのだと耳元でささやいた。愛しいわが子の一瞬の笑みが引き金となって、次々と恐ろしい記憶が呼び覚まされる。硬直状態から覚めたヤーコプが走って逃げたとき、クレアはあとを追わなかった。

走り去るわが子のうしろ姿が小さな土埃になってから、クレアは砂利道に買い物袋を落とし、膝をついた。


瀟洒な邸宅が立ち並ぶ海辺の通りで、レッケがミカエラのほうへ歩いてきた。足どりはしっかりしていて、どこかへ向かう最中のようだ。正気に戻ったのだ、とミカエラは思った。少なくとも調子が上向いている。これから伝える事実が、ふたたび彼を闇につきおとすことにならなければいいが。そもそもどうやって伝えればいいだろう？〝ルーカスが、私の兄が、あなたの娘さんにちょっかいを出しているみたい〟とでも言えばいいのか？

いや、ふたりのことを伝えるのはもう少し待とうとミカエラは思った。レッケに事実を知らせたところで、今すぐにできることはない。ふたりの居場所を確かめるのが先だ。ヨーナスから連絡があるまでは口をつぐんでおこう。そもそも急を要する事態ではないかもしれない。ルーカスは、私に身辺をかぎまわるのをやめさせたいだけだ。となれば本格的な犯罪を企てているというよりも、妹を脅迫する材料としてユーリアに近づいたと考えられる。ルーカスから連絡があるまでは何も起きない可能性が高い。ミカエラは地面に視線を落とした。

ただ……ユーリアのような娘が兄にどんな感情を抱かせるかがわからない。欲望、傲慢、怒り、嫉妬、所有欲……それとも破壊欲？

「さがしたのよ」ミカエラは言った。

近づいてきたレッケはやや取り乱しているように見えた。白目に赤い筋が入っていて、右手をぎゅっと握りしめている。レッケが口を開きかけたとき、携帯電話が振動した。レッケは番号を見て眉をあげ、謝罪するように手をふった。「この電話は出ないといけない」そう言ってミカエラから離れる。ドイツ語で応じるレッケの顔は、話すにつれて険しくなっていった。電話を終えて戻ってきたとき、レッケの視線はミカエラを通り越して海を見ていた。ミカエラはある意味、ほっとした。

「僕にメールしたかい？」

ミカエラは電話の内容について尋ねたい気持ちをこらえて言った。

「重大犯罪対策部の刑事に会ったの。クレア・リドマンの事件を長年担当してきた人で、あなたにもすべて話すから秘密保持契約に署名してほしいそうよ」

レッケがミカエラのほうを向いた。何か別のことを考えているようで、右手は握りこぶしのままだった。

「つまりクレアは本当に生きているということか？」

「少なくとも三月の時点では生きていた。刑事は……ラーシュ・ヘルネル警視は、クレアに何が起きたのか、あなたに調べてほしいと言っているわ」

レッケは上の空でうなずいた。

「そうだな。だが今は、兄のマグヌスをつかまえないといけない」

「どうして？」

「どう説明すればいいかわからない。今しがた、安全な場所に避難しろと言われた。マグヌスがどうも……僕にも事情がよくのみこめていないんだ」

レッケはショックを受けているようだったが、歩道に視線をやってぱっと明るい表情になった。

「ほら……ブリーフケースを持ってサングラスをかけた男性、あれがヘルネル警視だろう？　どうやらきみは、詳しい説明もせずに彼を置き去りにしたようだね？」

どうして遠くに立っている男がヘルネルだとわかったのか、しかも彼を置き去りにしてきたことをどう推理したのか、ミカエラは尋ねなかった。遠くにいるヘルネルに向かって申し訳なさそうに手をふり、レッケを指さして〝見つけた〟というジェスチャーをする。ヘルネルもうれしそうな顔で近づいてきて、小さくおじぎした。

「お会いできて光栄です。お噂はかねがね」


ヘルネル警視はお世辞を言ったわけではない。レッケの噂はたびたび耳にしていた。クレア・リドマンの件にかかわってきた十四年のあいだにも何度かレッケの異才ぶりを耳にしたので、早い段階からチームに加わってほしいと思っていた。しかし最終的にレッケは捜査チームにふさわしくないと判断された。少なくとも一部の人はレッケの推理が信頼に足らないと考えていた。しかし警察の与り知らぬところで、レッケはモロヴィアの捜査に多大な貢献をしていた。警察がそれを知ったのはかなりあとになってからだ。ベルリンで起きた殺人事件に関連して、ドイツ諜報部の高官がひそかにレッケに助言を求めていたのだ。そしてレッケの助言は大いに役立った。レッケは灰の下に残った足跡にすべてを見た。これも知る人ぞ知る逸話なのだが、そのときは残念ながらモロヴィア逮捕に至らなかった。スウェーデン警察は戦いに負け、クレアを失った。クレアは事実上、自分で自分の身を守らなければならなくなり、以降、彼女がどちらの側か定かでなくなった。あれは本当に残念な出来事だった。クレアの息子がどうなったか……ヘルネルはなるべく考えないようにしてきた。あの親子のために、もっといろいろできたはずなのに。

「お世辞じゃありません。本当にお会いできてうれしいです。たいへん光栄です」

「こちらこそ」レッケが居心地の悪そうな笑みを浮かべた。「懸念すべきは、裏切られたのがクレアだけではないということです。どうやら私も裏切られたようだ。だからお手伝いはしますが、急がないと時間がありません」

「もちろんです」ヘルネルは言い、あわててブリーフケースのなかをさぐった。

41

災いの日は、空の高いところから太陽が照りつけ、異常に暑かった。クレアは新しい名前で株と金融派生商品の仕事を始め、不動産投資もしていた。しかし第一に彼女は母親だった。ヤーコブは病的なまでに母親に依存し、音や光、においにひどく敏感だった。他人の口調や表情の変化にも過敏に反応した。

「お母さん、僕に怒ってる?」いつもそんな質問をしてきたが、クレアはヤーコブに腹を立てたことなどなかった。たった一度、盗みを働いたとき以外は。

ヤーコブはクレアの目つきやしぐさのかすかな変化に反応した。子どもらしくない集中力を発揮してジグソーパズルを組み立てたり、チェスの駒で遊んだりもする。クレアは息子を溺愛していたものの、ときどき息子のせいで髪をかきむしりたくなるような思いもした。その日、クレアはまたしてもボディーガードなしで雑貨店へ出かけたのだが、ヤーコブがあまりにもぴたりと身体を寄せてくるので、足をとられないよう下ばかり見て歩かなければならなかった。

店のレジにはいつものようにフランチェスカがいた。髪をおろし、ブラウスの前のボタンをいくつか外している。二十歳そこそこのフランチェスカは商売が上手だった。男たちは彼女と同じ空間に少しでも長くいるために余分に買い物をしたし、その全員が彼女は自分に気があると思っていた。しかしフランチェスカが誰より話したがった相手はクレア（当時はサラと呼ばれていた）だった。フランチェスカをはじめ地元の人たちはクレアの事情を知らない。クレアに関する憶測や噂はどれもまちがっているか、つくり話だった。それでもフランチェスカはクレアが特別な事情を抱えていることを感じとり、彼女が来店するといつも顔を輝かせるのだった。

しかしその日、フランチェスカはどこか控えめで、奥歯にものが挟まったような言い方をした。クレアがレジの前に立つと、フランチェスカが頬を染めた。

「何かあったの？」

「言っちゃだめって言われてるから」

「そう。まあいいわ」

「……あのね、男の人があなたをさがしていたわ。お金持ちでハンサムな男の人」

フランチェスカはたまらないというように身震いした。彼女はクレアにも同じ反応を期待していたのだろう。少なくともクレアがその男性について詳しく聞きたがると思っていたはずだ。しかしクレアは小さくうなずくのがやっとだった。

「いくらになる？」会計をすませたクレアはいつもどおり静かに店を出たが、ヤーコブの手を強く握りすぎていたようだ。

「痛い」ヤーコブが言った。

「ごめんね」クレアはそう言ったものの息子の手を離そうとはせず、反対の手で携帯電話とポケベルをさぐった。

すぐボディーガードに電話をして緊急事態だと伝えるべきだった。しかしクレアは何もせずに歩きだした。気が動転していて、また引っ越さなければならないなどと考えていた。ひとつのところに長くいすぎたのだ。強い陽ざしが首筋を焼く。汗で湿った服の布地が背中にはりつく。トラクターが通りかかり、クレアは歩く速度をあげた。ヤーコブが小走りでついてくる。

「ママ、どうしたの？」

「なんでもないわ。でも急いで帰らないといけないの」

クレアはヤーコブを抱きあげた。今でもヤーコブは不思議なほど体重が軽い。ヤーコブが不安そうにクレアの髪を引っぱった。馬のたてがみを引っぱるようなしぐさだった。クレアは道の先に目をやった。前方に川が流れていて、丘がある。そこから左へ折れて森のほうへ向かい、丘をのぼれば家に到着だ。きっと大丈夫。クレアはポケベルで緊急メッセージを送った。数分以内にボディーガードが来てくれる。

クレアはヤーコブの脚をぽんぽんとたたき、髪を引っぱるのはやめてと言った。

うしろから静かなエンジン音が聞こえてきた。徐行して走ってくるので、クレアは車が通りすぎるのを待つことにした。肩越しに手をふって先へ行けと合図もした。しかし車は徐行運転をやめない。獲物を狙う捕食者のようにそろそろとあとをついてくる。クレアはヤーコブをおろし、いざとなったら一緒に溝に飛びこんで草原へ逃げる準備をした。

しかしそれを実行する前に車がとまった。ドアが開き、大きな音をたてて閉まる。足音が近づいてくる。クレアはふり返りたくなかった。

「ママ、誰？」

ヤーコブの声に、観念してうしろを見る。彼は少しも変わっていなかった。少なくとも第一印象は記憶にある姿と同じだった。カーキ色のリネンのスーツに白いシャツ、そして帽子をかぶったガボールは、映画に出てくるマフィアのボスのようだった。抗いがたい光を放つ緑の瞳がクレアを見据える。

「私は死ぬの？」クレアは英語で言った。

「そうだ、友よ」

ガボールは上着の下に装着していたホルスターから拳銃を抜いた。せめてもの慰めだとクレアは思った。じわじわ焼き殺されるよりも撃たれるほうがマシだ。

「どうやってここを見つけたの？」

「そもそもタンクローリーの事故で死んだとは思っていなかった」ガボールが胸に手をあてた。「きみは生きていると、ここで感じていたんだ。だがごらんのとおり、さがすのに手間どった。かなり本格的に調査しなければならなかった。きみは非常にうまく隠れていたからね」

「あなたの息子よ」

ガボールは聞こえなかったようにトウモロコシ畑を見まわし、拳銃を構えてクレアの胸のあたりに視線を落とした。そこを狙おうとしているかのように。彼の靴は意外なほど汚れていて、額と顎に汗の粒が浮かんでいた。唇が乾燥してひび割れている。何日か前から髭も剃っていないようだ。彼もまた葛藤《かっとう》しているかのようだった。以前よりも老けた。

だが、拳銃を構える手は微動だにしなかったし、歩みもしっかりしていた。クレアはヤーコブを引き寄せた。本当は、できるだけ遠くへつきはなすべきだったのかもしれない。

「この子はあなたの息子なのよ」クレアはふたたび言った。

「私にもう息子はいない」

「よく見てごらんなさい。そっくりじゃないの」

本当はクレアにも確信が持てなかった。やはりガボールの息子ではないと明るい気持ちになる日もあった。だが生きのびるにはガボールの子である可能性に賭けるしかない。

「この子には私しかいない。あなたの息子なのよ、このけだもの！」

ガボールはヤーコブを見なかった。惑わされたくないと思っているのだろう。しかし次の瞬間、ガボールが視線を落とした。最初はちらりと、次にじっくりと少年を観察する。そしてガボールに何かが起こった。冷徹な表情が揺らぎ、目がうるむ。混乱しているようだ。涙があふれて頬を伝い、手が震えた。

「息子は死んだ。この腕のなかで死んだんだ。誰も……」

ガボールの言葉が途切れた。銃口がさがり、ヤーコブを狙う。クレアが悲鳴をあげ、銃声が響いた。あとには不吉な静寂が残った。


ユーリアは近づいてくる足音を聞いていた。最初は第三者の登場を歓迎した。ルーカスの態度がおかしかったので、誰かいてくれたほうが心強いと思ったのだ。ところがしだいに不安になってくる。呼び鈴も慣らさずに家に入ってくるなんてふつうではない。それでも足音の主が現れたとき、ユーリアはほっと息を吐いた。グレーのスーツを着た男はにこやかで、やさしそうで、うしろめたいことなど何もなさそうだった。この家の所有者だろうか？　家を借りる際に手ちがいがあったのかもしれない。ユーリアは肩越しにルーカスを見た。

ルーカスも困惑しているようだ。ユーリアは身体にバスタオルを巻きつけ、スーツの男を見あげた。男は片方の眉をあげてくるりと向きを変え、室内に消えたかと思うとバスローブを手にして戻ってきた。ユーリアはそれを受けとってためらった。すべてが奇妙だ。それでも結局は袖を通した。バスローブはぶかぶかだったがあたたかい。ユーリアはお礼を言った。

「いや、当然のことだ」

男が英語で答え、近くにあるデッキチェアに座った。

「失礼ですが、どなたですか？」

「通りすがりの者だ」

おかしな返事だとユーリアは思った。ルーカスをふり返ると、いらだち、男に腹を立てているようだ。いったい何が起きているのだろう？　ユーリアはますます不安になった。

「それはどういう意味ですか？」

「邪魔をしてすまない」男は強烈なカリスマ性を放っていた。おだやかだが妙に心を揺さぶる声の持ち主だ。「きちんと説明するが、その前に……」

男はルーカスのほうを見た。それから失礼と言って立ちあがり、ルーカスに近づいて低い声で話しはじめた。ユーリアにはふたりの会話がまったく聞こえなかった。事態が好転することを祈りながら待つ。ルーカスの表情がひどく険しいのが気がかりだった。

「すまなかった」男が戻ってきた。「気分はどうだい？」

男はそう尋ねながらデッキチェアに座った。高級腕時計が巻かれた腕に血管の筋が浮きでている。

「さっきよりはよくなりました。でも携帯電話を返してほしいんです」

男はユーリアをじろじろと眺めて、さみしげな笑みを浮かべた。

「そういうことなら携帯電話がきみの元に戻るようにしよう。この女性の携帯電話はどこかな？」

男が声をあげる。

〝誰にも邪魔されない週末〟を過ごすために自分でとりあげておきながら、ルーカスは知らないというように首をふった。ユーリアは〝さっさと返しなさいよ！　どうしていやがらせするの？〟と叫びたくなった。しかし同時に、自分がどういう状況に置かれているのかますますわからなくなった。よければあなたの携帯電話を貸してもらえないかと男に向かって丁寧に頼む。

「もちろん」と男は言ったが、ポケットに入っているであろう携帯電話を出す様子はない。

「父に電話しないといけないんです」ユーリアはつけくわえる。

「心配していると思うかい？」

「ぜったいにしています。あなたはお子さんがいますか？」

どうしてそんな質問をしたのか自分でもわからなかった。相手のことをよく知れば、すぐに携帯電話を渡さない理由がわかるのではと思ったのかもしれない。ユーリアは男を注意深く観察した。スーツがよく似合っていて上品な人だった。ふさふさした黒髪をまんなかで分けて、うしろになでつけている。目鼻立ちがはっきりしていて、アシンメトリーな印象はあるものの、どこがと言われると指摘できなかった。目のせいかもしれない。瞳の色が左右でちがうように見え、それが男に矛盾した印象を与えていた。年齢は父と同じくらいで、少し似ていなくもない。他人を見透かすようなまなざしにどこか哀愁を感じるからだろうか。ただし男の笑みには父のようなあたたかみがなかった。それはどうしてだろう？

「息子は、ふたりいた」

男が過去形を使ったので、何があったのか尋ねてもよいものか迷った。聞こえなかったふりをして、もう一度電話を貸してくれと頼もうか？

「今はいない、ということですか？」

「失ったのでね」

「お気の毒に。何があったんですか？」

余計なことを言わないほうがいいと思いつつ、質問が自然と口をついていた。礼儀からか、好奇心からか、それともただ知っておくべきだと思ったのかもしれない。

「ひとりは爆発事故で死んだ」

ユーリアはひるんだ。「ひどい」

「名前はヤンだ。誰もがうらやむような優秀な子だった。九歳にして空手と柔道をマスターしていた。私が教えたんだ」

「強い子だったんですね」

ユーリアはほほえもうとした。

「そうだ」男はひどく真剣な顔でうなずいた。「強く、自信に満ちていた」

「もうひとりの息子さんは？」

「ヤンのようにはなれなかった」

「その子には何があったんですか？」

「きみに理解できるかどうか。もうひとりは弱かった。私はきみの父親を知っている」

「そうなんですか？」

男がわが子を〝弱い〟と形容したことが不快だった。

男が父を知っているとわかって、さらにいやな感じがした。

「出会ったのはだいぶむかしのことだ」

「どういう知り合いですか？」

「親同士が知り合いだった。しかし彼の父親、つまりきみの祖父は、私の父を破滅させた。父は二度と立ち直れなかった」

「それは……すみませんでした」

「きみの父親とは子どものときに会った。きみの父親の家庭教師が、われわれを競わせようとした」

ユーリアは唾を飲み、ルーカスに目をやった。

「あなたは父と互角に競うことができるんですか？」

男がおもしろがるような顔をした。

「もちろんだとも。なかなか手ごわい相手だったがね。以来ずっと、彼の能力には一目置いている。きみは、あの才能を少しでも受け継いでいるのかね？」

ユーリアは警戒しながら首をふった。

「いいえ。私は凡庸です」

「そうではないことを証明しないと」

「どういう意味ですか？」

男は応えず、携帯を出した。ユーリアは一瞬、男の謎めいた言い方がもたらす不快感を忘れた。ようやく父に電話できるかもしれない。ところがユーリアに携帯を渡さず、届いたばかりのメールを確認した。

「電話を貸してもらえますか？」ユーリアは言った。

男がさっきまでとはちがう、高揚した目つきをする。

「きみの父親をここへ呼びたかった。そうなるとかなりややこしい展開になったかもしれないが」

男の言い方には不穏な気配があった。

「どういう意味ですか？」

男はすぐに答えなかった。

「彼に見せたいんだ」

父が何を見ることになるのかわからないし、それについて考えたくもなかった。ユーリアは目の前の状況に意識を集中した。生死がかかっているかのように真剣に観察し、分析する。すぐにわかったことがふたつあった。

目の前の男とルーカスのあいだには意見の食いちがいがあるということ。それは服を着るルーカスの反抗的で不満そうな態度からしてまちがいない。ふたりの対立をあおればここから逃げるチャンスが生まれるかもしれない。しかし建物の外から別の足音が聞こえてくるのが気になった。

もうひとつわかったことは、ふたりの息子の話に決定的な秘密があるということだ。しかもそれは自分と父親にも関係がある。ユーリアは携帯電話を借りるのをあきらめ、ごくおだやかな口調で尋ねた。

「それで、もうひとりの息子さんはどうなったんですか？　弱いほうの息子さんは？」

42

銃声があまりに大きかったので鼓膜が破れたのかと思った。クレアは空を見あげた。照りつける太陽に、急に耐えがたいほどの暑さを覚える。遠くから騒ぎ声が聞こえてくる。おそらく近隣の人々も銃声を聞いたのだろう。堆肥《たいひ》と熱された土のにおいに包まれて、クレアは自分に言い聞かせた。〝下を見ちゃだめ。まだ見ないで。あと少しのあいだでいいから希望を持っていたい〟次の瞬間、クレアの耳が小さな音を察知した。息を吸う音、うめき声。その音で、自分がまだヤーコブの手をつかんだままだと気づいた。

息子の手の感触に神経を集中しながら視線をさげる。ヤーコブはまだ立っていた。真っ青で呆《ほう》けたような表情をしているが、生きている。クレアは地面に膝をつき、息子の全身に手をはわせて出血箇所をさがした。どこか撃たれたにちがいない。どこかけがをしているはずだ。息子の身体から命の輝きが失われようとしている。だが、どこからも出血している様子はない。クレアはようやくガボールを見あげた。手には拳銃が握られたままで、銃口から硝煙が出ていた。

ガボールがうなずいた。まるでクレアが理解していない何かを肯定するように。次の瞬間、クレアの身体にずしりと重みがかかった。ヤーコブが倒れ掛かってきたのだ。クレアは息子の身体を受けとめた。

「救急車を呼んで！」

「その必要はない」

「どうして私を撃たないのよ！」

「それは……」

「何？　どうしたっていうの？」

「腹が立ったんだ。ヤンが死んでその子が生きていることに。腹立たしさに正気を失いかけていた」

「ふざけないで！」クレアは叫びながらヤーコブのシャツをぬがせ、銃創をさがした。

それでも傷らしきものは見つからず、代わりにヤーコブが失禁したことがわかった。ふくらはぎを尿が伝い落ちている。

「安心しろ。地面に向けて撃っただけだ」ガボールが拳銃をホルスターに収めた。

顔に血の気が戻っている。ガボールはクレアのほうを見たが、そのまなざしはいつもほど自信に満ちたものではなかった。それでもこの場を仕切っているのは自分だという自負は感じられる。ガボールがぶつぶつと言葉を発する。

「なんて言ったの？」

「これでわかっただろう。きみがどこにいようと、必ずさがしだす。私の不利になる情報をひと言でも漏らしたら息子もろとも撃ち殺す。さもなければ火をつける」

クレアはガボールを無視して息子の名を連呼した。ヤーコブが目を開ける。クレアの人生がふたたび動きだし、周囲の世界が色をとりもどした。

「ママ」ヤーコブがささやく。

息子を抱きしめて喜びに浸りたかったが、ガボールに対する警戒は一秒たりとも緩めることはできない。クレアは考えた。どうすればこの場をうまく収められるだろう？　何を言うべきだろう？

「裁判であなたの不利になる証言はしない。この子の命に賭けて誓うわ。なんなら警察の情報をあなたに流してもいい。あなたが望むなら、あなたの助けになるのなら……」

自分でも何を言っているのかわからなかった。なんでもいい。とにかく自分と息子の命を守るためならなんだってやる。

「続けて」

「あなたがこの子に会いたいのなら、私にしたことの結果を見たいなら、それもできるわ。この子はすばらしい子よ」

「やせっぽっちで私のヤンとはぜんぜん……」

ふたたび物思いに沈んだガボールを見て、クレアは不用意な発言を後悔した。だが今はみずからの手足を差しだしても息子を守らなければならない。

「ちゃんと食べさせる。約束する。きっとあなたの自慢の息子になる」

するとガボールがうなずいて、近づいてきた。ヤーコブの横に膝をつき、頬を人差し指で――引き金を引いたその指でなでる。それからやさしい声で言った。

「いい子だな。大きな音がしてびっくりしただろう？」

それからガボールは立ちあがり、去っていった。遠ざかる足音と車のドアが勢いよく閉まる音、自分の胸に感じる息子の鼓動が記憶に刻まれる。われに返ったクレアは息子を抱きあげた。家に帰る途中で、走ってくるボディーガードに遭遇した。


いつ打ち明ける？　もうすぐだ。なるべく早くしなければ。ヨーナスから連絡が入ったらすぐ、できればルーカスと話して、相手の要求がわかってから。目の前でレッケとヘルネルが話しこんでいる。ヘルネルの身ぶりから、レッケに対する彼の期待は、ミカエラに対するそれとは桁《けた》ちがいに大きいことがわかった。息を詰め、レッケの言うことをひと言も聞き漏らすまいとしている。レッケが何か反応を示すたびに、いちいち話をとめる。

「モロヴィアの捜査をあきらめたのはいつですか？」

「捜査が打ち切りになったのは一九九四年です。上層部からの支援がなくなり、クレアもまったく協力してくれなくなりました。クレアはそれまでの証言を覆しました」

「どうしてですか？」

ヘルネルは周囲を見まわし、小道をくだった水辺にあるベンチに目をとめた。昨日の夜、ミカエラとレッケが座ったベンチだ。

「座りませんか？」

三人は小道をくだり、ベンチに腰をおろした。ヘルネルが全員の携帯を集めてノイズボックスに入れる。それからダックスフントを二頭連れた散歩の女性が通りすぎるのを待った。

「正直、私たちの対応が悪くてクレアをモロヴィアの元へ送りこむ結果になったのだと思います。警察は守ってくれないと悟ったクレアは、モロヴィアを頼るしかなくなった。闇の論理が働いたのです。警察がだめなら、敵と手を組むしかない」

「つまりモロヴィアが彼女の居場所をつきとめたんですね」

「そうです。でもその事実がわかったのはしばらくあとになってからでした。あの親子にひどいことが起きたことだけはわかりましたがね。ヤーコブは一時期、まったく口をきかなくなりましたし、クレアも私たちと距離を置くようになったので。ふたりは明らかに怯えていましたが、何があったかは教えてくれませんでした。じきにクレアが警察の警護はいらないと言いだしました」

「それであなた方はどうしたんです？」

「最終的には彼女の言うとおりになりました。クレアの要求に従ったのではありません。彼女がひそかにモロヴィアと連絡をとっていることがわかって、そもそもモロヴィアから守る必要がなくなったのです」

ミカエラは会話に割って入った。

「どうしてモロヴィアはクレアをすぐに殺さなかったのでしょう？　裏切り者に慈悲をかけるタイプには思えませんが」

ヘルネルがミカエラに向き直った。

「ヤーコブがいたからだ。それ以外に理由が見あたらない。子どもがモロヴィアの弱点なのかもしれないし、そうだったとしてもなんの不思議もない。車両爆破で息子を亡くしたばかりの男の元に新たな息子が現れたのだから、控えめに言っても奇跡のように感じたにちがいない」

「ヤーコブはモロヴィアの子だったんですか？」

「一時はモロヴィアも父親の役割を果たそうとしていた。少年と会い、高価な贈りものをしていたようだ。そこまでは情報をつかんでいる。だがモロヴィアは息子の存在が外部に漏れないように、ごく身近な人たちにも隠していた」

「それでどうなったんですか？　クレアは？」

「クレアは一から生活を立て直し、ふたたび経済アナリストとして成功した。ドイツやフランスで不動産の売買をし、私も数回会ったが、現状に満足しているように見えた。裕福になって、新しく手に入れた力と安全を楽しんでいるようだった。ただ、根本的に不安であるのはまちがいなく、スウェーデンには戻りたがらなかった。モロヴィアの働きかけがあったにちがいない。それと息子のヤーコブは難しい立場に置かれているようだった。クレアはなるべく息子をモロヴィアに近づけないようにしていたが、ときどき呼びだされ、そういうとき彼女に拒否権はなかった。今年の三月も同じような流れだったと思う。クレアとヤーコブはヴェネツィアへ出かけた。カナル・グランデのそばにモロヴィアの別荘がある。その旅にいつもとちがったところはなく、たまにあるモロヴィアと息子の面会のひとつにすぎないように思えた。ところが親子はヴェネツィアで消息を絶った。煙のように消えてしまった」

「正確な日付は？」ミカエラは質問した。

「三月二十二日だ。だからあなたがリンドルースに渡した写真が重要なのだ。クレアの最後の痕跡かもしれない」

ミカエラは写真を思い浮かべた。

「ほかに手掛かりはないんですか？」

「これから見せるつもりだ。あなたとレッケ教授なら、私たちに見えないものが見えるのではないかと思って。だがまずは……」

ヘルネルはレッケに向き直り、さっきとは別の、犬の散歩をする人が通りすぎるのを待った。

「あなたに質問しなければならないことがあります」

レッケは身構えた。

「さっき、ご自身も裏切られたとおっしゃいましたね」

「僕はモロヴィアの息子、ヤンが車の爆破で殺された件にかかわっていたようです」レッケが言った。

「それは言い過ぎではないでしょうか」

「モロヴィアの視点に立てば同じことでしょう。当時の僕は気づいていませんでしたが」

「あなたはベルリンでアンドレイ・ハバロフが殺された事件の捜査に協力しただけですよね？」

レッケがあきらめたように肩をすくめた。

「ハバロフというのは誰ですか？」ミカエラは質問した。

レッケがミカエラに向き直る。

「シロヴィキ（訳注：ロシアで治安、国防、および諜報機関の出身者を意味する）と呼ばれるKGBの息のかかったビジネスマン……というよりギャングだな。サンクトペテルブルクの支配層、とりわけプーチンと親しく、新興財閥《オリガルヒ》に対して過剰なまでに攻撃的だった。一九九四年二月、東ベルリンの倉庫でハバロフが焼死体で発見された。遺体は不自然にねじれて、黒焦げだった。死ぬ前に自分で舌を嚙《か》み切ったようで、壮絶な苦しみを味わったにちがいない。当時、僕は戦時中の尋問方法について執筆していた。それで拷問についてかなり知識があったので、旧友のヘルマン・カンパオズンが殺人事件の調査に協力してくれないかと持ちかけてきたとき、軽い気持ちで承諾したんだ」

「ヘルマンというのは前に話していた人のこと？」

「そうだ。実際、僕の役割はたいしたものではなかった。相談を持ちかけた時点で、ヘルマンは犯人に目星をつけていて、僕の見解はそれを確信に変えただけだ。遺体の写真や司法解剖の結果を見返してもたいした発見はなかった。犯人は痕跡を残さないよう細心の注意を払ったようだ。だが遺体から十メートルほど離れた場所に、埃と灰にうもれて足跡がふたつ残っていた。僕はそれに注目した」

「何がわかったんですか？」ヘルネルが先を促す。

「左足がかすかに内向きに接地していた。さらに左足の跡は薄いのに、右足は、まるで左足の軽さを埋め合わせるような強さで地面に押しつけられていた。そういうパターンの足跡を以前にも見たことがあった」

「どこで？」

「ウィーンにある僕の家の庭で。当時、僕は十一歳か十二歳だった。あのとき見た足跡はもっと小さかったし、歩幅も狭かった。それでも体重のかけ方は同じだった。そこで〝ガボールの歩き方に似ている〟とヘルマンに伝えた。それだけだ。ヘルマンはうなずいて消え、僕はそんな助言をしたことさえ忘れていた。いや、忘れようとしていた。だが……」レッケはノベル通りのほうへ目をやった。「ついさっきヘルマンから電話があって、当時、われわれの導いた結論がサンクトペテルブルクの治安当局に漏洩《ろうえい》したとわかった。そこで当局の誰か、もしくは当局に間接的なつながりのある人物が、自分たちの手でガボールに報復しようと決めた。それが彼の息子を巻きこむ爆破事故につながった」レッケはそう言って立ちあがりかけた。

「たしかにあれは痛ましい事故でした」ヘルネルが険しい表情で言った。レッケが立ち去るのではないかと心配しているようだった。「ともかく……どうでしょう？　クレアとヤーコブの痕跡を見てもらえませんか？」

レッケは気が進まない様子で海に視線をやった。一方のミカエラはルーカスとユーリアのことを――兄とレッケのひとり娘のことを考えていた。

「すみませんがもう一本、電話をかけてもいいですか？」ミカエラは言った。

「またかね？　クレアの件に集中してくれると思っていたんだが……」

ヘルネルはそう言いつつもノイズボックスから携帯電話をとりだした。

ミカエラはすぐにすむからと断って、ノベル通りへ戻りながらヨーナスの番号に発信した。呼び出し音が何度も鳴ったあと、ようやくヨーナスが電話に出た。ヨーナスは迷惑そうだったし忙しそうだったが、それでもミカエラのほしい情報をくれた。ルーカスの携帯電話が最後に使われたのはストックホルムの南西にあるヤーナ近郊だ。

「その前がペシュハーゲンで、もうひとつ前がサーレム、そしてトゥンバだった。おそらくルーカスはE４を南下している。ヤーナ以降、電波は途絶えた」

ミカエラはヨーナスに聞いた話を反芻しながら、もう少しずうずうしくなっても許してもらえるだろうと思った。

「速度違反取り締まり装置にルーカスの車が写っていないか調べてもらえますか？　アウディのカブリオレです。Ｅ４沿いのカメラに写っているんじゃないかと。ルーカスがどこへ行ったかつきとめないといけないんです」

ヨーナスはしばらく沈黙していた。

「自分が何を頼んでいるかわかっているのか？　違法行為をしているという根拠もなく調べられることじゃないんだぞ」

「お願いします。なんでもしますから」

「やれるだけやってみる」

ミカエラは電話を切ってベンチへ戻り、レッケに現状を伝えようと思った。しかしヘルネルに彼女を待つ気はなかったようだ。ブリーフケースからノートパソコンをとりだして、ヴェネツィアの監視カメラが捉えた写真を見せている。一方のレッケはあまり画面に集中していないようで、隙あらば逃げようとでもするような落ち着きのない身ぶりをしていた。

ところが短い映像を見せられたとたん、何かを発見したようにレッケが凍りつく。

ミカエラは兄の話を切りだすのをもう少しだけ延期することにした。

43

ノートパソコンの画面に映しだされたのは、今年三月二十二日の十八時二十二分にヴェネツィアのサン・マルコ広場で監視カメラが捉えたクレアの映像だった。

エリック・ルンドベリの写真に捉えられた直後のものと思われる。写真のクレアが、レッケいわく〝自分の行くところに世界がついてくる〟ようなオーラを発していたのとは逆に、映像のクレアは不安そうだった。

ヘルネルの話によれば今年十三歳になる少年に、何か言葉をかけているように見える。黒っぽい巻き毛で、不安そうに目を見開いた少年は、実年齢よりも幼く見えた。短い映像のなかで——正確にはたった六秒の映像だが——ひょろりとした少年は母親から意に反することを聞かされたようにいやいやと首をふった。少年の存在そのものが無防備で痛ましく感じられた。青いシャツと白っぽいスーツもしっくりこない。少年は全力疾走したあとのように息を切らし、しばらく立ちつくしたあと、クレアに引っぱられて画面から消えた。

「どうですか？」ヘルネルがレッケをふり返った。

「正確なところはわかりませんが……心配ですね。クレアは誰かに追われていると思っているようだ。それに……巻き戻してもらえますか？　ひとつ確認したいことがあります」

三人はもう一度映像を最初から見た。レッケの顔が恍惚とする。うれしいのではなく、覚醒《かくせい》して、気力がみなぎり、千のアイデアがいっきに浮かんだような感じだ。

「ふたりは英語でしゃべっていますね？　クレアが〝車を置いていきましょう〟と言っているようだ。彼女の車は見つかりましたか？　レンタカーかもしれません」

「クレアの名前でも、彼女の新しい名前、サラ・ミラーでも調べましたが、車はありませんでした。ヴェネツィア入りしたときの映像も見つからないのです。おそらくクレアは細心の注意を払っていたのでしょう」

レッケが髪をかきあげた。

「ヴェネツィア内の駐車場で長期間放置された車や、牽引《けんいん》された車をすべて調べましたか？」

「やろうとしましたが、あまりにも大掛かりになるので断念せざるを得ず……」

「たしかにそうですが、この事件は大掛かりな捜査をする価値がある。ちがいますか？　さっきの写真をもう一度見せてください」

「もちろんです」ヘルネルはミカエラが電話していたときにレッケに見せた写真をとりだした。数分間に異なるアングルから撮影された六枚の写真だ。

「繰り返し登場するものがあります。気づきませんか？」

ヘルネルは考えこんだ。

「いや……これといってはありませんが、しいていえば——」ヤーコブのすぐうしろに写っている、ヒョウ柄のようなまだらのシャツと黒いパンツをはいた男を指さす。

「この男性は二枚の写真に写っています」

「うしろ姿も勘定に入れれば三枚だ」レッケがもう一枚の写真を指さした。身体の一部しか見えないが、たしかに同一人物だった。ルンドベリの写真にも写っていた日本人団体観光客の陰に隠れている。それでも肩のラインや、やや女性っぽい動作で左手をあげているところから同じ人物だと確認できた。ブリーチした髪は頭頂部のあたりが黒っぽい。それほど若くなく、三十五歳から四十歳くらいに見える。ピアスをしていて、整った顔立ちをしており、本人もそれを自覚しているようだ。自分が自分であることに満足しているような笑みを浮かべている。ゲイの観光客といった雰囲気で、クレアの失踪とかかわりがあるとは思えなかった。ひとつ疑わしいところがあるとすれば、男がヤーコブを見ていることだ。しかしそれだけで容疑者とはいえない。スーツ姿のきゃしゃで不安そうな少年は、ふつうにしていても目につくだろう。

「ヤーコブを見ていますね。好みなのかもしれない」

「たしかに。ヤーコブはそれに気づいていない」

「ただ、僕が注目したのはそこではない。この写真を見てくれ」レッケが一枚の写真を抜きだす。

「右手の親指が見えるだろうか？　曲がっているだろう。不自然だと思わないか？」

ヘルネルが身を乗りだして写真を見つめた。

「本当だ。まったく気づきませんでした」

レッケが一瞬、目を閉じた。

「ペンを持っていますか？　ペンでなくても細長いものならいい。ああ、どうも」ヘルネルが差しだしたボールペンをシャツの袖に入れて腕に沿わせ、親指で先端を押さえるように持つ。

「なんてことだ」ヘルネルが声をあげた。「まさにそのポーズですね。つまりこの男は袖に何かを隠している。武器……ナイフのようなものを」

「そうです。見えにくいですが何か黒いものが、ハンドルの一部のようなものが親指に押しつけられているのがわかります。そしてミカエラの見立ても正しい。この男のヤーコブを見る目つきは気に入らない。胸がざわつく」

「よい意図は感じませんね」

「以上のことから、あなたに対する助言はこの男を見つけることです。最新の顔認証プログラムがどのくらいの精度までできているのか知りませんが、運がよければこの男はほかの監視カメラにも映っているでしょう。男の居所がわかればそこが捜査の始点になります。この男をつかまえてエクサーメン・リゴロースムすれば」

「なんとおっしゃいました？」

「厳しく問い詰めるのです。この男は何かを知っている。そしてヤーコブは……まだ子どもだ。ヤーコブには……」

レッケは言葉を切り、ふいに何かに気をとられたような表情を浮かべた。しばらくして冷静さをとりもどし、携帯を返してほしいと頼む。そしてさっきミカエラがしたようにベンチから離れ、電話をかけた。一部しか聞こえなかったが、どうやら兄に電話をかけたようだった。ミカエラとヘルネルは監視カメラの写真に目を戻し、ヤーコブのしぐさについてレッケが何を言わんとしたかを考えた。しかし何もわからなかったので、写真の分析はあきらめて、ピアス男をさがす方法について話し合う。

電話を終えたレッケが戻ってきた。深刻な顔つきで、何かショックを受けているようでもあったが、いつもどおりの礼儀正しさで謝罪する。

「たいへん失礼しました。それらの写真とほかにあるだけの資料を暗号化して送っていただけると助かります。残念ながら、すぐに行かなければいけないところがありまして」

「そんな、だめですよ」ヘルネルが首をふる。「ほかにも相談したいことがあるんです」

「今は対応できません」レッケは手を差しだし、ヘルネルの目を正面から見た。

それからミカエラのほうを向いて、行こうというように頭を動かす。ミカエラは少しだけ優越感を覚えた。レッケにとって自分は部外者ではないと証明されたような気がしたからだ。街中へ戻りながら、レッケはまたしても周囲を忘れたように考えこんでいた。さらなる心配事を与えたくはないが、いつまでも話さないわけにもいかない。ミカエラは腹を決めた。

「ユーリアの新しい彼氏のことを心配しているんでしょう？」

「そのとおりだ」

「その彼氏というのは兄のルーカスだと思うの」レッケの反応はまるで予想がつかなかったが、ミカエラは本能的に一歩うしろへさがった。

「なんだって？」

「兄が迷惑をかけて本当にごめんなさい」

レッケはさっきと同じように固まったあと、口を開いた。

「ふたりの居場所はわかるかい？」

ミカエラはこれまでの経緯とヨーナスから得た情報を伝えた。レッケは返事をしなかった。その場に立ちどまったまま、住所のようなものをつぶやいている。何を考えているのか説明してくれなかったし、麻薬の売人であるルーカスと自分の娘がつきあっているというショッキングな事実に対する感想もなかった。まるでこうなることを予想していたかのようだ。彼が示した唯一の反応は歩く速度がいっそう速まったことだけだった。ミカエラは小走りでついていった。

「いちおう伝えておくけれど、ルーカスに、わたしは一切の捜査から手を引くとメールを送ったから。兄がユーリアに手を出す理由はなくなったはずよ」

レッケは何も言わない。ペースを落とさず歩きつづけ、玄関に到着すると電子錠に暗証番号を入力し、降りてきたエレベーターに乗った。そこでミカエラは、レッケが極度の集中状態にあることに気づいた。エレベーターに乗っているあいだも周囲のあらゆる情報を吸いあげている。いきなりしゃがんで誰かの靴の裏についていたであろう砂利を調べはじめる。砂をつまんで手のひらにのせ、重さを量る。それから立ちあがり、エレベーターのドアが開くと同時に来客のようだと言いながら通路へ出た。ミカエラも通路に残る香水の香りに気づいた。用心しながら玄関のドアを開ける。ハンソン夫人が申し訳なさそうな顔で出てきて、レッケに向かって言った。

「お母様がいらしています」

「知っている」レッケはまったく意に介していないようだった。

まっすぐパソコンの前に行き、アルタビスタ（訳注：アメリカの検索エンジン会社。ヤフーに買収されてサービス終了）にキーワードを打ちこむ。背後からカツカツとヒールの音が聞こえても、レッケは検索をやめなかった。ヒールの音はミカエラに〝権威〟の二文字を連想させた。支配、そして非難だ。足音の人物が部屋の入り口に現れる。噂に聞いたレッケの母親——息子をコンサートピアニストに、世界的なスターにするために学校をやめさせた人物。息子が本来の自分を——論理と実証的分析を重んじる自分をさがそうとするのを阻んできた人物だ。

「ハンス」レッケの母親が咎《とが》めるように言った。

レッケは顔をあげることさえしなかった。一方のミカエラは女性から目が離せなかった。七十五歳くらいだろうか。しかし外見は若々しく、体つきはスリムで、腰も曲がっていない。髪を結いあげ、首元までボタンのついた青いブラウスと細身のブラックパンツに乗馬用のブーツをはいている。ミカエラは王族を前にしたように背筋をのばすか、片足を引いて膝を曲げるおじぎをしたくなった。レッケの母親は身長が百八十センチ以上あって、美しく、息子にも似ているが、より厳格な雰囲気があった。つきだした頬骨や大きくてよく動く目は、鍛えぬかれた壮年のバレリーナを連想させる。

「ハンス、あいさつもしないつもり？」

「こんにちは、お母さん。パーチ（訳注：スズキ目ペルカ科の魚）はつかまりましたか？」

「ええ、二匹つかまえたけれど、どうしてわかったの？」

「お母さんの靴についた砂利がエレベーターに落ちていたんです。あれはうちの釣り小屋周辺にある砂利だ。お母さんがあそこへ行ったなら、パーチが目当てにちがいないと思いましてね」

「あなた、また躁状態なの？」

彼に選択肢はないとミカエラは思った。

「やる気に満ちているんですよ」レッケは言った。「ミカエラを紹介します。友人で、同居人です」

エリーサベト・レッケ（旧姓フォン・ビューロー）は、ミカエラを上から下まで眺め、いかにも不満そうな顔をした。注意深く観察しなければわからない程度だったが、そのときのミカエラには見せかけの善意の裏に隠れたひそかな蔑みがわかった。

「ようやくお会いできたわね」エリーサベトが手を差しだす。「お噂はかねがねうかがっていますよ」

ミカエラは会釈し、社交辞令を返すべきか迷った。とりあえず〝お会いできて光栄です〟と言っておく。

「若々しくてすてきなお嬢さんだこと。きれいなお顔立ちをなさっているのね。ハンスがくだらない謎解きで忙しくしていないときに、ショッピングに連れていってもらうといいわ。エステルマルムの流行はほかの地区とは少しちがうのよ」

「エステルマルムでいちばんの流行は偏見と蔑みですよ」ハンスが言った。「ともかく元気そうで安心しました」そう言って母親を見あげる。「それにご自分で魚網を引きあげたとは感心だ。ロッテンは休暇中ですか？」

エリーサベトは自分の手に視線を落とした。

「あら……そんなことはないわ。でも彼女には頼めなかったのよ。ひどく絡んでいたものだから。それよりヴィヴィアン・スパーレが嬉々《きき》として電話をしてきて、マグヌスがプーチン大統領の横でにやけている写真がネット上に出まわっているって言うの。マグヌスも、もう少し品位を保ってほしいものだわ」

「どうなんでしょうね」レッケはいやそうな顔で立ちあがった。「すみませんが急いでいるんです。何か用があって来たのですか？」

「まあ！　用がなければ息子の家に来てはいけないというの？　心配しているのに電話にも出ないで。どうしてキャリアをあきらめてしまったのか、いまだに理解できないわ。あなたなら、なんにでもなれたのに」

「お母さんもね。やる気さえあれば今からでも間に合いますよ。また時間のあるときに、ミカエラと一緒にショッピングにでも行きましょう。二十一世紀の流行は、お母さんの時代とはちがいますからね。そういえばイダ・アミノフに贈ったネックレスが戻ってきたことを話しましたっけ？」

「その名前は二度と聞きたくないわ。あなたはロヴィーサとやり直すべきだと、私は本気で思っているのよ」

「ウワーレ、ウワーレ、レッデ・ミヒ・レギオーネス・メアス（ウァルスよ、わが軍団を返せ）」レッケはそうつぶやいて部屋を出ると、引き出しや上着のポケット、書き物机や衣類の下をさぐりはじめた。

最初は淡々としていたが、やがて憑依《ひょうい》されたかのように動作が性急になる。手が震えはじめ、目の焦点が合わなくなった。レッケは部屋から部屋へ歩きまわり、手当たりしだいにものをひっくり返した。そのうしろを母親とハンソン夫人がおろおろとついてまわる様子は、まるでダンスを踊っているかのようだ。以前にも同じようなことがあったにちがいないとミカエラは思った。

「まったく、何をさがしているの？」エリーサベトが尋ねた。

「車の鍵ですよね？」ハンソン夫人が言う。

「そう、そのとおりだ」

「鍵なら隠しましたよ。近ごろのあなたはとても運転できる状態ではありませんでしたし、率直に言って、今も運転するべきではありません」

「ほかに選択肢がないんだ。頼むから車の鍵をくれ！」レッケがあまりにも強い口調で言ったので、ハンソン夫人もしぶしぶながらうなずいて、鍵をとりに奥の部屋へ引っこんだ。

レッケはミカエラについてくるように言った。エリサーベトとハンソン夫人が抗議するなか、せかせかと部屋を出る。

「トローサへ行く」下降しはじめたエレベーターのなかで、レッケがぽつりと言った。

44

最悪の状況だ。飛行機に乗る前にハンスに電話するべきだった。そうしなかったばっかりに、向こうから電話をもらってしどろもどろ言い訳をするはめになった。アーランダ空港に到着したマグヌスは、ジャケットを肩にひっかけてターミナル内を移動していた。緩んだネクタイがスカーフのように首からぶらさがっている。自分を卑怯《ひきょう》で下劣な人間だと感じた。自信家のマグヌスにしてはめずらしいことだが、そのくらい状況は悪かった。自己保身のために弟を深刻な危機に陥れたのだから。マグヌスのような利己的な人間からしても、それは許容範囲を逸脱した行為だ。いったいどうしてこうなった？

全世界が崩れ、頭上に瓦礫《がれき》が降りそそぐ。到着ロビーを出たマグヌスは、タクシーに乗り、グレーヴ通りまでと運転手に指示した。今できる最善の策は、ダメージを最小限にするために弟と差し向かいで話すことだ。しかしこの段階になると、もはや打つ手もほとんどなさそうだった。いや、ひとつある。公安警察の知人に連絡して事情を説明し、弟の警護を頼むのだ。それで一時的に気が楽になったものの、数秒しか持続しなかった。

ハンスとの通話はごく短いもので、どちらかというとマグヌスが一方的に話した。ハンスはぞっとするほど冷たい声で、イダ・アミノフの死について新たな発見があったと告げた。マグヌスは純粋な恐怖を覚えた。

もみあげの長い年配の運転手が、どうかしたんですかと声をかけてくる。

「なんだって？　いや、気にしないでくれ。きみには関係のないことだ」

マグヌスはタクシーの運転手をにらみつけた。一般人のようにタクシーで移動しなければならない状況を呪う。外務省の車を手配すればよかったのだが、ハンスに対する罪悪感に打ちのめされていてそれどころではなかった。しかも道路は渋滞に継ぐ渋滞。マグヌスは爆発しそうだった。過去の場面が次々と押し寄せてくる。遠い記憶――ユールゴーデンで開かれたあのくだらない結婚式の記憶が。愚か者どもがシャンパンシャワーをしたり、互いの服を引き裂いたりしていた。典型的な上流階級の集まりだった。マグヌスはばか騒ぎに耐えるために酒を飲み、遅い時間に帰宅した。着替えもせずに眠りに落ちかけたとき、電話が鳴った。目を閉じたままサイドテーブルに手をのばして受話器をとった。

相手はガボール・モロヴィアだった。ガボールの動揺したような口ぶりに疑念を抱くべきだった。ガボールはどこまでも冷徹で計算高い男で、動揺するようなタイプではないからだ。用件を理解するまでにしばらくかかった。どうやらガボールはストックホルムにいて、マグヌスに何か謝罪している。ますます奇妙だ。ガボールの辞書に〝謝罪〟の項目はないはず。ガボールは〝アンフェアなことをしてしまった。ハンスに対してやりすぎた〟と言った。

「ハンスはヘルシンキだろう」

「いや、彼はまずい状態にある」ガボールが続けた。「助けてほしい」

今になってみればガボールの発言に裏があるのではと疑うべきだった。だが酔いと眠気で頭がうまくまわらなかったし、弟のツアースケジュールもきちんと把握していなかった。ヘルシンキのコンサートは今日ではなく昨日だったかもしれないし、一昨日《おととい》だったかもしれない。それにここで弟に貸しをつくっておくのも悪くないと思った。マグヌスはガボールに言われるまま、トシュテンソン通り六番地へ急いだ。夢のなかを走っているようだった。半分眠ったような状態で電子錠に暗証番号を打ちこみ、二段飛ばしで階段をあがる。

踊り場に黒いハイヒールが片方、落ちていた。妙だと思ったが、あまり深く考えなかった。招待客が服をぬぎすてるようなパーティーに参加したあとだけに、感覚が狂っていた。ハイヒールを拾うこともなくドアまで行き、呼び鈴を鳴らす。ガボールがドアを開けた。夜中だというのに、まるでこれから一日が始まるかのようにきれいに髭を剃り、身支度をしている。

「何があった?」

マグヌスの問いにガボールは返事をしなかった。黙って部屋に招き入れ、ドアを閉めて、すぐ右にあるダブルベッドを指さした。大きなベッドの上にイダ・アミノフが仰向けに横たわっていた。首元にあのネックレスが輝いている。イダは見るからに体調が悪そうだったが、反抗的な表情を浮かべていた。黒いドレスは腿《もも》までずりあがり、まだヒールをはいているほうの足はベッドの上にあるものの、裸足《はだし》のほうはマットレスの端からだらりと垂れていた。

ドレスの胸元は乳房が見えるところまでボタンが外れていた。イダは右手を喉にあて、ぜいぜいと呼吸している。混乱し、苦しんでいるようで、うわごとのようにハンスの名前を呼び、何かつぶやいている。謝罪のようだとマグヌスは思った。そして〝愛している〟とも聞こえたが、その言い方は愛情よりももっと切実な感情を伝えようとしているかのようだった。

「助けて、お願い……」イダが言った。

マグヌスは勢いよくモロヴィアに向き直った。

「医者を呼ばないと」

ガボールは最初にドアを開けたときと同じ平静さを保ったまま、マグヌスを見返した。

「落ち着け。鎮痛剤とアルコールを過剰に摂取しただけだ。処置を手伝ってもらおうと思ってきみを呼んだ。ナロキソンを持っている。これをのませれば呼吸が楽になる」

よい案のようにも聞こえたが、何かが決定的におかしい。薬があるなら、わざわざ自分を呼びだす必要はない。さっさとのませればいいだけの話だ。マグヌスには薬の過剰摂取や呼吸困難に対する知識などかけらもないのだから。

「どういうつもりだ？」マグヌスは怒鳴った。「何が起きている？」

「彼女を助けようとしているだけさ」ガボールはそう言って、内ポケットに手を入れた。薬を出すのかと思いきや、それはマグヌスの注意をそらすためのジェスチャーにすぎなかった。

いきなり強打されて、マグヌスは床に膝をついた。息ができずに咳きこむ。しかし本当の危険にさらされているのが自分ではないこともすぐに悟った。危ないのはイダだ。身体を折った状態で、イダのほうへ視線を向け、手をのばす。ガボールが彼女におおいかぶさり、唇にキスをする。乳房をまさぐり、太もものあいだに手を入れる。女性の尊厳を踏みにじる行為にほかならない。イダは必死に逃れようとしていたが、酩酊《めいてい》状態でどうにもならなかった。マグヌスはよろけながら立ちあがったものの、また殴られて床に倒れた。ふたたび顔をあげたとき、ガボールが彼女のほうへ上体を寄せて、鼻と口を手でふさぐのが見えた。

イダは長くもたなかった。もつはずがなかった。イダの四肢がひきつり、痙攣《けいれん》する。見るに堪えない光景だった。すべては短時間に音もなくすんだが、この上なく不気味だった。ようやくベッドにたどり着いたマグヌスは、変わり果てたイダの顔を目の当たりにした。苦痛にゆがんだ表情。イダはすでに呼吸をしていなかった。死んでいたのだ。そのあと自分がどうしたのか、マグヌスは覚えていない。ガボールにくってかかった記憶はあるが、勝ち目はなかった。怒りよりも動揺のほうが大きかった。呆然《ぼうぜん》としているマグヌスを励ますようにガボールが抱擁する。

「これで共犯だな。一緒に堕ちるか、それとも昇るか」

背中にナイフをつきたてられたも同然だった。しばらくして逃げるようにアパートメントを転がりでたところで、明け方の光のなかにヴィリアム・フォシュの姿を見た。あのときはもうおしまいだと思っていた。どうあがいても元の生活には戻れないと。だが数日が過ぎ、数カ月が過ぎ、気づくと何もないまま数年が経過していた。どういうわけか以前と変わらぬ日常が続き、とくに警察がイダの死因を麻薬の過剰摂取と断定してからは不安も薄らいだ。ハンスは、力の及ぶ範囲内で結婚パーティーまでさかのぼってイダの死因を調べていたが、見つかるのは人を惑わせるような手掛かりだけだった。イダが殺害された夜、ガボールは誰にも目撃されていなかった。そのあとはマグヌスたちが裏切らないよう味方につけておく術《すべ》を心得ていた。マグヌスもしだいにガボールと協力することに対する抵抗が薄れていった。一時的な協力関係だと自分に言い訳をしつつ、恐ろしい夜の記憶を絆に、持ちつ持たれつのつきあいを続けた。

長いこと、それがマグヌスにとっての現実だった。危険は去ったと思っていた。もちろんそんなはずがない。ハンスはハンスだ。ハンスに解けない謎はない。たとえ二十年以上の時を経ていても。

マグヌスは焦燥感にかられて窓の外を見た。ゆっくりとエステルマルム地区が近づいてくる。携帯が鳴った。クレーベリエルが、どこにいるのかとメールしてきたのだ。マグヌスは返事をする気になれなかった。代わりにプーチンのことを考える。あの悪魔がガボールを撃ち殺してくれればいいのに。なぜさっさと実行しないのだろう？

いつまで経ってもハンスの元にたどり着けないように思えた。赤信号や一方通行や渋滞に何度も阻まれる。邪魔な歩行者と高齢ドライバーが街にあふれている。どうして自分が辛抱しなければいけないのか？　プーチンなら街ごと浄化するところだ。それでも前方にグレーヴ通りが見えてきた。グレーヴ通りはストランド通りとカーラ通りをつなぐ細い道だ。心のなかで弟に言うべき台詞を練っていると、タクシーが急ブレーキを踏んだ。思わず悪態をつく。

どこかのバカが車の前に飛びだしてきたようだ。いっとき遅れて、そのバカがわが弟と、例の、ラテン系の世話係であることに気づいた。

レッケならもっといい車に乗れるだろうに、とミカエラは思った。おそらくヒュスビー地区とここでは物事の定義が少しちがうのだろう。

ヒュスビーにおける車はステイタスだ。成功者は例外なくいい車に乗る。ところがレッケにとって車は単なる移動手段らしく、車種を尋ねても満足に答えられないほどだった。〝ボルボ〟と言ったきり、部屋にいたときと同じぎこちない動作でハンドルを握る。地下駐車場から車を出したとたん、タクシーにつっこみそうになった。

「落ち着いて」ミカエラは彼をなだめた。

一方のレッケは落ち着くどころではなかった。急ブレーキを踏んで車から飛びだしていったので、ミカエラはタクシーの運転手と口論になることを覚悟した。そんなふるまいはまったくいつものレッケらしくないが、それ以外の展開が想像できないほどの勢いだったのだ。ところがレッケが飛びだしていったのは車が衝突しそうになったからではなかった。タクシーの後部座席にいたマグヌスが、弟に気づいてあわてて車を降りてくる。レッケは怒りに満ちた目でマグヌスをにらんだ。マグヌスは右手をふりながら警護がどうとか言った。

「僕に警護はいらない。だが僕にも娘はいる。それを忘れたのか？」

マグヌスが愕然《がくぜん》とした表情でレッケを見た。

「ユーリアに何かあったのか？」

「何もないことを祈るんだな」

「本当にすまない。決してそんなつもりは――」

レッケが遮った。

「どんな言い訳をするのか想像がつくし、今は聞く気がしない。だが時間ができしだい、どうしてガボールに首根っこを押さえられたのか詳しく説明してもらう。それから罰を……」レッケは急に押し黙り、車のなかのミカエラをふり返った。

「罰を、なんだ？」マグヌスが促す。

レッケは何か決定的な言葉を、たとえば〝罰を決める〟などと言いたかったようだが、言葉にする前にエントランスのドアが開き、エリーサベト・レッケが裁判官のような威厳を放ちながら登場した。マグヌスの顔がさらにこわばる。

「どういうことだ？　母まで巻きこむつもりか？」マグヌスはつぶやいた。

レッケはぼんやりと母親を見つめたあと、マグヌスに向き直った。

「必要なら全世界でも巻きこむさ。ユーリアに何かあったら、僕は残りの人生をかけて兄さんとガボールをたたきつぶす」

マグヌスは助けを求めるように母親のほうを見た。

「ユーリアは大事な家族だ。私にできることはないか？」

「あなたたちは何を言っているの？　ユーリアがどうかしたの？」エリーサベトが声をあげて息子たちに近づく。

レッケは母親のほうを見ようともせず、マグヌスの目をまじまじとのぞきこんだ。

「そこをどけ。念のため、いつでも連絡がとるようにしておけ」

「わかった」

レッケは運転席に戻り、アクセルを踏んだ。車が道路に出たあとも、レッケは何も言わなかったし、ミカエラも口を開かなかった。ふたりともこの先の展開について考えるのに必死だった。車がE４に乗ってスピードをあげる。前方の空が暗くなってきた。ミカエラはそれ以上、黙っていられなくなった。

「ルーカスがユーリアを傷つけるとは思わない。わたしを追いつめたいだけなら彼女を傷つける理由がない」静かだが確信に満ちた声で言う。

レッケがミカエラをちらりと見た。

「どうしてわかる？」

ミカエラは少し考えた。どうしてだろう？

「ルーカスは細部まで考えてから動くタイプだから。向こうから連絡があるまでは何もないはず。衝動的な人じゃない」

「本当にそうかな？」

レッケに言われて、ミカエラはどきりとした。そしてレッケの言うことが少なくとも一部は正しいことに気づいた。本人が言うほど、ルーカスは自分をコントロールできていない。あとからつじつまを合わせるのがうまいだけだ。いろいろな意味で時限爆弾のような男なのだ。それでもミカエラはゆずらなかった。

「ルーカスはこれまで逮捕されたことがない。つかまるような事態を招かないよう、いつも注意を払ってる」

レッケが何かつぶやく。

「ルーカスがモロヴィアと手を組むのではないかと心配しているの？」

「そうだ」

「ルーカスは他人に干渉されるのが大嫌いで、モロヴィアのような人に命令されるのはとくにいやがる。すべてに自分の流儀を通したいから」

「きみはひとつ忘れている。ルーカスが彼の妹ほど賢くないってことをね」レッケが悲しそうにほほえむ。「ガボールはルーカスのような若者をたらしこむのが非常にうまい。注目されたがっているところにつけこんで、自分のほうを向かせ、大金をやって感覚を麻痺させる」

ミカエラは息をのんだ。

「本気でふたりが組んだと思っているの？」

「残念ながらそう思う。ユーリアの家でトローサの住所が書かれたメモを見つけてさっき調べたんだ。住所の家はスイスにある財団が所有していた。そこがひっかかる。もちろんあくまで僕の推測だ。まちがいであってほしい」

レッケは言葉を切り、ハンドルを握りなおした。ミカエラも黙った。それ以上、言うべき言葉が見つからなかった。そういえば運転するレッケを見るのは初めてだと気づく。これまでとはちがった目で彼を観察する。レッケは本当に矛盾した人だ。ふだんから動作の癖が強いが、精神的に不安定になるとその傾向がさらに強まる。今のレッケは右手でハンドルを握り、左手でグローブボックスやドアポケットを物色している。何も見つからないと服のポケットに手を入れて、ようやく小さな錠剤をとりだし、口に入れた。

「禁断症状が出ているの？」

レッケがうなずいた。

「わたしが運転しましょうか？」

「いや、何かしていたほうが気が紛れる」

ミカエラはレッケの肩をたたいた。

「そういえばクレア・リドマンは本当に生きていたのね」

「そのようだ」

「あなた、監視カメラの写真に写っていたピアスの男を気にしていたでしょう?」

レッケはうなずいた。とくに話を続けたそうにも見えないが、ミカエラはあきらめなかった。

「それからクレアの息子のヤーコブにも注目していた。何か気づいたからでしょう?」

「おそらく」

レッケはそれ以上言わない。急に気難しくなってしまった。

「どんなことに気づいたの?」

レッケはひとり言のようにつぶやいた。「ささいなことだよ。あの少年は非凡だ。そして何か衝撃的な出来事を目にしたばかりだった」

「どうしてわかるの?」

「腕と眉、少年の目つき、両膝を押しつけるようにして立っている姿からわかる。できるだけ早く……」レッケがためらった。「ユーリアを無事に連れて帰ることができたら、もっとよく分析する。ひとつひらめいたんだ」

「はっきり言いたくないのね。どうして?」

「自分を騙すためかな」

ミカエラはレッケを見た。もっと錠剤がないかとポケットをさぐっているが、おそらくもう見つからないだろう。

「イダを殺したのもモロヴィアなの？」

「そのようだ」

「そしてあなたのお兄さんはそれを知っていた」

「目撃したんだと思う」

ミカエラは顔をしかめた。

「わたしたち、そろって兄の首を絞めたほうがいいみたいね」

レッケが苦笑いをしてアクセルペダルをさらに踏んだ。そうするあいだも気性の激しい名演奏家のように指でハンドルをたたきつづける。まるでドラムのみで編成された小さなオーケストラが行進曲を奏でているかのように。


三月二十二日。その朝、クレアは長いこと鏡の前に立っていた。外には春の兆しがあったが、ロンドンで仕立てた赤いコートに袖を通した。贅沢な買い物はそれだけではない。ヤーコブにもリネンのスーツをオーダーした。アイロンをかけた白いシャツを着せ、ゆったりとネクタイを締めてスーツを着せる。ヤーコブは小柄で非力かもしれないが、すました顔をすると大人びて、なんともいえず魅力的だ。どちらにしても見栄えがいいに越したことはない。今回の旅は出だしから不穏だ。

ガボールの招待はいつもどおり友好的なものだった。〝ヴェネツィアにある別荘で一緒にランチをとり、楽しい時間を過ごそう〟という手書きのカードが届いた。ただ前回、三人で会ってからかなり期間が空いたうえ、最後にパリで会ったときはいい思い出がひとつもない。ガボールは見るからにとげとげしい態度だったし、これといった理由もなくヤーコブの髪を引っぱりさえした。

　そもそも最初から正気ではない関係なのだ。しかし生きのびるためにはほかに方法がなかった。敵から逃れられないなら同盟を組むしかない。息子を守るために必死だっただけで、ガボールが自分たちを監視しているのは知っていた。こうなった以上、あの男は二度と私を脅迫する必要さえない。クレアの毎日は恐怖と隣り合わせだった。足を踏みだすたび、息を吸うたび、イタリアのトウモロコシ畑で体験したことを思い出すたび、自分の置かれた状況を思い知らされた。

　ハンドバッグに下着と化粧品、それから本を一冊入れる。荷物はそれだけだ。冷静に考えて、夜には帰れると期待していた。もしくは帰れるところまで帰ってきて、途中のホテルに泊まればいい。廊下へ出てヤーコブを呼ぶ。ヤーコブがのろのろと部屋から出てきたので、ふたりで朝のひんやりした大気のなかに出た。ガボールの部下が手配してくれた偽の運転免許で借りた車は無難なパサートだ。その春、クレアたちはドイツ南部のローゼンハイム郊外に住んでいたので、オーストリアを通過してイタリア北部に入り、そこからヴェネツィアを目指した。クレアは長いドライブのあいだ、不安を表に出さないように努めたが、ヤーコブも同じことをしていたのかもしれない。サンタ・クローチェ地区の駐車場に車を入れたとき、息子の目にはっきりと不安の色が浮かんだ。

「さあ、急いで」

　クレアがせかしても、ヤーコブは胸の前で腕を組み、ゆっくりとしか歩かなかった。ふたたびせかそうと息子をふり返ったとき、クレアはよろめいた。膝の古傷が痛んで壁に寄りかかる。

　ヤーコブがそばに来た。「やっぱり帰ろうよ」

　クレアは愛情を込めてわが子を見た。十三歳になるヤーコブは、もうそれほど背が低いわけではないが、やせているのは変わらない。大きくて黒っぽい目とカールした黒髪。学校にはクレアが期待していたほどうまくなじめていないようだった。自分の世界に閉じこもり、友達をつくろうとしない。たいてい家にいて、ひとりでコンピューターゲームをしている。今でもよく〝僕に怒っているの?〟とクレアに訊いてくる。落ち着きがなく、よくものを壊したり、なくしたりする。

「どうしたの?」ヤーコブが言った。

「ちょっと膝が痛んだだけ」

「あの人が怖いんでしょう?」

「いいえ、怖くない。でも短い時間で切りあげましょうね」

ふたりは寄り添って歩きだした。待ち合わせ場所はそう遠くない。船着き場のベンチで、茶色のレザージャケットを着たリカルド・ブルーニが煙草をふかしていた。知り合った当初から、クレアはリカルドのことが気に入っていた。ガボールを取り巻くマッチョな部下たちとも、若く美しい愛人たちとも毛色がちがうからだ。リカルドはゲイであることを隠そうとしなかったし、おしゃべりが好きで、ガボールとちがってヤーコブに親切だった。しかし、最近になってリカルドにも不安な点が出てきた。皮肉にもそれはヤーコブを見るリカルドの目つきのせいだ。

「早く、早く」ふたりを見たリカルドが言った。

クレアとヤーコブは身をかがめ、船着き場に停泊していた小型クルーザーに乗った。ステップをおりてキャビンに入る。移動中は人の目を避けるよう指示されていたし、それに逆らう気もなかった。時刻は十四時十五分。クレアはヤーコブを見た。所在ない思いをしつつも、ヤーコブは目を見開いてあちこち見まわしている。かわいそうに。逃亡生活のせいでいろいろな体験をさせてあげられずにいる。そして窓の外には信じられないほど美しい景色が広がっていた。船はカナル・グランデを進んでいく。岸に立つ家々が水面に映るさまは、まるで万華鏡のなかに入ったようだ。クルーザーは観光客を乗せた船やゴンドラとすれちがい、いくつもの橋やアーチをくぐって進む。遠く、青空を背景に、サン・マルコ寺院のドームが見えた。クレアはサミュエルとの暮らしや、姉のリンダに思いを馳せた。

ガボールが所有する別荘に到着すると、ふたりは急いで室内に入った。階段をあがって、ヴォールト天井が美しい教会内部を思わせる広い部屋に通される。そこにガボールが待っていた。ガボールがクレアにだけあいさつし、ヤーコブには目もくれないので、クレアはますます不安になった。ガボールが赤いコートをぬがせてくれたとき、手元が狂ってバッグからチェスの本が落ちた。

ガボールが本を拾い、題名を見て言う。「シシリアン・ラブ？」

クレアは彼の手から本を奪いとった。ガボールには関係のないものだ。

「興味深いタイトルじゃないか」

「何が望みなの？」

ガボールは答えなかった。冷たく笑い、初めてヤーコブに目をやった。その目に嫌悪らしき感情が満ちるのを見て、クレアは恐ろしくなった。息子を自分のほうへ引き寄せる。ガボールに案内されてテラスに出る。長テーブルにシーフードやブッラータ（訳注：イタリア産フレッシュチーズ）やブルスケッタ（訳注：スライスしてトーストしたパンにニンニクをすりこみ、アンチョビなどをのせた軽食）やプロシュート（訳注：豚もも肉のハム）といったイタリアらしい各種前菜とシャンパンが用意されている。リカルドが出てきてクレアのグラスにシャンパンを注いだ。

「今日は飲まないわ。運転して帰らないとならないから」

「それはどうかな」ガボールがかすかに悪意の混じる声で言う。

クレアはヤーコブの手を握り、気を強く持てと自分に言い聞かせた。服装の乱れを整えて、運河と家並みに背を向けて座る。二〇〇四年三月二十二日の十四時三十分。これからわずか数時間後、クレアはサン・マルコ広場で例の写真に写りこむことになる。

46

ヨーナス・ベイエルから電話があった。ヨーナスのおかげでルーカスのアウディがトローサに入ったことがわかった。付箋の筆跡から割りだした住所と行き先のつじつまが合う。

「ヘーグバール通りだ。そこへ行ってみよう」とレッケが言った。

ミカエラはうなずきながら、地元警察の協力を仰ぐべきだろうかと考えた。ひとまず様子を見ることにする。

ルーカスがユーリアを傷つけるとはどうしても思えなかったし、兄妹《あにいもうと》の対決にモロヴィアのような人物の力を借りるとも考えにくかった。正直なところ、ルーカスとユーリアのことは成り行きを見ればいいとさえ思っていた。デートの最中に乗りこんでいったらかえってこじらせる結果になるかもしれない。

くわえてミカエラは丸腰だった。勤務時間外に武器を携帯する習慣はない。ルーカスが激怒して殴りかかってきたら、レッケに何ができるだろう？　何もできはしない。ヒュスビー地区の人間なら、接近戦でルーカスに勝てる者がいないことくらい百も承知だ。ルーカスがアウディに武器を隠していたとしても意外ではない。

「やっぱりルーカスから連絡があるまで待ったほうがいいと思う。もう十通くらいメールを送っているから、じきに連絡してくるはずよ」

レッケはうなずき、またしても錠剤を求めてあちこちさぐりはじめた。少し前から降りだした霧雨が、今は本降りになっている。ミカエラはレッケの代わりにワイパーを作動させた。

「カッチ、カッチ」レッケが完璧な音程でワイパーの作動音を真似る。「ワイパーの音は思考を制御するメトロノームのようだ」そう言ったきり、レッケは黙ってしまった。沈黙のなか、車は走りつづけ、トローサに入るころには雨がやんでいた。

ミカエラにとっては初めてのトローサだったが、中流階級のパラダイスと呼ばれていることは知っている。細い川沿いに古い木造の家が並ぶ別荘地だ。さらに走ると民家が集まった通りに出た。ユーリアと同年代の娘たちが楽しそうにおしゃべりしながら歩いていく。

「ごめんなさい……」ミカエラは言った。

「何が？」

レッケが急に現実に引き戻されたように、困惑した表情でミカエラを見た。

「わたしのせいでこんなことになって」

「お互い様だと思うが」

「でもあなたには子どもがいるから、わたしよりも深刻でしょう」

「それはまあ、そうだ」

しばらく車を走らせて住所の家にたどり着いたとき、正しい場所に来たことがすぐにわかった。家の前にルーカスのアウディがとまっていたからだ。だが車はほかに二台あった。メルセデスとランドローバーだ。いやな予感がする。ヨーナスに連絡して応援を頼むか？　いや時期尚早だ。

ここで犯罪が起きていると確信したわけではない。だいいちこういう通りに高級車がとまっているのはよくあることだ。このあたりにいる人たちはみな裕福だろう。

それでもミカエラは緊張せずにいられなかった。一方のレッケは無頓着《むとんちゃく》に車をとめ、さっさと降りた。ドアを閉めるときにシートベルトが挟まったことにも気づかないようだった。ただ運転手としては二流のレッケも観察者としては超一流だ。さっそく停車している車と家を観察し、一メートル幅くらいの私道にしゃがんで地面を調べはじめる。

ミカエラも車を降りた。複数の人が最近、私道を通ったらしいということはミカエラにもわかった。だが足跡がいくつもある上に輪郭がぼやけているので、それ以上のことは何もわからなかった。レッケに目をやる。

レッケがさっきよりも緊張した面持ちで立ちあがった。

「ルーカスの車を追跡するのに同僚の力を借りたんだろう？」

「そのとおりよ」

「その人に連絡して、この家に入ることを伝えたほうがいい」

「わたしたちだけで突入するのは危険だわ。かなりの人数がいるでしょう。でも、同僚に連絡はします」

ミカエラはレッケから離れ、ヨーナスに簡単な状況説明とともに住所を書いたメールを送った。ふり返ると、レッケはドアのすぐそばに立って、またしても砂利道に残る靴跡を観察していた。さっきよりも顔色が悪い。

「きみの言うとおりかもしれない」

「何が？」

「僕らだけで入るべきじゃないってところさ。五人分の足跡が見える。ひとつはユーリアだ。残りの四人は男だが、心配なのはそこじゃない。むしろ……」レッケは沈黙し、地面を指さした。

ミカエラはそこを見たが、レッケが何を言いたいのかよくわからなかった。

「この左足の跡が気にかかる。やや内向きに接地している。すまない、ミカエラ」

「だめ」

とめようとしたが遅かった。レッケが勢いよくドアを開ける。ミカエラは心のなかで悪態をついた。これはまちがいなく誤った選択だ。だがやってしまったものはしかたないし、少なくともドアを開けた時点では何も起きなかった。

「警察だ。入るぞ！」ミカエラはそう叫んだあとで、融通の利かない自分を蹴とばしたくなった。これではレッケを悪く言えない。まったく、わたしたちときたら何をしているのか？　こんな調子ではいい結果を導くことなどできるわけがない。

焦る心を抑えて室内を見まわす。二階へ続く階段。左に生活感のないリビングが見えた。物音は聞こえない。足跡の数に反して、室内に人がいる形跡がなかった。レッケがふたたびしゃがんだ。床をじっくり観察し、寄木細工の上に人差し指を滑らせる。

レッケは左のリビングルームへ向かった。ミカエラもあとに続く。リビングにも服や荷物はなく、散らかってもいなかった。しかし前方にもうひとつ部屋があり、そこから音が聞こえた。呼吸音。誰かが物陰に隠れているにちがいない。ミカエラはふたたび声をあげた。

「誰かいるのか？」

「いるぞ、おまえの兄が」

聞き慣れた声だが、いつもより暗く、怒りがこもっているように聞こえた。次の瞬間、ルーカスが現れた。つかつかと歩いてきたルーカスは、ふだんのクールで落ち着き払った姿とはまるでちがった。怒りに頬を赤くしてまっすぐミカエラのところへやってきたかと思うと、腕をきつくつかむ。

「おまえたちはここで何をしている？」

ルーカスはレッケを見たあと、家の奥にちらりと視線を投げた。この家で何かが起きているのはまちがいない。ミカエラは状況がつかめないまま、ただルーカスから逃れようともがいた。

「ユーリアは？」

「おれたちがここにいるとどうしてわかった？　連中が話したのか？」ルーカスがまたしても家の奥を見る。

連中とは誰のことだろう？　ミカエラは疑問に思ったが、声に出して尋ねることはしなかった。早急に状況を把握しなければならない。ルーカスに押しのけられる前に、力いっぱいもがいて手をふりはらう。ルーカスは今にもぶちきれそうな顔をしていた。

「何があったの？」

「おれは何もしていない。何かあったとしてもおまえのせいだ。おまえがすべてをめちゃくちゃにした」

ミカエラはルーカスを押しのけてキッチンへ行こうとした。その行為がルーカスをさらに怒らせたようだ。ルーカスがミカエラの顔をたたく。ミカエラもたたき返し、握りこぶしにした手をふりあげた。このときばかりは少しも兄を怖いと思わなかった。頭にあるのは家の奥にいるはずのユーリアを見つけることだけだった。次の瞬間、大きな音がしてルーカスが壁にたたきつけられた。何が起きたのか、ミカエラにはすぐに理解できなかった。ルーカスの正面に立っているのはレッケだ。

男ふたりがにらみ合う。ミカエラの予想どおり、ルーカスは素早く身を起こして攻撃の構えをとった。この手の修羅場はルーカスの十八番だ。冷静に考えれば、レッケはルーカスと安全な距離をとって事態の沈静化を図るべきだろう。ところがレッケは考えうるかぎり最悪の道を選んだ。ルーカスに命令したのだ。

「彼女に手を出すな」

ミカエラは一触即発の事態を覚悟した。

「そこをどけ」

ルーカスは後退し、キッチンの入り口に立ちはだかった。

「どかなきゃどうなるっていうんだ？」

「驚くことになる」レッケはルーカスから視線を外し、家の奥に向かって叫んだ。「ユーリア！」

「パパ！」キッチンのほうからユーリアの声がした。声の響き方からして屋外にいるようだ。

「このおれを、どう驚かしてくれるんだい？　教授」ルーカスがすごむ。

レッケは相手にしなかった。ルーカスを無視してキッチンへ足を踏み入れようとする。娘の声を聞いてほかのすべてを忘れたかのようだ。レッケがルーカスを押しのける。ミカエラからすればそれは最悪の選択だった。ルーカスがレッケに向き直り、うなり声とともに体当たりする。ここへ来るときに予想したとおりになるとミカエラは思った。接近戦でルーカスは負け知らずだ。ヒュスビーの誰もが知っている。単に場数を踏んでいるとか凶暴だとかいうだけでない。ルーカスはふつうの人がためらうようなことを平気でやってのけるのだ。攻撃するとなれば相手の弱点を的確に狙う。ミカエラの予想どおり、レッケは無防備に床に転ばされた。助けようと走りかけたとき、奇妙なことが起こった。レッケが別人のような動きを見せたのだ。このときの光景は、その後、ミカエラの記憶に長く留まることになる。

47

クレアには最初からわかっていた。自分たちを殺そうとしている男の庇護《ひご》下に入ることが、いかにばかげた選択であるかを。しかしそこには闇のロジックが働いていた。リーメナ郊外の田舎道で、クレアはそのロジックをさぐりあてたのだ。それまでの冷徹なガボールからは想像もできない反応――かすれた声、震える手、激しく揺れ動く感情のなかに、わが子の命を守る道を見た。

息子が、失った子の代わりがいるという事実が、母子の命をつないだ。それから長いこと、クレアは自分が正しい選択をしたと思っていた。ヤーコブの前で、ガボールはこれまで見たことのない人間らしい表情を見せた。クレアに対する敵意も消えたか、残っていたとしても一時的にやわらいだ。しかし何事も永遠には続かない。面会を重ねるたび、ガボールの目に落胆の色が浮かぶようになった。ガボールは何かにつけてヤンとヤーコブを比較し、ヤーコブが上まわることは一度もなかった。

ヤンがたくましく、活発で、社交的だったとしたら、ヤーコブは弱々しく、繊細で、引っ込み思案という具合で、優劣は年を追うごとに際立っていった。ヤーコブの欠点が増えれば増えるほど、死んだ息子の輝きが増していく。ヴェネツィアにある別荘で、バルコニーにしつらえたテーブルを挟んで向かい合ったとき、ヤーコブを見るガボールの目には純粋な軽蔑《けいべつ》しか残っていなかった。ガボールがヤーコブに嫌悪のまなざしを向けるのを見て、クレアはフォークをふりあげて彼の手をつきさしたい衝動にかられた。

「この子はあなたよりよっぽど優れているわ」

「誰のことだ？」ガボールは理解できないふりをした。

「ヤーコブよ」

「こいつが？」ガボールが吐き捨てるように言う。「こいつにできるのはせいぜい創造性を必要としない単純作業くらいのものだ。簡単な大工仕事とかな。こうもびくびくしていては大工仕事だって無理かもしれない」

「ヤーコブの前でそんなことを言わないで」クレアはテーブルの下で息子の手を握った。

ガボールがシャンパンのお代わりをくれと合図する。リカルドが素早く前に出てシャンパンを注いだ。

「私は言いたいことを言う。こいつは運動もできなければ、数学をはじめとするいかなる高等学問も理解しない」

「あなたはこの子のことを何も知らないでしょう」

「臆病者だ」

「この子は身体が弱いの。あなたのせいで逃亡生活を送らなければならなかったことを考えればなんの不思議もないわ」

「私の息子が虚弱体質のはずがない。私の子なら逆境を跳ね返すはずだ。ヤンは――」

「ヤンのことなんてどうでもいい」クレアはヤーコブを見た。ヤーコブは自分の太ももをじっと見つめている。

「あなたの呼びだしに応じてわざわざやってきたのよ。用件を話して。さもなければ帰ります。

食事のあいだじゅう侮辱されるつもりはありませんから」

「きみは三度も私を裏切った。三度もだ。きみに何かを要求する権利はない」

クレアの心臓は恐怖に縮みあがった。

「どうして三度なの？」

「前回、会ったとき、その子の毛髪をとった」

「なんですって？」クレアは混乱した。

「毛髪をベルリンのラボに送った。私の毛髪と比べるためにな」

「何を言っているの？」クレアは取り乱した。

「よくも騙したな」

「この子はあなたの息子よ」

「最初はいい子だと思った。あのときはあまりにも絶望していて、都合よく現実をゆがめていた。そいつとのあいだに、ありもしない類似点を見いだそうとしていた。だがな、クレア、やがて目の曇りが晴れ、そいつのみじめさが、性格の弱さがわかるようになった。見ろ！　そいつは私たちの目を見ることもできないじゃないか。うなぎのように身体をよじってばかりいる」

「やめて」

ガボールがシャンパンを飲みほした。

「そいつは私の子ではない。数週間前に親子鑑定の結果を受けとった」

クレアはガボールの発言をすぐには理解できなかった。これが別の状況なら、ガボールの言葉に喜びの涙を流しただろう。だが今は迫りくる危険をどうかわすかで頭がいっぱいだった。

「そんなはずはないわ。わたしは見たの」

「何を見たんだ？」

クレアは息子を見た。ヤーコブは床を凝視していた。

「あなたを。この子のなかに」

「そいつのなかに私はいない。きみは私を騙したんだ」

「でも、確信したのよ」

「だとしてもこれで事実を知っただろう。そして忘れてはいけない。かつてきみが警察に行ったことを。決して許せない裏切り行為だ」

「どうするつもり？」

「まだ決めていない」

クレアはヤーコブの手をつかんだ。

「やめて」

「それはできない」ガボールはそう言ったかと思うと、急に魅力的ともいえる笑顔を浮かべた。

「ひとついいことを思いついた。何かわかるか？」

クレアは首をふった。

「さっきの本だよ、クレア」

「本？」

「プルゲフスキーの『シシリアン・ラブ』だ。むかし、よく対戦したじゃないか」

クレアは不安になって周囲を見まわした。

「いつも私が勝った。ストックホルムの夜のこともたびたび思い出す」

「私をレイプした夜のことね」

「チェスをした夜のことだ。きみはもう少しで私に勝てた」

「どうかしら」

「きみは勝つために大きな賭けに出た」

「そうかもしれない」

「そして今も賭けたがっている。ゲームに勝ってこの状況から抜けだしたいと思っている」

クレアは唾をのんだ。

ガボールが満足そうに背もたれに体重を預け、待機している部下に向かって手をふった。

「自由にしてほしいだけよ。もう構わないで」

「背中を刺されるまで、黙って座っていろと？」

「二度と警察には行かないし、それはあなたにもわかっているはず。この子を守るためなら、私はなんだってやる」

ガボールが目を細めた。

「敵はいくらでもいる。クレムリンも私を排除したがっているんだ。プーチンが個人的な興味を示しているのでね。そういうわけでふだんから、食べものはすべて毒見させる。いつも警戒を怠らず、どのリスクから優先的に対処すべきか計算している。だからきみに関してもリスクはとらない」

「私はプーチンじゃない。あなたに害は与えない」

「本当にそうだろうか？　むしろきみがいちばん危険なんじゃないか？　だがそうだな……もう一度チャンスを与えてやってもいい。かつてきみが呼び覚ましてくれた夢に対する礼として。きみらの運命を賭けてチェスをするのはどうだ？」

クレアはヤーコブの手をぎゅっと握った。

「気が進まないわ」

「おいおいクレア、きみの気が進むかどうかなど問題ではないんだ」ガボールは大声で部下を呼んだ。「クリシュトフ！」

クリシュトフはガボールのもうひとりの側近で、よく鍛えられた身体つきの若い男だ。凶暴な目つきをしていて、唇の下に薄い傷跡がある。リカルドと同じくクレアを威嚇したことは一度もないが、いくら目を凝らしても、クリシュトフのなかに親しみやすさを、リカルドが見せるようなやさしさや思いやりを見いだすことはできなかった。

「チェスボードを持ってきてくれ。できるだけ美しいボードがいい」

クリシュトフが室内へ消え、クレアは真綿で首を絞められるような恐怖を覚えた。ガボールは残酷なゲームが好きだ。サンクトペテルブルクで殺された人のなかには生死を賭けてサイコロをふらされた人もいたらしい。

「具体的に何を賭けるの？」

「きみらだ。きみらの自由だよ」

「そんな勝負はしたくないわ」

「残念ながらゲームはすでに始まっている」

クレアはまぶたを閉じた。

「私が勝ったら、今後は私たちに構わないでくれるのね」

ガボールが自信たっぷりに笑う。

「そうだ」

「引き分けだったら？」

「きみらのうち、どちらか一方が自由になる」

「そんなのだめよ」クレアは驚愕した。「それはできない」

「そもそも私を裏切るべきではなかった」

さほどしないうちにクリシュトフが戻ってきて、長テーブルの一端を片づけ、テーブルクロスを折りたたんでチェスボードを置いた。白黒の駒がきちんと並べられている。テラスに緊迫した空気が流れた。クリシュトフは興奮しているようだ。リカルドと室内に待機しているほかの部下たちも興味深そうに事の成り行きをうかがっている。クレアはこれ以上抵抗しても無駄だと悟った。

ぐっと集中して勝機をさぐる。ガボール相手に奇襲をかけることはできるだろうか？　クレアはこれまで対戦のたびに必ず詳細な対戦記録《スコア》をつけてきた。スウェーデンを出国したあと、人里離れた場所で息を潜めて暮らす日々が始まってからというもの、スコアを見ながらモロヴィアとの対戦を繰り返し復習した。そんなクレアの隣にはいつもヤーコブがいた。ちょうど今と同じように。

「私は黒で」

「ほう、私にハンディをくれるのか？」ガボールがボードを反転した。「それともプルゲフスキーの本で学んだシシリアントリックをやるつもりか？」

「私だって少しは勉強したのよ」クレアはボードを見つめたままこわばった笑みを浮かべた。すばらしい駒だ。中国の衣装に身を包んだ駒はそれぞれに個性があり、親しみやすい表情を浮かべている。ただしクイーンだけは殺気だった形相をしていた。

「私が勝てば自由にしてくれるのね？」

「そうだ。私たちは別々の道を歩むことになる」

「うしろを警戒しながら歩く必要はなくなるのね？」

「きみが私に盾つくようなことをしないかぎり、約束する。さあ始めよう」

クレアは自分が何を始めようとしているのか把握しきれないまま、うなずいた。いずれにしてもほかに選択肢はなさそうだ。常々、ガボールに勝つことは可能だと思っていた。ついにそれを証明するときが来たのかもしれない。全身全霊で自由を欲している今なら、勝てるかもしれない。

最初にガボールがポーンをｅ４へ進める。クレアもポーンをｃ５へ動かした。そのまま時間制限なしのプレイが始まった。

ガボールの表情が変化し、顎に力が入る。クレアが期待していたとおりの反応だった。ガボールは私を完膚なきまでに打ちのめしたがっている。自分の優位を思い知らせてから殺すつもりなのだ。クレアは目の前のゲームに全神経を注いだ。しかしじきにゲーム以外のある変化に気をとられた。大人たちが話しているあいだは床ばかり見つめていたヤーコブが、視線をあげ、母親と同じ集中力を発揮してボードを見つめていた。こういうヤーコブは以前にも見たことがある。だが、それがいつだったか考えている暇はなかった。ゲームに集中しなければ。

ゲームの進行に伴ってガボールはますます攻撃的になり、型破りな手を指すようになった。これは厳しい戦いになる。想像したこともないほどの激戦になりそうだ。クレアはゲーム以外のことを頭から締めだそうとしたが、サミュエルの顔が何度も思い浮かぶのだった。

サミュエル・リドマンはジムに戻り、トレーニングベルトを締めた。今日は下半身を鍛える日だ。下半身のトレーニングは大嫌いだが、やらないという選択肢はない。いつもどおり肉体を極限まで追いつめる。どうしてそんなことをするのかと問われても、はっきりとした答えは返せない。サミュエルにとってトレーニングは日課であり、日課は守るものだ。

全盛期のときと同じように、バーベルスクワットから始める。百五十キロ分のプレートをセットし、足幅を広くとってシャフトを握る。さあ、やるぞ。大きく息を吸って膝と血管が負荷に耐えることを祈る。大声とともにバーベルを持ちあげて肩にのせ、唾を飛ばしながら息を吐いた。肩の上でシャフトが傾ぐ。くそっ、なんて重いんだ！　息をとめ、スクワットを始めようとしたとき、バッグのなかで携帯が鳴った。

無視しろ、と自分に言い聞かせる。期待などするな！　それでも……モロヴィアの言葉がよみがえった。〝彼女がずっと愛していたのはあなたなのだ〟サミュエルはそれを打ち消そうとした。夢を見るな。あんなのは戯言だ。電話の主がクレアであるはずがない。たまたま彼女が写った写真を見つけたからといって、十数年前に失踪した妻が戻ってくるはずがない。そんなことを夢見るなんてばかげている。道理に合わない。

ちくしょう！　いくら自分に言い聞かせても、一度、途切れた集中力は戻ってこなかった。重さに耐えきれずよろよろと前に足を踏みだす。目の前が暗くなって膝が震えた。ひとりでどうにかなる重量ではない。切羽詰まったサミュエルはバーベルを壁のほうへ投げた。

耳をつんざくような騒音とともに壁に貼られた鏡が割れた。バーベルが生き物のように床を跳ねる。バーベルを捨てた反動でサミュエルは横向きに倒れた。けがをしたようだ。太ももが燃えるように痛むし、頭も痛い気がする。ジム内にいた人たちがあちこちから駆け寄ってくる。だがサミュエルの頭を占めていたのはバッグのなかの携帯電話だった。床に横たわったままバッグをさぐって携帯をつかみ、寄ってきた人たちに向かって大丈夫だと声をかける。

ちょっと確かめたいことがあるだけだから、みんなトレーニングに戻ってくれと言いながら、サミュエルは携帯画面をチェックした。見覚えのある番号だ。希望と絶望が同時にやってくる。アリシア・コヴァッチの番号だ。サミュエルはよろよろと立ちあがり、人々を押しのけ、足をひきずりながらジムの外に出た。胸を高鳴らせて着信履歴にある番号に発信する。今度こそ奇跡が起こるのかもしれない。さもなければアリシア・コヴァッチが連絡してくるはずがない。

「アリシア・コヴァッチです」

「電話しましたか？」

「ええ。息が荒いようですが、大丈夫ですか？」

「トレーニングの最中だったもので。用件を言ってください」

アリシアが沈黙した。サミュエルの緊張が増す。何かあったにちがいない。何か大きなことが起きたのだ。それがよいことなのか、悪いことなのかはわからないが、とにかく何かが起きた。

トレーニングベルトを緩めて呼吸を整え、頭と太ももの痛みを無視しようとする。サミュエルはまぶたを閉じた。

「あなたにとても会いたがっている人と話しました」

コヴァッチの言葉に、サミュエルは思った。ついにそのときがやってきた。これは夢じゃない。

「クレアですか？」

「お電話ではこれ以上、話せません。一時間後に事務所まで来ていただけますか？　積もる話もあるでしょうし」

「も、もちろんです」サミュエルは即答した。トイレの鏡を見ながら身なりを整えなくては。これまで最高の自分を演出しないといけない。太ももと頭がどれほど痛もうとも。

48

ルーカスがレッケに飛びかかり、猛烈な勢いでパンチを繰りだした。あっという間の出来事だった。ルーカスは屈強だし凶暴だ。一方のレッケはもう若くなく、やせているうえ、薬のせいで足元もおぼつかない。ルーカスのこぶしがレッケの顔と肩にヒットする。レッケはよろめいたものの三発目のパンチをかわしてサイドステップを踏み、そこからいきなり別人のような動きを見せた。熟練の武道家のように両手を軽く握りこぶしにして、相手との間合いをはかりつつ、視線だけ動かして周囲の状況を確認する。観察と分析をしているときと同じように、左脚がぴくぴくと動いた。

ルーカスもレッケの変化に気づいたにちがいない。すぐに次の攻撃に出ることなく、ボクサーのように前後左右に動きながらレッケの出方をさぐる。ルーカスが小刻みにステップを踏んで間合いを詰め、いっきに攻撃に出た。スピードもパワーも充分で、勝負はついたと思われた。ところがルーカスの思うような展開にはならなかった。

レッケは攻撃をかわし、ルーカスの腕と胸倉をつかむと同時に右足を前に出して身体をひねった。相手の懐に入ったかと思うと、そのまま流れるような動作でルーカスを軽々と投げ飛ばす。

大きな音とともにルーカスの身体が床にたたきつけられた。ルーカスには抵抗する間もなかった。

ミカエラはしきりに瞬きした。こんなことはありえないと思った。倒れるはずのない人物が倒れ、倒れるはずの人物が立ったままそれを見おろしている。何度でも投げてやろうと待ち構えている。

「こんなはずが……」ルーカスが毒づいた。

「ないと思うか？　イーラ・ノス・カエコス・ファキット。怒りは目を曇らせるものだ」

レッケの口調にかっとなったルーカスが跳ね起きる。レッケはルーカスがバランスをとりもどすのを待って、さっきとちがう技でふたたび投げた。ルーカスが床に頭をぶつける。深刻なダメージはなさそうだが呆然としている。ようやく立ちあがろうとしたルーカスは、よろめいて倒れた。

「きみは強い」レッケが励ますように言った。「だが衝動的すぎるし、行動を予測しやすい。攻撃前に両肩がぴくぴく動く癖がある。きみの身体がきみを裏切っているんだ。それを直すのが今後の課題だな。二度も投げられて頭がくらくらするだろう？　僕はそれを利用する」

レッケはルーカスの胸倉をつかんでまっすぐ立たせ、壁に押しつけた。「ユーリアは――」言いかけてやめ、家の奥を凝視する。

レッケがルーカスから手を離したので、ミカエラは油断するなと言いそうになった。だがルーカスも何かに気づいたらしく、レッケと同じ方向を見ていた。遅ればせながらミカエラの耳にも、近づいてくる足音とかすかな喘鳴が届いた。

「GがFシャープになった」

レッケがつぶやくのと、男が登場するのと、ほぼ同時だった。何度も話に聞いていたために、ミカエラのなかでは神話の登場人物のようになっていた人物が、目の前に立っていた。

「さすがだな、ハンス。トレーニングは欠かさなかったようだ。ようこそ、わが家へ。ここまでたどり着くとは思わなかった。いつもながら、きみは予想を裏切ってくれる」

「娘を解放しろ、さもなければおまえを殺す」

「それはどうかな？」モロヴィアがほほえみ、ミカエラに向き直った。ミカエラは純粋な恐怖を覚えた。

モロヴィアの目は獲物を見る捕食者のそれだった。背後に控えていた男が、拳銃を手に前に出る。ミカエラは男に見覚えがあった。ヴェネツィアの監視カメラの写真に写っていたピアス男だ。


クレアはチェスボードを眺めた。引き分けに持ちこむのは難しくないが、引き分けではだめだ。ふたりのうちどちらかが自由を、そしておそらく命も奪われる。ガボールの発言はそういう意味だし、そんな結末は想像もしたくなかった。ここはなんとしても勝利をつかまなければ。人生最高のプレイをするのだ。クレアは目をつぶった。

まぶたを開け、ボードをにらみつける。ぜったいに勝つ。積年の憎しみをこのボードにぶつけてやる。ガボールをたたきつぶすのだ。それ以外にない。次の瞬間、クレアは勝機を見た。すばらしい手だ。ナイトを進めてガボールのルークとビショップの両方に脅威を与える。ナイトに手をかけたとき、脇腹をつねられた。ヤーコブだ。ゲームが始まってからずっと、ヤーコブの態度がおかしかった。催眠術にかかったような目でボードを見つめていた。息子が何を考えているか、母親であるクレアにもわからなかった。ヤーコブがチェスに興味を持っているのは以前から知っていたが、このレベルの戦いについてこられるはずがない。緊迫した雰囲気に酔ったのだろうか？

「なあに？　どうかしたの？」

ヤーコブは返事をしなかった。ボードを見つめたまま、ナイトを持つクレアの手をつかむ。勝負を中断して息子と話そうか？　いや、集中力が切れるし、せっかくのチャンスをふいにしてしまう。次の一手で優位に立てるのに。クレアはやさしく息子の手を払い、ナイトを動かそうとした。

「だめ」ゲームが始まって以来、初めてヤーコブが口を開いた。

モロヴィアがばかにしたように笑う。

「母親を助けようというのか？」

クレアは気遣うようにヤーコブを見た。

「その子の好きにさせてやれ。そのほうが早く決着がつく」

「これは私とあなたの勝負よ。この子を巻きこまないで」

「ほら、きみだって息子を信じていないんだ。心の底では、その子ができそこないだとわかっているんだ」

「あなたって最低ね」クレアはガボールにつかみかかりたいのをどうにかこらえた。「柔道ばかのいじめっ子より、この子のほうがよほど知的だわ」

ガボールの目が怒りに燃えあがる。

「よくもそんなことを！」

「お互い様でしょう。私は息子を信じてる。さあ、ヤーコブ、何を教えようとしているの？」

大人たちの注目を浴びたヤーコブは居心地が悪そうにうつむいたが、小声で何か言った。

「え？　聞こえなかったわ」

「クイーンをｂ４にさげて」ヤーコブが繰り返す。クレアは息子にほほえみかけたあと、どうしたものか悩んだ。

息子の助言を無視して恥をかかせることはしたくない。だがクイーンをさげたらせっかくのチャンスを逃すことになる。それでもクレアはヤーコブの言うとおりにした。ガボールにそれ見たことかという顔をされたくなかった。息子を信じる気持ちを態度で表したかった。だが内心では、挑発に乗って冷静な判断ができない自分を叱責していた。この一手に勝利と、そしておそらくふたり分の命がかかっているというのに。


サミュエルはトイレの鏡の前に立って、できるだけ見栄えよくしようとがんばった。だがうまくいかない。さっき横倒しになったときに顔面をぶつけたらしく、左目の下にあざができていて、そのせいで酔っぱらったような赤ら顔になっている。

加えて顔の左半分が（これが最悪なのだが）右よりも全体的に垂れさがって見えた。なんだかアンバランスだ。おまけに老けて見える。

外見を気にかけなくなって久しいが、クレアと会えるかもしれないとなった今、自分の顔がみっともなく思えて仕方なかった。それでも上半身は……ジャケットをぬいで鏡を見る。首から下はまだ三十歳といっていいくらいだし、クレアもそこには感心してくれるだろう。髪をうしろにとかしつけて頭頂部の薄くなった部分を隠す。

それからジムを出た。雨あがりの空に太陽が輝いている。とても気持ちのよい日だ。サミュエルの胸はどうしようもないほどの希望に満ちていた。実際にクレアに会ったらどうしよう？　最初になんと言えばいいだろう？　責めるような言葉はぜったい口にするまい。彼女の気持ちを考えるのだ。ひどく傷つけられたのはまちがいないが、彼女が悪いと決めつけるような真似をしてはいけない。相手の言い分を聞いて、彼女の立場になって理解するよう努めよう。きっと納得のいく説明があるはずだ。

サミュエルは歩くペースをあげた。これまでなかったほど鮮明に、クレアの姿が思い浮かんだ。彼女を思い出すときいつも感じていた苦痛もない。だがしばらくするとサミュエルは不安になった。明るい未来ばかり思い描いていると足をすくわれるような気がして、舗装された地面を見おろし、遅ればせながら自分が足をひきずっていたことに気づいた。額と胸に汗が噴きだしてシャツが湿る。汗だくになるのはいやだ。まして汗くさくなるなどという事態はぜったいに避けなければならない。クレアはにおいに敏感だった。

サミュエルは神経質に笑った。少し汗をかいたくらいでおろおろする必要はないが、そのささいなことが結果を左右するかもしれない。オーデン広場にほど近い通りで、サミュエルは通りかかったタクシーをとめた。後部座席に乗って心を落ち着けようとする。結果を左右するだって？頭を冷やせ。あれから十四年も経っているのに、本気で彼女が帰ってくると思っているのか？そんな希望を持つなんて愚の骨頂だ。おれは何も知らない。何ひとつわかっていない。そもそも会いたがっている人物というのはクレアでないのかもしれない。むしろクレアだったらそのほうが奇跡だ。しかし……アリシア・コヴァッチは積もる話もあるでしょうと言った。やはりクレアだ。そうにちがいない。サミュエルは両手を組んだ。〝神よ、聖母マリアよ、どうかクレアでありますように〟

タクシーはビリエル・ヤール通りを進み、ストランド通りに入った。サミュエルは目的地の数百メートル手前でタクシーをとめた。建物に入る前に心の準備をしたかった。腕時計に目を落とす。約束の時間までだいぶあるが、問題ないだろう。これは人生がかかった面会なのだ。弁護士事務所の玄関までせかせかと歩き、胸を張ってドアを開けた。受付にいたのは昼間、アマローネを注いでくれた若い女性だった。女性がひきつった顔をする。サミュエルもその理由がわからないほど動揺してはいなかった。頰のあざのせいでひどい顔に見えるはずだ。

「早く着いてしまったんですが……」

女性が壁にかかった時計を見る。「本当に早いですね」

サミュエルはかっとなった。幸いにもアリシア・コヴァッチが階段をおりてきて受付の女性をたしなめ、ぜんぜん構わないと言いながら、にこやかな顔でサミュエルを見た。

「お客様がいらしています」コヴァッチが言った。

「どこに？」

「二階です。先ほど入られたガボールの執務室です」

サミュエルは胸を高鳴らせ、いっそうひどく足をひきずりながら、コヴァッチのあとをついて階段をあがった。

部屋に入る直前に目をつぶる。目を開けて部屋に入ったとき、サミュエルは自分が目にした光景が理解できなかった。

49

モロヴィアについてミカエラはなんとなく、どこかレッケに似た人物を想像していた。背が高く、骨ばっていて、張りつめた印象で、レッケよりも暗い感じの男性を思い描いていた。ところが実物はまったくちがった。モロヴィアはレッケよりも背が低く、がっしりしていた。それでいて女性的といってもいいような歩き方をするし、物腰がスマートで優美だ。グレーのスーツの下にベストを着て、首にスカーフを巻いている。目鼻立ちが整っていて、肌が白く、黒髪はふさふさしていた。それでも眼光が鋭いところはレッケと同じだ。

光の入り方によって瞳の色が微妙に変わる。唇はぽってりと厚みがあるものの、そのほかの部分はすっきり整っている。ミカエラの好みかどうかは別として、モロヴィアには人を魅了するオーラがあった。その場で起こるすべてを取り仕切っているような威厳が備わっている。モロヴィアはルーカスがレッケに負けたことを知ってもまったく驚いた様子がなかった。おそらくルーカスなど最初からあてにしていなかったのだろう。その点に関してはミカエラも同じだ。もはや兄のことはどうでもいい。モロヴィアとレッケの対面を受けて、世界が目の前の一点に収斂《しゅうれん》し、期待と不安に振動しているように感じられた。

「ハンス、こんなふうに覚醒したきみに会うのを、私がどれだけ待ち望んでいたか」

ガボールの声がミカエラの深部を揺さぶった。カリスマに満ちた外見とこの声があれば、人を惑わせて意のままに動かすのもわけないだろう。しかしレッケはモロヴィアを無視して、拳銃を手にした男とその向こうのキッチンを見ていた。自分たちの置かれた状況を早急に把握しようとしているのだろうが、強敵を前にあまりに大胆で挑発的な態度だとミカエラは思った。モロヴィアのほうを見ようともせず、彼に対する嫌悪感を全身ににじませている。

「なんとか言いたまえ」モロヴィアが言う。

「僕は娘と話がしたいだけだ」

モロヴィアが一歩前に出る。

「残念ながらここでは私のルールに従ってもらう。はっきりさせておくが、第三者がこの家に立ち入ったら、娘の命は保証しない」

モロヴィアはミカエラを見てにっこりした。

「わかりました」ミカエラは応えた。

モロヴィアが右手を差しだしたので、ミカエラはしぶしぶ握手をした。どこを見ればいいかわからない。モロヴィアはすぐにレッケに向き直った。

「それにしてもめずらしい相手をパートナーに選んだものだな。きみの周囲にはいなかったタイプだろう？」

「そういうことはわたしに直接、言ってくれてもいいんですけど？」

「無論、それもできるが、基本的に私が対話する相手はハンスだ。だから彼に直接、尋ねている。それからユーリアがこんなことになったのは私のせいだ。きみのお兄さんに責任はない」

「娘のところへ案内しろ」レッケが相変わらずモロヴィアのほうを見ずに言う。

「私に命令する気か？」

「娘をとりかえすためならなんでもする」

「残念ながらいろいろやってもらわなきゃならないことがある。だがまずは娘の様子を見てみようか？　美しくて賢い子だな」

レッケはまたしてもモロヴィアの発言を無視した。広々としたキッチンに入って周囲を見まわす。視線を窓の外にやったところで、レッケがひるんだ。プールの脇にユーリアがうずくまっていた。大きな青いバスローブの上からロープで身体を縛られていて、そのロープは地面に埋めこまれたふたつの金属の輪に固定されていた。ユーリアは青白い顔をして震えている。その横に、拳銃を持った男が立っていた。コンクリートの床に灰色の携行缶とビデオカメラが置かれている。

それを何に使うのか想像して、ミカエラはぞっとした。

「ユーリア」レッケが庭に飛びだした。

「パパ！　ごめんなさい」

「いや、悪いのはパパだ。パパが悪いんだ」

「むしろ悪いのはわたしだわ」ミカエラはつぶやいた。

レッケが両腕を広げて娘に近づこうとする。

しかし銃を持った男に制止された。レッケは争わずに歩みをとめ、怒りのこもった目でモロヴィアをふり返った。

モロヴィアが自信に満ちた笑みを浮かべたまま両手をつきだした。「最高の舞台とはいかないが、折り合いをつけるしかないな。私は常々、疑問に――」

「黙れ」レッケが制する。「さっさと要求を言え」

「復讐だよ、ハンス。わかりきったことじゃないか。だが、まずはきみに感謝する。きみのような敵がいるからこそ、私は警戒を怠らずにいられる。生きている実感を得られるのだ。私たちはお互いのおかげで鈍らない。そう思わないか？」

「妄想の押し売りはやめてくれ」

とりつく島のないレッケの態度に、モロヴィアがやれやれというように首をふった。

「これをチャンスだと考えろ。人生にはあらかじめ決まったことなどない。どんな状況にも希望はある。だから私の話を聞いて、チャンスをものにしろ。今でもきみの猫のことをときどき思い出すんだ」

「そうだろうな」

「あの猫のおかげで私は原点を見いだした。あれから何人も焼いたが、きみの猫が最初だ。よく考えることがある。それが何かわかるか？」

レッケは応えなかった。ユーリアに向かってこわばった笑みを見せ、またしても謝罪の言葉をつぶやく。

「きみがあの猫をアハシュエロスと呼んでいたことを、たびたび思い返すんだよ。あれは自分自身の投影だろう？　アハシュエロスはきみだ。この世を永遠にさまよい、あらゆるものを見通す運命を課された者。真理を求めるよう定められておきながら、きみが見いだすのはいつも新たな闇だ。謎を前にすると解かずにいられないが、たどり着いた答えが謎そのものほどおもしろかった例《ためし》はない。謎は常に、答えよりも輝いている」

「きさまは正真正銘、イカレてる」

「そうしてさまようなかで、きみは愛を見つけた。それは認めよう。きみにはイダがいた。そして……」ガボールはユーリアをちらりと見た。「運命のいたずらによって、私たちは同じ時期に子を授かった。私がヤンを愛していたように、きみも娘を愛しているのだろう」

「事故のことは気の毒に思う」レッケは初めてモロヴィアの目を見て言った。

「ありがとう。少しは気にかけてくれたのだな。ほとんど感動的と言ってもいい。もちろん今さら手遅れだが」

「自分の選択を疑うのに手遅れということはない」

レッケの声がかすれる。

「それはそうだ。ユーリアの件に入る前に、もう少し話をしよう。きみと連れに数分間の猶予が与えられたと思ってくれ。きみらはクレア・リドマンをさがしているんだろう？」

「僕の目的はただひとつ、娘を救うことだ」

「言葉が足りなかったな。きみらは、より優先度の高い事件が起きる前、クレア・リドマンをさがしていた。クレアのことを教えてやろう。そのあいだ、ユーリアの世話はこちらでする。クリシュトフ、その娘に水と鎮痛剤をやってくれ。食べものがほしいかどうかも訊いてみろ」

レッケがまたしても心配そうにユーリアを見た。「大丈夫だからね。パパがなんとかするから」

それを聞いたガボールの顔が輝いた。

「もちろんパパがなんとかするだろうさ。きみにチャンスを与える。クレアにもチャンスを与え、彼女はそれをつかんだ。結果は……ああ、ネタばらしはよくないな。最初から順を追って話そう。それともイダのことを先に聞きたいか？」

「ユーリアを解放するために何をすればいいかを教えろ」

ガボールは一歩前に出て、自分の手に視線を落とした。小指に黒い石のついた見事な指輪がはまっていた。

「この指輪が見えるだろう？　息子の思い出だ。内側にあの子が亡くなった時刻が刻んである。息子は二月二十三日の十五時十五分に亡くなった。九歳だった。最期の言葉は〝ごめんなさい、パパ〟だ。まるで死んだのは自分のせいだとでもいうように」ガボールはレッケに視線を戻した。「きみもあの子に会ったらきっと気に入っただろう。しかし……」娘から目を離そうとしないレッケに向かってうなずく。「私の苦しみをきみに押しつけるつもりはない。きみはきみの苦しみに集中しなければいけないのだ。きみが今、味わっている、そしてこれから味わう苦しみに」

「地獄へ落ちろ」

「そうするつもりだとも。イダの話もクレアの話も聞きたくないなら、代わりにひとつ質問に答えてくれ。この状況で、きみに何ができるだろうか？　娘の命を助ける代償として、できることがあるなら言ってみろ。検討してやってもいい」

「僕の命をとれ」

「き、い、きみの命だと？」モロヴィアが芝居がかった笑い声をあげた。「ヒーロー気どりだな。それはだめだ。きみを殺したら遊び相手がいなくなる。もっといいものをくれ。たとえば秘密はどうだ？　ヘルマン・カンパオズンになんと言った？　きみの助言のせいで私は標的になったのだろう？　プーチンの殺し屋に情報を漏らしたのは誰だ？」

レッケは髪をかきあげた。

「助言といっても、ヘルマンはすでに犯人を知っていた。プーチンに情報を漏らしたのが誰かなど、僕が知るはずもない。だが重要なのはそこではない。きみが本当の意味で息子さんの復讐を果たすことはない。きみは苦痛によって自分のなかの死んだ部分を目覚めさせるために、人を傷つける口実をさがしているだけだ。復讐はきみのサディズムの隠れ蓑《みの》にすぎない。僕がきみに与えられるのはただひとつ」

「なんだ？　教えてくれ」

「哀れみだよ、ガボール。きみは息子さんを失った傷を癒やそうとして、むしろ傷口をえぐっている。ウェリタス・オディウム・パーリット。真実の憎しみ。真実を知ったところで、きみが得るのはさらなる憎しみだけだ」

モロヴィアが鼻を鳴らした。「私はきみと戦ったことがある。きみの演奏も訊いた。楽屋から追いだされたときのきみの目も見た。きみのなかにも私と同じだけの憎しみがくすぶっていたし、今もそれが見える。きみはずっと、私と勝負したいと思っていたはずだ」

レッケはじりじりとユーリアのほうへ近づいた。

「ガボール、きみは自分で思っているほど物事が見えていない。この世の独裁者が押しなべてそうであるように、ゆがんだ世界観を周囲に投影しているだけだ。今この瞬間、私が何を考えているのか、きみには想像もつかないだろう。その傲慢さがきみの弱点なのだ」

レッケがミカエラをちらりと見て、行くぞと合図した。そして地獄のふたが開いた。

レッケがピアス男の手から拳銃を蹴り落とし、素早い動作で男をプールにつきおとす。レッケはそのままモロヴィアに向き直って攻撃の構えをとった。まるで鏡を見ているかのように、モロヴィアもレッケと向きあって構える。今にも飛びかかりそうな勢いで、ふたりが同時に間合いを詰める。

ミカエラには世紀の勝負を見届ける暇がなかった。十メートルほど先のプールサイドに落ちた拳銃めがけて走る。しかし拳銃をつかむ前にユーリアが叫んだ。

「うしろ！」

ミカエラはふり返った。ユーリアのそばにいた手下――冷たい目つきをした屈強な男が、ミカエラに銃口を向けていた。ミカエラはその場に凍りつき、必死で逃げ道をさがした。

「ルーカス！」ユーリアがふたたび叫ぶ。

そうだ、ルーカスはいったいどこにいる？　いた！　ルーカスはキッチンに立っていた。その身体は同時に二方向に進もうとしているかのようによじれている。ルーカスはユーリアのほうを見なかった。混乱し、怒り狂っているようだ。

「助けて！　あなたはあんなろくでなしの一味じゃないでしょう！」ユーリアが叫んだ。

彼女の発言は決して的外れではなかった。若く美しい娘を人質にして殺すと脅すのはルーカスのスタイルではない。しかしルーカスは混乱した様子でどちらにも加勢しようとせず、あろうことか悪態をついてその場を去った。腰抜けの臆病者、とミカエラは心のなかで毒づいた。

モロヴィアがレッケに飛びかかる。レッケがうしろによろめいた。モロヴィアのほうが力もスピードも上なのは明らかだった。明確な目的を持って、真剣に稽古《けいこ》してきた者の動きだ。

状況がいっきに暗転する。しかもピアス男が水からはいだして、水滴を垂らしながらプールサイドに落ちている拳銃をとろうと身をかがめた。

しかしレッケはこの展開を読んでいたらしく、一歩さがって娘に向かってうなずくと、無駄のない動きで拳銃を男の届かないところへ蹴とばした。そのままモロヴィアに飛びかかってパンチとキックを繰りだす。モロヴィアはまるで勝利を確信したような恍惚とした表情を浮かべたかと思うと、振りつけされたダンスのように無駄のない動きで反撃に出た。

ミカエラは走っていってピアス男に頭突きをしたが、もみ合いになって一緒にプールに落ちてしまった。水中から、レッケが腹を蹴られて身体を折るのが見えた。

次の瞬間、理解の域を超えたことが起きた。携行缶を見たときからその展開を予想しておくべきだったのだろうが、実際に目の当たりにすると衝撃が大きかった。さっきまでミカエラに銃口を向けていた、冷たい目をした男が前に進みでる。男はモロヴィアの指示に従ってユーリアのそばに置かれた携行缶をつかむと、ふたを開けて高々と掲げ、なかの液体をユーリアにぶちまけた。鋭い悲鳴が空気を震わせる。ガソリンのきついにおいがミカエラの鼻腔をついた。

クイーンをさげたことで、クレアは優位に立つチャンスを失った。なんとか挽回しようと必死で策を練る。ところが考えている最中、新しい盤面を見たガボールの表情が変化したことに気づいた。変化といっても緑色の目がかすかに揺れただけだが、何かが気に入らないのはまちがいない。もう一度、盤面を見て、クレアは理解した。自分は――正確にはヤーコブは、ガボールの計画をひっくり返したのだ。

ヤーコブのおかげで、ガボールが盤面の右上に仕掛けたトラップにかからずにすんだ。クレアの血液が猛烈な勢いで体内をめぐり、脳が覚醒する。孤独な夜に積み重ねてきた研究がいっきに花開いたかのように、直感的に次に指すべき手がわかった。

恐ろしいほど頭が冴えて、手が吸いつくように駒にのびた。一方のガボールは一手、一手、時間をかけて考えていた。それでもクレアにはガボールの手が読めた。ゲームの流れを支配しているのはクレアだった。どうあがいてもガボールの負けは目に見えている。〝もう降参したら?〟という台詞が口をつきそうになったが、彼の反応が恐ろしくもあった。

プライドの高いガボールに負けを受け入れることができるだろうか? それでも引きさがるわけにはいかない。この勝利には自分と息子の自由がかかっているのだ。クレアは熱狂のままに駒を進めた。周囲のすべてが消え、盤面だけが浮きあがって見えた。駒を指すスピードをさらにあげる。彼女には、ポーンを相手陣の最終列まで進め、新たなクイーンに昇格させる道筋が見えていた。疑問の余地はない。勝負はついたのだ。

「引き分けだな」

クレアはあきれてガボールを見た。

「冗談でしょう? あなたの負けよ。よく見てごらんなさい」

ガボールは聞こえないふりをした。クレアと目を合わせる代わりに、いまいましそうにヤーコブを見る。

「私の辞書に負けの文字はない」

クレアは言葉を失いつつも、癇癪《かんしゃく》を起こさないように踏ん張った。

「卑怯な真似をせず、男らしく負けを受け入れなさい。あなたはうまいけれど、今回は私の勝ちよ」クレアはよく見ろというように右手で盤面を指した。「約束したで——」

ガボールがやめろというように片手をあげ、顔をゆがめる。

クレアは素直に口をつぐみ、この先どうなるのか予測しようとした。

「だいいちきみは助言を受けた。どんなゲームでもそれはルール違反だ」

クレアは自分の耳を疑った。

「あなたが無能扱いした子どもの助言を聞いただけよ。それもあなたにけしかけられて」

ガボールが運河に目をやり、シャツの襟を直す。

「実際、その子は無能だ」

クレアは殴りかかりたい気持ちをこらえた。

「あなたにそんなことを言う権利はない」

「だが事実だ。見てみるがいい。他人の目を見て話すこともできないし、くねくね身をよじる。その子はできそこないだよ、クレア。それに弱虫だ」

「あなたの戦法を見破るだけの力があるわ」クレアは顔を真っ赤にして言い返した。

「みじめな子だ」

「何も知らないくせに！」

「私はやるべきことをしているだけだ。とにかく、ゲームは終わりだ。どこへでも行けばいい」

クレアはガボールを見た。口のなかがからからだ。心臓が早鐘を打つ。

「負けを認めるのね？」

「引き分けだ」

落ち着け、とクレアは思った。肝心な場面でしくじるわけにはいかない。

「よければふたりでゲームの流れを解析してみましょうか？」

「そういう気分じゃない」ガボールが自分の駒を回収しはじめる。

「やめて」クレアはガボールの手を押さえた。

ガボールはふれられたことに明らかな不快感を示して、クレアを押しのけた。それから立ちあがる。クレアも立つしかなくなった。ヤーコブに合図したが、ヤーコブは脚を絡めたまま座っている。

「ほら見たことか」ガボールが言った。

「うるさい、けだもの！」クレアは叫んだ。冷静にならなければいけないことはわかっていても、我慢できなかった。

クレアになじられて、ガボールはむしろ落ち着きをとりもどしたようだった。チェス盤の上で勝つことはできても、心理戦で勝ち目はなさそうだ。ガボールは不適切な発言をした客に対して忍耐強さを発揮する完璧なホストといった様子でほほえんでいた。

「ふたりとも来てくれてうれしかった。しかし次の予定があるのでね。コートとバッグをとってこよう。息子の身支度はきみがやるのか？　リカルドに手伝わせてもいいが」

「けっこうよ」クレアは息子の腕を引っぱって立たせた。

ヤーコブには彼女が思っていたよりも根性があったようだ。立ちあがったあとは、背筋をのばしてクレアの横をついてきた。ヴォールト天井の部屋に入ってバッグとコートを受けとる。

ガボールが右手を差しだした。

クレアはその手をとって彼の目を見た。ガボールは悲しげともいえる笑みを浮かべている。何も知らなければその笑顔に友情めいたものを感じたかもしれない。

「もう私たちに構わないでくれるわね？　私たちは安全なのね？」

「さようなら、クレア」ガボールはクレアの手を離さなかった。「さよなら、ヤーコブ」

こちらの質問に答える気はないのだ。クレアはもう一度、問いかけようか迷ったものの、うなずいて息子に向き直った。息子の手をとって螺旋《らせん》を描いた階段を無謀とも思えるスピードで駆けおりる。チェスの本がバッグから落ちた。ガボールが素早く本を拾いあげる。

「これはもう必要ないだろう。内容は充分、身についたようだから」

クレアにとって、それはガボールが負けを認めたといえる、唯一の発言だった。クレアは何も言わずに右手で本を奪い、ヤーコブの手を引いたままサン・マルコ広場の方向へ歩き去った。

50

クレアに会えると思いこんでいたサミュエルは、最初、自分が何を見ているのか理解できなかった。妄想の世界と現実世界が交差し、彼の理解を超えたものが、細く長い腕を持つ天使のような人物が現れる。窓から射しこむ光のなかで、その姿はくっきり浮きあがったかと思うとまたぼやける。

サミュエルはあえぐように息を吸い、何度か瞬きした。天使像だと思ったのは、大きく不安そうな目をした巻き毛の少年だ。しわの寄ったベージュのスーツはぴたりと身体に合っているが、少年の幼い雰囲気とはちぐはぐな気がした。大人っぽいスーツと不安そうな立ち姿のせいで、身長はあってもまだ子どもだということが強調されている。少年は右足を左足に絡めるようにして頭を前後に揺らし、今にも倒れそうだった。

「あなたは誰？」少年が英語で言った。

サミュエルが返事をしないでいると、少年は続けた。

「大事な人に会うと言われたんだけど、詳しいことは教えてもらえなかった。ぼくのお母さんがどこにいるか知りませんか？　お母さんがいなくなって、みんなどこにいるかわからないと言うけれど、それは嘘だと思うんです。あなたはお母さんを知っているんでしょう？　お母さんがぼくに何も言わずに消えるなんて、何かたいへんなことが起きたにちがいないんです」

話しつづける少年に、サミュエルは背を向けたくなった。少年がクレアでないことが腹立たしかった。すべてがひどい裏切りに思えて、このままでは少年に怒りをぶつけてしまいそうだった。力いっぱいドアを閉めてこの部屋を出ていきたい。だが、子どもに対してそんな心ない真似はできなかった。少年は自分と同じように途方に暮れているのだ。大きな目に涙をため、蛇のように身をくねらせている。一瞬、鏡に映った自分を見ているようだと思った。サミュエル自身が抱える絶望が少年に投影されているかのようだった。

「お母さんの名前は？」

「サラ・ミラー」

少年はおずおずと足を踏みだし、よろめいた。サミュエルはいつでも抱きとめられるように身構えた。

「え？　誰だって？」

「今まで、年をとった男の人のところにいたんです」少年はサミュエルの質問が聞こえないかのようにしゃべりつづけた。「三月から学校へ行ってないし、どうしてそこにいなきゃいけないのか誰も説明してくれない。ただ、もう少し待ちなさいって言われるだけだった。でも今日の朝……」

少年の顔がますます青白くなる。

「きみ、座ったほうがいい」サミュエルは少年の手を引いて肘掛け椅子に誘導した。数時間前にモロヴィアが座っていた椅子だ。

サミュエルは少年の隣に座り、アリシア・コヴァッチを呼ぶかどうか迷った。この少年には助けが必要だ。

「今日の朝、何があったんだい？」

「空港へ行くと言われたんです。荷造りする時間もほとんどなくて、プライベートジェットでここへ来ました。お父さ……」少年は言いかけてやめた。「前のほうの席にモロヴィアが座ってて、でもぼくとは話したがらなかった。あの人はがっかりした顔でぼくを見るんです」

「モロヴィアがきみの父親なのかい？」

「いいえ。長いあいだそう思っていたんです。お母さんから、お父さんと呼ぶように言われていたから。でも、お母さんは怖かったんだと思う。モロヴィアと会えば安全に暮らせるからそうしていただけなんです」

「お母さんはサラ・ミラーというんだね？」

少年の頭がまた揺れた。

「クレアと呼ばれることもありました。前はそういう名前だったって」

「ああ、なんてことだ！」

「ぼくのお母さんを知ってるの？」

「奥さんだったからね」サミュエルはそう言ったあとで訂正した。「おじさんは彼女の夫なんだ」

「夫？」

少年はますます混乱したようだった。

「おじさんはきみのお母さんと結婚していたんだよ」サミュエルは当たり前のことを話すように言った。「だが、彼女は急に消えてしまった。おじさんはずっと、クレアはもう死んでしまったと思っていた。でも、隠れていたんだね」

「モロヴィアのせいです」少年が急に大人びて落ち着いた声を出した。

「そうだと思う」サミュエルの頭に数えきれないほどたくさんの質問が浮かぶ。だがこの場で口にすまいと思った。クレアに会えなかったことは残念だったが、代わりに少年と会えた気がして、この瞬間がひどく尊く思えた。それを台無しにしたくなかった。

「おじさんは、きみのお母さんを愛していたんだよ」

少年は何かを思い出したようなしぐさをした。

「あなたはすごく強くて、なんでも修理できる人？」

「修理はしばらくやっていないからちゃんとできるかわからないけど、力は強いよ」

サミュエルはためらいがちに両腕をあげ、力こぶをつくってみせた。

「ぼく、もっと運動したほうがいいと言われます。モロヴィアには弱虫って言われた」

「きみは今のままでもかっこいい」

「そんなことない」

少年があまりにも悲しそうに言ったので、サミュエルは少年の手を握りたくなった。

「そんなことあるさ。人っていうのは、つらい経験をすると自分がだめなやつに思えるものなんだ。でも本当は――」

「あなたのこと、ママが教えてくれたよ」

「クレアが？」

サミュエルはひるんだ。クレアがなんと言ったのかを聞くのが怖い。急な展開に心がついていかなかった。会ったばかりの少年とこれほど心を開いて話していることも不思議だ。これは現実逃避にちがいない。クレアはどこだ？　いったい何が起きているんだ？　次から次へと湧きあがるそうした疑問から逃げるために、この少年と話しているのだ。

「料理が苦手なのは、あなたがぜんぶやってくれたからだって言ってました。だから自分は家事が下手なんだって」

「おじさんのせいだとしたら申し訳なかったなあ」

「でも、ママはうれしそうに言っていたよ」

サミュエルの喉に熱いものが込みあげる。

「それで、きみのママはどうなったんだい？」

「ママとヴェネツィアに行ったんです」

サミュエルは身を乗りだし、少年の言葉に全神経を集中させた。

「そこで何をしたんだい？」

「モロヴィアの家に……行きました」少年がいやそうに顔をゆがめる。

「それで？」

「ご飯を食べて、それからふたりがチェスを始めたんです。すごく大事なゲームだって感じました。何か大事なものを賭けてプレイしているみたいでした。私たちの自由がかかっているってママは言ってた」

「自由」

「そう。ママはものすごく緊張していて、命がけでプレイしていて、それで罠にはまりそうになったんです。でもぼくがちょっとだけ助けて、それでママが優位になったんです」

サミュエルは聞きまちがえかと思って少年を見た。

「クレアを助けたのかい？　チェスで彼女を助けられる人がいるなんて信じられないな」

「前にも似たゲームを見たことがあったから。一九二二年にロンドンでやったカパブランカ対マロッティのゲームに似ていたんです」

サミュエルは度肝を抜かれた。

「きみはそんなことを知っているのかい？」

「はい」少年は自慢するふうでもなく、淡々と続けた。「ほかにやることもなかったし、友達もいなかったから、チェスの対戦本を読んで、ひとりで対戦していたんです」

「ひとりで……」

「コンピューターと対戦することもありました」

サミュエルは息をのんだ。

「きみはきっと天才なんだな。ふつうの人はクレアを助けたりしない。横に座って、すごいなあと感心しながら眺めているしかないんだ」

ヤーコブはさみしげに笑ったあと、先ほどと同じひどく大人びた口調で言った。「ママも万能じゃないから」

サミュエルも悲しい笑みを返した。

「そうだね。それで、対戦はどうなったの？」

「あと六手でメイトするとき、モロヴィアがプレイを中断して引き分けにしようって言ったんだ」

「負けるのがいやだから？」

少年は窓の外を見た。

「そう。すごく怖い感じで、モロヴィアはひどいことをいっぱい言った」

「たとえば？」

「言わなきゃダメ？」

「ごめん、言わなくていいよ」

「それでぼくらは家を出ました。ママはすごく急いでた」

「サン・マルコ広場へ行ったのかい？」

「サン・マルコ広場？」

「そこを通るクレアの姿が写真に写っていたんだ」

「そうなんですか？　場所はわからなかったけど、ママはすごく動揺していて、せかせか歩いてた。古い建物がいっぱいあって、人や鳥がたくさんいて、僕はママから遅れちゃったんです。そのとき誰かに名前を呼ばれました。モロヴィアの部下の、リカルドって名前の人だったと思います」

少年は苦しそうな顔をして頭を前後に揺らしはじめた。話すのがつらいのだ。

「それで？」

「ぼく、歩くのをやめました。何か忘れ物をしたんだと思って。でもちがったからママを追いかけたんだけど、もうどこにもいなかった。消えちゃったんです。大声で呼んだら、一度だけ〝ヤーコブ、ヤーコブ〟って声が聞こえた。でもどこから聞こえてくるのかわからなくて、僕は何時間も走りまわって、ママを知りませんかって大人の人に尋ねてまわって、ママの番号に電話もしたけどだめだった。ママは消えちゃった」

「なんてことだ」サミュエルは少年の手を握って慰めたいという新たな衝動を抑えて、椅子に座っていた。「そのあとはどうなったんだい？」

「モロヴィアが現れて、ママは別の用事があると言ったけど、ぼくは信じなかった。だからあいつを蹴ったりひっかいたりしたんです。おまえなんか大嫌いだと言ってやった。そうしたらモロヴィアがいなくなって、ほかの人たちがやってきて、つかまえられて、ミラノに住んでいる女の人の家へ連れていかれました。わりと親切な人だったけど、ぼくがものを壊したり、何度も逃げようとしたりしたから我慢できなくなったみたいで、次は年をとった男の人のところへ行かされました。モロヴィアたちの知り合いだって言ってました」

「そのあとここへ来た？」

「うん。やっとママに会えると思ったんです。あなたとママはスウェーデンに住んでいたんでしょう？」

「そうだよ、家はここから遠くない」

「でも、ここに来てから何時間も待っているのにママは来てくれない。ぼく、どうしたらいいの？」

サミュエルもどうすればいいのかわからなかった。少年の目と唇に既視感を覚えて、頭がくらくらした。そんな考えはばかげている。またしても都合のいい思いこみだ。サミュエルの思考を中断するように、ドアが開いてアリシア・コヴァッチが入ってきた。彼女も葛藤を抱えているらしく、顔色が悪く、瞳が揺れていた。

「おふたりとも帰ったほうがいいと思います」

サミュエルは立ちあがった。

「どういう意味ですか？」

「おふたりのことが心配なんです。どこか安全な場所へ移ってください。彼は今までにないほど機嫌が悪いので」

誰のことだ？　とサミュエルは思った。誰の機嫌が悪いのだろう。だがそんなことを尋ねる必要はない。サミュエルは納得してヤーコブの手をとり、建物を出た。

浴びせられた液体がガソリンであることに、ユーリアはすぐに気づいた。周囲の世界が動きをとめる。ガソリンが目に入らないように、ユーリアは必死で瞬きした。と同時に、彼女のなかの何かが行動を開始する。もしくは動けない状態にあるからこそ、脳が活性化して、分析を始めたのかもしれない。ユーリアは液体の入っていた缶を掲げている男を見あげた。筋肉質な身体に緑色のコットンジャケットを着ている。まなざしは冷たいが両手が震えているのはいい傾向だ。男はプレッシャーにさらされながら、多くのことを同時に処理しなければならない立場にある。拳銃はホルスターに収まっている。周囲の状況は錯綜《さくそう》している。男がジーンズのポケットから何かをとりだし、不器用にいじる。小さな金属製の物体は銀色に輝いている。ユーリアは死に物狂いでもがきはじめた。あれはライターだ。

いつ火をつけられてもおかしくない。ユーリアは恐怖に負けないよう、意志を強く持とうとした。分析を続けなければいけない。ロープをほどいてプールに入る方法を考えるのだ。もう時間がない。男が着火レバーに指をかける。最悪の瞬間が近づいてくる。父とミカエラが叫んでいるのが意識の遠くで聞こえた。ほかにも声がする。人を惑わせるようなモロヴィアの声。静かに発せられるビブラートのかかった低音とかすかな喘鳴。

「私のヤンと同じように娘が焼かれるところを見るがいい。同じ苦しみを共有しよう」

あまりにも過酷な現実に、ユーリアは自分がすでに炎に包まれているような錯覚を起こしそうになった。渾身《こんしん》の力で逃げようとするものの、ロープがぴんと張ってつんのめる。あちらこちらで、ものすごい速度と怖いほどの鮮明さで人が動きまわり、状況が変化し、脅威と希望が入れ替わる。ミカエラがプールから出てくる。銃口が彼女を狙う。別の人物もプールから出てきた。次に起こることは目に見えている。いくら顔をそむけても現実は変わらない。やはりモロヴィアたちのほうが優位だ。相手は三人で、拳銃とライターを持っている。

そのとき父とミカエラが同時にこちらへ走ってきた。一秒置いて銃声が響き、水面にしぶきがあがった。ユーリアは何が起きているのかわからなかった。父がモロヴィアにつかみかかり、ミカエラだけが走ってくる。金属らしきものが床を打つ音がした。ライターが落ちた？　自分はこのまま焼き殺されるのか？

わからない。たしかなことは何発も銃声が聞こえ、誰かが〝ちくしょう、やめろ！　彼女を解放しろ！〟と叫んだことだ。ユーリアは警察が助けにきたのだと思って飛びあがった。しかしそれはちがった。叫んだのは警官ではなくルーカスだった。拳銃を手に、目をらんらんと輝かせて。

51

群衆のなかに知った顔を見たような気がして不安になったが、クレアは即座に気持ちを切り替えた。もっとほかに心配しなければならないことがある。今にもガボールが追ってくるにちがいない。急いでどこかに避難しなければ。

ほど近いところに警察署がある。事前に目をつけておいたのだ。まずはそこまで行ってからストックホルムのラーシュ・ヘルネルに連絡しよう。そうすればなんとかしてくれる。ツアーガイドの話を聞く日本人観光客の横を急いで通りすぎる。日本人観光客の隣にいた南欧出身らしき男が、クレアを見て口笛を吹いた。クレアはつんと顔をあげ、ナンパには興味がないことを態度で示した。ヤーコブはちゃんとついてきているだろうか？　離れ離れになったらそれこそ悪夢だ。クレアはふり返った。鳩が飛び立ち、カメラのシャッター音がした。クレアはほっと胸をなでおろした。ヤーコブはすぐうしろにいた。

「大丈夫？」

「どうしてそんなに急ぐの？」

「ちょっと不安だったの。でもすべてうまくいっているわ。さあ、行きましょう」クレアは息子のほうへ手を差しだした。

息子は手をつなぎたがらなかった。初めてのことだ。母親と手をつないで歩くのを恥ずかしいと思う年ごろになったのだ。クレアは息子のことが心配になって歩くペースを緩めた。ヤーコブにほほえみかけ、親子でちょっとした冒険を楽しんでいるふりをする。だが内心はまったくおだやかではなくて、当然ながら、ヤーコブはそれを察した。

「あの人を負かしたのはまちがいだった？」

「いいえ。むしろその逆よ」

「逆？」

「ああいう人には負ける経験も必要なの。それに勝ったら――」

「自由にしてくれるって言ってたね」

「そうよ」クレアはガボールの真意を疑っていたが、その考えを押しのけた。

今はとにかく急いで警察署まで行くことだ。そう思いながら周囲を見まわす。正面に、全身を金色に塗った男がいた。彫像に成りすまして小銭を稼いでいるのだ。世のなかにはいろいろな職業がある。そんなことを考えていたら誰かにぶつかった。自分に非があるとは思わなかったが、とりあえず謝罪しようとしたとき、背中に痛みが走った。暴力的で不快な一撃に怒りが込みあげた。

抗議する代わりに、ふり返ってヤーコブの姿をさがす。ヤーコブがいない。クレアはパニックに襲われて、大声で息子の名を呼んだ。服の下にべっとりしたものが垂れ、反射的に腰に手をやる。血だ。けがをしたようだ。出血はあとでなんとかすることにして、ヤーコブの姿をさがした。走りだそうとしたとき、二本の腕が彼女をつかみ、近くの建物へ引きずりこんだ。クレアは倒れ、世界が暗転した。

ミカエラは地面につっぷした。もう逃げられない。銃口が自分を狙っている。ここで死ぬ運命なのか。そうだとしてもどうにかユーリアのロープをほどいてプールに避難させなければ。それだけがミカエラの頭を占めていた。何かが地面に落ちる音がした。いろいろなことが起きているので最初はなんの音かわからなかったが、次の瞬間、それが見えた。火のついたライターだ。一瞬の間を置いて炎があがる。ミカエラは地面を転がり、自分の身体で炎を消そうとした。火傷をしても構わない。

銃声が空を切り裂く。ミカエラはひるんだ。今度こそ撃たれたと思った。この距離で外すはずがない。どうすることもできずにその場に横たわったまま、ともかく炎を消すことには成功したようだと気づく。胸にライターらしきものがあたっている。足音が近づいてきた。このまま首を撃たれて死ぬのだろうか？　顔をあげたミカエラはわが目を疑った。

さっきライターを持っていた緑色のジャケットの男が、膝をついて両手で腹を押さえていた。それだけではない。プールからはいあがってきたピアス男が、あとずさりしてふたたび水に落ちる。優劣が逆転している。キッチンを出たところに、拳銃を手にしたルーカスが立っていた。

「ばか者どもめ」ルーカスはレッケと争っているモロヴィアに銃口を向けた。モロヴィアがレッケに殴られてうしろによろめく。

「ルーカス」

「ミカエラ」ルーカスがこちらへ歩いてきた。

ルーカスの意図がわからないので、次の展開も読めなかった。ルーカスがモロヴィアの部下から守ってくれたからといって、必ずしも味方だということにはならない。モロヴィアがルーカスを裏切って、合意とちがう行動に出たのはまちがいない。しかしルーカスに最大の屈辱を味わわせたのはレッケだ。ルーカスが敵視しているのはあくまでレッケなのだ。ルーカスは完全に理性を失っており、何をしでかすかわからない目つきをしていた。

ルーカスの拳銃がモロヴィアとレッケのあいだをさまよい、最終的にレッケに銃口が定まる。

「撃て！」モロヴィアが叫んだ。

「だめだ」レッケが一歩前に出る。「きみはそこまで愚かじゃない」レッケがルーカスに向かって胸をつきだした。

ミカエラにはそれが無謀な行動に思えた。ルーカスは人差し指を引き金にかけている。

「すべての始まりはおまえだ」ルーカスが怒鳴った。「心理学だかなんだかしらないが、言葉巧みに妹をたぶらかしやがって」

レッケはまったく動じる様子もなく、もう一歩、前に出た。ルーカスの怒りに油を注ぐ行為だ。

「そうかもしれない。だが頭を使え。今、きみは僕らのヒーローだ。それはきみの有利に働く。フォルテース・フォルトゥーナ・アドユウァト。運命は、勇敢な者を助ける。ここで僕を撃てば、きみの立場は難しくなるぞ」

「パパを撃たないで。あなたのしたことを悪く言わないから」

「わたしも兄さんの身辺をかぎまわるのをやめるわ」ミカエラも言った。レッケを撃たないでくれるならなんでも約束したかったが、それが役に立つかどうかはわからなかった。

妹の裏切りを思い出して、ルーカスはさらに怒りを募らせたようだったが、小さな声で言った。

「そうしたほうがいいだろうな」

「約束する」

ルーカスはうなずき、やや自制心をとりもどしたのか、銃口をモロヴィアに向けた。

モロヴィアは憎悪と傲慢にまみれた顔で立ちつくしていた。一瞬あとでレッケが耳に手をあて、ディ・ドゥとつぶやいた。パトカーのサイレンを完璧な音程で真似たのだ。

複数の車が近づいてくる。レッケがよろめきながら娘の元へ行き、身体と両手足のロープをほどいて、ガソリンが浸みたバスローブをぬがせた。意外にも急に味方になったミカエラとルーカスは、モロヴィアが逃げないように目を光らせていた。

何分もしないうちに公安警察の隊員が敷地になだれこんできて、そのすぐうしろに赤い顔をしたマグヌス・レッケが現れた。マグヌスは弟の視線を避け、居心地が悪そうにしていた。一方の弟は娘にかかりきりで、兄の存在を気にかけてもいなかった。時間の経過とともに警官の数が増え、敷地内が騒がしくなる。

ミカエラとレッケとユーリアは、モロヴィアや負傷した手下どもに目もくれず、警官であふれかえった別荘を出た。

六月六日の午後も遅い時間で、携帯電話を確認したミカエラは、サミュエル・リドマンから六度も不在着信があったことを知った。

52

七月十二日、知人の多くは夏休暇の最中だが、ミカエラは前段休暇を終えて通常勤務に戻り、そこそこ忙しい日々を送っていた。その日、フォルクンガ通りのカトリック大聖堂でクレア・リドマンの葬儀が行われ、ミカエラもくたびれた黒のワンピースを着て参列した。

クレアとは一度も会ったことがないにもかかわらず、ミカエラは心からその死を悼《いた》んだ。最前列にサミュエル・リドマンと十三歳の少年が並んで座っていたせいもあるだろう。父と子は出会って間もないが、ヤーコブはまるでサミュエルが彼の全世界であるかのようにぴたりと身を寄せていた。

クレア・リドマンの遺体は三週間前にヴェネツィア西方のガルダ湖で発見され、ストックホルムへ運ばれた。クレアには定まった宗教がなかったものの、姉のリンダ・ウィルソンが取り仕切ってカトリック式の葬儀を準備した。神父が仰々しい言葉を並べたてることもなかったし、音楽は美しく、故人を偲《しの》ぶ気持ちにあふれた式だった。大聖堂を出たミカエラは参列してよかったと思いながら、メドボリヤル広場の方向へ目をやった。同じく聖堂から出てきたレベッカ・ヴァリーンに小さく頭をさげる。レベッカがやりすぎだと思うほどモダンな装いをしていたので、ミカエラは自分の格好を余計にみすぼらしく感じた。そのまま周囲に視線をさまよわせる。

サミュエルの広い背中に隠れるようにして、ヤーコブが立っている。ヤーコブは黒いリネンのスーツを着て、母親の棺の上に置き忘れた赤い薔薇を一輪、手にしていた。ここではないどこかへ行きたがっているような顔をしている。ミカエラは少年に近づいた。

「こんにちは、ヤーコブ。お母様のことはとても残念だったわ」

口数が少ない子だということは知っていたので、悔やみの言葉だけ伝えて帰るつもりだった。ところがヤーコブがそわそわした様子で口を開いた。

「教授は来ていないんですか？」

「残念だけど、用事ができて来られなかったの」途中まで一緒だったというのに、急に家に引き返したレッケを思い出して、ミカエラは顔をしかめた。マグヌスと何かあったようだ。

「訊きたいことがあったのにな」

「何？」

「サミュエルから聞いたんです。ヴェネツィアの監視カメラに映ったぼくを見て、教授が何か気づいたみたいだって」

ミカエラはほほえんだ。「あなたの耳たぶに気づいたのよ。サミュエルと同じで、耳たぶが顔と分離せずに密着しているでしょう」

ヤーコブはしばらく考えていた。

「モロヴィアがＤＮＡ検査をしなきゃわからなかったことが、教授は写真を見ただけでわかったということ？」

ミカエラは肩をすくめた。

「確信があったわけじゃないと思う。でもレッケはいつもいろんなことを発見するの。また躁状態のようだし」

「それってどういう意味ですか？」

「落ち着きなく動きまわって、目に入ったものを片端から分析してしまうの。あの人は、なんでもお見通しのときもあれば、何を言っているのかさっぱりわからないときもあるのよ」

少年がまた考えこむ。ミカエラはヤーコブの肩に手を置き、サミュエルとハグをした。それから並んで去っていく父子《ちちこ》を見送った。あのふたりにはお互いが必要だ。どちらもぎこちなくてよそよそしい。他人と目を合わせるのが苦手で、常に視線を泳がせている。

腕時計に視線を落としたミカエラは、これなら仕事に行く前にグレーヴ通りへ帰れそうだと思った。地下鉄に乗るためにスルッセン駅へ急ぐ。ヨート通りの坂道まで来たとき、携帯が鳴った。母親からだ。ミカエラはしぶしぶ電話に出た。ここのところ母は〝みんなのヒーロー〟ルーカスが警察で厳しく取り調べられたことに文句ばかり言っている。現実には、犯した罪からするとはるかに軽い処分ですんだのだが、ミカエラはそれを母親に言えずにいた。この上なく不名誉な事実だからだ。

「もしもし、母さん？　何か用？」

母親が堰《せき》を切ったように話しだす。

「まったく、本物の悪党が罪を逃れてルーカスばっかり責められるなんて、警察はどうなっているんだい？」

「モロヴィアは罪を逃れてなんてない。あの男の天下も今度こそ終わりよ」

「でもすごい弁護団がつくんだろう？　かの有名なベルルスコーニもあの男を擁護するコメントを出したっていうじゃない」

「そこまでは知らないわ」

「まあ、世のなかそんなものさ。金持ちは無罪放免になって、あたしたちみたいな貧乏人が冷や飯を食わされる」

「そこまで単純じゃないわよ」

「社会からこぼれた人たちの身にもなってみろって言いたいだけ。ヴァネッサも同じ気持ちだよ。さっきドロレスのところで会ったんだ。髪型を変えて、すごくべっぴんさんになってたよ。おまえもいいかげん……」

「電話を切るわよ」

「ごめん、ごめん、しゃべりすぎたね。おまえがセレブになったから、緊張しちゃうんだよ」

「やめて」

ミカエラは角を曲がって地下鉄の駅のほうへ進んだ。

「もちろん自慢の娘だと思っているんだよ。また伯爵と仲良くしていて、あたしとしてはすごくうれしい」

「あの人、いつから伯爵になったの?」

「ともかく、早く家に招待してね。あたしだって気の利いた話ができるんだよ。でも電話した本当の理由はさ、愛しい子《カリーニョ》」

「何?」ミカエラはいらいらしながら尋ねた。

「今回のごたごたのせいでルーカスはうちへ寄る暇もないんだ。もちろん来てくれなくても大丈夫なんだけどね。ぜったいに売れる傑作が完成したところなんだよ。ところであの娘さんはどうなの? 元気になった?」

「いくら必要なの?」

「たくさんじゃない。ほんの少しでいいんだよ。この前、おまえがひどく急いでいたときにくれたのと同じくらいでいい」

「明日、仕事のあとで寄るわ」ミカエラはそう言って電話を切り、地下鉄の駅へ続く階段をおりた。無邪気にも、母親の発言がひとつは正しかったことに気づきもせず。


呼び鈴の音に、レッケは〝やっと来たか〟とつぶやいた。マグヌスは約束の時間に二時間も遅刻したうえ、電話にも出なければメールの返事もなかった。それが気がかりだった。ところが玄関に立っていたのがユーリアだったので、レッケはぱっと明るい表情になって娘を抱きしめた。

「調子がよさそうじゃないか」

その言葉は、いろいろな意味で事実だった。紺のブラウスにコットンパンツというカジュアルな服装をしたユーリアは、以前のように病的にやせてもいない。

「そう言うパパは最悪みたいね」

「いやいや、いつもどおり、おまえのことが心配だっただけだよ。さあ、入って。パパのうっとうしい愛情を受けとめてくれ。ランチはすんだのか？」

「誰かを待っていたんじゃないの？」

レッケは、マグヌスが来るはずだが大幅に遅刻していると言った。

「つまり、何かよくない知らせを持ってくるんだわ」

少なくとも自分にとってはいい知らせではなさそうだ、とレッケも思った。キッチンへ行き、冷蔵庫を開けて簡単につくれそうなメニューを考える。

「伯父さんのこと、ちゃんと懲らしめなきゃだめよ」食卓につきながら、ユーリアが言う。

レッケは小さくしかめつらをした。

「マグヌスはモロヴィアの裁判に呼ばれて証言することになるだろうし、それは彼のキャリアにとってかなりの痛手だ。だから当分はそれでよしとする」

くわえて真実を明らかにすることで、と心のなかでつけたす。もっともマグヌスにとって都合のよいバージョンの真実だろうが。

「伯父さんは何か隠しているんでしょう？」

「まちがいない」

「自分を恥じてもいる」

「それは進歩と受けとめよう」そう言いながら、レッケは冷蔵庫の中身を吟味した。当然のことながらハンソン夫人が作り置きしてくれた料理だ。これはラザニアか？　それともムサカ（訳注：素揚げにしたナス、ジャガイモ、ひき肉などを使い、ベシャメルソースをかけてオーブンで焼いたギリシャ料理）か？

「とんでもなくおいしくて確実に低カロリーなひと皿はどうだ？」レッケは冷蔵庫から料理をとりだした。

「お腹は減ってないの」

「本当に？」レッケはそう言ったあと、耳をそばだてた。

「エレベーターがあがってくる」

「マグヌス伯父さん？」

エレベーターがとまり、足音が響く。

「ミカエラだ。切れのいい八拍子。それと……マグヌスもいる。ふたり一緒に来たんだ」

「変な組み合わせね」

「ふむ……たしかに」

レッケは足音を頭から締めだした。ミカエラとマグヌスという組み合わせは、何か不吉な知らせを暗示しているような気がした。

53

レッケの家の前で鉢合わせしたとき、マグヌスはミカエラに対していつになくそっけなかった。弟に対する裏切りが明らかになった今となっては驚くことでもないが、上辺だけでもしおらしくしておけばいいのにとミカエラは思った。ミカエラに感じの悪い態度をとったところで得るものはないはずだ。

「なんでそんな格好を？」

マグヌスがくたびれた黒のワンピースに目を走らせる。

「クレア・リドマンの葬儀があったんです。あなたこそ、葬儀にも参列しないで何をしていたんですか?」ミカエラは反撃した。

不快なことを思い出したようにマグヌスが顔をしかめたので、いい気味だと思った。

マグヌスが尾行を警戒するようにうしろをふり返る。ミカエラも気になって通りに目をやった。すると中年にさしかかった女性がにらむようにこちらを見ていることに気づいた。美しい女性で、目の覚めるような緑のベルベットジャケットと銀ボタンのついた黒のスリットスカートという服装だ。何か困りごとがあるように見えたが、ミカエラと目が合うとすぐに視線をそらせた。

「くそ女」マグヌスがつぶやき、電子錠に暗証番号を入力する。

ふたりはそろって建物に入り、エレベーターに乗った。マグヌスは明らかに憔悴《しょうすい》していた。呼吸が荒く、低い声で悪態をついている。ミカエラは声をかけるべきか迷ったあと、自分には関係ないことだと無視を決めこんだ。エレベーターがとまるとさっさと廊下に出る。

呼び鈴を押すと同時に、グラタンのようなものを持ったレッケがドアを開けてくれた。その向こうにユーリアが顔をのぞかせる。

「ミカエラ、葬儀についてぜひあとで聞かせてくれ」レッケが言った。「だが、まずはマグヌスから、何があったのか説明してもらう」

「先にビールを飲んでもいいか」

レッケはマグヌスにビールを飲む権利があるかどうか吟味するような顔をした。それからうなずいて、キッチンへ戻る。料理を置き、冷蔵庫からペローニを二瓶、出した。どちらもマグヌスに渡して座るように促す。

「さあ、話してくれ」

「ユーリアには席を外してもらったほうがいいと思うが」

「私もぜったい話を聞くから」ユーリアが言った。

「だったらまたの機会にしたほうがいいかもしれない」

レッケは栓抜きとグラスを持ってきて、マグヌスにビールを注いでやった。

「そんな必要はない。刑務所に入らないですんだだけ幸運に思え。ここのところ頻繁にヘルマンと話しているから、兄さんのしたことは吐き気がするほどよくわかっている。しかしまずは、自分の口で言うべきことを言うんだ。ユーリアはこの場でそれを聞く」

マグヌスはビールを飲み、口を手でぬぐった。

「ロシアがガボールを引き渡してほしいと言ってきた」

「それはすでに聞いた」

「そうか。かなり圧力をかけられた。ここだけの話《アントルヌ》、ロシア産天然ガスの供給量まで引き合いに出たんだ。私は一切関与していないが」

「もちろんそうだろう」レッケが皮肉っぽく言う。「兄さんは一介の政務次官にすぎないんだから」

「言うまでもなくスウェーデン政府はロシアの提案をのまなかった。ガボールはスウェーデン国内で罪を犯したのだから、そちらの取り調べが先だ」

「でも……と続くんだろう？」

レッケがドラムロールのようにテーブルの天板を指でたたいた。

「ロシア側がガボールを取り調べることには同意した。それでガボールをより安全な場所へ……

より安全であろうと思われる場所へ移すことになり、その途中で……」

マグヌスは沈黙し、ビールを注ぎだして、神経質に瞬きをした。

「さっさと言え」

「ああ……今、話す。まだ詳細はつかめていないし、マスコミもかぎつけていない。だがガボールは脅迫や賄賂を使ったんだと思う。警察官ふたりと留置所の看守が逮捕された」

「まさかモロヴィアを逃がしたの？」

ミカエラは悲鳴をあげそうになった。

「やつは大金を積んで逃げ道を買ったんだ」マグヌスはミカエラの視線を避けた。「本当に残念だ。インターポールが逮捕状を出した。スウェーデン政府としてもおまえたちの身辺を警護する。しかしガボールはおそらくスウェーデンには戻らないだろう」

「ばか言わないで！」ミカエラは声を荒らげた。「これまで以上に復讐の機会を狙うに決まってる！」

「われわれが対処する」マグヌスが言った。

レッケは無言で座っていた。誰も声を発しなかった。まるで全員がとつぜん、言葉を失ったかのようだった。嵐の前の静けさとはこういう感じなのかもしれない。沈黙を破ってレッケが口を開いた。ささやくような声に怒りはなく、とても落ち着いていた。「これで、兄さんは裁判で証言しなくてすんだわけだ」

「あの男がいれば喜んで――」マグヌスがおずおずと言う。

「いや、なんとしても回避しただろうな」レッケが遮る。「そのビールを飲んだら帰ってくれ。ひとりで傷口をなめるといい。僕らはユーリアの安全を考えないといけない」

「私は平気よ」

「もちろんそうだろうが……」レッケが言葉を切って耳をそばだてた。

「また誰か訪ねてきたんでしょう？」ユーリアが言う。

ミカエラは困惑してふたりを見た。「そうなの？」

「ああ」レッケが続けた。「カツカツ。女性、四十代くらい。不安そうな歩き方だが、体重は軽い。引き返しかけて、また戻ってきた。何か心配事がある」

「さっき通りで見かけた人かもしれない」ミカエラは言った。

マグヌスが立ちあがり、やるべきことがあるのでそろそろ帰るというようなことをつぶやいた。レッケに向かってうなずき、ユーリアを抱きしめようとして避けられる。マグヌスはぎこちなくほほえんで玄関へ向かった。

いつも颯爽としているマグヌスにしてはさびしい退場だったが、その背中がいくら落ちこんで、みじめに見えたとしても、マグヌスの口元にはひそかな笑みが浮かんでいた。内心はこの程度ですんでよかったと胸をなでおろしていたのだ。マグヌスは玄関先で出くわした女性にあいさつもせず、面倒から解放されたことに感謝しながらエレベーターに向かった。


十三時、レッケは訪ねてきた女性を玄関で迎えた。ミカエラはもう出勤する時間だったが、このまま話を聞いていくことにした。女性はどこか様子がおかしかった。

足音からレッケが推測したとおり、年のころは四十歳になるかならないかといったところで、表で見たときの印象どおり、これからパーティーへ行くのかと思うほど着飾っている。髪をきれいに結いあげているせいで目鼻立ちのはっきりした顔が強調されて見える。身体つきはしなやかだが、身のこなしはぎくしゃくしていて、迷いを感じさせる。女性は困り果てた顔でレッケを見つめ、右手を差しだして固い握手をした。

「お邪魔して申し訳ありません。何かお話の途中だったのでしょう？」女性がユーリアとミカエラに目をやった。

レッケは愛想のよい笑みを浮かべて女性に椅子を勧めた。

「いやむしろ、非常にいいときに来てくださいました。別のことをして気を紛らわしたいと思っていたんですよ。昼食会の途中で抜けていらしたんですか？」

女性が怪訝そうにレッケを見返す。

「どうしておわかりになるの？」

「ちょうどランチタイムですし、ずいぶん美しく装っておられるので。昼食会で居ても立ってもいられなくなるような話を聞いたのではありませんか？　そしてその話というのは別れたご主人のことでしょう？」

女性はあんぐりと口を開けた。

「いやだわ、あの人が先に連絡してきたのですか？」

「いえ、いいえ。右手の薬指に残った結婚指輪のあとから、最近、外したばかりだとわかりました。あとはすべて推測ですよ。正直なところ、僕は目下、躁状態にありまして、おまけに僕自身が動揺しているのです。あなたとはまったく異なる理由によるのですが。だが、話を急ぐのはやめましょう。どうして訪ねてこられたのでしょうか」

「レッケ教授のお噂を聞いたのです」女性はミカエラのほうを向いた。「そしてミカエラさん、あなたのお名前も」女性がやや申し訳なさそうに言う。「おふたりは謎を解くのが得意だとうかがったものですから。非常に奇妙なことに巻きこまれておりまして、その……先ほど教授がおっしゃったように元夫もかかわっているのですが、さっき、とんでもないことを耳にしたのです。犯罪小説からそのまま抜けだしたような話ですが、どうかご容赦ください」

レッケはミカエラをちらりと見てから、女性にやさしく笑いかけた。

「なかなか興味深い。ぜひ続きを聞かせてください」レッケの左脚がぴくぴくと痙攣した。

謝辞

よいときも悪いときも支えてくれたエージェントのイェシカ・バブ、敏腕編集者のエヴァ・ベリマンと、本作の発行責任者であり目利きのエヴァ・イェディーン、よき友ヨハン・ノルベリ、校正者のオーサ・サンセーン、法医学者のエヴァ・ルッドに心から感謝します。

そしてアンと子どもたち、いつもありがとう。

訳者あとがき

〈レッケ&バルガス〉シリーズは、北欧ミステリーブームの火つけ役である『ミレニアム』を引き継いだ鬼才、ダヴィド・ラーゲルクランツが初めて手がけた完全オリジナルミステリーだ。本作『記憶の虜囚』はシリーズ二作目にあたるのだが、その話をする前に、ぜひとも一作目である『闇の牢獄』に隠されたリセットキーについて語らせてほしい。リセットキーの存在に気づいた方はどのくらいおられるだろうか？　キーを抜くと、探偵も、警官も、殺人事件の加害者も被害者も、全員が役割から解放される。数学の公式のように美しい、それは見事な仕掛けなのだ。ぜんぜん気づかなかったという方のために、まずは主要登場人物の紹介がてら一作目のリセットキーをさがしてみよう。

主人公のレッケことハンス・レッケはスウェーデン貴族であり〝選ばれし人〟と呼ばれる神童だった。母親の意向で音楽の英才教育を受け、一度はピアニストとして成功するも、二十代初めに愛する人が不可解な死を迎えたことをきっかけに心理学や犯罪捜査に傾倒していく。もともと論理と真理を愛するレッケは研究者として順調に実績を積み、二〇〇〇年からはアメリカのスタンフォード大学で教鞭をとり、講演をしたり、警察の捜査に協力したりと多忙な日々を送っていた。あるとき、レッケの評判を聞いたＣＩＡが尋問方法について助言を求めてきた。提供された資料を読むうち、レッケはアメリカがテロ容疑者に対して大規模かつ凄惨《せいさん》な拷問を行っている事実にたどりつく。このエピソードの下敷きになっているのは二〇〇二年以降に明らかになった、グァンタナモ湾収容所をはじめ世界各地にある米軍およびCIAの拘留施設における虐待事件だ。現世の地獄に落とされた人々がいることを知ったレッケは苦悩し、正義のために声をあげようとしたものの、CIAに名誉と職を奪われ、アメリカを追われる。ストックホルムに戻ったのちも精神的ダメージを克服できず、もともとあった双極性障害や薬物依存の症状が悪化して自殺未遂まで起こした。そんなレッケのもとに、警官として殺人事件の捜査に協力を求めてきたのが、もうひとりの主人公ミカエラ・バルガスだ。

ミカエラはピノチェトが支配するチリからスウェーデンに逃れてきた難民である。一九七三年九月十一日、ニクソン政権下のCIAから資金提供と軍事支援を受けたチリ陸軍のピノチェトがクーデターを起こして政権を奪取。旧政権の関係者をチリ・スタジアムに連行して拷問し、射殺した。九〇年まで続いたピノチェトの独裁で約四万人が拘束され、死者および行方不明者は三千人を超えたが、アメリカは見て見ぬふりをした。クーデターから二十八年後の同日にアメリカ同時多発テロが起こった際、チリ国民が同情しなかったというのも無理からぬ話である。難民になったとはいえ、ミカエラはインカ帝国を築いたケチュアの末裔《まつえい》であり、父親は歴史家。本人も研究者を目指していたほど頭脳明晰だ。スウェーデン移住後も新たな環境で成功しようと必死に努力してきた。しかし大好きな父が団地の外廊下から転落死し、さらに一家の大黒柱である兄が麻薬の売人をしていることを知って、みずからの正義と向きあうために警察官になる。

ミカエラがレッケに助言を求めたのは、ユース・サッカーの審判員ジャマル・カビールが試合直後に撲殺された事件についてだ。警察は当初、選手の父親が審判を逆恨みして殺害したという仮説を立てたが、レッケはカビールの遺体に見られる古傷が、CIAの資料にあった拷問痕と似ているとことに気づいた。

一九八七年、パキスタン人のカビールはサッカーよりもクラシック音楽に青春を捧げ、モスクワ音楽院に留学した。そこでアフガニスタンから留学していたラティーファと出会う。ラティーファに惹かれる一方で、彼女の奏でる音楽に己の限界を思い知らされたカビールは人生最大の挫折を味わい、音楽に対して愛憎相半ばする感情を抱くようになる。折しも時代はソ連のアフガン侵攻まっただなか。アフガニスタン国内ではソ連軍とムジャヒディンと呼ばれるイスラム圏の義勇兵が衝突していた。ここに目をつけたのがアメリカだ。ソ連を弱体化させたいアメリカは世論を煽《あお》って経済制裁を行うとともに、CIAを使ってパキスタン経由でムジャヒディンに資金と武器を調達。一九八九年、ついにソ連を撤退に追いこんだ。これはのちのソ連崩壊につながる。

さて、CIAに協力してムジャヒディンに武器を渡していたパキスタンの軍統合情報局はアメリカから運ばれてくる武器の何割かを横領していた。最新の武器を手に入れた彼らはタリバン(マドラサで宗教教育を受けた学生)をたきつけ、ソ連が去って権力空白地帯となったアフガニスタンを制圧してタリバン政権を打ち立てる。イスラム原理主義を掲げるタリバン政権は西洋音楽を禁じ、女性の自由を徹底的に制限した。その後、ムジャヒディンの一員でもあったオサマ・ビンラディン率いるアルカイダがアメリカで九・一一を引き起こす。アメリカはビンラディンをかくまったタリバンを攻撃。一連のうねりがラティーファやカビールの運命をどう変えたかは『闇の牢獄』で確認していただきたい。

リセットキーが見えただろうか？　そうCIAだ。CIAが介入しなければ、レッケはアメリカの大学で教え、ミカエラはスウェーデンの土を踏むこともなく、ラティーファは音楽家として成功し、カビールはパキスタンでサッカーを教えて、それなりに平穏な人生を送っただろう。それではなぜ、スウェーデン人であるラーゲルクランツがこのような物語を書いたのか？　その理由はミカエラと兄シモンの会話に集約されている。〝世界で何が起きてるかを知るのに、新聞なんか読まなくていい。（中略）世界のどこかで戦争や革命が起きると、影響を被った人々がヒュスビーへやってくる〟からだ。

日本の一・二倍の国土に十二分の一の人口しかいないスウェーデンには、労働力の確保および人道的観点から積極的に移民や難民を受け入れてきた長い歴史がある。今やスウェーデン人の五人に一人は外国生まれで、二世・三世を入れると外国の背景を持つ国民の割合は四人に一人まで上昇する。移民とその子孫がスウェーデン社会に深く根を張り、あらゆる分野で活躍する一方で、近年のスウェーデンにおいては少年犯罪および麻薬や銃がらみの事件が急増している。さらに本書中、ラジオのニュースに登場するスウェーデン民主党はナチズムと白人至上主義にルーツを持つ極右政党といわれ、結党当初から反移民を唱えてきた。二〇〇四年の時点では差別発言でたびたびスキャンダルを起こす鼻つまみ者の集まりにすぎなかったが、二〇一〇年に国政に進出。二〇二四年の現在はなんとスウェーデンの第二党である。スウェーデン民主党が躍進した背景に、急増した移民・難民問題があるのは明らかだ。ラーゲルクランツはミステリーという表現形態を用いて、スウェーデン社会の今とその原因となった世界情勢、とくに中東情勢について、読者にさりげなく問題提起をしているのである。

そうしたことを踏まえて『闇の牢獄』を読み返すと、文章の端々にヒントがちりばめられていることに気づく。ラーゲルクランツという作家はおそらく、宗教画や静物画で流行したシンボリズムを文学に応用して、物語に奥行きを持たせているのだ。シンボリズムとは何か？　たとえばキリスト降誕をテーマにした『ポルティナーリの三連祭壇画』には、人、天使、動物といったモチーフが所狭しと描かれている。単純に眺めるだけでも充分に想像力をかきたてられる作品だが、ぬぎすてられたはきもの（そこが聖地であることを示す）や三本の赤いカーネーション（三位一体の象徴）、紫のオダマキ（聖母の苦しみを表す）といったシンボルに気づき、その意味を解読できれば、テーマの背景となる世界をより深く味わえる。シンボリズムはいわば画家が鑑賞者に仕掛けた知的遊びのようなものだ。

本書においてレッケの兄も参加したノルマンディー上陸作戦の記念式典で、人々を魅了していたトム・ハンクスは、映画『ダ・ヴィンチ・コード』で図像学の専門家、ラングドン教授を演じた。ラングドンはたとえばレオナルド・ダ・ヴィンチの『最後の晩餐』に隠されたシンボルを読み解いて、キリストの秘密に迫った。ラーゲルクランツは本シリーズにおいて、読者自身がラングドン教授になって文章のなかに埋めこまれたシンボルをさがし、メッセージを読み解くことをひそかに期待している。何気ない描写やたわいのない会話のなかにいくつものシンボルが隠されており、前作と本作にまたがるものもある。いずれも現代史をこれまでとちがった視点から眺めるきっかけになるので、お時間があればぜひ、シンボルをさがしてみてほしい。ちなみに本作のテーマはおそらく原点回帰だ。原書タイトルのMemoria（メモリア）はラテン語で〝記憶〟を意味するのだが、タイトルが示すとおり、登場人物それぞれが過去をふり返り、重い口を開いて記憶を語りはじめる。ちりばめられたシンボルもまた、問題の原点へさかのぼっていく。中東問題の根っこはどこにあるのか？　そもそもイスラム教徒はユダヤ教徒とキリスト教徒を〝啓典の民〟として認めていたではないか。そこに争いの種をまいたのは誰なのか？　シンボルを頼りに、歴史という人類のメモリアをたどっていただきたい。

英語版原稿の仕上がりが遅く、日本の読者を待たせてはいけないと繰り返しエージェントに催促してくれた敏腕編集者の郡司《ぐんじ》珠子《たまこ》さんと、スウェーデン語の難解な発音や独特の文化について丁寧に教えてくださった翻訳家のヘレンハルメ美穂《みほ》さん、原稿の細かなミスを鷹《たか》のように鋭い目でさらってくれた鷗来堂《おうらいどう》の亀割《かめわり》さんと柴田《しばた》さん（二〇〇四年六月五日は土曜という指摘だけは修正案が浮かばず、申し訳ない）、また作品の世界観を盛りあげるすばらしい装丁をしてくださった西村弘美《にしむらひろみ》さんおよび挿画のyocoさんをはじめ、本書の刊行に尽力してくださった多くの方々、なによりも最後まで読んでくださった読者のみなさまに心より感謝する。

岡本　由香子

二〇二四年八月

翻訳協力　ヘレンハルメ美穂

装　丁　　西村弘美
装　画　　yoco

訳：岡本由香子（おかもと　ゆかこ）
1974年生まれ。航空機の管制官として勤務後、翻訳者に。児童書からノンフィクションまで幅広く手掛ける。主な訳書にサラ・ピアース『サナトリウム』、トレイシー・ターナー「たったひとりのサバイバル・ゲーム！」シリーズ（ともにKADOKAWA）、マーク・ヴァンホーナッカー『グッド・フライト、グッド・ナイト　パイロットが誘う最高の空旅』（早川書房）。

本書は訳し下ろしです。

ダヴィド・ラーゲルクランツ（David Lagercrantz）
1962年生まれ、スウェーデンの作家、ジャーナリスト。ストックホルム在住。大学で哲学と宗教を学んだあと、タブロイド紙記者を務める。のちに作家に転身、97年、スウェーデンの登山家の伝記*Göran Kropp 8000 plus*でデビュー。2009年、イギリスの数学者アラン・チューリングを題材とした小説*Syndafall i Wilmslow*が話題になる。11年にはサッカー選手へのインタビューをもとに『I AM ZLATAN ズラタン・イブラヒモビッチ自伝』（共著）を出版。『ミレニアム』シリーズ執筆中に急逝したスティーグ・ラーソンの後を継ぎ、15年から同シリーズの4－6巻を執筆・刊行。大きな話題となった。

記憶《きおく》の虜囚《りよしゆう》

2024年11月27日　初版発行

著者／ダヴィド・ラーゲルクランツ

訳者／岡本由香子《おかもとゆかこ》

発行者／山下直久

発行／株式会社KADOKAWA
〒102-8177　東京都千代田区富士見2-13-3
電話　0570-002-301（ナビダイヤル）

印刷・製本／大日本印刷株式会社

●お問い合わせ
https://www.kadokawa.co.jp/（「お問い合わせ」へお進みください）
※内容によっては、お答えできない場合があります。
※サポートは日本国内のみとさせていただきます。
※Japanese text only

定価はカバーに表示してあります。

ISBN 978-4-04-114070-3　C0097